古典今情

古典今析

古典今情

跨越時空的經典閱讀與賞析

鄭吉雄——主編
盧偉成——執行編輯

學海書樓
香港中文大學出版社
The Chinese University of Hong Kong Press

《古典今情：跨越時空的經典閱讀與賞析》

主編：鄭吉雄
執行編輯：盧偉成

國際統一書號 (ISBN)： 978-988-237-310-5

本書出版，蒙學海書樓董事羅富昌太平紳士贊助，謹此致謝。

出版：香港中文大學出版社
香港新界沙田 · 香港中文大學
傳真： +852 2603 7355
電郵： cup@cuhk.edu.hk
網址： cup.cuhk.edu.hk

Chinese Classics and Their Contemporary Resonances (in Chinese)
Editor-in-chief: CHENG, Kat Hung Dennis
Managing Editor: LO, Wai Shing Raymond

ISBN: 978-988-237-310-5

The publication of this book was generously supported by Mr. F. C. Lo.

Published by The Chinese University of Hong Kong Press
The Chinese University of Hong Kong
Sha Tin, N.T., Hong Kong
Fax: +852 2603 7355
Email: cup@cuhk.edu.hk
Website: cup.cuhk.edu.hk

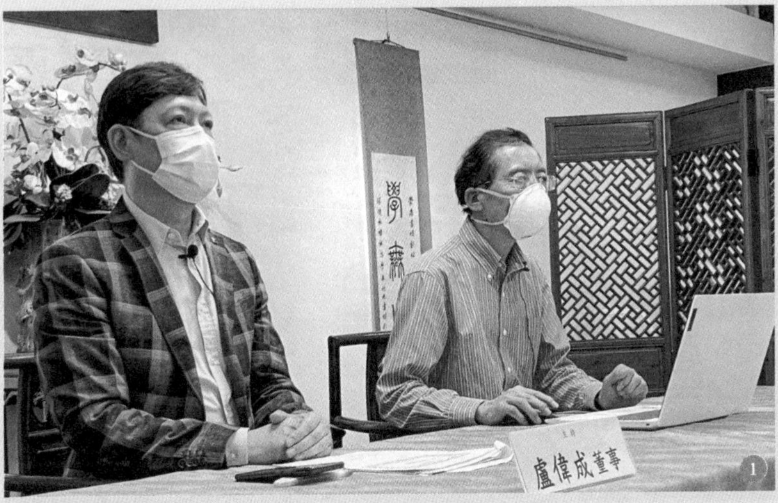
盧偉成董事
1

2

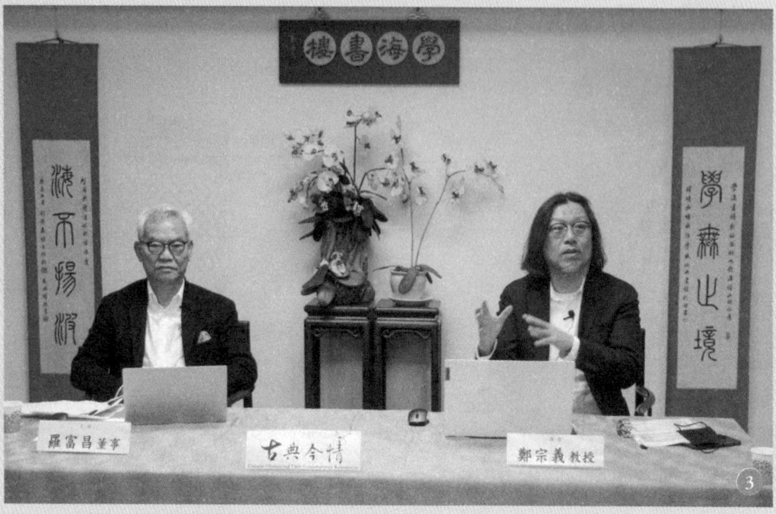

在疫情下開始，二〇二二年四月份的三講——《論語》、《孟子》、《荀子》，都在學海書樓經網上進行。❶（四月七日）「寬容是否一種價值/美德？從孔子的觀點看」講者黃勇教授（右者），與主持人學海書樓董事盧偉成先生。❷（四月十四日）「《荀子》：為己以成人」講者鄧小虎教授（右者），與主持人系列統籌鄭吉雄教授。❸（四月二十八日）「修己與治人：《孟子》思想的現代意義」講者鄭宗義教授（右者），與主持人學海書樓董事羅富昌先生。

主持
盧偉成董事
講者
陳煒舜
康樂及文化事務署
Leisure and Cultural Services Department
香港公共圖書館
Hong Kong Public Libraries
學海書
4

主持
鄭吉雄教授
講者
張宏生教
5

五月份終於可以移師到中央圖書館，講者能與聽眾直接交流。五月份集中在詩、詞、文論及研究漢字源流的《說文解字》，題目璀璨多姿。④（五月五日）「繽紛變易：從《楚辭》看上古神話的沿革」講者陳煒舜教授（右者），與主持人盧偉成董事。⑤（五月十二日）「蘇辛詞的美感特徵及其詞史地位」講者張宏生教授（右者），與主持人鄭吉雄教授。⑥（五月十九日）「論《文心雕龍》『江山之助』的深層意義」講者汪春泓教授（中者），與主持人盧偉成董事（左者）、學海書樓主席馮國培先生（右者）。⑦（五月二十六日）「《說文解字》的現代智慧」講者鄧佩玲教授，主持人為盧偉成董事。

⑥

⑦

合辦機構：
古典今情
Lecture Series on Chinese Classics
and Their Contemporary Resonances
講座系列
講者
8

古典今情
Lecture Series on Chinese Classics
and Their Contemporary Resonances
講座系列
9

六月份談的是來自《左傳》、《世說新語》引人入勝的故事，以及《禮記》。原來「禮」仍然存在今天的香港，在我們身邊。8（六月二日）「《左傳》的故事與敘事：從鄭伯克段于鄢談起」講者許子濱教授，主持人為盧偉成董事。9（六月七日）「《禮記》與香港現代生活」講者盧鳴東教授，主持人為盧偉成董事。10（六月十六日）「《世說新語》中的魏晉風流」講者陳偉強教授，主持人為學海書樓梁元生董事。

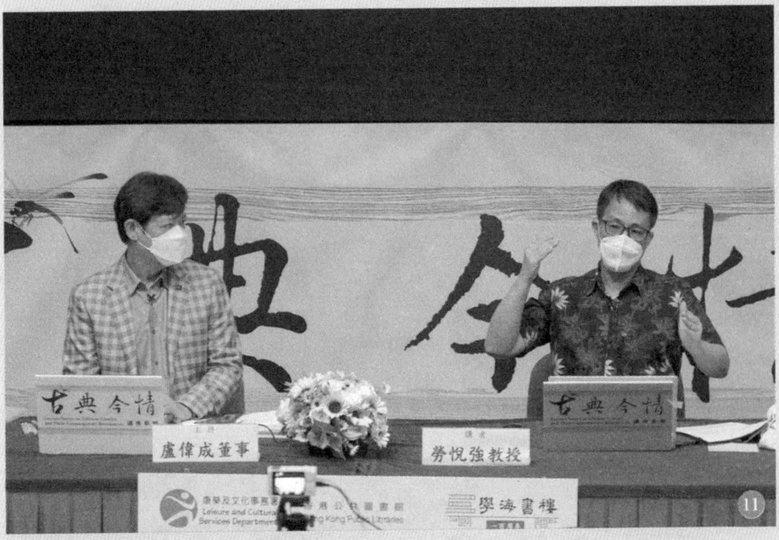
古典今情
盧偉成董事
講者
勞悅強教授
學海書樓
11

康樂及文化事務署
Leisure and Cultural Services Department
古典今情
Lecture Series on Chinese Classics and Their Contemporary Resonances
講座系列
講者
黎志添教授
12

七月解讀的是《莊子》、《老子》，還有道教的《太上老君説常清靜經》和禪宗的《六祖壇經》。⑪（七月十四日）「何謂逍遙遊——莊子行動中的人生」講者勞悦強教授（右者），與主持人盧偉成董事。⑫（七月十九日）「宋元時期《太上老君説常清靜經》的版本及流傳」講者黎志添教授，主持人為盧偉成董事。⑬（七月二十一日）「『本來無一物』：《六祖壇經》的哲學解讀」講者姚治華教授（中者），與主持人盧偉成董事（左者）、馮國培主席（右者）。⑭（七月二十六日）「《老子》淺説」講者陳金樑教授（右者），主持人為盧偉成董事。

香港公共圖書館
Hong Kong Public Libraries
學海書樓
edutainment
101 academy
入門教室
古典今情
講座系列
講者
陳致教授
15

古典今情
講座系列
講者
韓子奇教授
16

「詩言志」、「不學詩，無以言」，八月份由《詩經》開始談，繼而讀《史記》，「通古今之變」；陽明學經由「千死百難」悟出，所以《傳習錄》不可以等閒談，要由教授領讀。「易為憂患之書」，系列講座以《周易》作結，引導思考身處危難時，保持信實，可以度過困境。⑮（八月四日）「《詩經》縱橫談」講者陳致教授，主持人為梁元生董事。⑯（八月十一日）「『通古今之變』：《史記》中的時間敘述」講者韓子奇教授，主持人為盧偉成董事。⑰（八月十八日）「王陽明《傳習錄》義理概說」講者黃敏浩教授，主持人為鄭吉雄教授。⑱（八月二十三日）「《周易》的憂患意識」講者鄭吉雄教授，主持人為馮國培主席。

17

18

十八講終於圓滿結束，大家依依不捨。（左起）：陳翠碧女士、羅富昌董事、馮國培主席、鄭吉雄教授、盧偉成董事、香港中央圖書館盧嘉琳館長。

（第一排從左至右）：盧偉成董事、馮國培主席、羅富昌董事、梁元生董事、鄭吉雄教授，與各位「古典今情」講者在香港中文大學商學院合照留念。

「古典今情」講座系列結集成書，由香港中文大學出版社出版，與社長甘琦女士舉行簽約儀式。(左起)：馮國培主席、鄭吉雄教授、甘琦女士、盧偉成董事、羅富昌董事。

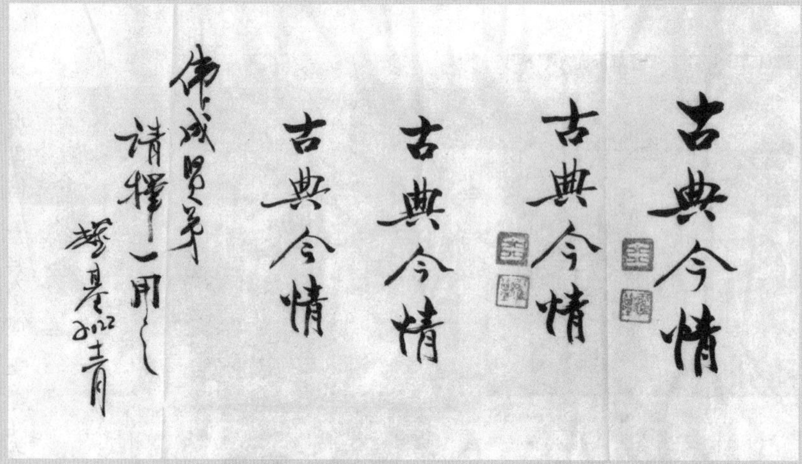

金耀基教授為《古典今情》書名題字

目錄

序

馮國培

「學海無涯，唯勤是岸」是傳誦古今的成語，也是最能代表中國教育精神的箴言之一。中國近代民間教育事業源遠流長，自宋代以來，社會已經興起了民間辦學風氣，著名的書院林立。而近世大儒、兩廣總督阮元在廣州市白雲山麓創辦「學海堂」，也採用「學海」二字作為名稱，成為近三百年嶺南儒學教育事業最受尊崇的重鎮。從此嶺南研讀經史典籍的風氣，不再局限於科舉功名事業的追求，而是廣泛滲透到民間各個角落，成為社會人士普遍的人生價值，並且透過鄉邦文獻在城鄉建設中展現。「學海書樓」正是上溯這個傳統，在這個濃厚的歷史文化氛圍中創立。

書樓的成立，實有賴於國史館總纂賴際熙太史及多名旅港翰林同儕。二十世紀初正值中國多事之秋，政局動盪，列強侵陵，全盤西化的言論甚囂塵上。先哲們深深地感受到文化的大樹正面臨著水土流失、根莖枯萎的困境。本於深重的危機意識，先哲們在一九二三年成立學海書樓，薈萃傳統經史子集文獻，供大眾閱覽，並定期舉辦學術講座，希望此一學術教育基地，能延續傳統，形成民族文化風雨飄搖裏的中流砥柱。書樓創始不久，先哲們的理想和事業已受到香港總督金文泰(Sir Cecil Clementi)的青睞，不但響應賴太史在香港大學創立中文學院的提議，並在學院成立之初，就支持香港大學禮聘賴太史為系主任，區大典、溫肅等幾位為講席。二十世紀三十年代學海書樓和香港大學中文學院的相繼成立，不但標誌了國粹研究和儒學教育在香港扎根，也標誌了本地讀書求知風氣的興盛。其後百年以來，人事滄桑變遷，幸有賴於繼起的各界賢達包括馮平山先生、馮秉芬爵士、利榮森博士、俞叔文先生、李景康校長、陳湛銓教授等繼續支持，書樓的根基愈趨穩固。六十年代初，書樓將三萬五千餘冊的庋藏書籍永久借存香港大會堂圖書館，後於二〇〇一年移至香港中央圖書館，當中珍本善本數以千計，供大眾閱覽。嘉惠市民讀者之餘，書樓並禮聘學界教育界賢達，每周在香港公共圖書館舉辦公開講座。

百年以來，書樓推進香港文化事業途程實不遺餘力，以三點使命自我期許：

一、重視傳統學術文化的薪火相傳，以新知識、新價值傳承舊學，不以追逐新潮流為務；

二、重視人文知識分享切磋，書樓活動除歡迎香港各界各年齡層市民參加外，也積極推廣至中小學校的師生和大中華地區以至海外的市民；

三、重視新科技的整合和利用，以強化古代典籍與現代社會的溝通，使傳統文化學術能歷久彌新。

今年是學海書樓成立一百周年，我們本著神聖的使命，既緬懷艱辛創業的先哲先賢，也積極和本地高等教育界賢達合作，加入新元素、新觀念，舉辦充實而有光輝的活動，藉以將書樓的理念，作一次盛大的展現。我們用籌慶典、辦喜事的心情，舉辦「古典今情」講座系列。十八場講座歷時五個月（二〇二二年四至八月）完成，如果將籌備時段計入，則接近兩年。籌備工作小組除本人擔任召集人外，成員包括脱新範副主席、羅富昌董事、盧偉成董事、鄭吉雄教授、李抒颺同學、林春福先生、劉鴻昌先生等。期間組員開誠布公，暢所欲言，虛心聆聽彼此提議，攜手合作，令整個過程圓滿而愉快，大家內心充滿喜悅。在本書編成的今日，我要感謝的人很多，決定不用冷冰冰的形式列一頁「鳴謝」名單，而是扼要介紹所有參與者的角色和貢獻。

首先要謝謝鄭吉雄教授。二〇二一年冬我和幾位董事聯袂代表書樓邀約鄭教授一起腦力激盪。他詳細聆聽我們的理念後，提出「古典今情」四字為主題，提議從香港各大學中選邀學術名家，就各人的學術專業設計演講。我們很高興獲得鄭教授應允代表書樓統籌十八場講座，推薦主講嘉賓，並參與籌備工作。鄭教授事必躬親，每場都親臨聆聽，並主持數場講座，又與主講嘉賓一一深入商討演講主題及內容。講座結束後，承擔主編一職，提供「撰稿指引」予演講嘉賓改寫講稿以供大眾閱覽。最後為全書撰寫〈導言〉，提綱挈領介紹各篇精髓。鄭教授用雕琢藝術品的精神統籌「古典今情」演講，編輯專書，令我們深受感動。

作為書樓的長期合作伙伴和「古典今情」講座系列合辦單位，我要銘謝香港中央圖書館總館長李美玲女士和她的全體專業同事。他們細心周到地安排場地、統籌文宣印製和宣傳、推薦參考書籍以及中央圖書館演講廳現場管理，工作表現出色，成功地讓書樓的百年誌慶和香港公共圖書館成立六十周年紀念活動融為一體，相得益彰，並肩將十八場講座完美呈現給廣大香港市民和大中華地區線上參加的觀眾，和大家分享我們的知識和喜悅。

我要向支持書樓活動的全體董事致謝。尤其要特別感謝脱新範副主席、羅富昌董事、梁元生董事和盧偉成董事。脱新範副主席除了代表書樓和香港中央圖書館團隊聯繫商定和給予講座安排多項重要建議外，並且親自就每場講座主題，推薦相關書樓館藏參考書籍，作為活動宣傳之用，廣大讀者受惠不少。其次我要謝謝一向熱心於公益、國學和教育的羅富昌董事。他積極參與講座的籌劃工作，全程到場聆聽，與講者深入互動，從未缺席，令人感佩。

梁元生董事是香港學界耆宿，除了代表書樓主持多個文化項目外，在百忙中也抽空為講座擔任主持人，並和我們一起代表書樓與演講嘉賓互動。盧偉成董事是「古典今情」活動的重要推手，從講座到編書，全程參與，切實執行。他在百忙之中不但適時提供各項意見、代表書樓與相關單位協調、照顧主講嘉賓的餐飲、主動安排每場演講前後接待，全程聆聽又擔任若干場講座主持人，講座結束後並承擔「執行編輯」的重責，注意各篇講稿徵集的流程，並且代表書樓與出版社接洽安排文集出版。謹此向以上書樓的同仁致謝並致敬。

「古典今情」的籌備，亦有賴幾位負責事務性工作的同事戮力襄助，包括鄭教授的高足李抒颺小姐，籌備工作伊始即支援聯絡主講嘉賓、整理各項資料、安排相關工作。還有義務支援全部影音設定和錄製的劉鴻昌先生和他的義工團團員，負責現場攝影、網上公告聯繫等庶務的林春福、張偉櫟兩位先生，以及襄助各項支援工作的盧陳翠碧女士。鑑於疫情變化與配合政府防疫政策的調整，第一至三講在星光行一四〇五室學海書樓舉行，第四講起才移師至香港中央圖書館演講廳舉行。全體同事迅速而有效率的執行，讓整個場地轉移過程十分平順。在此衷心感謝他們熱心付出。

作為講座系列的靈魂人物，來自多所高等學府的十八位教授在忙碌的教學研究工作中抽出寶貴時間，蒞臨演講，分享他們的知識與智慧，支撐起「古典今情」豐富多姿的精神與內涵，和書樓全體仝仁攜手，為香港學術文化歷史寫下光輝榮耀的一頁。為此我要向他們致敬，表達衷心感謝。

本書的編輯出版，羅富昌董事慨諾贊助出版費用，其熱心學術文化的盛情，令人感佩。洽蕙基金會贊助活動經費，謹此一併致謝。金耀基校長為本書封面題字，張光裕教授和何文匯教授賜〈序〉，為本書再增添幾分豐碩典雅的學術與藝術內涵，隆情高誼，實屬無價。香港中文大學出版社甘琦社長及其仝仁積極支持本書的編輯與出版，至深篆感。

學海書樓始創於幾位積學之士的崇高理念與坐言起行，在百載變遷之中，逐漸與香港公共圖書館、教育界、藝文界結合成學術文化的共同體。書樓在本地的土壤中獲得滋養，日益茁壯，和香港這座國際都會城市一起呼吸、一起成長。我們誠摯將本書獻給香港各界、全體市民，以及大中華地區所有有志於國學文化的大眾。我們也希望繼續透過書樓的各項學術活動，展示文化薪火相傳的精神。衷心希望各界賢達持續給予學海書樓支持，並隨時不吝賜教。

二〇二三年三月十五日謹序於學海書樓

千年學海流風傳古典
百載書樓蘊藉敘今情

張光裕

八十年代伊始，余有幸親炙鄧又同賢丈，蒙鼓勵引領，於香港大會堂為學海書樓講學逾月。此乃余初識書樓，始明「宏振斯文，聚書講學」之旨意，得以追慕太史肇開宗風，啟立矩矱之初衷；並悉南來文人詞翰，高雅相從，秉志沿波之偉業，早已廣為學界擊節稱頌。九十年代初，又因緣追隨李棪齋教授，蒐集甲、金及楚簡資料，教授所撰〈周原出土早周甲骨文字纂述〉，即收錄於《香港學海書樓七十周年紀念論文集》。余得以旁沾化雨，信屬勝緣，幸何如耶！

今年適逢書樓百年盛典，主事諸公，高瞻遠矚，於壬寅歲即擘劃「古典今情講座」系列，廣邀上庠名師教授，各展所長，輪番主講，文稿都一十八篇，經董理成冊，蔚為大觀。捧誦鴻篇，無不論述賅洽，覃思獨到，舉凡經史詩文、修德講學、知書達禮、名士風流、智慧印記、論道哲理，以及憂患通變，要皆明識古為今用之道，發人深省。高文勝義，猗歟盛哉！涵泳其間，會通書樓百年學緣，亦人生一大快事也。

余生性愚駑，不善文詞，辱蒙問序，惶悚之餘，愧歉殊深，而厚顏贅言一二，蓋用敢肅恭虔敬，緬懷先賢，並識因緣。

雪齋　張光裕
癸卯新正初一日
於澹煙疏雨樓

學海書樓《古典今情》序

何文匯

學海書樓於一九二三年成立，百年以來，諸大儒講學於斯，樹人無數，余嘗受益焉。

去歲二〇二二年，書樓邀鄭吉雄教授主持百年國學講座，命之曰《古典今情》，於是大觀在上，下觀而化。文則古典，以合厥初之旨；情則今情，以合日新之義。得論文十有八篇，遂裒而結集，以誌百年之慶。

先哲於香港立書樓，倡國學，故講學必以古典為題。古典乃國學之本，微古則今無由生。精於古典之學，則能通古之情；鑑古之情以通今情，則古為今用。能以古人之智益己智，成就必大，觀本集諸篇可知矣。觀之有益於治學，用益我智，用觀我生，庶幾可以進退得宜，行藏無咎也。故學海書樓益我等多矣。茲序此文集，以表敬意。

二〇二三年，歲次癸卯，何文匯謹誌

作者名錄（以姓氏筆畫為序）

	姓名	任職機構及職銜
	汪春泓	香港嶺南大學中文系教授
	姚治華	香港中文大學哲學系教授
	張宏生	香港浸會大學中文系講座教授兼孫少文伉儷人文中國研究所所長

許子濱　香港嶺南大學中文系教授

陳　致　香港珠海學院校長、香港浸會大學饒宗頤國學院創院院長

陳金樑　香港中文大學利榮森中國文化教授兼常務副校長

陳偉強　香港浸會大學中文系教授、語言及文化文學碩士課程主任

陳煒舜　香港中文大學中文系副教授

勞悅強　新加坡國立大學中文系副教授

黃　勇　香港中文大學哲學系教授

黃敏浩

香港科技大學人文學部副教授

鄧小虎

香港大學中文學院副教授

鄧佩玲

香港大學中文學院副教授

鄭吉雄

香港教育大學文化歷史講座教授

鄭宗義

香港中文大學哲學系教授、中國哲學與文化研究中心主任

黎志添

香港中文大學文化及宗教研究系教授、道教文化研究中心主任及中國文化研究所副所長

盧鳴東
香港浸會大學中文系教授兼系主任

韓子奇
美國紐約州立大學 Geneseo 榮休教授、北京師範大學—香港浸會大學聯合國際學院人文社科學院院長、北京師範大學珠海校區歷史文化中心教授

導言

鄭吉雄

一九二三年十月晚清進士、國史館總纂廣東增城賴際熙太史號召多位學界耆宿於香港島般含道二十號創立「學海書樓」，薈萃墳典，設帳講學。在本地紳商熱心捐貲支持下，復增添藏書，設大眾閱讀室，是為香港公共圖書館的先聲，風氣變易的樞紐，嶺南杏壇的盛事。

倏忽百載，寰宇變幻，四表滄桑，難以盡述，而書樓精神理想，始終不墜，主其事者沉潛戮力，邀集雅士，期約講會。時光荏苒，值百周年(二〇二三)將屆，書樓主席馮國培教授於辛丑(二〇二一)歲末邀集儒商羅富昌董事、盧偉成董事商議百年誌慶活動，邀筆者列席。筆者遂提議以傳統典籍為對象，以當代情懷為寄託，訂「古典今情」為題，舉辦公開講座，廣邀香港各公立大學文史哲資深學人主講。值香港公共圖書館創館館長、書樓副主席脱新範女士倡議，為祝賀公共圖書館二〇二二年創館六十周年，講座由書樓及香港公共圖書館合辦。筆者復蒙主辦單位委以統籌之責，邀約十八位名家主講，自二〇二二年四月至八月間假書樓及香港中央圖書館演講廳完成全部講座。雖以疫情肆虐，仍獲廣大市民熱烈支持，高朋滿座，風雨無阻，難能可貴。講座結束，由講者剪裁增潤，得鴻文凡十八篇，匯輯成冊，弁以導言，用誌涯略，是為本書出版之緣起。

東方之珠，百載風華，埋藏了一言難盡的滄桑。賴太史及其同道為香江引入三千年經史典籍傳統，成一時佳話。百年至今，中國社會價值暨文化風貌，歷經五四運動、新文化運動等浪潮衝擊，與二十世紀初已迥異。落紅化作春泥，繁花重新綻放。人文丰采的新貌，印證古典精神的賡續；舊土壤滋養靈根，新情懷得以孕育。血脈同源、新舊相接，文化綿延不絕。講座以「古典今情」命名，正是寄託了這一層深義。生當二十一世紀的我們擔負文化責任，不宜沉湎懷古，更應盱衡當世，放眼未來，運用新價值、新視野重新詮釋舊經典，讓經典永續璀璨，文化亦得以發揚。香港彈丸之地，久被譏為文化沙漠，孰不知百年以來，香港由只有區區一所大學，發展至今天有十多所公私立大學，文史哲人才輩出。講座籌備之始，筆者敬備緑箋，敦邀學界同道，幸獲熱烈回響，吉兆見於未形。受限於演講場次，儘管未能將所有重要典籍納入，十八講也涵括了經、史、子、集和文、史、哲。為此我們感到自豪，並非為了標榜復古、法古，而是喜能包括多個人文知識範疇的各類主題。因文化沉澱千百年，經典巨岩被歷史浪潮沖刷琢磨，煅為玉石瑰寶。切割面愈多，愈能光彩閃耀；經典從多面向切入，情味也歷久彌新。

本書既強調「今情」，十八章自不必遵循舊時代的分類，而是大略以主題性質與年代先後依次相從。首六篇《周易》、《詩經》、《左傳》、《論語》、《孟子》、《荀子》初撰年代都在先秦。[1]其中《周易》、《詩經》是《五經》之二，《左傳》是《春秋》三傳之一。《論語》、《孟子》、《荀子》則是《五經》以外儒家最具代表性的三部典冊。第七至九篇《禮記》、《說文解字》、《史記》屬漢儒撰著。《禮記》部分篇章初撰於先秦，[2]而主要輯成於漢代。《五經》中之《三禮》除《禮記》以外，尚有《儀禮》、《周禮》。唯《禮記》解說義理特詳，[3]性質與《漢書．藝文志．諸子略》「儒家」類相近。《說文解字》原屬解經著作，「小學」（文字、聲韻、訓詁之學）雖說是經學的延伸，從學科性質而言，早在中古已宣告獨立，為專門知識。《史記》原題《太史公書》，於史部首立紀傳體，為千古型範。然而「七十列傳」終篇〈太史公自序〉「余聞董生曰」一節，司馬遷引述董仲舒之言暢論《春秋》精神，從學術源流上講，《史記》實為《春秋》餘緒，《漢書．藝文志》列「太史公百三十篇」於《春秋》家，可為旁證。本書不標榜四部分類，但說明四部之間血脈的關係，亦足以闡明經典文化的源流。

第十至十四篇《老子》、《莊子》、《太上老君常清靜經》、《六祖壇經》、《傳習錄》是屬於思想性、哲理性經典。《莊子．天下》篇縱論天下方術，老、莊分論，不相雜廁，但漢代學者加以尊崇，且將《老》、《莊》二書併歸道家，《清靜經》則為道教經典。道教自南北朝寇謙之、陸修靜銳意改革，儀軌尤為完備，宗教形式畢具，唯論精神淵源，則必上溯於《老》、《莊》。《六祖壇經》是後世流傳禪宗六祖惠能大師語錄，在歷史的縱與橫兩方面影響深遠。《傳習錄》裒輯明代大儒王守仁的教言與書信，陽明心學常被視為明代三教交涉理論的淵藪，第十四篇也隱然回應了前十餘篇所涉及思想的互動。

本書第十五篇討論的《楚辭》實為古代別集之始，雖蒐羅了多位楚地文士作品，年代及於秦漢，卻以情深氣傲、絜清狷介的楚大夫屈原為主色調，體現了浮沉於政治濁流中的傳統士大夫所懷抱深沉的家國身世之感。第十六篇劉義慶《世說新語》與十七篇劉勰《文心雕龍》俱成書於六朝，前者經劉孝標為作注，富有文辭品藻、士人丰儀之美，成為志人小說代表；後者歸本《易》數，鏤跡藻繪，為歷代文論、文藝鑒賞的寶典。二書充分展現中古文壇的文采風流。第十八篇主題「蘇辛詞」，介紹蘇軾、辛棄疾詞作，《東坡樂府》與《稼軒長短句》自是豪放詞派雙璧，輝映千古。

以上就十八講主題經典，述其性質源流。以下謹就本書所錄鴻文，略述各篇旨趣。

《周易》在古代中國既是《五經》之一，也是「三玄」（《易》、《老》、《莊》）之首，被視為兼通自然人文的寶典，文學玄理的濫觴。講者鄭吉雄教授——亦即本文筆者和本書編者——鑽研《易》學及漢學凡數十年，活躍於歐美及亞洲各國《易》學界，主講〈《周易》的憂患意識〉一題，追溯《繫辭下傳》「作《易》者其有憂患乎」一語，借范仲淹〈岳陽樓記〉透過自然物候的陰陽變幻，而申論士大夫憂樂之境，說明內心的陰陽之變，常與人生的泰否剝復相互糾纏，是《易》變化之理的關隘。講者兼論多個卦象尤其是〈屯〉、〈習坎〉、〈困〉、〈蹇〉「四大難卦」義理的鋪陳，切入討論芸芸眾生憂樂相隨的心理，以探討人生面對逆境、消解憂患的準則，並以之為具普遍意義的參考。

《詩經》亦《五經》之一，十五國風「多出於里巷歌謠之作，所謂男女相與詠歌，各言其情」（朱熹《詩集傳．序》），而「雅、頌」之詩則有大量朝會宴饗、民族滄桑的誦贊。從章學誠「六經皆史」的觀念看，現存三百多首《詩》篇記載了中國上古文明的多樣風貌。主講人陳致教授是國際知名中國經典、古文字和出土簡帛等領域的資深學者，在〈《詩經》縱橫談〉中綜合了民國以來中國與域外眾多研究觀點對《詩經》源出民歌之說的解釋，指出《詩三百》多為貴族作品。陳教授以其深厚的古代文物文明的知識，引述《毛傳》、《鄭箋》等傳注之說，結合他對詩篇的解讀，縷述《詩三百》歷史的內蘊與變遷，並檢討了關於成語和用韻問題，全篇以立體視角考察經典，豐富而完備。

自周民族宣示禮樂治國平天下，「禮」就在三千年間由政治制度滲透到民間社會。《五經》中「禮」有三：《儀禮》、《周禮》、《禮記》，其中《禮記》收錄了先秦以迄漢代各種禮的內容與解釋。盧鳴東教授鑽研中國《禮》學和朝鮮儒學凡二十年，著作豐富，主講〈《禮記》與香港現代生活〉，首先簡介了《禮記》的內容和「禮」的精神，處處強調「禮」與「情」不可分割的關係，生動而具有啟發性，亦可見「禮」不應被視為乾枯的言行舉止儀式。主題提示「香港」、「現代」、「生活」三者，別有寄意，認為今日對《禮記》義理與精神的發明，當首重揭示古今相通的共性、方法和途徑，以此作為基礎，建立對話的平台，探討儒家文化知識在現代香港社會生活中的實踐意義和現實價值。

鑽研中國古文字及上古經典的鄧佩玲教授，尤精金文及清代《說文》四家之學，主講〈《說文解字》的現代智慧〉，令人擊節。《說文解字》原隸屬於傳統「經部．小學」類，撰述動機既在於解經，也在於系統性地追溯經典漢字的義訓，認為字源義訓的闡明，足以揭露天地至理，所以作者許慎立五百四十個部首，以類相從，統轄九千餘字，兼列異體，令這部別具義理色彩的「字典」，成為中國歷代學者最重要的基礎書之一。鄧教授舉出大量生動的例子，從語言學、民俗學、歷史學等多方面說明古文字背後的多層意義，既有助於現代漢語常用詞的溯源，也有助於窺探方言詞彙，並能讓今人瞭解現代文化生活的歷史來源。演講趣味洋溢，寄意深遠，足見《說文解字》一書價值歷久彌新。

《春秋》是《五經》之一也是中國首部編年體史書，既指魯國歷史，也指孔子筆削的經典。今文家《公羊傳》、《穀梁傳》本於孟子「其義則丘竊取之矣」之說，而著眼於聖人刪削褒貶之義；古文家《左傳》則以史事說義見長。主講〈《左傳》的故事與敘事〉的許子濱教授精研中國經學、禮學、訓詁，著述豐富，先從孔子修《春秋》談起，說明《左傳》對揭示《春秋》義理的重要性。「鄭伯克段于鄢」是《左傳》隱公元年大事，其中圍繞鄭國國君莊公及其弟共叔段和他們生母姜氏之間的故事，在國家政爭中糾纏著家庭倫理和骨肉情感，曲折跌宕吸引了古今讀者。講者透過敘事學四大元素——意義、觀點、情節、人物——分析《左傳》作者透過行動和對話，刻畫歷史人物的心理，甚有啟發。

《史記》既是中國第一部正史，也是紀傳體之首，為後世立下模範，〈太史公自序〉申論《春秋》精神，以「述往事，思來者」自期，又提出「究天人之際，通古今之變」。從〈天官書〉「夫天運，三十歲一小變，百年中變，五百載大變；三大變一紀，三紀而大備：此其大數也。為國者必貴三五。上下各千歲，然後天人之際續備」一段文字可見，原來「天人之際」也離不開時間意識。主講人韓子奇教授是國際知名、學貫中西古今的歷史家，主講〈往昔、當下、未來：司馬遷《史記》的三維時間〉宣示司馬遷「去、來、今」的觀念，實具敏銳洞察力。全文透過孔子、劉邦等歷史人物的案例，說明個體往往能將時間意識與閱世視野，從個人推衍到群體，才能在歷史大流中克服萬難，取得成功。

《論語》記孔子「忠恕之道」、「薄責於人」等教言，論者常推論為夫子以寬容為教。加上「寬容」(to tolerate)已寫入《聯合國憲章》序言和《世界人權宣言》，成為當代哲學倫理學重要價值，益加深學界對此印象。國際哲學期刊 *Dao* 創辦人、兼通中西哲學的黃勇教授基於當代眾音交響的討論，論證寬容的內涵與外延，毫釐辨析，鞭辟透裏，進而回歸《論語》文本，指出以「寬容」詮解孔子思想並不恰當，因為孔子主張積極助人成就德性，就像幫助病人痊癒重獲健康。在此原則下，孔子既不主張含糊遷就需要糾正的人事，也不講甚麼「各有各活法」，同時也不主張君子以不寬容的態度對待確有過失的人和事，以免引致強硬干預。全文也檢討「正」、「直」、「德」、「達」等觀念，為古典的重詮，作了最佳示例。

《孟子》是宋明理學尤其心學一系所必依傍的經典。〈《孟子》的修己思想〉有幸邀請到鑽研宋明理學和新儒家思想的鄭宗義教授主講。鄭教授透過說明哲學方法，分別從「四端之心與性善」、「實踐工夫」與「義命分立」三條主線討論孟子修己思想。他引入了現代心理學諸如「同感式情感」(empathic emotion)等觀念，嘗試以「今情」重讀「古典」，說明「惻隱」是當機而發、無條件的心理經驗，其餘「羞惡」、「辭讓」、「是非」等無不如是。德性以最真誠的方式表現，而「人」之所以為「人」即由此確立，不假外求，如此才能明瞭「知言養氣」所講「集義」的精微，正在於此種當機而發所產生「勇」的力量。最後鄭教授也不忘提醒我們孟子對於知「義」同時必須知「命」的重要性。

荀子是活躍於戰國晚期的大儒，大會邀請到鑽研《荀子》、活躍於國際哲學界的鄧小虎教授主講〈《荀子》：為己以成人〉，從荀子其人其書，談到「己」和「成人」兩個概念開展出的思想。荀子重視從社會性看重人類「群」的力量，同時提出「分」以闡發仁義禮智、詩書禮樂的實效，從「常」與「變」之中突出「道」的恰當規範。程序上，「為己」實為首要，所謂

「君子之學以美其身」，雕琢自我才是立身處世之本！只有深刻實踐「為己」，才能以身作則，達致教育、教化的「成人」之效。性惡和正名也必須在上述基礎上理解。須知《荀子》書經漢代劉向整理始趨完善，至唐代楊倞才首次為作注釋。宋以後孟子學大盛，《荀子》書相對受關注很少，其精髓尚有待於現代人虛心賞鑒。

《老子》是聞名遐邇的東方智慧之書，玄之又玄，既具形上學理趣，又兼政治宗教意義。講座榮幸邀得香港中文大學常務副校長、利榮森中國文化教授陳金樑教授主講。陳教授以《老子》哲學及魏晉玄學研究享譽國際。本講由淺入深，由史學家司馬遷筆下多重形象的「隱君子」，介紹到老子神格化的宗教形象，進而滲透到文化傳統各面向。誠如劉殿爵所言，《老子》屬格言選集，歷經口述、傳授、筆錄、纂輯而成今日面貌。陳教授介紹《老子》歷代乃至近年出土文獻版本，眾多注解則由韓非子〈解老〉、〈喻老〉談起，乃至道教《想爾注》、河上公《章句》等，強調了掌握文本語境的重要性。而域外翻譯則遍及各種語文，最後則歸結於義理，聚焦「道、德、玄、自然、無為」等關鍵概念，包羅萬有又要言不煩。

《莊子》實為千古奇書，〈逍遙遊〉更久已為人津津樂道。作為兼通儒、釋、道三教的知名國際學人，出生於香港的勞悅強教授主講〈何謂逍遙遊——莊子行動中的人生〉一講，別具匠心。古今學者對〈逍遙遊〉的詮釋繁多，眾聲喧嘩，又言人人殊。勞教授提出解讀《莊子》的新方法，強調以本文解本文，以單篇論單篇，兼且篇內逐章依次理會，以剖析逍遙遊的真義，嘗試還其本來面目，以見莊子著眼於切實行動的人生觀，而「逍遙」作為精神境界，實體現於活潑靈動的待人接物實踐。現代學者講「逍遙」，多偏於講境界，甚少講工夫，更鮮少具莊子所述的大知和高度去闡發逍遙之義。缺乏實踐，逍遙遊必淪為空談。莊子境界，有待於實踐工夫修養，並懂得享受逍遙的人細細品味。

溯源於《老》《莊》思想的道教，是真正在中國土壤發芽茁壯、最後亭亭如華蓋的宗教。《太上老君常清靜經》「言簡意賅，義理深刻」，向被視為極重要且對後世影響巨大的道教經典，其撰著年代問題卻困擾了古今學者。講座幸邀得國際著名道教研究專家黎志添教授主講〈考證《太上老君常清靜經》成書於唐代的說法〉，詳述此經典歷代版本及流傳問題，透過歷史源流、版本校勘、書目著錄等多方面，並從外緣、內緣兩層次考察，論證該經不可能成書於唐代，杜光庭實非作者，自北宋才開始流傳，復經全真教道士推崇及修改，成為今《正統道藏》的版本。本文因涉及考證，材料及注腳不詳細則不足以成鐵證，故篇幅稍長，體例亦與餘十七章略異。讀者幸識之。

佛教自印度傳入中土後歷經漫長的格義時期而逐漸中國化，其中禪宗即為代表，而《六祖壇經》是漢傳佛教本土作品中少數被稱為「經」的文本之一，對漢傳佛教各派影響深遠。它的思想豐富而複雜，雜糅了般若系、禪行系和如來藏系的思想，也吸收了漢地本土的儒道思想，集中體現了漢傳佛教兼容並蓄的特色。活躍於國際學界鑽研印度佛教的姚治華教授主講〈「本來無一物」：《壇經》中的空性思想〉，通過對讀《壇經》通行本與敦煌本，討論「本來無一物」以及「空」、「不可說」、「無生」等觀念，試圖理解這些概念與禪修實踐之間的關係。「本來無一物」五字概述了般若系「空性」觀念，而與之前眾位祖師的「觀心」禪法有所不同。篇末介紹人工智能LaMDA所作禪定的對話，頗饒趣味。

《傳習錄》堪稱明代最具代表性的哲學典籍，由明代大儒王陽明的弟子所編，記錄了陽明的語錄和書信文字，是瞭解陽明思想的不二門徑。〈王陽明《傳習錄》義理概說〉主講人黃敏浩教授研治儒學與新儒家哲學數十年，對陽明心學有獨到見解。關於陽明學說宗旨的傳述，除湛若水「五溺」之說，過去流傳較廣、影響較大的是黃宗羲《明儒學案》「姚江學案」，尤其所論陽明學成前後，各有三變之說，說本於錢德洪〈刻文錄序說〉。黃教授本於陽明《年譜》、同時參考錢說和黃說，而分別從「心即理」、「致良知」、「知行合一」三節綜括陽明思想，別有會心。有興趣的讀者以此為門徑，登堂入室，進一步探討〈與顧東橋書〉「拔本塞源論」、天泉橋證道關於「四句教」的兩重詮釋等重要課題，當有收穫。

《楚辭》的文辭與精神境界，實為古今文人魂縈夢繞所寄，儘管學界對其中作品（如〈九歌〉十一首的解釋）和屈原其人不無異議，但自漢代王逸作章句，兼錄楚地作家作品，「騷」、「賦」在《昭明文選》別為兩體，對後世韻文影響之大卻無二致。如〈天問〉記錄殷周以上的神話、佚史，而世界各民族古代歷史文學，亦往往以神話結合歷史為寄託。主講人陳煒舜教授素擅吟詠，夙治《楚辭》學及東西神話學，特訂〈繽紛變易：從《楚辭》看上古神話的沿革〉為題，運用中西比較視角，從「神話」定義談起，論及史詩、英雄、民族、圖騰等形象的運用，透過楚地歷史文化的講解，鋪陳《楚辭》神話麗辭煥發、奇幻多姿的面貌，並論及對神話的質疑和改造。全文讀來，令人目不暇給。

寓審美於創作、綰哲理於辭采的千古典籍《文心雕龍》是中國文學賞鑒的瑰寶。劉勰借用《周易》「大衍之數五十，其用四十有九」的理念，以〈原道〉為體，四十九篇為用，體現了經天緯地的胸懷。主講人汪春泓教授在中國文學歷史的造詣，學界久負盛名，其講題訂為〈談《文心雕龍》「江山之助」之本義〉。此四字典出〈物色〉篇「然則屈平所以能洞監《風》、《騷》

之情者，抑亦江山之助乎」。汪教授考證「江山」非僅浮面地指涉山水風景對創作的助益，更應上溯屈原放逐，侘傺含戚，撰述以抒憤的情懷。汪教授旁徵博引，既綜攬古今騷人如王勃等作品為旁證，又蒐羅宋以下文學家的別解，相異而可以並觀，將「江山之助」四字的新舊義理，發揮無餘，讓人開卷奉讀，有耳目一新之感。

自漢世鄉舉里選，東漢才性之論興，月旦人物，指道玄津，乃士林風尚，而志人志怪小說一時猗盛。《世說新語》主講人陳偉強教授研究中古文學有年，著述豐富，雅量高致，主講〈《世說新語》中的魏晉風流〉，講者講題相得益彰。陳教授從歷史與小說的相互關係談起，切入《世說新語》文本概況，而論及品評人物的時風。繼而探討「風流」的義理和兼及文辭與人品兩層次的映襯之用。魏晉人物中，王、謝雅量，向為人樂道，且關乎東晉政治風尚。而晉世士大夫美丰儀，陳教授據以暢論美貌富貴的人格反諷，進而討論「美」的追尋與「死」的崇高，以及越禮任誕與人性本相、乘興飲酒與文學境界等等，生動地描繪了漢末魏晉人物景象、感情、文學既多元化又息息相關的風貌。

「詞」大盛於兩宋，向有婉約、豪放分派之說。而兩宋二百年間豪放派詞人輩出，尤以蘇、辛作品不局限於懷人棄婦、閨閣妝奩之婉媚，時有氣沖牛斗、胸懷今古之概，而輝耀千古。〈蘇辛詞的美感特徵及其詞史地位〉一題，幸邀得精研中國詩詞文學的名家張宏生教授主講，重現豪放詞品的華美風致。張教授從張綖區分婉約、豪放談起，進而博蒐明清文人所述，點出蘇、辛「豪放」各不相同，除個性外，時代背景亦有以致之。東坡其人真率，其詞渾然，自由展現人生境界，詠史、報國、射獵、述懷，無不入詞。稼軒吟詠，喜陶鎔經史百子，於典籍無不徵引，且以少年率兵抗金而別具英雄氣概。至於忠君愛國，二人又殊途同歸。蘇辛共同創造新典範，為詞拓寬了風格與境界，實有睥睨古今之概。

綜觀十八章，體物述情，品裁淵雅，風貌造境，各有自得，均主講人深汲經典，吐屬英華所致，遂令古典今情之旨，周浹融洽。諸受邀講者，俱為筆者舊遊，方邂逅於高會，每傾蓋以馳情。諸君子學有專精，德業崇隆，筆者素所跂望。今承不棄，蒞臨講席，奉獻鴻文，裒輯成冊，復承香港中文大學前任校長金耀基教授賜題，張光裕教授、何文匯教授賜序，聯珠綴玉，益增鏤金之飾，非僅書樓光彩，抑亦筆者榮寵。此書刊布，足供社會賢達一睹二十一世紀初嶺表儒林，尚有濟濟文士以瑰意茂辭，為古典作新詮，上以致敬篳路藍縷之先賢，下以昭示香江詞林之大觀。古今騷人雅士，共賞文心，亦區區微願也。

癸卯年二月驚蟄日（二〇二三年三月六日）謹書於香港御龍山寓廬

《周易》的憂患意識

鄭吉雄

一、人與世界的聯繫：心窗的啟閉

一個世紀以前（約在一九〇八至一九一〇年間）王國維在其一字千金的名著《人間詞話》中，對李煜〈子夜歌〉傳誦千古的兩句「人生愁恨何能免，消魂獨我情何限」有如是評騭：

> 儼有釋迦、基督擔荷人類罪惡之意。

我早年讀《人間詞話》，大惑不解，認為不過是兩句抒發恨與愁的詞句而已，何以靜安給予如此崇高的宗教性評價？如今已及「耳順」之年的我才親切感受到其中寄託的深意。因為情感之於每一個人而言，都是自我的、私密的。我們常認定世上沒有人能理解自己的心曲，覺得自己的委屈和痛苦無可比擬。這是人之常情。然而，一旦人能將個人情感擴大延伸，而與眾生產生「共感」(empathy)，那便是宗教「救贖」(redemption)的發端。李後主從「我」的「情何限」進而悟及「愁恨」原來是人生的本質，這和釋迦悟道後宣講「四諦」——苦、集、滅、道，認定人間為無邊苦海，用意或有輕重不同，本質上並無二致。《禮記．中庸》解釋「仁者」是「人也」，鄭玄解釋說：

> 「人也」，讀如「相人偶」之「人」，以人意相存問之言。

原來「人也」的「人」字是動詞而非名詞。「意相存問」，就是我說的「共感」。

懷抱淑世情懷的仁人君子，其「仁心」實亦肇端於此。「共感」情懷擴充，痌瘝在抱，心窗一旦開啟，就再也關不起來。這就是范仲淹〈岳陽樓記〉「先天下之憂而憂，後天下之樂而樂」寄託的意思。而在范氏以前，《周易．繫辭下傳》作者早已說：

> 作《易》者其有憂患乎！……其出入以度，外內使知懼，又明於憂患與故。

東晉著名《易》學家韓康伯《注》說：

出入，猶行藏；外內，猶隱顯。

仁人君子抱著入世、用世心情，投身社會、國家，盼望經世濟民，這是所謂「入」、「內」、「行」、「顯」；一旦受到政治打擊，罹罪遭禍，不得已只好遠離朝廷，成為隱士逸民，這是所謂「出」、「外」、「藏」、「隱」。出入、內外都躲不開「憂患」，不正是〈岳陽樓記〉說：

居廟堂之高，則憂其民；處江湖之遠，則憂其君。是進亦憂，退亦憂。

的意思嗎？這是因為傳統「士」的宿命，常常抽離俗世之外，又永遠糾纏於俗世之中。就像王國維〈浣溪沙〉「偶開天眼覷紅塵，可憐身是眼中人」，陷身俗世時幻想著抽離紅塵，縱目天地古今，但驀然回首，又驚覺自己不過是滾滾紅塵中的一顆細砂，一抹微塵。憂患意識的普遍性，是人類所共知共感；它也有特殊性，是《周易》作者撰寫這部偉大經典的動機。

二、《周易》簡介

《周易》是一部甚麼書呢？過去一百年，有兩種主流意見。

第一種認為：《周易》道理神妙，無所不曉，無所不包，能知過去未來，能占吉凶禍福。

第二種認為：《周易》不過是上古人民迷信的占筮工具，卦爻辭是占筮紀錄，唯一價值是反映古代社會情狀。

以上兩種主流意見看起來相反，卻在一點上相同，就是只盯著《周易》占筮功能——不論是稱讚，抑或攻擊。他們都忽略了《周易》是一部成熟、具藝術性的政治典冊，其核心價值在於「義理」。忽略了義理，甚麼「意識」都談不上了，哪裏談得上憂患意識？

《周易》又名《易經》。這兩個名稱，有時就混著用，指的是同一部書；有時也分別用，表述不同的意思。

《周易》的「周」字，兼指「周朝」和「周遍/周匝」兩層意思，它由周文王始撰，由文王的後人繼續完成。但追溯古史，《周易》並不是無中生有的原創，而是承繼了更早的兩部經典：夏朝的《連山》和殷商的《歸藏》。

夏商周三代各有一部具有代表性的典冊，體現該朝代的政治理念。古人合稱「三《易》」。夏朝歷史可上推至公元前二十一世紀，因為缺乏堅實的古史證據，《連山》也沒有出土文獻的佐證，只有清儒從中古文獻中輯佚出部分片段。十分可惜。

《歸藏》較幸運，除了輯佚本外，湖北江陵縣王家台還出現過一套可以作為佐證的竹簡本《歸藏》。我們將《歸藏》和《周易》對比，會發現《周易》六十四卦卦名，一半以上（至少三十五個卦）都襲用了《歸藏》。這就證明《周易》是根據《歸藏》改寫的。換言之，雖然《周易》和《易經》指向同一部書，但當我們講《周易》時，聚焦的是周民族的新創；講《易經》時，應拓寬眼光，著眼於它體伏羲畫卦、《連山》至《歸藏》的共通元素。

《易》的原始元素是兩個具象符號：「陰爻」⚋和「陽爻」⚊，表達了古人體會主宰著大自然的兩個抽象力量。

陰爻和陽爻重疊，就成為伏羲氏畫的八卦，每卦有三爻，稱為「經卦」：〈乾〉☰、〈坤〉☷、〈習坎〉☵、〈離〉☲、〈震〉☳、〈艮〉☶、〈巽〉☴、〈兌〉☱。這都是共通元素，早就出現，不是周民族的創造。八卦重疊，八八六十四，每卦有六爻，就成為六十四卦，稱為「別卦」。

《周易》三百八十四爻各有爻辭，參看爻辭，觀察爻變而知卦變；《歸藏》卻只有卦辭而沒有爻辭，也看不出它有卦變爻變的成卦之法。所以爻變、卦變就是《周易》所獨有的。以上在在都看得出《周易》的特性。

《周易》包含「經、傳」兩部分。

「經」包含了五個元素：卦體（六十四卦的卦畫形象）、卦名（卦的名稱）、卦辭（卦的占斷之辭）、爻辭（三百八十四爻的占斷之辭）、卦序（六十四卦次序，上經三十卦，下經三十四卦）。

「傳」，就是戰國以降，十種解釋「經」的著作，分別為：《彖傳》、《象傳》、《繫辭傳》各分上下兩部分，共六個部分，加上《文言傳》、《說卦傳》、《序卦傳》、《雜卦傳》四部分，合稱「十翼」。一九七三年馬王堆漢墓出土帛書《周易》，有幾篇解釋經文的著作，部分內容和傳本「十翼」相同。

六十四卦的結構，上經三十卦，以「乾、坤」為始，以「坎、離」為終。「乾、坤」象徵天、地，是萬物總源；「坎、離」象徵水、火，水是生命之源，火是文明之源。天、地、水、火是大自然的恩賜，所以傳統《易》家稱「上經」是以「天道」說「人事」。下經三十四卦，以「咸、恆」為始，以「既濟、未濟」為終。「咸、恆」象徵夫婦之道，是人倫的開端；「既濟、未濟」象徵成功和未成功，象徵人生的事業。這些是人生必不可或缺的創造，所以傳統《易》家稱「下經」是以「人事」體「天道」。

䷀ 乾	䷁ 坤	䷂ 屯	䷃ 蒙	䷄ 需	䷅ 訟	䷆ 師	䷇ 比
䷈ 小畜	䷉ 履	䷊ 泰	䷋ 否	䷌ 同人	䷍ 大有	䷎ 謙	䷏ 豫
䷐ 隨	䷑ 蠱	䷒ 臨	䷓ 觀	䷔ 噬嗑	䷕ 賁	䷖ 剝	䷗ 復
䷘ 无妄	䷙ 大畜	䷚ 頤	䷛ 大過	䷜ 習坎	䷝ 離	䷞ 咸	䷟ 恆
䷠ 遯	䷡ 大壯	䷢ 晉	䷣ 明夷	䷤ 家人	䷥ 睽	䷦ 蹇	䷧ 解
䷨ 損	䷩ 益	䷪ 夬	䷫ 姤	䷬ 萃	䷭ 升	䷮ 困	䷯ 井
䷰ 革	䷱ 鼎	䷲ 震	䷳ 艮	䷴ 漸	䷵ 歸妹	䷶ 豐	䷷ 旅
䷸ 巽	䷹ 兌	䷺ 渙	䷻ 節	䷼ 中孚	䷽ 小過	䷾ 既濟	䷿ 未濟

六十四卦，每兩卦為一組，一組兩卦相互間形式上和意義上都相對而且糾纏。形式上，一組兩卦只有兩種關係，不是「覆」就是「變」。「覆」就是同一個卦體，上下顛倒，產生出

兩個不同的卦而成為一組，像〈咸〉卦反過來變成〈恒〉卦。「變」就是同一組兩卦，陰陽相反，各自有各自的形體，像〈乾〉卦與〈坤〉卦。

「非覆即變」體現了繁複的意義層次：一組兩卦，代表世界的事理都包含「陰、陽」兩種力量，在無止境的變化發展過程中，互相糾纏影響，難分難捨。「卦」是由下而上發展的，就像樹木成長由下而上一樣，所以閱讀「卦」是自下而上閱讀，觀察事理的意義發展。例如圖一〈師〉卦反過來就是〈比〉卦，所以〈師〉發展至極點就變為〈比〉，反之亦然。我們看上引宋儒吳仁傑《易圖說》「爻位相應之圖」，〈師〉卦初爻發展至上爻，就是〈比〉卦初爻；反過來，〈比〉卦初爻發展至上爻，就是〈師〉卦初爻。即使像〈乾〉卦、〈坤〉卦關係是陰陽相反的「變」，意義也互相糾纏：〈乾〉卦卦辭「元亨，利貞」就是〈坤〉卦「用六」（〈坤〉卦的總結）「利永貞」；〈坤〉卦卦辭「君子有

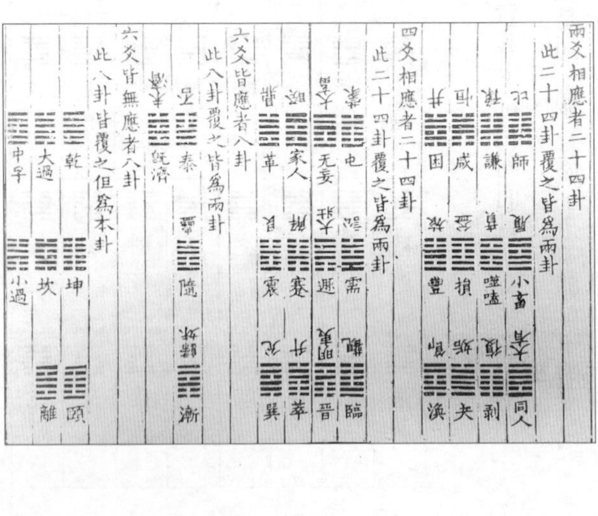
兩爻相應者二十四卦
此二十四卦覆之皆為兩卦
四爻相應者二十四卦
此二十四卦覆之皆為兩卦
六爻皆應者八卦
此八卦覆之皆為兩卦
六爻皆無應者八卦
此八卦皆覆之但為本卦

圖一

攸往，先迷後得主」就是〈乾〉卦「用九」（〈乾〉卦的總結）「羣龍无首」。這種非「覆」即「變」、往復循環的關係，表達了「動態」和「靜態」兩種意義：動態意義，是人間事理的發展，就像鐘擺一樣，陰與陽往復循環，總是否極泰來，剝復循環。我們的心情也像鐘擺，在痛苦失望與歡娛滿足之間遞換，又互相映襯，正如《老子》說「禍兮福之所倚，福兮禍之所伏」（第五十八章）。至於靜態意義，世事正反兼容，利弊得失看似兩面，實為一體。人們個性的優點，往往也是缺點所在。

三、《易》三大法則與身體取象

研究《周易》的都應該知道有「三大法則」，卻很少人知道「三大法則」有兩層意義。

第一層要從哲學意義講起。從伏羲氏作八卦開始，經歷夏、商、周三代的發展，由《連山》、《歸藏》再發展為《周易》，定型為「易簡」、「變易」、「不易」三個主旋律。這一層意義不局限於某一階段的歷史，而是普及於天地萬物、往古來今。在地球四十億年歷史演化中，無量數的物種在一個兼有穩定和不穩定元素的複雜環境中，逐漸誕生、演化而定型。萬物承受陽光規律性變化的宰制，發展出日出而作、日入而息的生活習慣。新陳代謝和免疫系統的機制，也配合著這樣的作息規律而成為生物生存的必要條件。這樣的環境，讓人類一旦脱離地球，幾乎無法生存。我們看太空人脱離了地球引力，生理系統即大亂，重回地面後才恢復正常。推到宇宙，《易》理陰陽互動，和相對論引力、時間、空間的原理、物質與反物質的關係、量子糾纏（quantum entanglement）的力學原理，恍然若相呼應。回到現象界，從醫院的產房到殮房走一轉，我們見證了人間的生死存歿；從森林的四季變遷，我們觀察到物種的榮枯代謝；從芸芸眾生運命的順與逆、幸與不幸，我們領悟到吉凶悔吝的錯綜變化。這些就是《易傳》所說的「原始反終」、「終則有始」。人類自詡為萬物之靈，奢言「自由」，其實牢牢地被「陰、陽」所束縛，自生至死，一刻不能脱離。人類呼吸著大氣，讓陽光打開心窗，思維作用於頭腦；我們的飲食從五穀乃至禽畜都是土地所養育，死後骨肉腐朽，又化為泥土。人類世界的「變」，逃不出天地定律。相對於廣闊無垠的宇宙，人類太渺小了，這個「變」也就成為難以預期——就像六十四卦中有〈无妄〉卦。然而，從宇宙尺度看，這規律是可得而知的——它就是亙古恆常、至為易簡的「變」，驅使「陰、陽」之化而統歸於「太極」。

哲學意義之中，糾纏著另一層意義——歷史意義。這是我要談的「第二層」。

《繫辭下傳》說：

《易》之興也，其於中古乎！作《易》者其有憂患乎！

「中古」指的是殷末周初——殷商滅亡、周朝興起的時期——所謂「革命」的大時代，成千上萬的人在連年征戰之中死去，成千上萬的人忽然淪為亡國奴，再有成千上萬新興民族胼手胝足開疆拓土，建立家園。「其有憂患乎」這句輕易的話背後，隱藏了數不盡的血和淚，包含了生命的終始、歷史的更迭、氣運的循環。這是《周易》憂患意識的歷史視界。

歷史意義的三大法則，講的是作為周朝政治典冊的《周易》，展示了「主變」、「尚陽」、「崇德」三種精神。首先，「主變」的精神就包括了上文所說的「簡易、變易、不易」，也就是《詩經》、《尚書》裏面常說的「天命靡常」。它是周民族取代殷商，建立新朝代的原理。周民族認為：「革命」並不是周民族懷抱惡意造反去消滅殷商，而是因為「天命」變了，因為殷商天子失德，老天爺不再眷顧他們，而將「天命」交給周文王和武王。周民族也藉此警告自己的子孫，誰敢仿效殷商帝王那樣懶於朝政、沉湎酒色，有朝一日老天爺也會將「天命」轉移給另一個政權，有一天周朝會被其他人革命。周朝提出了這樣謙卑務實的想法，果然讓國祚綿延了七百多年。我們看出周民族智慧之餘，也對照出秦始皇開國定邦宣示「始皇帝→二世→三世……」，最後不到二十年而覆滅的幼稚可笑。周王朝利用《周易》宣示這三大法則，既解釋了「周革殷命」的合法性，也揭示了「道德」對於統治的重要性，因為天命靡常，朝代變革，正取決於道德的崇高或敗壞。周民族利用《周易》高舉尚陽剛、主德行的理念，成功地建立了一套統治數百年、卻在中國綿延數千年的倫理文化體系。從漢儒董仲舒開始，就申論「陽尊陰卑」的倫理思想。過去《易》家唯知《周易》尚「變」，卻囿於「乾坤並建」之說，而不知《易》道主剛；又囿於《易》為卜筮之書，而忽略其尊崇德行，竟因此而認不出這三個具有特殊歷史意義的大法則。

「變」的法則既兼有哲學和歷史兩層意義，它對每個人而言，都是圍繞著自己（self）在發生。正如德國哲學家狄爾泰（Wilhelm Dilthey）形容，人類透過微小的身體認識偌大世界，就像從一間房子透過小小的窗戶窺探大自然一樣。人類感受「變」，人體由生至死也不停在「變」，所以身體的變化，也決定了我們感知外在世界的變化。《易》卦因此而產生特殊的身體取象：

卦名	以足部（或足履之物）喻初爻	以頭部（或頭部器官）喻上爻
坤	履霜堅冰至	
比		比之无首
履	素履，往，无咎	
大有		自天祐之
噬嗑	屨校滅趾	何校滅耳
賁	賁其趾	
剝	剝牀以足	
大畜		何天之衢
頤		由頤，厲吉，利涉大川
大過		過涉滅頂
離	履錯然	有嘉折首，獲匪其醜
咸	咸其拇	咸其輔頰舌
遯	遯尾	
大壯	壯于趾	羝羊觸藩，不能退，不能遂
晉		晉其角，維用伐邑

明夷		初登于天
夬	壯于前趾	无號，終有凶
姤	羸豕孚蹢躅	姤其角
萃		齎咨涕洟，无咎
革		小人革面
鼎	鼎顛趾	
震		視矍矍
艮	艮其趾	
歸妹	跛能履	
中孚		翰音登于天
既濟	濡其尾	濡其首
未濟	濡其尾	濡其首

〈大有〉上九「自天祐之」，〈大畜〉上九「何天之衢」，〈明夷〉上六「初登于天」，〈中孚〉上九「翰音登于天」。甲骨文「天」字原本就是人之「顛頂」的象形。這幾個卦的「天」字，多繫於上爻，其含義與以頭部器官繫於上爻，取象實亦一致，因此也應該一併考慮。

明白《易》卦以身體取象，對我們認識《易經》的哲理很有幫助。各位會注意到，上表臚列的身體取象，以人體為主，也有動物的身體，又借用了人的頭顱來象徵「天」，那說明了，人體的象徵很重要。人，原是大自然的一部分，自然和人文是一個整體，很難截然區分。而《周易》的哲理，就全人類來看，是以「人」為中心，擴大到天地萬物；就每個個體來看，則是以「我」為中心。所以一切吉凶禍福，快樂憂傷，追本溯源，都和我們自身有關。這也和《周易》重要的「感應」思想有關。〈乾〉卦《文言傳》：

同聲相應，同氣相求，水流濕，火就燥，雲從龍，風從虎，聖人作而萬物覩。本乎天者親上，本乎地者親下，則各從其類也。

「感應」思想透著神祕，卻並不是迷信。我們看自然界中生物「擬態」就是感應。圖二的「蛾」是壽命極短的昆蟲，是甚麼力量令牠能體察到敵人從遠方觀看，足以產生畏懼感，而讓身體演化出嚇唬敵人的圖樣？圖三「螳螂」演化到讓形體長成蘭花，以迷惑獵物，其奇幻也不遑多讓。這些感應，就在昆蟲身上優美地展現。難怪《繫辭傳》說：

是故《易》者，象也；象也者，像也。

生物感應之「象/像」，在人類也有顯例。古人以「天圓地方」的觀念推衍出人類「圓顱方趾」原來就是「天、地」形象的結合。甲骨文「天」字形狀為「」，就是人體符號，將頭顱加大的形象。所以《說文解字》解釋「天」字說：「天，顛也。」這個「顛」就是「顛頂」，事物最高的部位。所以王國維〈釋天〉說：

古文「天」字本象人形……其首獨巨。

讀者也許懷疑：這種解釋只是人文學者的幻想臆測吧？其實，自然科學為這個解釋提供有力佐證。義大利腦神經學家Alberto Feletti和天文學家Franco Vazza在二〇一七年發表研

圖二

圖三　圖片來源：Pavel Kirillov (CC BY-SA 2.0)

究論文"The Strange Similarity of Neuron and Galaxy Networks"，二〇二〇年再度發表論文"The Quantitative Comparison Between the Neuronal Network and the Cosmic Web"。他們注意到人腦纖維狀結構（Neuronal filament）和星團纖維狀結構（Galactic filament）的高度相似。正因為科學家不認為這種相似是「偶然」，才進行深入研究。換言之，人體、物體（有機生命體）和自然界的對應、相似、互動、感應，都是《周易》經傳作者和古代哲學家共同注意到，而在經典解釋流傳過程中加以申論。這些感應和科學家觀測到宇宙電子與中子、引力與空間、量子與量子之間的神祕關係，是一樣的，都是客觀觀測結果。神祕是事實，卻絕非迷信。《彖傳》解卦，說「志應」（蒙）、「上下應」（小畜）、「應乎天而時行」（大有）、「順乎天而應乎人」（革、兑），都提到感應，不只是論爻與爻之間的相應，也包括萬物之間的感應。所以《繫辭上傳》引子曰：

> 君子居其室，出其言善，則千里之外應之，況其邇者乎；居其室，出其言不善，則千里之外違之，況其邇者乎。

人與人之間的感應力量無遠弗屆。明乎此，有助於了解下文討論的憂患意識。

四、屯、習坎、蹇、困：四難卦的啟示

〈屯〉、〈習坎〉、〈蹇〉、〈困〉歷來被稱為四大難卦。它們其實也代表了四類不同的憂患，卦爻辭各自透露了消解的策略。

先談〈屯〉卦，卦象是生命源始的艱難，引申意義為「萬事起頭難」。「屯」卦的「屯」字，粵音讀作「樽」（普通話讀作zhun第一聲），不讀作「囤」，字義是艱難。甲骨文作（甲2815，合6768，賓組）或（掇1.385，合28180）；金文則作（西周晚期，集成2814）或（詳下），它原是象形字，象小草穿出土地向上生長佶屈的樣子。〈屯〉卦《象傳》說：

雲雷屯，君子以經綸。

屈萬里先生《周易集釋初稿》說：

屯，金文作，即純字，本為絲，故有經綸之象。

它也可以解釋為絲線的象形。但許慎《說文解字》說：

> 難也。象艸木之初生。屯然而難。从屮貫一。一，地也。尾曲。《易》曰：「屯，剛柔始交而難生」。

《說文解字》是解《五經》經義的專書。許慎用「艸木初生」去解釋「屯」字的字形與意義，也同時說明了〈屯〉卦——緊接著〈乾〉卦和〈坤〉卦之後的第三卦，表達了純陽與純陰開始互相交接，演化萬物，而產生的困難。它的象徵是新生命的誕生，正因為兩性（男女、雌雄、牝牡）交合的結果。而生命誕生之始，也是最脆弱的階段。小嬰兒的無助，沒有父母的照顧，頃刻活不了。所以歷來講《周易》的都說〈屯〉卦緊接在〈乾〉〈坤〉二卦之後，講天地相交之後，萬物始生的困難，所謂「雷雨之動滿盈，天造草昧，宜建侯而不寧」，就像大自然孕育萬物一樣，人生事業的開始，國家建立之初階，種種無中生有的創造，最為困難。這個時期的憂患意識，特別需要強大的信心和幹勁，卦辭和初九爻辭都說「利建侯」，《彖傳》說「宜建侯而不寧」都是這個意思。引申到人生，小孩子受教育，開始與同儕互動，開始確立自我意識與社會規範，會遇到種種困難。年輕人剛出社會，開拓自己的事業，也會面臨困難，都是屬於

〈屯〉卦的憂患。從長遠的角度看，這是人生必經之路，面對挑戰、困阻，我們特別需要努力耕耘，需要進取心，才有豐收，嚐到甜美果實。我們也要注意，進取心不是叫我們貪婪。

〈屯〉卦九五爻辭說：「屯其膏，小貞吉，大貞凶」，這裏「屯」字兼有「屯難」和「囤聚」兩個意義。「膏」就是「民脂民膏」的膏，「屯其膏」就是囤積財富，短期看好處多多，長遠看反而為人生的發展造成困難（屯）。人生事業，應該訂立遠大目標，古人強調要「立志」，不應該以累積財富為人生目標。否則從近利的角度看好像是吉利的，長遠看卻可能是降志辱身，反而招徠凶險。所以說「小貞吉，大貞凶」。

〈習坎〉卦一般讀者或稱〈坎〉卦，是簡稱而不是本名。經卦「坎」☵是「水」☵之象。水能載舟，亦能覆舟，正因為「水」是生活所必需，與人親近，常讓人在放鬆戒備心之後不自覺陷身險境。所以「四難卦」中〈習坎〉以外的三卦：〈屯〉震下坎上、〈蹇〉艮下坎上、〈困〉坎下兑上，都有「坎」象，以象徵危險。「利涉大川」也是《易》卦爻辭的常用語——「涉大川」亦能「利」，就無往不利了。〈習坎〉由兩個「坎」重疊而成（所以稱為「習坎」），《彖傳》解釋說「重險也」，代表雙重險境，可見這個卦象充滿危險。俗語說：「生於憂患，死於安樂。」安居樂業時，我們懈怠了，忽略了周遭的危險。〈習坎〉卦六爻皆有「囚牢」之象，初

六、六三又都有「入於坎窞」的凶險之象，發展到上六，就有「係用徽纆，寘于叢棘，三歲不得，凶」之象，可謂凶險之極。應付這樣的凶險，必須參考〈坤〉卦《文言傳》說：

臣弒其君，子弒其父，非一朝一夕之故，其所由來者漸矣，由辯之不早辯也。

這裏說「漸」，說「早辯」，是強調要「杜漸防微」，及早明辯慎防。不過讀者可能會問，明明是「重險」，為何卦辭卻是「有孚，維心亨，行有尚」，似乎沒有甚麼凶象。這是因為卦本身既已顯示了危險之象，卦辭就重在給讀者積極、正面的義理上的建議。面對困難，有時我們能做的不多，最重要是自己有信心，信任自己，行為高尚，才有避禍的可能。

〈蹇〉卦代表人生遭際、立身處世的艱困，大都屬於忠言逆耳的困難。所以卦爻之義集中在「言、行」兩方面。「蹇」字从「足」，朱熹《本義》說「蹇，難也，足不能進，行之難也」。而六二爻辭「王臣蹇蹇」實應作「王臣謇謇」，「謇」是口吃，引申為言語的困難，再引申為直言正言。做臣子的要勸諫君主，忠言逆耳也好，現代人工作、交友，要不要直言勸諫，要不要說實話，都有困難。因此〈蹇〉卦困難大都屬於人際關係，引申到各種衝突，而人與人之間衝突、誤會往往最難冰釋。別人一旦對我們持正、耿直的言語產生誤會，以後都從壞的角度解讀，誤會就愈來愈深，這正是〈蹇〉的困難所在。所以《彖傳》作者說「往得中」、「往有功」、「以正邦」，是用吉辭來化解險境；《象傳》作者說「君子以反身脩德」，則是用修身來應付險境。當事人最重要問心無愧，所以反求諸己，盡己盡心，就不會錯。

如果說〈習坎〉「坎窞」、「叢棘」像捕獸用的陷阱而引申為囚牢；〈困〉卦則是無形的陷阱，是抽象的、情境上的困難。它不像坎水、大川一樣讓你有生命危險，但卻糾纏不休，揮之不去，而且往往歷時很久。所以初九爻辭有「三歲不覿」之象，至上六又有「困于葛藟，于臲卼」（「臲卼」或作「倪仉」，坐立不安的樣子）的象徵，六三處於內卦之上，有「困于石，據于蒺蔾，入于其宮，不見其妻，凶」之象。正如〈習坎〉卦卦辭吉利亨通，讀者可能也會困惑：明明是「困」，怎麼占斷之辭反而是「亨」、「吉」、「无咎」呢？在這裏我們正好看出《周易》作者的智慧。北宋張載看得明白，說：「《易》為君子謀，不為小人謀。」卦辭說「大人吉」，那就暗示「小人凶」，意思是大人得此卦而吉，小人得此卦則凶。小人不像君子能以品德化解危險，遇「困」就難解救了。但即使是大人君子，也不能訴諸言語，「有言不信」、「尚口乃窮」（《彖傳》語），遇困難，任憑舌粲蓮花，也是徒然。這正如孟子說「求全之毀」，毀譽一來，身不由己，那也是「困」之至極了。所以《象傳》說「君子以致命遂志」，「致命」，朱熹《本義》解釋為「授命，言持以與人而不之有也」，就是置死生於度外的意思。大人君子為了完成自己的志向，大義當前，生與死都不算大不了的事。這真是將大人君子特立獨行、輕生重義的情操，發揮到了極致。

除了坎、水的象徵，我們也不能忽略「心」的重要性。「憂患」二字，都从「心」。《周易》經傳裏面常常出現的字「惕」、「悔」、「憧」、「思慮」、「恐懼」等等，都以「心」字為偏旁。可見憂患之所以揮之不去，因它雖然遇之於外，更重要是源自於內。它有外在的原因，更有內在的根源。我們永遠都不知道明天會遇到甚麼人、遇到甚麼事、面臨甚麼挑戰。正是人生的不確定性，讓我們惴惴不安地生活，正是為了準備他日的艱難，我們對每天的新挑戰窮於應付，又常常忘記如何活好每一個當下。難怪《繫辭下傳》問：「天下何思何慮？」最後人們弄得內外交困，左支右絀。《詩經．瞻卬》說：「人之云亡，心之憂矣……人之云亡，心之悲矣。」《尚書．五子之歌》：「鬱陶乎余心。」《論語．陽貨》：「其未得之也，患得之；既得之，患失之。」人的憂患悲思、患得患失，都屬於「心」的作用。「心」確立了我們存在的意義、價值和幸福感。正如《周易》第三十一卦〈咸〉卦九四爻辭說：「憧憧往來，朋從爾思。」「憧憧」就是心情的忐忑，心旌的動搖。憂患意識就這樣，讓人牽腸掛肚，歲歲年年。現代人最常見的憂鬱症、躁鬱症、解離症，還有許許多多心理病，憂傷、壓力、悲痛，可以造成失眠、過敏、免疫力衰退，各種致命的病。《周易》作者用「其有憂患」，總結他所觀察的大時代動盪中人類揮之不去的困擾，是一種大智慧。

五、消解憂患的方法

除了上述四大難卦所透露的蹇困危患之外，還有孤獨感、不安感、危機感、迷失感，都是《周易》常常討論的。從六十四卦中，我們也能處處獲得消解憂患的啟示。第一個消解之法是「自立」，就是要有頂天立地的決心，不去想東想西，妄圖依靠運氣或他人的協助去解困，久而久之，才能培養出獨立的力量與氣度。〈夬〉卦是這方面最好的例子。《彖傳》說：「夬，決也。」「夬」就是「決」。「決」就是決心，有決心就能改變現狀。〈夬〉卦卦象——「陽」的力量自下而上，將「陰」的力量逐一消滅——引申出剛決、俐落的意志。因此九三「壯于頄」，朱熹《易本義》解釋說：「君子處之，必能棄夫情累，決之不疑。」這就是鼓勵我們拋開情感包袱，做好自己的決定。尤其人類是羣居的物種，羣居讓人們互相影響、束縛，使人不自覺地屈從他人給予的壓力，點滴失去自由、自決的力量。

第二個消解憂患的方法是謙虛。〈謙〉卦是六十四卦中最具德性深意的卦，也是最有福報的卦。〈謙〉卦真是六爻皆吉，無有不善，正因為謙虛、謙卑是毫無瑕疵的準則。所以卦辭說「亨，君子有終」，九三爻辭也說「勞謙，君子有終，吉」，君子既「吉」而又有善終，人生至此，可稱無憾！而卦辭和初六爻辭也都說「謙謙君子」，謙而又謙，那真是難能可貴。所以《彖傳》持續用「盈」和「謙」作對照，認為天道、地道、鬼神、人道等，從自然到人文的事物，都壓抑滿盈，而支持謙卑，也就是《尚書．大禹謨》所說的「滿招損，謙受益」。所以《彖傳》說「謙尊而光，卑而不可踰」，謙卑的人，表面看來是那樣卑下，卻正因為謙卑，反而獲得無限尊敬，崇高德行讓人無法踰越。實踐謙卑的精神，不論際遇如何，總能有福報，而且比一般人更加心安理得。

第三個消解方法是「有孚」，就是自信。卦爻辭中常常出現「有孚」的「孚」的觀念。受古史辨思潮影響的學者大都將它讀作「俘」字，解釋為「俘虜」。這種結合實證主義和社會學的解釋，讓《易》的義理死去。傳注傳統將這個「孚」字解釋為「信」才是對的。〈需〉卦卦辭「有孚，光亨」，朱熹《易本義》解釋說：「孚，信之在中者也。」這裏「中」字既指〈需〉卦居於外卦之「中」的五爻，也指「心」。「信孚」在心，指的就是自信。有自信的人，才能有誠信，於是也就有信譽。「光亨」的「光」就是「廣」，內心有自信，在外有信譽，待人處事必將能獲得亨通。這是應對憂患的首要條件。

第四個消解方法是「戒慎恐懼」。〈震〉卦《象傳》說：「震驚百里，驚遠而懼邇也。」《象傳》說：「洊雷震，君子以恐懼脩省。」懂得審時度勢，隨時注意身邊的危險，對於應付像〈習坎〉一類的「重險」，至為重要。所謂「君子不立危牆之下」，簡單講就是避禍，這就要談到〈遯〉卦。《說文解字》：「遯，遷也；一曰逃也。」這個卦原提醒傳統士大夫遇到蠻橫無理的獨裁君主時，要學會逃遯的道理。一卦六爻，內卦三爻是無法逃遯，因此初爻爻辭「遯尾」，就是後知後覺，到最後關頭才想到逃遯，結果當然是逃不掉。六二爻辭「執之用黃牛之革，莫之勝說」。「說」就是「脫」。被黃牛皮做的皮革綑縛，無法逃脫了。九三是「係遯」，「係」就是「繫」，想逃遯而被縛起來了。到了外卦三爻，才能成功逃遯，九四「好遯」、九五「嘉遯」，都有美好的意思，都有「吉」的結果。而上九「肥遯」，「肥」就是「飛」的同音假借字，更是遠遠地逃遯了。我們看孔子說「道不行，乘桴浮於海」，就是說天下無道之際，也就是他逃遯之時。

第五個消解方法是「以和為貴」。這就要談〈訟〉卦的精神，教人盡量避免和他人衝突。卦辭「中吉，終凶」，提醒我們和他人爭訟，即使過程中吉利，最後必然會有損傷。要知道從宗教和哲學的角度，在充滿衝突和仇恨的人類社會，「和解」(reconciliation)永遠是最難能、最終極的至高境界。所以〈訟〉卦六爻，都教誨人們：小爭訟無傷大雅，初六爻辭所謂「不永所事，小有言，終吉」；大爭訟，則要盡量避免。我們看上九爻辭「或錫之鞶帶，終朝三褫之」，「訟」事發展至最後，再大的榮耀也將被褫奪。從爻象看，這樣的訓誨，就是《論語》記孔子說「必也使無訟乎」的精神，申論〈訟〉的解套方法最好是雙方和解、結束爭訟。《象傳》說「君子以作事謀始」。明瞭了以和為貴的原則，作事謀始，也就能減少憂患了。

第六個消解方法是「脩身」。〈復〉卦初九說「不遠復，无祇悔，元吉」，「復」字有恢復，完善自我的意思。所以像〈蹇〉卦《象傳》說「君子以反身脩德」，也是這個意思。又如〈小畜〉卦鼓勵我們約束自我，畜積德行。《易》哲學有一個重要觀念，就是：真正有力量的人，才懂得約束和隱藏自己的力量，不需要時時刻刻顯露自己。老子說：「良賈深藏若虛，君子盛德容貌若愚。」就是這個意思。這樣的精神，首見於〈乾〉卦初九爻辭「潛龍勿用」，《文言傳》引孔子的話，先說：「龍德而隱者也」，最後又說「確乎其不可拔」。具有像「龍」一樣德行的大人君子，卻能隱藏力量，不輕易曝露。〈小畜〉卦《象傳》說：「君子以懿文德。」「懿」就是「美」，讓自己累積優美的文采，而不自傲自誇。戒慎恐懼是消極的避禍法門，以和為貴則添加了積極的元素。而修身修德則是更積極進取的態度。

第七個消解憂患的方法是「隨時」，〈隨〉卦《象傳》說「天下隨時。隨之時義大矣哉」，教人敏銳地意識到人生應該順應一切變幻，及時調適自己。這是源出於《周易》三大法則「變」的核心精神。甚麼是變？昨天的日出不是今天的日出，今天的夕陽不是明天的夕陽，這是自然的變；昨天的我未必是今天的我，明天的我也不再是今天的我，這是人生的變。由此引申，就悟到一種《繫辭傳》描述的態度：「樂天知命，故不憂。」就如流傳的《了凡四訓》所說：

從前種種，譬如昨日死；以後種種，譬如今日生。

正因為「變」，我們每天都可以給予自己一種全新的心情，將已成往事的懊惱、後悔、憤懣、傷感，拋諸腦後，放下包袱，用新的心情開拓新的一天。即使老了，心境也要開朗。像〈離〉卦九三：

日昃之離，不鼓缶而歌，則大耋之嗟，凶。

「日昃之離」意即「夕陽無限好」，這時候即使沒有樂器，敲著鍋子也要唱歌自娛啊！「隨時」的心情，主要是永遠給自己「自新」機會——原諒自己的過去，諒解自己生命並不完美的事實。所以〈大畜〉卦說「日新其德」，和《禮記．大學》引「湯之盤銘」說：「茍日新，日日新，又日新。」不但是鼓勵我們德行上自我砥礪，更重要是接納自己。人生總是充滿得與失，但《周易》作者提醒我們得失原本是平常事，也只能視為平常事。所以〈无妄〉卦六三說：

无妄之災，或繫之牛。行人之得，邑人之災。

〈无妄〉意思是意料之外，農夫的牛掙脫了繫繩，走在路上，被不知情的路人順手牽走了，造成農夫的損失。世上處處存在這種得失，有幸有不幸。而〈損〉卦六三則說：

三人行則損一人，一人行則得其友。

講的則是因益而損，因損而益，損益互為推移，就像《老子》說「禍兮福所倚，福兮禍所伏」（第五十八章）的意思，也就是〈泰〉卦九三所說的「无平不陂，无往不復」，大地總是有平坦有起伏，人生也當作如是觀。要特別汲取〈乾〉卦《文言傳》的態度超越憂患：

> 亢之為言也，知進而不知退，知存而不知亡，知得而不知喪。其唯聖人乎！知進退存亡，而不失其正者，其唯聖人乎！

既然進與退、存與亡是互相倚伏，我們就要學會去明瞭這個道理，以平常心處變不驚。〈乾〉、〈需〉等卦所說的「惕」、「敬慎」的態度，沒有這樣的心理建設是很難做到的。

六、〈岳陽樓記〉的啟示

以上在《周易》卦爻義理走了一趟，考察了不少憂患的方方面面和消解方法，讓我們將鎂光燈調回仁人君子的憂患意識，理解一下作《易》者的憂患。而范仲淹〈岳陽樓記〉為此做了最精湛的申論，所以成為千古傳誦的好文章。此文流傳雖廣，卻很少人注意到「陰陽之變」才是中心主旨。

〈序〉末句「覽物之情，得無異乎」的「異」，就是自然界與人們內心陰陽變幻的交異。范仲淹帶我們先飽覽大自然之「陰」：

若夫霪雨霏霏，連月不開，陰風怒號，濁浪排空，日星隱曜，山嶽潛形，商旅不行，檣傾楫摧，薄暮冥冥，虎嘯猿啼。登斯樓也，則有去國懷鄉，憂讒畏譏，滿目蕭然，感極而悲者矣。

在岳陽樓上擁抱洞庭湖而沉浸在「陰」的氛圍，人們心境不自覺地充滿著「陰」的愁緒。及至雨過天晴，則見「陽」在大自然的展現：

至若春和景明，波瀾不驚，上下天光，一碧萬頃，沙鷗翔集，錦鱗游泳。岸芷汀蘭，鬱鬱青青。而或長煙一空，皓月千里，浮光耀金，靜影沉碧，漁歌互答，此樂何極。登斯樓也，則有心曠神怡，寵辱皆忘。把酒臨風，其喜洋洋者矣。

沐浴在「晴」的環境，人們心境又不自覺地充滿著「陽」的開朗。原來我們內心的憂與樂，時時刻刻受到外在世界的影響。

范仲淹引領著讀者站立在岳陽樓上，一覽洞庭湖，在大自然的陰晴裏，娓娓訴説「陰」與「陽」，讓大家親身領略大自然的陰陽變幻下，在不知不覺、自然而然地進入天人合一的境界：天地陰雨之際，則生起「陰」的心情；陽光普照之時，則興起「陽」的心情。人心與自然，永恆互相交感。

范仲淹寄託理想：仁人君子不應該時時刻刻被外界事物所決定，天氣也好，人事也好，家庭也好，社會也好，環境的變遷由不得人。凡夫俗子、芸芸眾生只能被動地讓客觀世界牽著鼻子走。只有心懷家國、社稷、眾生的仁人君子懂得本著超越精神，追求德性的自由之境，而不受陰陽變幻的羈絆。他説：

> 嗟乎！余嘗求古仁人之心，或異貳者之為，何哉？不以物喜，不以己悲，居廟堂之高，則憂其民，處江湖之遠，則憂其君。是進亦憂，退亦憂，然則何時而樂耶？其必曰：先天下之憂而憂，後天下之樂而樂歟！噫：微斯人，吾誰與歸！

「喜」是心情的「陽」，「悲」是心情的「陰」。仁人君子不應該像一般人被「陰、陽」——亦即人生的「順、逆」——所影響，而應該有更高、更自由的視野，本著民胞物與的胸懷，與天地萬物取得融和。這就是千古名句「先天下之憂而憂，後天下之樂而樂」的由來！各位要注意，這句話中的「憂」和平常人遭際的「憂」本質上並不相同，所謂「不以物喜，不以己悲」，說明了這種「憂」，不是個人的、自私的，而是普遍的、共享的。

七、結論

本文主要從情感的本質出發，藉范仲淹的文字，說明由上古《周易》作者到後世的仁人君子的憂患意識，是將情感從個人的範疇中突破，擴充出去，與眾生產生「共感」，心靈之門關不起來了，成為對眾生永恆的牽掛，而產生近似宗教「救贖」的情懷，這是〈岳陽樓記〉末段所闡述的進亦憂、退亦憂的深意。本文也透過〈屯〉、〈習坎〉、〈蹇〉、〈困〉四個「難卦」的啟示，揭露《周易》憂患的不同展現，以及消解方法。

《周易》的原理，扼而言之就是《繫辭傳》所說的「一陰一陽之謂道」。「一陰一陽」，意思就是有時候陰、有時候陽。這是字面上意思。哲學上的意思，「陰、陽」是一個統一原理的一體兩面，不能分的。人生要認識變化，順應變化，但人活著卻是追求穩定、不變。所以變與不變，二者相融，缺一不可。人生的吉凶、順逆、悔吝、泰否，也都是隨時而變，正如乾坤、陰陽一樣。而人生的正道，應該努力提升精神境界，盡量對世事處之泰然，將時時刻刻困擾著我們的「憂患」消化掉。最後，對於仁人君子的憂患，我希望用以下四句話總結：淡然處之的意態，灑脫悠遠的心境，若有若無的抽離，不帶激情的關懷。

《詩經》縱橫談

陳致

一、「《詩經》出於民歌說」的源與流

四言詩是中國最早的詩體，從二十世紀早期開始，知識界普遍認為詩歌起源於民間歌謠，而中國最早的詩歌總集——《詩經》的「國風」部分大都是四言民歌。在西方漢學界中，早期詩歌始於歌謠、「國風」出自於民歌，也是大家普遍接受的看法。但《詩經》的起源是否一定是民歌？四言詩體究竟是怎樣形成的？「國風」的性質是民歌，還是貴族作品，實際上還有重新檢討和審視的必要。為瞭解決這個問題，我們不妨首先對「《詩經》出於民歌說」的源流作一番回顧，以便更好地釐清這一學說的本質，為我們的進一步研究奠定基礎。

追蹤「民歌說」的出處，事實上這種論點早已有之。具體而言，在《詩經》出現之後不久，成書於戰國至漢代之間——即公元前四世紀至二世紀的《禮記》即有相關記載：「歲二

月，東巡守，至於岱宗，柴而望祀山川；覲諸侯；問百年者，就見之。命大師陳詩以觀民風，命市納賈以觀民之所好惡。」這大概是最早提出由樂官大師向天子上陳詩篇，以考察民風的紀錄。此後兩漢之交的大儒劉歆在其〈與揚雄書〉中，又對「采詩觀風」的制度有更清晰的表達：「詔問三代周秦軒車使者、遒人使者以歲八月巡路，求代語僮謠歌戲，欲得其最目，因從事郝隆求之有日，篇中但有其目，無見文者。」按照劉氏的說法，周秦時期隸屬於樂官系統的行人或遒人使者，其職能之一就是每歲定期到各諸侯國進行考察，以搜集地方流傳的詩篇歌謠，這無疑又為「《詩經》出於民歌」的說法提供了進一步的佐證。此後支持「民歌說」者，大都以《禮記》、劉歆所說為根據而續有發揮，使得這一理論在相當長的時期內產生了普遍影響。當然，兩漢以前並非沒有反對「民歌說」的聲音，比如太史公司馬遷就認為「詩三百篇，大抵為賢聖發憤之所作為也」（《史記．太史公自序》），只不過這樣的觀點在當時並未動搖「民歌說」的理論根基。

宋代以後，朝廷科舉以「經義」「經疑」取士，學者對經典的意涵多有思考，進而對傳統注疏的正確性產生疑問，形成一種「疑經」的風氣。當時的一批學者勇於挑戰傳統經說，試圖顛覆以往注疏之學中的許多「定論」。在這樣的思想背景下，有別於古的「風」與「國風」來源之說開始興起。較為著名者如鄭樵，他在《六經奧論》中曾言：「風者，出於風土。大概小夫賤吏婦人女子之言。」其明確將《詩經》的「國風」部分視為當時社會下層平民的創作。後來的理學家朱熹在《詩集傳》中也表達了同樣的觀點：「凡詩之所謂風者，多出於里巷歌謠之作，所謂男女相與詠歌，各言其情者也。」這就是說，《詩經》中的「國風」部分，其實是下層民眾有為而作、有感而發的俚語歌謠。由此而及，朱熹便將「國風」的含義解釋為「國者諸侯所封之域，而風者民俗歌謠之詩也」。另外，在其所著《朱子語類》中，朱熹還對《詩經》各部分內容的性質加以分析：「詩有是當時朝廷作者，雅頌是也；若國風乃采詩者采之民間，以見四方民情之美惡，二南亦采民言而被樂章也。」在這裏，朱熹論及《詩經》來源問題的複雜性，而將民間采詩作為其最終形成的重要途徑，本質上仍是出於對《風》詩為民歌民謠之說的肯定。

及至二十世紀上半葉的民國時期，「疑古」風氣復興，加之受到盛行其時的「普羅大眾主義」(Proletarianism)的深刻影響，當時的知識界對社會下層羣體產生了普遍的同情和關注。這些思想因素作用於《詩經》研究領域，使得鄭樵、朱熹的「《國風》出於民歌說」為大部分中國學者所接受，甚至成為一種潮流和趨勢，支持其說者包括語言學家魏建功、文學史家聞一多等，均為極具貢獻的《詩》學名家，尤其是聞一多在《詩經》闡釋上的諸多創見，對後學有著深遠的啟發意義。除了他們，當時的魯迅也是信奉「民歌説」的又一代表人物，其觀點在後來被廣泛地尊崇，他認為：

人類是在未有文字之前，就有了創作的，可惜沒有人記下，也沒有法子記下。我們的祖先的原始人，原是連話也不會説的，為了共同勞作，必須發表意見，才漸漸的練出複雜的聲音來，假如那時大家抬木頭，都覺得吃力了，卻想不到發表，其中有一個叫道「杭育杭育」，那麼，這就是創作；大家也要佩服，應用的，這就等於出版；倘若用甚麼記號留存了下來，這就是文學；他當然就是作家，也是文學家，是「杭育杭育派」……就是周朝的甚麼「關關雎鳩，在河之洲，窈窕淑女，君子好逑」罷，它是《詩經》裏的頭一篇，所以嚇得我們只好磕頭佩服，假如先前未曾有過這樣的一篇詩，現在的新詩人用這意思做一首白話詩，到無論甚麼副刊上去投稿試試罷，我看十分之九是要被編輯者塞進字紙簍去的。「漂亮的好小姐呀，是少爺的好一對兒！」甚麼話呢？（《門外文談》）

魯迅這一調侃式的論斷後來被奉為經典且反覆引用，對於中國古典學研究，特別是《詩經》研究產生了極大影響。細繹所論，這一觀點實則暗含著兩個層次的思想。其一，早期的詩歌乃起源於「杭育杭育」派，或者説「勞動號子」，換言之，即文學起源於勞動。其二，《詩經》作為最早的文學作品，正是起源於「勞動號子」的早期民歌。坦率地講，作為文學家的魯迅事實上是從文學發展的普遍規律著眼，對《詩經》產生的原因加以一般地概括，而並未深入考察《詩經》形成時期的特殊禮樂文化背景，因此其議論雖然精彩獨到，今天看來卻難免有所偏差。

另一方面，當時仍有兩位學者孤立地反對流行於世的「民歌説」，但在學術界卻沒有引起很大注意。其中一位是屈萬里，另一位則是朱東潤。屈萬里在其〈論國風非民間歌謠的本來面目〉一文中，[1] 通過分析〈風〉詩的語言特徵，如韻腳、詩行的長度、詞句的重複、所謂雅言的使用，以及在不同部分的代詞和虛詞的使用方式等，指出了〈國風〉詩歌典雅的本質。朱東潤則在其文章〈國風出於民間論質疑〉（《詩三百篇探故》）中著重分析了〈風〉詩的主題和內容，同樣得出〈國風〉非出於民歌的相同結論。

無獨有偶，在二十世紀的西方漢學界，亦有將《詩經》視為中國最早民歌作品的傾向。其中的重要代表如葛蘭言（Marcel Granet），他接受了西方《詩經》學中的流行觀念及其師著名社會學者涂爾幹（Emile Durkheim）研究方法的雙重影響，試圖從初民的宗教、節日、習俗中為《詩經》定位。在葛氏的名著《古代中國的節日與歌謠》中，他試圖細考《詩經》中〈國風〉的民間節慶及其他風俗觀念，最終得出結論：〈風〉詩的語言特徵，如詩句的對稱、詞彙的重複、詩行的並列，凡此等皆表明這些詩本是農業節日期間，農民在進行節奏性活動時，即興唱出的歌曲和表演的舞蹈，《詩經》中的篇章很多都保留了當時初民於節慶時唱和的語言形式特點。後來的學者王靖獻（C. H. Wang）則更進一步，以比較的方法來探討這些詩的形成和審美觀，他借用亞當．帕里（Adam Parry）和亞伯特．貝茨．洛德（Albert B. Lord）研究荷馬史詩及南斯拉夫傳說的理論和方法，試圖由此探究固定的語言模式所代表的詩歌的口頭和自發本質。據王氏所論，《詩經》各部分之詩，均出現套用的語句，毫無疑問，此正帶出了它們即興而作及源於民間之本質。今天看來，王氏之說雖仍有可以推敲之處，但其研究方法卻頗有值得借鑑的價值。

作為一種源遠流長的思想學說，《詩經》——尤其是其中的〈國風〉部分源自民間歌謠的觀點，在相當長的歷史時期內深刻地影響著《詩經》研究的發展方向。上文所述雖只是舉起大要，但也足以證明在中國的傳統知識界和西方的漢學界，都曾經廣泛地認為《詩經》中大部分的詩，特別是〈風〉詩，其最初均為低下階層——如鄉村的農夫、獵人、牧人、下級官吏和年輕的戀人——的歌曲。然而，如果我們從兩周時期獨特的禮樂文化背景出發，對《詩經》中的多數篇章，特別是十三國風詩作一仔細地觀察，便會見到與此大為不同的狀況，這不僅會對「民歌説」的基礎產生有力的衝擊，也將極大地改變我們對《詩經》本身的認識。

二、《詩經》多為貴族作品的考察與新證

「《詩經》出於民歌説」的理論基礎，即早期文獻對王朝樂官采詩民間的相關記載。但是在仔細考察多數詩篇的內容和題旨之後，我們實際上可以發現它們往往是和貴族的生活緊密相關。這樣的內證提示我們，這些詩歌並不是采自民間的作品，而是出於貴族的創作。

在《詩經》「風」、「雅」、「頌」三部分內容當中，「雅」、「頌」二類為宗周王室禮樂生活及宗廟祭祀的樂章，這是歷代學者的共識，對來源問題發生爭議的主要集中在〈風〉詩一類，尤以〈二南〉之外的十三國風為最。筆者曾對十三國風詩中的首五風，即〈邶風〉、〈鄘風〉、〈衛風〉、〈王風〉和〈鄭風〉的內容詳加分析，證明這些向來被認為包含了大量民歌的「風」詩，實際上基本都是貴族的作品。[2] 為避免行文冗長，這裏僅以對〈邶風〉部分內容的考察為例，來表明詩中所包含的貴族生活的因素：

〈邶風〉詩歌的內容和性質舉例

	貴族稱謂與被稱的貴族	公事與其他貴族事務	居處	僕從及其他	服飾車馬武器	貴重禮器	商周銘文與文獻之慣用語	詩的主題和作者身分
柏舟《毛詩》二六		威儀棣棣		慍於羣小			日居月諸	
綠衣《毛詩》二七		我思古人，俾無訧兮			綠衣 黃裏 黃裳 綠絲 絺綌			
燕燕《毛詩》二八	仲氏任 先君寡人	先君之思，以勗寡人						
日月《毛詩》二九							日居月諸 德音無良	

上表所舉〈邶風〉諸詩，雖然主題各異，但有的出現貴族稱謂，有的描寫貴族言行，有的使用貴族語辭，有的展示貴族器用，毫無例外地都與貴族生活相關聯。具體而言，〈柏舟〉所謂「威儀棣棣」，此為先秦各類文獻中表現貴族祭祀禮容之莊嚴肅穆的常用說法；「慍於羣小」則明顯出自士大夫的口吻，是其自傷自艾之辭。〈綠衣〉中所思之「古人」，實為「先君」的代稱，指的是國家之先君先祖；詩中出現的「綠衣」、「黃裏」、「黃裳」、「綠絲」、「絺」、「綌」等，皆為貴族之服飾裝束，適用於不同的場合與身分。對〈燕燕〉中「仲氏任」的理解，歷來《詩》家雖有分歧，但至少其為貴族人物名姓，當可無疑；至於詩中所言「先君」、「寡人」，更顯然是國君的特定稱謂，不必贅言。而〈日月〉及〈柏舟〉所云「日居月諸」，「德音無良」，則為商周銅器銘文所慣用的成語，常見於各類禮辭文獻的書寫，亦是貴族文化所特有的表現。

通過對詩歌內容及性質的深入考察，發掘其內含的貴族文化特質，我們可以認定〈邶風〉諸篇並不像以往學者所認識的那樣出自民歌民謠，而是毫無疑問的貴族作品。事實上，若將這樣的研究方法應用於全部〈風詩〉的分析，所得出的結論也基本相同。概而言之，〈國風〉中出現的「貴族稱謂和被稱的貴族」，如「師氏」、「公侯」、「公孫」、「公子」、「公族」、「君子」、「淑女」、「起士」、「騶虞」、「先君」、「寡人」、「諸姬」、「邦之媛」、「大夫」、「庶姜」、「司直」、「良士」、「齊之姜」、「宋之子」等，都是其人貴重身分的標誌，顯然這些詩或者是出於貴族文人之手，或者所描述的是貴族生活的情況。另一方面，詩篇中還包括了一批具體的人物，如「郇伯」、「周公」、「有齊季女」、「召伯」、「王姬」、「平王」、「齊侯」、「仲氏任」、「孫子仲」、「孟姜」、「衛侯」、「東宮」、「邢侯」、「譚公」、「留子」、「大叔」、「齊子」、「穆公」、「子車」、「三良」、「夏南」等，他們之中很多都是當時王室及各諸侯國政治活動的參與者，有些甚至直接見載於同一時期的歷史文獻，當然也就更加證實了這些詩歌的創作與貴族階層之間的密切關係。

再從諸〈風詩〉中提到的「居處」來看，如「王室」、「宗室」、「公宮」、「我畿」、「中冓」、「上宮」、「楚宮」、「公所」等，所反映的均是上層貴族的生活環境。詩中還不斷言及一些「公事與其他貴族事務」，如「萬舞」、「錫爵」、「王事」、「執簧」、「執翿」、「射侯」、「鼓瑟」、「從公于狩」、「于田」、「興師」、「每食四簋」、「值其鷺羽」、「駕我乘馬」、「狐裘以朝」、「何戈以祋」、「其弁伊騏」、「躋彼公堂」、「朋酒斯饗」等，其無一不是貴族禮樂文化與政治生活的表現。此外，還有很多「服飾車馬僕從武器」等，它們絕非當時的平民所能擁有，如「我馬」、「百兩」、「狐裘」、「袞衣繡裳」、「赤芾」、「副笄六珈」、「象服」、「騋牝三千」、「良馬四之」、「充耳琇瑩」、「會弁」、「四牡」、「佩玉」、「瓊琚」、「我僕」、「毳衣」、「緇衣」、「衣錦褧衣」、「瓊華」、「簟茀朱鞹」、「象揥」、「朱襮」、「羔裘豹祛」、「錦衾」、「駟驖」、「輶車鸞鑣」、「騏馵」、「虎韔鏤膺」、「騏駵」、「騧驪」、「龍盾」、「文茵」、「黻衣繡裳」、「瓊瑰玉佩」、「素韠」、「皇駁其馬」、「兩驂」、「兩服」、「駟介」、「赤舄」等。而詩中出現的那些「貴重禮器」，如「金罍」、「兕觥」、「鐘鼓」、「琴瑟」、「路車乘黃」，則更是貴族身分的重要象徵。

至此，我們基本可以斷定，〈國風〉所載一百六十首詩歌，絕大部分都是貴族生活的寫照，它們並非出自民歌民謠，而是貴族文人的作品。進一步地說，若以其大體言之，整部《詩經》實則就是貴族文化的產物。結合上述早期文獻中關於大師陳詩及行人或遒人使者巡路求詩的記載，這些詩以各種方式被收集起來，作為統治者觀察各地之民俗與風化、調整國家治政策略的方式和依據。而負責對這些詩進行整理、編輯者，當為樂官系統中的瞽師，它是大師（大樂師）下轄的一個職官。其與《詩經》的關係，文獻中多有描述：

瞽矇掌播鞀、柷、敔、塤、簫、管、弦、歌。諷誦詩，世奠系，鼓琴瑟。掌九德六詩之歌，以役大師。(《周禮．春官宗伯．瞽矇》)

自王以下，各有父兄子弟，以補察其政。史為書，瞽為詩，工誦箴諫，大夫規誨，士傳言，庶人謗，商旅於市，百工獻藝。故《夏書》曰：「遒人以木鐸徇于路，官師相規，工執藝事以諫。」(《左傳．襄公十四年》)

故天子聽政，使公卿至於列士獻詩，瞽獻曲，史獻書，師箴，瞍賦，矇誦，百工諫，庶人傳語，近臣盡規，親戚補察，瞽、史教誨，耆、艾修之，而後王斟酌焉，是以事行而不悖。(《國語．周語上》)

瞽與其他類別的盲樂師一樣，其職務為收集各種音樂作品，並從中選取一些適合周廷使用之樂歌，將之以通用的語言(雅言)和合適的風格作出修改，最後將詩呈現於王。同時，瞽師還負責向王諷誦一些新作成或易於記誦的詩，其誦詩除了娛樂以外，尚有政治意義上的實際目的。可以說，瞽對詩歌的編輯是《詩經》形成過程的重要一環。

當然，伴隨著《詩經》多為貴族作品這一結論，新的疑問也會出現，即是否存在著以平民的身分而採用特定的口吻和語辭，來擬寫貴族作品的情況？客觀而言，這樣的可能性的確無法排除，但如果我們結合詩的整體內容加以綜合判斷，那麼所得的結果應當仍然相對準確。所謂的綜合判斷，就是要全面考察詩中所呈現的各方面訊息，將詩的內容與其所產生的禮樂文化背景相結合，而非孤立地抓住某一方面的特殊因素，進行主觀的發揮和引申。舉例來說，我們在先秦文獻中常可見到「緇衣」一語，就其本身而言，它當然可以被釋作「黑色的衣服」，如《列子．說符篇》講「衣素衣而出。天雨，解素衣，衣緇衣而反」，這裏的「緇衣」即屬此義。但如果我們僅僅照此理解《鄭風．緇衣》的題旨，就不免產生偏差。因為詩中的「緇衣」有其特定的用途，即所謂「適子之館兮」。很顯然，它是官員出入朝廷所穿的禮服，按照周朝的制度，並非任何身分、場合都可以服用的。《毛傳》曰：「緇，黑色。卿士聽朝之正服也。」《鄭箋》則說：「緇衣者，居私朝之服也。」雖然二者見解相左，但都肯定緇衣為貴族的服飾。相應地，這首詩自然也應理解為貴族之詩，而非平民之作了。

明確了《詩經》的貴族文化背景，當我們再來觀照其具體篇章時，就能跳出舊說的藩籬，形成新的理解和認識。比如《周南．關雎》一篇，按照「民歌說」的觀點，此係一位農村男子向所愛女子表白的戀歌，其中的女子從事勞動，「參差荇菜，左右采之」，是其平民身分的表現。但如果我們仔細考察就會發現，詩中出現的「君子」、「淑女」稱謂，通常是對周代貴族男女的特定尊稱；而用於寄情的鐘、鼓、琴、瑟等物，也都是貴族生活中的貴重禮器，斷不可能為普通平民所有。因此，本詩更有可能是出於貴族婚娶的典禮之樂。此外又如《周南·卷耳》、《魏風·伐檀》、《豳風·七月》等，諸多以往被視為出自勞動者口吻的詩篇，若詳考其中細節，亦不難發現它們蘊含的貴族文化因素，從而就為進一步探討這些詩作的題旨提供了新的視角和方向。這正是還原《詩經》本來面目的基礎與前提。

值得注意的是，隨著近年來出土文獻的發現，西方學界對於詩歌文本的起源和傳承問題表現出了特殊濃厚的興趣，比較有代表性的著作是陸威儀（Mark Edward Lewis）在一九九九年出版的專著《早期中國的書寫與權威》。他對於早期詩歌性質的判斷，與我們基於文本分析所得出的《詩經》多出於貴族階層的結論不謀而合。茲引其說以見義：

源於崇拜及宮廷娛樂活動的早期詩歌僅只在由少數人構成的社會羣體中形成並傳播，也進而只呈現這一人羣的共同遵循的價值。儘管在周代某些詩歌作品中，會出現一個獨立的個體，但這一個體也往往僅只棲身於禮儀之中，所表達的也僅只是狹小封閉社羣中的某些感情習慣。

三、周代雅樂的變革與《詩經》的形成

《詩經》是周代音樂文化的產物，其形成過程與周人音樂文化的發展相伴始終。因此，若要辨明《詩經》的來源，就必須對周代音樂演進的歷程加以深入剖析。據文獻記載，周人將自身的音樂文化傳統叫作「雅」樂或「夏」樂，認為這是他們在繼承夏文化的基礎上所演變而成的樂歌樂舞形式。之所以稱為「雅」或「夏」，是因為在與商民族的長期對峙中，周人常以夏人後裔自居，並對夏文化有著深切的認同，以此來提升其對抗殷商的正統性。而「雅」在字源上本為「夏」之借字，二者在先秦文獻中常可互通。因之，周人便以「雅」或「夏」來指稱自身所佔據的位於今天陝西關中地區的宗周王畿及與其相關的語言、典章、制度及文化，並以「雅樂」或「夏樂」來指代其最初的音樂傳統。當然，周人關於「雅」或「夏」的概念並非一成不變，而是隨著時代的發展而不斷開拓其內涵。與此相應，雅樂的含義在兩周時期也發生了多次變革，最終推動了《詩經》各個部分的漸次形成。

總的來說，自商代末期到春秋晚期，雅樂實際上經歷了三次變化，我們可以稱之為「雅樂三變」。第一次的變化發生在武王滅商前後，其時周人開始受到殷商音樂文化的影響。在此過程中，兩個民族的音樂文化經歷了長期的交流、衝突、抵制和融合。從考古發現的商周音樂文物來看，在周民族直接統治的關中地區，周人一方面學習商人的音樂文化，另一方面為了標榜自身的獨立性，又不斷對其加以改造和創新。以周人的重要樂器類型——樂鐘為例，西周前半段樂鐘的形制、組合方式，無不體現出對商人的學習和繼承；與此同時，周人又逐漸創製出自己的代表性樂鐘，例如甬鐘等，並且形成了特定的組合方式及相應的音樂作品和體式，如大、小雅。而就在同一時期，處於中原地區的商人的音樂發展卻出現了遲滯的現象。其典型的證據就是商代音樂的代表性樂器——庸在進入新朝以後突然銷聲匿跡，其他樂器的發現亦屈指可數。這種情況表明，周人在滅商以後很可能進行了禮樂制度及政策上的規範，客觀上抑制了商人音樂的自然發展，進而導致晚商高度發達的音樂文化出現了間歇性的衰退現象。

至西周中期，周人的音樂文化才漸趨豐富，其創製的甬鐘和鈕鐘開始廣泛使用，編鐘和編磬的組合方式及規模也大為增加。西周禮樂中最重要的樂器——編甬鐘，在西周穆王（前九七六至前九二二）時期以後開始出現了八件一組、與編磬和鎛共同使用的範式，這與《周禮》所描述的樂制基本相同。而從考古資料來看，西周典章文物的成形，如《周禮》記載的鼎簋制度、樂懸制度等殆經數世發展，到穆王、恭王（共王）期方始初具雛形。此外，就樂器而論，西周晚期以前，禮樂中最重要的樂鐘——甬鐘，仍然沿襲著商代三件一組的規制。而穆王以後禮器樂器的組合，特別是鼎簋鐘等開始定型並呈等級序列，差近三禮所述。西周樂鐘雖然有雙音的特性，但真正用正側鼓雙音構成四聲音階的旋律效果，也是在西周孝王時期的鐘出現以後。到了周宣王時期，從出土的虢季編鐘和晉侯穌編鐘來看，中原地區的諸侯國已經開始突破西周禮制的規範，向著僭侈的方向發展了。

周代雅樂的第二次變化出現在周平王東遷以後，隨著周王朝統治的中心由宗周移至成周，為了繼續保存和實現周的傳統，「夏」與「雅」的概念由周王畿一帶擴展至中原地區，雅樂與諸夏音樂相互影響，從而熔鑄出新的雅樂體制，無論是內容、樂制或樂器均趨向多元化，並從禮儀化轉向世俗化。具體而言，此時期「雅」的概念突破了從前以宗周為中心的文化傳統的範圍，開始與成周以後中夏地區的禮樂文化合二為一，形成了新雅與新正統的觀念。為了從政治統治衰落與傳統思想式微的現實中尋求解脫，此時的思想者便將「雅」視為與以往周室相關的事物，並把來源不同的詩樂遺產集結起來，形成新的雅樂。通過雅樂的重整，即王朝音樂的地方化，誇張的情感、形式主義的審美追求和新風氣開始納入到雅樂的領域之內，宗周傳統禮樂那種和諧、典正的風格不再成為雅樂的唯一特徵。

雅樂的第三次變化，則發生於春秋中晚期。此時由於周室的進一步衰微，其文化上的控制力已經大不如前，晚商的餘韻、各諸侯國的民間世俗之樂以及四夷之樂漸漸取代「雅」樂，形成了所謂的「新聲」。而事實上，所謂的新聲並非完全簇新，而是部分晚商音樂文化的再現。自商朝滅亡後，商人的音樂傳統雖然衰落，但其部分元素卻在前商的王畿區域，即鄭、衛之地遺留下來，《韓非子．十過》就記載了衛靈公於濮水之上重新發現商紂王音樂的故事。這樣的「新聲」大大有別於廟堂之上聽到的雅樂，其以精巧奢侈的音樂舞蹈風格，在夷夏各封國的朝廷之中贏得了迅速而廣泛的認同，成為春秋後期各國的流行音樂。影響所及，最終使得當時的尚古者將從鄭國、衛國等中夏地區收集得來的音樂均視為「雅」，從而再一次擴大了雅樂及雅文化的內涵。

回顧上述商周雅樂的緣起和流變過程，我們會驚訝地發現，歷史在這裏走過了一個不小的圓圈。從商末到春秋戰國之際，本應該直線發展的商周音樂文化，卻因雅樂的出現而暫時遲滯和倒退，最後由於新聲的出現，才回復和超過了原有的水準。這種異乎尋常的現象是由兩種處在不同發展水準的民族音樂文化從接觸到衝撞、從衝撞到融合而造成的。這兩種文化接觸與融合歸一，由於音樂以外的原因，諸如政治需要、民族心理、文化傳統等多方面的外在因素，使周民族在接受殷商音樂文化上經歷了一個漫長曲折的過程，而兩個民族的文化變遷，及其對外來文化的接受模式也各異其趣。商周音樂文化的這種交融情形，十分類似於民族音樂學上所稱的「隔離化」(compartmentalization)的過程。

如果從這個角度來理解《詩經》中的各部分內容及其來源，我們可以得出一系列更為清晰的結論。比如《詩經》中最早的一部分《周頌》中的詩篇，肯定是周代王室和宗廟演奏的禮樂作品。但它同時也是周人最早從商人那裏學來的音樂。從《詩經》三頌中出現的樂器名稱來看，在商、周易代的文化衝突之後，周朝統治者顯然承繼了殷人的樂器、樂式和樂制。他們雖然在軍事上戰勝了強大的商朝，但在文化上尚處於弱勢，所以周人對商的態度是一方面學習、吸收其文化，另一方面又要加以限制和改造。限制是出於畏懼，改造是為標榜自身的文明程度。正是在這樣一種心態下，商代祭祀中所用的庸奏、庸舞和萬舞，被悉數吸納和改造成為周人的禮樂，並加以重新命名，這就是所謂「周頌」的由來。「頌」本原於「庸」，這一音樂體式本身最初就是商人的創制，但入周以後，又被重新包裝、改造和定名，《詩經》中的「魯頌」和「商頌」兩類，也同樣是殷人的這種音樂文化在周代的邦國及殷商遺民聚居地區的延續。

而《詩經》中的「大雅」和「小雅」則源自周人在宗周地區發展出來的音樂文化，周人的「雅」和「夏」的觀念最初只與以宗周為中心的周人的文化相聯繫，因此源自宗周的音樂創作，不論其內容和主題為何，周人都將其收集在一起，並視之為「雅」。周貴族在典禮祭祀宴饗中常用的《大雅》、《小雅》詩篇因此主要是西周時期的作品。在商周的音樂文化接觸融合的過程中，一方面，在周室直接管轄的周原地區，雅樂出現並逐漸發展起來，且漸漸得以系統化。然而這個制度化的過程是相當漫長的，實際上經過了至少兩個世紀左右才接近後來周代禮書所描述的樣貌。另一方面，在以往殷商所直接統治的中原地區，周人的雅樂實未能在此廣闊的領土中傳播和實行，而殷商舊樂又因種種規範和限制而受到阻滯，這種情況一直持續到西周晚期。

從平王東遷，東周王朝定都雒邑以後，周人「雅」與「夏」的觀念也隨著王室的遷移而與中原文化相聯繫。周代文獻中的「中夏」、「諸夏」等觀念就是在這個時期形成的。但周人標準的音樂文化，即所謂「雅樂」，自然地涵蓋了中原地區中夏諸國的音樂，所以二南與十三國風，也被周代樂官采入到《詩三百》之中。需要説明的是，「二南」與「十三國風」中的詩歌原本並不符合傳統雅樂的標準，但到了春秋中晚期，僭侈之風肆行，舊傳統中與雅樂相對立的俗樂、四夷之樂等，也都紛紛進入各諸侯國的廟堂及貴族士大夫的種種活動和場面之中，「夷俗邪音」之亂雅，已為大勢所趨，不可逆轉。其後又經戰國秦漢數百年之戰亂流離，以《詩三百》所代表的周人的雅樂傳統，終至詩樂分離，詩義消亡。以至於到了漢初，即使是世世為大樂官的制氏也「但能紀其鏗鏘鼓舞，而不能言其義」了。

四、關於〈周頌〉中的成語及用韻問題的思考

研究早期詩歌所要面臨的最大挑戰，就是文獻的不足徵。我們今天所能看到的古代歌謠資料，無一例外地都源自春秋以後，特別是戰國到漢代的子史中所存的紀錄。例如傳説為黃帝時期的〈彈歌〉：「斷竹、續竹、飛土、逐宍。」其始見於漢代編撰的《吳越春秋》；而相傳為帝堯時的〈擊壤歌〉：「日出而作，日落而息。鑿井而飲，耕田為食，帝力於我何有哉？」則分別著錄於漢代王充的《論衡》和晉代皇甫謐的《帝王世紀》；至於另外一首號稱是作於堯時的〈康

衢謠〉：「立我烝民，莫匪爾極。不識不知，順帝之則。」其亦是出於《列子》的記載，仍然是漢人的手筆。同樣地，我們今天所見到的《詩經》，也並非兩周時期的本來面目，而是經過後人多次記憶整合所形成的文本，那麼，想要直接透過詩篇文辭來溯其原始，難度可想而知。好在地不愛寶，隨著今天大量考古與古文字資料的出土，特別是兩周金文與戰國竹簡所載諸多詩類信息的不斷出現，我們可以將其與《詩經》的內容加以對比考察，從而使此前的許多難解謎題呈現出更為清晰的圖像。

基於對上述研究方法的思考，近年來筆者在研讀金文和《詩經》的過程中，發現在〈周頌〉這部分詩歌中，有兩個問題值得特別關注：一個是〈周頌〉中的成語成詞的問題；另一個是用韻的問題。

第一個問題實際上牽涉到西周早期的祭祀用語的發展變化情況。筆者認為從金文和〈周頌〉兩相比照來看，當時祭祀語詞經歷了由不規則向規則的方向，並且由雜言向四言固定化的過程。〈周頌〉中許多詞語在兩周金文中都有對應的辭例，有時學者或以為是金文引用詩句，但實際上，並非引詩，而是金文和《詩經》都在用當時的成語，如「以雅（夏）以南」「日就月將」「旻天疾威（畏）」「出入（內、納）王命」「不敢怠（追）荒（遑）」（或曰「不敢妄【荒】寧」）「夙夜匪(篚、不)解」「式宴(匽)以衎(侃)」等，皆為此類。這些成語實際也是在周人早期宗教活動中逐漸形成的。《詩．周頌》諸篇在使用祭祀成語的過程中，也是句式逐漸變得規則，向四言形式發展，同時又有一種入韻化的傾向，而這種入韻的傾向，又與金文銘辭，特別是編鐘銘文逐漸變得規則，並且入韻，幾乎可以說是同步的。大體來說，在西周中期共王時期以後，〈周頌〉詩篇中的許多成詞或套語的運用，與西周銅器銘文上的嘏辭是相同的。〈周頌〉中有些詩如〈清廟〉、〈維天之命〉、〈維清〉、〈烈文〉、〈天作〉、〈昊天有成命〉、〈我將〉、〈時邁〉、〈思文〉、〈豐年〉、〈訪落〉、〈敬之〉、〈小毖〉、〈酌〉、〈桓〉、〈賚〉等篇中都偶有二言、三言、五言、六言、七言的句式，合金文銘辭而參之，則兩者都是當時宗教活動中常用語詞，這些語詞在西周中期以後也逐漸開始由雜言向四言化發展，並且定格為成語。

而在共王時期以前，西周的銅器銘文句式卻多不規則，每句長短不一，無明顯格式化的特點。自共王時期的史牆盤銘文出現，我們才看到，其文例有趨向於每句四言的傾向。共王時期的銅器中，有周初畢公高的後人作的盠方彝，其銘文後面一段有四言化用韻的傾向，銘文云：

盠拜稽首【幽】，敢對揚王休【幽】，用作朕文且【魚】益公寶尊彝【脂】。盠曰：「天子不叚【魚】，不其萬年【真】，保我萬邦【陽】。」[3]

這一段銘文與〈江漢〉一詩之卒章內容和句式都非常相似。《大雅．江漢》之卒章云：「虎拜稽首，對揚王休。作召公考：天子萬壽！明明天子，令聞不已，矢其文德，洽此四國。」其前四句是幽部，第五第六兩句是之部，最後兩句是職部。之幽合韻，之職陰入對轉。用韻十分規整。

兩篇文字在內容極其相近；句式當然〈江漢〉是標準的四言詩，但盠方彝銘雖不完全規範，卻有向四言句式發展的趨向；而在用韻方面，盠方彝銘顯然尚不合乎後來的形式。其中特別值得注意的「盠曰」之後的一段盠所說的話：「天子不叚【魚】，不其萬年【真】，保我萬邦【陽】。」其行文不但與〈江漢〉之卒章相似，與《小雅．瞻彼洛矣》末四句「君子至止，福祿既同。君子萬年，保其家邦」其行文亦何其相似，而《小雅．南山有台》迭云「邦家之基」、「邦家之光」，又云「遐不眉壽」、「遐不黃耇」，又云「萬壽無期」、「萬壽無疆」，使用的都是與盠方彝銘中同源的成語，也是金文中習見的祝嘏之辭。而盠方彝銘與大小雅的區別只在未用韻而已。可以確定的是，《大雅．江漢》是頌揚周宣王大臣召伯虎的作品，較諸共王時的盠晚了百年，從盠方彝銘看得出來，雖不押韻，但從共王時期到宣王時期，有些銅器銘文的句式是向整齊四言的方向發展，這是十分明顯的。

第二個是關於用韻的問題。在《詩經》各部分中，〈周頌〉有一個異於《詩經》其他部分的顯著特點，就是其中很多詩都不入韻。據王力的擬音，全篇基本上無韻的詩有〈清廟〉、〈維天之命〉、〈昊天有成命〉、〈時邁〉、〈臣工〉、〈噫嘻〉、〈武〉、〈小毖〉、〈酌〉、〈桓〉、〈般〉等。其中〈昊天有成命〉、〈時邁〉、〈武〉、〈酌〉、〈桓〉、〈般〉至少其中數篇極有可能是周初創製的〈大武〉樂章的歌詞。王國維曾解釋說其詩不入韻是因為〈周頌〉的聲調較緩。這個解釋是不盡如人意的。以西周金文與《周頌》諸詩比讀，我們發現西周金文大約也是在共王時期開始向韻文方向演變，而且在宣王時期更是出現了一種普遍入韻的傾向。其中〈周頌〉與金文中某些成語正是在韻文發展的過程中，為了入韻而生成的。比如西周中晚期常見的「永保用享」、「用享用孝」、「萬壽無疆」、「眉壽無期」這一類的成語，乃是從早期的「永保用」、「用享」、「用孝」、「無疆」、「眉壽」等詞變化而來。之所以出現這些四字語詞，也是由於西周中晚期金文中，多以陽、幽、之部為韻。

而在共王時期以前，西周的銅器銘文則多不押韻。具體而言，共王以前的銅器中只有極少數局部入韻的銘文。但共王時期的史牆盤銘文與應侯見工鐘銘文卻顯示出用韻的傾向。史牆盤銘曰：

曰古文王。【陽】初敍龢于政，【耕】上帝降懿德大甹。【耕】匍有上下，迨受萬邦。【陽】𩛥圉武王。【陽】遹征四方。【陽】達殷畯民。【真】永不巩狄。【真】彭伐夷童。【東】宖聖成王。【陽】左右綬餕剛鯀。用[illegible]（肇）[illegible]（徹）周邦。【陽】淵哲康王。【陽】分尹啻彊。【陽】弦魯卲王。【陽】廣能楚荊。【耕】隹寏南行。【耕】祗覭穆王。【陽】井帥宇誨。【之】離寧天子。【之】天子䎽屖，【寒】文武長剌。【月】天子𩒨無匄。【月】𩒨祁上下。【魚】亟獄趄慕。【鐸】昊紹亡昊。【鐸】上帝司夏。【魚】尪保受天子綰令。【真】厚福豐年。【真】方䜌亡不埶見。【寒】青幽高且。【魚】才𥫱霝處。【魚】雩武王既𢦏殷。【文】㣲史剌且，【魚】迺來見武王。【陽】武王則令周公，【東】舍寓于周。【幽】卑處甬。【東】惠乙且逨匹厥辟。【錫】遠猷匌心。【侵】子𠭯𩰪明。【陽】亞且且辛。【真】䵼毓子孫。【文】𦀚髮多𠭯。【之】櫅角[illegible]光。【陽】義其禋祀。【之】

從筆者所標示之處可以看到，銘文的前半段是用耕陽合韻、東韻、耕真合韻。後半段從「井帥宇誨」以下，先用之韻、月韻，之後魚鐸陰入對轉通韻，再之後的幾句可能脱韻，銘文最後仍回到之部。通篇句式以四言為主，故史牆盤雖然不能說是一首標準的四言詩，但具有明顯的韻文化的傾向。同期的應侯見工鐘（集成107–108）銘文也顯示了不太成熟的韻文特點：

隹正二月初吉。王歸自成周。雁侯見工遺王于周。辛未王各于康。焚白內右雁侯見工。易彤弓一。彤矢百。馬四匹。見工敢對揚天子休。用乍朕皇且雁侯大林鐘。【東】用易釁壽永令。【真】子子孫孫，【文】永寶用。【東】

共王（前九二二至前九〇〇年）時期的史牆盤、應侯見工鐘出現韻文化的傾向絕非偶然，而是與周人在西周中期的音樂發展、編鐘的四聲樂調開始定型有很大關係。筆者認為，「永寶用享」一詞正是金文韻文化過程中自然產生的一個語詞，在西周早中期，銘文最後的祝願詞一般都是「永寶」「永寶用」「永用」，另外當然還有其他很多形式，之所以出現「永寶用享」一詞，很可能是為了入韻，因為金文在韻文化時，最常見的是以陽部韻收結，而「永寶用享」之前入韻的一句一般都是「眉壽無疆」、「萬壽無疆」、「多福無疆」、「萬年無疆」等，它們正是在西周中期始出現，晚期始流行之詞，其出現當也與韻文化有很大的關係。

如果從考古發現的樂鐘來看，《周頌》與金文四言成語的大量出現，以及由無韻到雜韻、到有韻的過程，二者近乎同步發展，這些並非歷史的偶合。四言詩句的定型，以及入不入韻實際上是與西周樂鐘的使用，以及音樂的發展有很大關係的。西周禮樂中最重要的樂器編甬鐘，在西周穆王時期以後才出現了《周禮》中所描述的八件一組、與編磬和鎛共同使用的範式。也是穆王(前九七六至前九二二年)時期以後才真正使用樂鐘正、側鼓雙音構成四聲音階的旋律效果，青銅器銘文，特別是鐘鎛銘文上長篇韻文的出現恰恰是在這個時候。如此同步，絕非偶然。考察《詩經．周頌》諸篇與西周金文在成語和習語的使用，以及韻語同步發展的現象，我們可以從一個側面揭示出：在西周中期，伴隨著音樂的使用和祭祀禮辭的發展，中國的四言體詩開始逐漸形成，並且格式化了。

《禮記》與香港現代生活

盧鳴東

一、《禮記》簡介

在漢代，《儀禮》稱為《經》；《禮記》稱為《記》。《漢書．藝文志》記載：「《禮古經》五十六卷，《經》十七篇。后氏、戴氏。《記》百三十一篇，七十子後學者所記也。」《禮記》的成書主要為《儀禮》十七篇，用來闡釋書中禮儀制度的禮義內涵，補缺遺漏，兼且把當時涉及禮內容的雜文，予以收錄整理。《禮記》由漢代的禮學經師編纂而成，不是一時一地一人的著述，因此，這部典籍不像單一作者的著述般具有清晰體系，結構組織是不統一，而且內容相當龐雜，包含品德修養、家庭教育、生活規範、社會秩序和治國之道等各方面。漢代傳授《儀禮》的經師很多，其中以戴德、戴聖和慶普最有代表性。他們整理戰國漢初時的禮文資料，各自編纂闡釋《儀禮》的《記》。可是，由於戴德的《大戴禮記》殘缺，慶普的《慶普禮》散佚不傳，因此，至今我們一般採用的是戴聖《小戴禮記》四十九篇，也因為這個原因，《小戴禮記》便直接稱為《禮記》。

毋庸置疑，《禮記》是一部性質相當複雜的儒家經典，對初學者來説，確實會存在一定困難。然而，我們在閱讀這部典籍時，也許可以集中在某些與自己生活息息相關的具體課題上，嘗試感受它給我們帶來的一份親切感，進而尋覓它在現代社會中的意義和價值。現代生活和古代生活相比，固然有很多明顯改變；但「人同此心，心同此理」，若然古人制禮的原意是為了照顧人們的需要，為解決日常生活的問題而出現，相信禮的作用不應該只限於過去，對現今也有相當的啟迪意義。《禮記．郊特牲》曰：「孔子曰：『夫禮，先王以承天之道，以治人情，故失之者死，得之者生。』」清人孫希旦在《禮記集解》中曰：「承天之道者，本其自然之秩序，禮之體所以立也。治人之情者，示以一定之儀則，禮之用所以行也。」每個人都有自己的感情，沒有不同，但人情隱藏於內心，並不顯見。《禮記．坊記》記載：「禮者，因人情而為之節文，以為民坊者也。」如果我們未能處理好自己的感情，對個人、家庭、周遭的朋友，甚至社會羣體，也可能會帶來傷害。禮治人情，古今不變，關鍵是我們如何通過《禮記》這部儒家經典，把古今之情對照聯繫起來，融合貫通。

二、緬懷昔日情

香港的普羅大眾不一定對《禮記》感到興趣，樂意翻閱這部儒家經典，查看它每篇的內容，認識這書的性質梗概。但是，《禮記》中所記載的人們感情生活，在古今是沒有很大分別，特別是關於人們生死離別的事情，古人曾經有過的感觸傷痛，現代人也會有相同的經歷和感受。一代人有一時代的回憶，我們珍惜與自己一起成長的人和事，不易輕言放下及忘懷。可是，歲月不饒人，新舊交替的自然定律，不管所指的是人們壽命的長短，抑或事情的起始終結，都是在所難免。例如，香港人熟悉的天星小輪碼頭，自一八九八年開始營運，至今已超過百載；現在我們見到的是在二〇〇六年建成的碼頭，已經發展到第四代了。因此，天星小輪碼頭是經歷過三次拆卸、搬遷及重建，它的過去實際上已成為了香港三代人的集體回憶。

離別是人生路程中的必經階段，必然會帶來傷痛，但是，沒有人可以躲避。因此，理智地接受，堅強地面對，相信是生者立命安身的不二法門。惜別之情，無甚於父母離世的一刻，最令子女難捨痛心。《禮記．喪問》形容子女「悲哀在中，故形變於外，痛疾在心，故口不甘味，身不安美」。言辭之中流露出子女由內心的痛楚，延伸至外貌身形發生了變化；進食時吃不出食物的味道，彷彿失去了味覺，連帶穿上的服飾，不論是甚麼款式，都感到不稱身優雅。子女沒法一下子接受親人往生，實屬人之常情，不難理解。喪禮過後，子女在家中已不可能再見到去世的親人，心情縱然無可奈何，但最終只好接受現實。《禮記．喪問》記載：「亡矣！喪矣！不可復見矣！」逝者如斯，但緬懷之情怎能片刻遺忘！《禮記》正好深刻地描述了當時子女內心的感情起伏，既十分思慕已故的親人，但又不能改變現實，重返過去。

過去三年，香港受到新冠疫情衝擊，每天新聞媒體報導的病逝數字，令人感到憂傷痛心。不少香港市民喪失至親，哀痛之情，須臾不離。正是由於內心的傷痛，使人不能迅即忘懷已故的親人。《禮記．喪問》規定孝子要為親人「守喪三年」，要求他在門外築起草房，設置寢室，還要枕在泥頭上，睡在草墊上。這種守喪儀式反映了孝子對親人的思慕，不想父母親孤單一人睡在荒郊土壤之下，既反映儒家的孝道精神，也同時疏導了生者悲哀之情。藉著守喪時時刻刻思慕父母親生前的一切，感受到至親依然活著，由此舒緩內心悲痛，給予自我療傷的時間和空間。《禮記．喪問》記載：「故哭泣無時，服勤三年，思慕之心，孝子之志也，人情之實也。」禮順暢人情，在現代來說，關鍵不在乎生者守喪時間的長短，重點是禮所帶來的作用，能否通過儀式規定，適切地提供人們自我療傷的感情需要。

古代服喪時間的長短，是按照生者的悲痛程度來制定，這是取決於他們與死者的親疏關係。《禮記》有這種設定，是基於人情所在，自然不過。《禮記．喪問》記載：「人情之實也，禮義之經也，非從天降也，非從地出也，人情而已矣。」辭世者與生者愈是親近，生者內心哀戚愈深，因而也需要更長時間復原。《禮記．三年問》曰：「創鉅者其日久，痛甚者其愈遲，三年者，稱情而立文，所以為至痛極也。」父母親是我們的至親，他們去世後帶給子女至大的傷痛，內心的哀傷需要更長時間平服，及至痊癒。因此，為父母服喪三年，比起為其他親人守喪，時間上是最長。

喪失至親，悲痛至鉅。守喪時，生者不但需要平服內心哀傷，也要維持心理健康，確保生理機能正常運作，不得因為哀傷過度，影響日常生活。《禮記．曲禮上》記載：「居喪之禮，毀瘠不形，視聽不衰。」孔穎達疏曰：「不許骨露見也。」《禮記》強調「事死如事生」，守喪者侍奉已故親人應該猶如他們生時，必須真摯誠懇，不得矯情飾詐。但與此同時，子女不能夠因為過於憂傷，廢寢輟食，致瘦如枯枝，形銷骨立。此外，居喪期間，個人衛生一如平日，需小心翼翼，照顧好自己的身體狀況。頭有疔瘡，身體發癢，須洗頭潔身；若有患病，可飲酒食肉，在痊癒後，才恢復居喪。《禮記．曲禮上》記載：「居喪之禮，頭有創則沐，身有瘍則浴，有疾則飲酒食肉，疾止復初。不勝喪，乃比於不慈不孝。」守喪者作為父母的立場上，如果子女因為喪事過於悲傷，體力不勝負荷而病倒，危及日後生育繼嗣，這是有違父母對子女的慈愛。在作為子女的立場上，因為守喪者沒法照顧好自己身體，違背父母生育子女時的盼望，導致未能遵行孝道。

居喪之禮，是基於對人情關懷所制定的禮儀儀式。《禮記》體現出的一種適切、適時及適度的生活指導，令子女在親人去世不久後，能藉著守喪緬懷疇昔，疏導惜別感情。儀式本身亦規定他們不得過於傷痛，影響身體健康，以為回復正常生活作好準備。《禮記．三年問》記載：

三年之喪，二十五月而畢；哀痛未盡，思慕未忘，然而禮以是斷之者，豈不以送死有已，復生有節哉？

在感情上，子女固然可以終生掛念已故親人，時刻不忘，可是，禮文必須為服喪時間訂立限期，立中制節，否則，守喪者便沒法重新過正常生活。可見，《禮記》的規範順情合理，十分理智。

三、細味香港情——生於斯，長於斯

筆者在香港出生長大，孩提時在港島摩星嶺「木屋區」住了好幾年，到小學二年級，遭逢火災，遷入柴灣「公屋」，直至大學畢業。眾所周知，上世紀香港基層的居住環境欠理想，特別在一九五三年十二月石硤尾大火後落成的「徙置區」，在今日住屋標準看來，確實只能用作臨時棲身之所。徙廈一般樓高六至八層，每層沒有升降機，而單位內也沒有蓋建獨立廁所和廚房，各戶需要輪流共用每層樓梯間旁的公眾浴室和廚房。由於每戶共用公共設施，住客朝夕相見，睦鄰關係顯得更為重要，要做到守望相助，包容忍讓，現實上是需要一點人情味來維繫。

近半個世紀，香港經濟急速起飛，人均收入增長，房屋政策亦隨之加快步伐，現今「居屋」、「私樓」矗立，居住環境改善了很多。同時，人們的消費模式亦逐漸改變。傳統的「大排檔」、「小攤販」是街坊鄰里落腳的好去處，大都已被屋邨商場內的連鎖超級市場及餐廳取替。以往鄰居拉開門戶鐵閘，一面乘涼，一面細訴家常，這些日子已不多見。加上在近年疫情肆虐下，除非居住的大廈有「確診」個案出現，鄰居才願意「探頭」門外調查究竟，或在樓下「強檢」排隊意外遇上，否則，大家已絕少見面問候，甚至不知道鄰近住客已經遷出。羣眾關係疏離，人情趨淡，在當下的香港社會中，市民已有不得不適應和接受。

親情源於血緣，家人之間的施受是無條件，也不設上限，但人情是個人面向羣眾的一種處世態度。所謂「人情似紙張張薄」（《增廣賢文》），人與人相處是一門複雜的學問，並不簡單。在現今的商業社會中，凡事多建立在利益衡量上，人們願意無私奉獻的並不多。《論語·雍也》曰：

子貢曰：「如有博施於民而能濟眾，何如？可謂仁乎？」子曰：「何事於仁，必也聖乎！堯舜其猶病諸！夫仁者，己欲立而立人，己欲達而達人。能近取譬，可謂仁之方也已。」

孔子認為如果能夠廣泛施予恩惠給其他人，幫助大眾過好生活，即使堯舜也難辦到，因此，這不只是仁道，而已達到聖賢德行。事實上，人們實行仁愛，如果從日常生活入手，途徑很多。關鍵是如何做到推己及人，行忠恕之道，讓自己和別人都能站得住腳，雙方感到事情是行得通，兼能夠維繫彼此感情。

《禮記·檀弓下》記載齊國發生飢荒，於是黔敖贈送食物給路過的人，原本是一番好意，飢餓者卻寧願餓死，拒絕接受。曾子認為黔敖所以沒法成功地施行仁愛，施、受雙方都存有責任：

> 齊大飢。黔敖為食於路，以待餓者而食之。有餓者，蒙袂輯屨，貿貿然來。黔敖左奉食，右執飲，曰：「嗟！來食。」揚其目而視之，曰：「予唯不食嗟來之食，以至於斯也。」從而謝焉；終不食而死。曾子聞之曰：「微與？其嗟也可去，其謝也可食。」

飢餓者感到黔敖憐恤自己的貧困處境，施捨恩惠，因而呼喚他時沒有半點敬意，故堅決不接受送來的食物。鄭玄注曰：「嗟來食，雖閔而呼之，非敬辭。」施惠者能發自內心的虔敬，待人以禮，合乎人情，才是仁愛的真正表現。孔穎達疏曰：「故曰：『嗟乎，來食。』餓者聞其嗟己，無敬己之心，於是發怒揚舉其目而視之，曰：『予唯不食嗟來無禮之食，以至於斯。』」飢餓者不接受「無禮之食」，正好說明即使人們的身分地位不同，但人與人的接觸必須以禮相待，心安理得，合乎人情。曾子的評點，說明了施予仁愛者，要有善心，亦須有敬意，要行之以禮，不必慣常地用憐憫的語氣，令受惠者感到淒酸難受。至於接受恩惠者，要學會體諒，包容別人，如果對方只是無心之過，兼且已表示歉意，便應當接受施予的恩惠，不必為此白白捨棄性命。

今日的香港，我們經常看到一些善心人和自願團體，主動關愛社會基層市民，兼且能夠出錢出力，親自躬行。例如明哥開辦深水埗大南街北河同行飯店，廣為香港人熟悉。他小時喪父，家境貧窮，深深地明白窮人的困苦，多年來風雨不改，親自與義工為區內的基層市民及長者送贈飯盒。一個飯盒雖然價錢不高，但它的價值除了使人有一餐溫飽外，更是來自明叔的一份熱誠，無私的奉獻，沒有等差地對所有人表示出的尊敬，為香港社會樹立一個良好的榜樣。

四、人情尚往來

像明叔這類善心人，不望日後受惠者對他有任何回報，在社會上並不多見。所謂「施恩不望報」，對人家好而沒有寄望收回任何報答，是君子理想人格的一個部分，但在現實生活中，我們對別人有所付出，若然希望得到對方回報，這種處世態度是否不恰當，不近人情？

《禮記．曲禮上》記載：「太上貴德，其次務施報。禮尚往來。往而不來，非禮也；來而不往，亦非禮也。人有禮則安，無禮則危。故曰：『禮者不可不學也。』」鄭玄注：「太上，帝王之世，其民施而不惟報。」時代進步，變革日新，施、報兩者之間能否取得平衡，關係到人們在社會中能否建立出良好的人際關係。太上，即三皇五帝之世。遠古民風淳樸，各人著重德行，認為自己能夠行善，內心就會得著，因此，施恩是個人道德實踐，不必講求回報。到了夏、商、周三代，情況已出現變化，社會秩序逐步建立，家庭人倫漸趨明確，因此，作為家庭的一位成員，應當如何與家人相處？身為社會的一分子，能否有一套準繩與羣眾往來？根據禮的規定，是接受了別人恩惠，便需要作出回報；若受了人家恩惠，卻沒有報答給人，便是不合禮。「禮尚往來」，施而望有回報，報而因有所施，是人們日常行事的準則，相當尋常，它的內在精神奠立了人們行穩久遠的處世原則。

今天我們教育小孩子，經常會說：「要報答父母養育之恩。」這樣來說，我們報答父母養育的恩情，與報答別人給予自己的恩惠，兩者性質同樣是回報；前者是親情，後者是人情，彼此於感情上是否有別？《禮記》論述禮、樂性質差異時，提供了一種看法。《禮記．樂記》曰：「樂也者，施也；禮也者，報也。樂，樂其所自生；而禮，反其所自始。樂章德，禮報情，反始也。」古代樂曲彰顯了國君盛德，聽眾因樂曲而在內心生得歡娛的感情，毋須回報。因此，樂的性質是施恩。鄭玄注：「言樂出而不反，而禮有往來也。」孔穎達疏曰：「言作樂之時，眾庶皆聽之而無反報之意，但有恩施而已。」禮的性質因有往來規定，故須追溯其施恩起點，加以回報。孔穎達疏記載：

言行禮者，他人有恩於己，己則報其情，但先祖既為始於子孫，子孫則反報其初始，以人竟言之則謂之報情，以父祖子孫言之，則謂之反始，其實一也。

「禮報情」，報答別人的恩惠，屬於報人情；報答親人給自己的恩惠，屬於報親情，除了回報父母外，也要溯源先祖，尋回根源，故稱為「反始」。基本上，報答親人也屬於一種報情行為，同樣是報情表現。若然需要劃分親情和人情的區別，也就要從所獲得的恩惠大小，衡量報答輕重的差異來裁定。在人倫關係的維繫下，父母親人對自己的愛護，一般來說，遠勝其他人。所以，我們的首要考慮，是報答家人，先行孝順父母，親愛兄弟姊妹，再往外推向身邊的朋友；同時，對於他人每次施予的恩惠，回報多寡並不等同。

《禮記》認為每個人對於每次獲得回報的多少，早已有心理準備，而施與報的厚薄是對稱等同。《禮記．表記》曰：「子曰：『事君大言入則望大利，小言入則望小利；故君子不以小言受大祿，不以大言受小祿。』」我們對別人有很大的貢獻，自然會想到將可能獲得最大的得益；相對來説，付出不多，期望的回報也不會太大。今天我們經常有一句「口頭禪」：「他敬我一尺，我敬他一丈。」（徐霖《繡編記．入院》）雖然我們的胸襟不一定有如此寬厚，能夠做到這個地步，同時亦無法肯定施與報的分量必然對稱等同，但至少在人情上，説明了人們有恩必報的相處道理。《禮記．表記》曰：「子曰：『以德報德，則民有所勸；以怨報怨，則民有所懲。』」施、報恰當，人們便能夠有所勸勉，禮待別人，亦能同時做到自我警惕，不敢惡意傷害別人。

以上《禮記》提供了處理人情的兩個原則，第一，報本反始，不忘本源；第二，有施必有報。在《禮記》中，我們可以舉出事例説明。《禮記．雜記下》曰：

子貢觀於蜡。孔子曰：「賜也樂乎？」對曰：「一國之人皆若狂，賜未知其樂也！」子曰：「百日之蜡，一日之澤，非爾所知也。張而不弛，文、武弗能也；弛而不張，文、武弗為也。一張一弛，文、武之道也。」

蜡祭，是祭祀先嗇的儀式；先嗇即是神農氏。通過這個祭祀儀式，國君奉獻牲體祭品，並讓農民飲酒至酩酊大醉，藉此慰勞他們一年來的辛勞。鄭玄注曰：「蜡之祭主先嗇也，大飲烝勞農以休息之。言民皆勤稼穡，有百日之勞喻久也。」孔穎達疏曰：「孔子解蜡是樂之義也，言此蜡而飲，是報民一年勞苦，故云：『百日之蜡也。』」可是，子貢不明白施報的原理，卻跟孔子說所有人都瘋狂了，並對他們有如此的行為，感到十分奇怪。鄭玄注曰：「於是時，民無不醉者如狂矣，曰：『未知其樂怪之。』」孔子解釋農夫辛勞了一整年，至今才得到一天歡娛的回報，箇中意義重大。這猶如弓弩一樣，若持久拉緊它們，弦線就會斷絕；相反，長期捨棄不用，便會導致弓弦鬆弛，失去彈性。鄭玄注曰：「今一日使之飲酒燕樂，是君之恩澤，非女所知，言其義大。張弛以弓弩喻人也。弓弩久張之則絕，其力久弛之則失其體。」孔子認為有施有報，是為國君治民之法；張弛有道，則是堯、舜治理天下的大道。這些看法值得為政者參考使用。

人情關係中之所以出現「報本反始」的精神，是源自人類報答上天的祭祀活動。《禮記．郊特牲》曰：「萬物本乎天，人本乎祖，此所以配上帝也。郊之祭也，大報本反始也。」天覆地載，天是萬物生成的根本，而先祖是民族形成的源頭。因此，遠古人們通過郊祭儀式，主祭上天，配祭先祖，藉此感謝他們的恩惠，為自己的由來予以報答。這種溯源行為亦延至人們對自然神靈的報答，以及追念遠祖對自己施予的恩惠上。蜡祭是天子每年十二月，聚合自然神靈的祭祀活動，回報它們對農業賜予的恩惠，致使全年五穀豐登。《禮記．郊特牲》曰：

天子大蜡八。伊耆氏始為蜡，蜡也者，索也。歲十二月，合聚萬物而索饗之也。蜡之祭也，主先嗇而祭司嗇也。祭百種以報嗇也。饗農及郵表畷、禽獸，仁之至，義之盡也。古之君子，使之必報之。迎貓，為其食田鼠也，迎虎，為其食田豕也，迎而祭之也。祭坊與水庸，事也。

在蜡祭中所祭祀的八種神靈，包括：一、先嗇，即神農氏，農業的創始者，報答它始作耒耜，教導農民種植五穀。二、司嗇，即后稷，帝堯時的農師，報答它主管農業，有功於農。三、農，即田畯，掌管農事的田官，報答它督約農夫工作。四、郵表畷，郵是田間的廬舍，畷是阡陌，即田間小路，報答它們提供田畔的路徑和休憩之處。五、貓、虎，報答它們吃掉傷害禾稼的田鼠和田豕。六、坊，即堤防，報答它們蓄水，使水不泛溢。七、水庸，即壑坑，報答它提供泄水的功用，有利農業灌溉。八、昆蟲，螟螽之屬，報答它們沒有帶來災害，損害農業收成。孔穎達疏曰：「仁之至，義之盡也者。不忘恩而報之，是仁；有功必報之，是義也。蜡祭有仁義之至盡也。」今日我們經常說「仁至義盡」，大都表示自己已經盡了最大的努力，向他人給予照顧和幫助。在人情上來說，這是單向施予的行為。至於《禮記》中「仁至義盡」的意義，是指在蜡祭中報答有功於農事的諸神，施、報關係是雙向的，彼此都能夠從中獲益。《禮記．表記》曰：「子言之：仁者，天下之表也；義者，天下之制也；報者，天下之利也。」對現代人來說，郊祭遙不可及，一般人沒法重修古禮，參與及感受其中的感情。然而，在清明、重陽時分，幾家親戚約定在先祖墳墓祭祀，緬懷先人過去，依然可以體現出「報本反始」的儒家精神。

五、愛己及人之情

《禮記》不是醫書，也不存在「健康」及「衛生」的現代觀念，但是，這不表示它不包含衛生的內容，不重視當時人的生活健康。《禮記》強調君子內修的重要性，也同時把養生保健視為行道的必要條件。因為君子學會愛惜自己的身體，具有良好的體格，才能夠秉持仁愛，實踐道德，施惠給他人。《禮記．儒行》曰：

> 儒有居處齊難。其坐起恭敬，言必先信，行必中正。道塗不爭險易之利，冬夏不爭陰陽之和。愛其死以有待也，養其身以有為也。其備豫有如此者。

君子平時的生活起居，嚴肅恭敬，說話有信用，行為不會偏差，與他人相處都顯得相當禮讓，這是立身修己的品德表現，值得現代人學習。進一步思考，這也是君子愛己養身的處世方式。鄭玄注曰：「齊難，齊莊可畏難也。行不爭道，止不選處，所以遠鬥訟。」君子不計較道路險阻或平坦，也不爭奪夏天和暖、冬季陰涼的場所，是為了避免與他人爭執，導致互不相讓，帶來禍害紛爭的惡果。孔穎達疏曰：「此明儒者先以善道豫防備患難之事。」因此，君子不爭是為保養好自己的身體，愛護自己的生命，留待將來為社會所用，有所作為。孔穎達疏曰：「此解不爭也，言愛死以待明時，養其身以有為也者，言養身為行道德也。」在儒家修行的過程中，君子需要修身，也要懂得養身。

學會與人相處，懂得施、報的人情道理，可避免爭執，減少引發不必要的衝突所帶來身體的傷害。比較來說，個人具有良好的起居飲食習慣，注意個人衛生，秉持健康的生活態度，就更能積極地培育出強健的體魄。《禮記》中有不少篇章記錄家庭的起居生活方式，當中不乏個人衛生的內容。《禮記．內則》曰：「凡內外，雞初鳴，咸盥漱，衣服，斂枕簟，灑掃室堂及庭，布席，各從其事。孺子蚤寢晏起，唯所欲，食無時。」除了八歲以下孩童可以早寢晚起外，全家人不論尊卑老幼，都要在雞鳴時分起床，而在起床後須立即梳洗漱口，收拾床鋪，打掃庭堂。雖然，古今生活環境不同，《禮記》所記錄的生活規律與現代的生活方式，確實有一定出入，然而，在注意個人衛生的態度上，彼此應有相當一致的地方。

我們可以舉一些生活例子說明。《禮記》重視餐桌禮儀，特別是與長者一起用餐時，更加要分外留神。《禮記．少儀》曰：「燕侍食于君子，則先飯而後己，毋放飯，毋流歠；小飯而亟之數噍，毋為口容。」吃飯時，要謹慎，不得大吃大喝，致使飯粒掉落，湯水自嘴角流下。而且需要小口地吃，咀嚼要快，迅即吞下，不可把飯菜一直含在口中。《禮記．曲禮上》曰：「讓食不唾。」主人家分食物時，客人固須謙讓，但說話時務必小心，不要唾口水到食物上。同時，也要注意雙手清潔。《禮記．曲禮上》曰：「共飯不澤手。」鄭玄注曰：「為汗手不絜也。澤謂挼莎也。」孔穎達疏曰：「古之禮，飯不用箸但用手，既與人共飯，手宜絜淨，不得臨食始挼莎手乃食，恐為人穢也。」進食時不要摩擦雙手，避免汗水觸及食物。《禮記》中這些衛生規定，古今不別，可以適用於現今的家庭教育中。

六、結語

今天我們在不同場合中經常都會討論到「古為今用」的議題，探討儒家文化知識在現代社會生活中的實踐意義和現實價值。筆者認為，在這個議題展開討論時，首先需要引證「古今相通」的共性特點，設法提供彼此互通的方法和途徑，從而建立出一個雙方對話的平台；否則，我們便沒法知道「古為今用」應該從何說起。《禮記．郊特牲》曰：「禮之所尊，尊其義也。失其義，陳其數，祝史之事也。故其數可陳也，其義難知也。」鄭玄注曰：「言禮所以尊，尊其有義也。」一代有一代的禮儀儀式，其中的場所設置、周遭環境、人物步趨和器具服飾等外在形式，歷朝斟酌損益，必有變革。然而，禮義精神傳承千載，無處不在，時至現代，留待提振。人們是離不開生活，也不能捨棄人情，施報關係及健康衛生等現實生活議題，恆久都備受人們關注。因此，《禮記》是能夠賜給我們開啟古今中外鑰匙的一部儒家經典。

《說文解字》的現代智慧

鄧佩玲

《說文解字》，簡稱《說文》，東漢許慎編撰，是中國首部按字形排列的工具書。全書分為五百四十個部首，共收錄九千餘字，每字以小篆作字頭，部分兼列古文、籀文、或體、俗字、奇字等異體字。《說文》主要依據字形釋義，在讀音方面，除了標注諧聲偏旁之外，部分字例亦以「亦聲」、「讀若」、「讀如」等說明讀音。有關《說文》的重要性，清王鳴盛《說文解字正義．序》嘗有言曰：

> 《說文》為天下第一種書。讀偏天下書，不讀《說文》，猶不讀也；但能通《說文》，餘書皆未讀，不可謂非通儒也。

《說文》既為字書，固然是研習文字學的必要讀本，但文字學於清末民初才成為獨立學科，

《說文》在這以前一直依附於經學，本來是用為解經的工具書，在目錄學分類上隸屬於「經部」的「小學」類。《說文》保存了大量古字古義，與經學互為表裏。雖然王鳴盛推崇《說文》未免失於偏頗，但其謂「讀偏天下書，不讀《說文》，猶不讀也」確實是不刊之論。

自從西漢設立五經博士，加上科舉取士，讀書人皓首窮經，潛心鑽研經義，小學在此背景下得以蓬勃發展。然而，隨著近代學術範式的轉變，古老的經學在現今眼光看來，屢屢遭受因循守舊、抱殘守缺的抨擊。學術形態本應隨時代而改變，歷史悠久的小學應當如何通過重新的詮釋，拓展出新的研究空間，使其精粹適用於當今社會？清末民初經學家主張「經世致用」，學術在探索事物產生的根源與文明發展之外，亦當以社會為基礎，通過人文學科推進及完善人類社會的知識體系，啟迪當代人的智慧，豐富其精神生活。《說文》成書於兩千多年以前，現代人如何能夠突破傳統小學，為它賦予新的當代價值，讓大家重新認識《說文》蘊含的歷久彌新智慧？這都是亟待現代學者探索討論的。

本文建基於上述思考，通過《說文》古字古義的探討，嘗試尋找這部古老字書所蘊藏的跨越時空價值，展現中國傳統智慧於現代社會生活的生命力，為語文學家及教育家提供討論的空間。

一、《說文》古字古義有助現代漢語常用詞的溯源

姚孝遂《許慎與說文解字》認為《說文》的成書是「時代的產物」：「我們應當注意到，《說文解字》之所以能夠由許慎撰寫成書，是當時的歷史條件所促成的。」[1]《說文》編撰於今古文經學論爭之際，主要目的是糾正當時今文經學的妄說：「翫其所習，蔽所希聞，不見通學，未嘗睹字例之條，怪舊埶而善野言，以其所知為祕妙。」（《說文．敘》）秦始皇統一天下後，典籍盡毀於秦火，西漢惠帝廢除「挾書律」，閱讀風氣漸漸盛行，如近年湖南益陽兔子山漢簡記有「獻書」字樣，可知當時民間借書、獻書、藏書風尚濃厚。西漢河間獻王更以廣求天下善書聞名：「從民得善書，必為好寫與之，留其真，加金帛賜以招之。」（《漢書．河間獻王德傳》）儒家典籍的發現營造了活躍的學術氛圍，累積下來的先秦古籍汗牛充棟，成為了編撰《說文》的重要資料來源。根據《說文．敘》的記載，該書收錄的古文除了來源自魯恭王劉餘壞孔子宅後所得《禮記》、《尚書》、《春秋》、《論語》、《孝經》等「壁中書」之外，尚有北平侯張蒼所獻《春秋左氏傳》。另外，「郡國亦往往于山川得鼎彝，其銘即前代之古文」（《說文．敘》），出土彝銘亦是該書的重要材料來源之一。從《史記》、《漢書》的記載可知，西漢以來青銅器屢

有發現，如：《漢書．武帝紀》記漢武帝「得鼎汾水上」，遂改元「元鼎」；《史記．孝武本紀》載方士李少君曾辨識青銅器為「齊桓公十年陳於柏寢」，宮人盡駭，以為少君為數百歲人也；《漢書．郊祀志》記宣帝曾於「美陽得鼎」，雅好古文的張敞考釋其銘文曰：「王命尸臣：『官此栒邑，賜爾旂鸞黼黻琱戈。』尸臣拜手稽首曰：『敢對揚天子丕顯休命。』」銘文文辭與今日出土彝銘頗為類近，可知記載確實其來有自。

古漢語經歷幾千年的歷史流變，《說文》收錄的古字古義大致以當時所見古文為基礎，呈現先秦兩漢間詞彙及詞義的真實面貌。雖然古今漢語在語言特點上有所差異，但兩者卻有著一脈相承的發展關係。《說文》與出土古文字間的比對，不僅能幫助我們掌握古字本義，而《說文》載錄的訓釋更可使詞義變化的軌跡變得有跡可尋，清楚展現古今詞義的源流關係。

1.《說文．皿部》云：「𥁞(益)，饒也。从水、皿，皿益之意也。」

《說文》訓「益」為「饒」，段玉裁注：「饒，飽也，凡有餘曰饒。」「益」表示「多」、「剩餘」的意思，是經籍的常用義，並非其本義。不過，許書解釋「益」的構形為「从水、皿，皿益之意」，卻清晰展示出「益」的造字本意。甲骨文「益」書作「」、「」，現在楷書「益」字仍然保留下半部从「皿」的寫法。至於甲骨文「益」所从的「皿」裏有數點，小篆「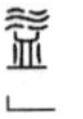」中「水」形橫置，表示水從器皿溢出的意思。然而，隨著字形變遷，隸變後的「益」字已完全顯示不出水溢滿之狀。

「益」用為本義的例子主要見於先秦文獻，如《呂氏春秋．察今》云：「澭水暴益，荊人弗知，循表而夜涉，溺死者千有餘人。」澭水突然氾濫，楚國人不知情，仍按原計劃渡河，最終千多人溺死。「益」在引文中當讀為「溢」，表示氾濫的意思。「益」的詞義後來產生變化，從水溢滿的本義引申指事物之多，如《戰國策．齊策三》云：「可以令楚王亟入下東國，可以益割於楚。」高誘注：「益，多。」此外，「益」亦引申為增加的意思，如今日成語「精益求精」、「相得益彰」、「延年益壽」之「益」，皆表示增加的意思。現代漢語「益」多表示「好處」、「利益」，這是從古義「多」引申而來，正如《尚書．大禹謨》云：「滿招損，謙受益。」自滿容易招致損失，謙虛會得到好處。從上述的討論可知，「益」的本義是水滿溢的意思，但後來卻以「好處」、「利益」等作為常用義，本義漸被人遺忘，故後來需要另加「水」旁造成「溢」字，用以表示「水滿溢」的意思。

2.《說文．皀部》：「既（既），小食也。从皀，旡聲。《論語》曰：不使勝食既。」

在現代漢語中，「既」較常見的用法是增添後綴「然」，成為複音詞「既然」。「既然」是一個連詞，主要用於複句中前一小句，表示「提出已成為現實的或已肯定的前提，後一小句根據這個前提推出結論」。[2]《說文》訓「既」為「小食」，此用法明顯不見於現代漢語。《說文》所援引的書證「不使勝食既」，本來是出自《論語．鄉黨》篇：

> 齊必變食，居必遷坐。食不厭精，膾不厭細。食饐而餲，魚餒而肉敗，不食。色惡，不食。臭惡，不食。失飪，不食。不時，不食。割不正，不食。不得其醬，不食。肉雖多，不使勝食氣。唯酒無量，不及亂。沽酒市脯不食。不撤薑食，不多食。祭於公，不宿肉。祭肉不出三日。出三日，不食之矣。食不語，寢不言。雖疏食菜羹瓜，祭，必齊如也。

《說文》引「氣」作「既」，孔穎達解釋「肉雖多，不使勝食氣」云：「言有肉雖多，食之不可使過食氣也。」「食氣」二字較為費解，《禮記．中庸》嘗有「既廩稱事」一語，鄭玄注讀「既」為

「餼」，訓「餼廩」為「稍食」，阮元據此讀《鄉黨》之「既」為「餼」，「食氣」當作「食餼」。在近世出土文獻中，「既」、「氣」音近可通，如郭店楚簡《老子》的「氣」字皆書作从「既」之「(⿱既火)」。至於《說文》訓釋「既」為「小食」，除了是因其本義與進食相關之外，亦有可能是建基於「不使勝食既」的意思。《論語．鄉黨》云：「肉雖多，不使勝食氣。唯酒無量，不及亂。」前兩句記食肉需有節制，不宜吃多於主食，後兩句則言飲酒需有節度，正如朱熹《集注》云：「食以穀為主，故不使肉勝食氣。酒以為人合歡，故不為量，但以醉為節而不及亂耳。」由是看來，《說文》「小食」的訓釋有可能是依據《論語．鄉黨》「不使勝食氣」，乃指不宜多吃的意思。

《說文》雖然說明了「既」、「食」二字間的緊密關係，但訓釋仍以《論語》為根據，並不完全是本義。甲骨文「既」字書作「」、「」，表示一個人背向食器跪坐，屬於六書中的會意字：「象人食已，顧左右而將去之也，引申之義為盡」。[3]「既」的本義是「食畢」，類似意義亦見於《左傳．桓公三年．經》：「秋，七月，壬辰，朔，日有食之，既。」不盡相同的是，「日有食之」之「食」並不是指人食，乃指日蝕。「既」再從「食畢」本義引申為完結的意思，《論語．八佾》云：「成事不說，遂事不諫，既往不咎。」「既」、「往」皆指過去的事情，相類的成語尚有「不溯既往」、「一如既往」。後來，「既」虛化為時間副詞，放於動詞前

充當修飾語，如現代漢語的「既得利益」、「既成事實」之「既」皆表示事情已經發生。《論語．季氏》云：「夫如是，遠人不服，則脩文德以來之。既來之，則安之。」今日俗語「既來之，則安之」乃來源自《論語》，該語本來是指以文德撫順從遠方所來之人，但現代漢語已演變為隨遇而安的意思。

3. 《說文．門部》：「門(門)，聞也。从二戶，象形。」

《說文．戶部》：「戶(戶)，護也。半門曰戶，象形。」

「門」、「戶」皆是象形字，甲骨文「門」書作「門」、「門」，「戶」則作「戶」、「戶」。從字形可知，「門」由左右相對的「戶」構成，故古時左右開合的門才可稱「門」，單扇的門則稱為「戶」。但是，現代漢語在「門」、「戶」兩字上已沒有嚴格區別，無論是單扇或雙扇的門，均稱之為「門」，而單一個「戶」字已不再表示「門」的意思。

從先秦文獻看來，古人對於「門」、「戶」之別是相當清晰的。《左傳．成公十年》記晉景公夢見厲鬼的故事：「壞大門，及寢門而入。公懼，入于室。又壞戶。」「大門」是指晉景公宮室最外的出入口，「寢門」之「寢」是指晉景公的居室，如《左傳．昭公十八年》云：「子大叔之廟在道南，其寢在道北，其庭小。」孔穎達訓「寢」為「游吉所居宅」。有關古代的宮室結構，徐鍇《說文繫傳．宀部》云：「古者為堂，自半已前虛之，謂之堂，半已後實之，為室。」宮室中央位置有「廷」，或稱「中廷」，「廷」後有東西兩階作升堂之用，堂上靠裏的房間稱為「室」。《左傳》記厲鬼「入于室」後「壞戶」，「戶」是指「室」的門。由於「室」是堂上的房間，面積較小，故用單扇的門已經足夠。古代宮室結構知識可讓我們易於掌握成語的具體意義，如「登堂入室」、「入室弟子」、「門庭若市」皆是宮室結構相關的成語。

現代漢語常用詞「窗戶」，在古漢語裏本來是兩個單音節詞，分別指窗與門，但隨著「窗」、「戶」二字結合並凝固成詞後，現代漢語的「窗戶」已成為偏義複詞，僅表示窗而沒有門的意思，董秀芳描述相關現象為詞彙複音化過程中語義成分失落。[4] 至於現代漢語「小心門戶」中「門」、「戶」二字本身只是指門，但「門戶」於凝固成詞的過程中，通過隱喻再引申為派別、朋黨的意思，如「門戶之見」是指因派系不同而造成的成見。「門當戶對」亦是通過轉喻引申，表示家庭間經濟和社會地位相當的意思，「足不出戶」之「戶」亦保存門的本義，整個成語是指待在家中、不踏出家門的意思。

4.《說文．臼部》：「（要），身中也，象人要自臼之形。从臼，交聲。，古文要。」

現代漢語的「腰」字，本字作「要」。《說文》小篆「」象一個正面站立的人形，兩手（「臼」）扠著腰部兩旁，表示身體中間的位置。《說文》古文「」上半从「臼」从「囟」，下半从「女」，楚簡「要」書作「」，兩者間有繼承關係，可知現代漢字「要」的寫法是來源於先秦六國文字。

在先秦文獻中，「要」表示本義「腰」的例子甚多，如《墨子．兼愛中》云：「昔者楚靈王好細要，故靈王之臣，皆以一飯為節，脇息然後帶，扶牆然後起，比期年，朝有黧黑之色。」「楚王好細要」中「腰」書作本字「要」，畢沅注：「舊作『腰』，俗寫。」楚靈王喜歡臣子有纖幼的腰身，羣臣為投其所好而節食，此處是藉「楚王好細腰」的故事說理，帶出類似於《孟子．滕文公上》「上有所好，下必有甚焉者矣」的道理。此外，現代漢語有「要領」一詞，「要」本指腰部，「領」从「頁」，《說文．頁部》云：「領，項也。」「領」本義是指人的頸部，正如《孟子．梁惠王上》云：「如有不嗜殺人者，則天下之民皆引領而望之矣。」「引領」本來是指伸長脖子，後來通過隱喻引申表示帶領的意思。正因腰與頸皆是人體的關鍵部位，故複合詞「要領」通過隱喻引申，表示事情的綱要、主旨，而今天仍沿用的成語如「不得要領」，乃來源自《史記．大宛列傳》：「騫從月氏至大夏，竟不能得月氏要領。」張騫從大月氏到大夏，句中之「不得要領」乃指其始終得不到與月氏聯手共擊匈奴的明確態度，「不得要領」後來再演變為沒能抓住事情的要旨、關鍵的意思。再者，由於腰是人體重要部位，「要」常與其他語素組成複合詞後，多含有關鍵、重要的詞義，常見例子包括「要緊」、「提要」、「要旨」、「概要」、「綱要」等。

5. 《說文．斗部》：「（斗），十升也。象形，有柄。」

從《說文》的記載可知，「斗」是一個象形字，是古代一種有柄的器具，容量為十升。古時「升」、「斗」二字的關係密切，《說文．斗部》云：「（升），十龠也。从斗，亦象形。」「升」字从「斗」，亦是象形字。甲骨文「斗」字書作「」、「」，「升」則作「」、「」，兩者的差別在於小點之有無——「斗」內有點的是「升」，沒點的是「斗」。兩字寫法非常近似，故在實際使用上又經常混用。

作為容量單位的「斗」、「升」，在不同時代的實際容量是不盡相同的。上海博物館藏有商鞅方升，能為戰國時「升」的容量提供重要資料。該器銘文云：「冬十二月乙酉，大良造鞅，爰積十六尊（寸）五分尊（寸）壹為升。」商鞅方升是戰國時秦商鞅任大良造鑄製的標準量器，器全長十八點七厘米，升縱七厘米、橫十二點五厘米、深二點三厘米，容量相當於今日二百零二點一五毫升。此外，《說文》記「十升」為「斗」，「斗」的容量是「升」的十倍，但與其他先秦容器相比，「升」、「斗」的容量偏少，故「升斗」往往合用表示少量的意思。現在有「升斗市民」之說，乃藉「升斗」比喻平常百姓。《晉書．陶潛列傳》記陶潛曾曰：「吾不能為五斗米折腰，拳拳事鄉里小人邪！」「不為五斗米折腰」指不會為五斗米的俸祿而屈身辱志，用以形容人有骨氣、不趨炎附勢。又「筲」是一種容量不大的古竹器，故「斗筲之徒」比喻器量狹小、才識短淺之人，該語本出自《論語．子路》：「噫！斗筲之人，何足算也。」今日諺語「人不可貌相，海水不可斗量」，乃出自元雜劇《小尉遲》，海水之多固然不能以「斗」來計量，人亦不可憑外貌而決定好壞。

二、《說文》古字古義有助窺探方言詞

方言的概念相對於共同語，是一種「語言的地方變體」：「在語音、詞彙、語法上各有其特點，是語言分化的結果。」[5] 至於共同語是指「言語社團內用作共同交際工具的語言」，[6] 通常從方言的基礎上發展而來，是一種經過規範化的標準語。現代漢民族的共同語是以北京語音為標準音，以北方話為基礎方言，以典範的現代白話文著作為語法規範的普通話。

方言差異不只見於現代，各地口頭語言分歧的情況在先秦時期已經存在。《論語．述而》有「雅言」一詞，概念相當於現代語言學中的共同語：「子所雅言，《詩》、《書》執《禮》，皆雅言也。」何晏《集解》引鄭玄曰：「讀先王典法，必正言其音，然後義全，故不可有所諱。」邢昺《疏》解釋「雅」為「正」，「雅言」相當於「正言」。除此之外，《孟子．滕文公下》亦載有「一傅眾咻」的故事，反映春秋時期各地方言殊異的情況：

> 孟子謂戴不勝曰：「子欲子之王之善與？我明告子。有楚大夫於此，欲其子之齊語也，則使齊人傅諸？使楚人傅諸？」曰：「使齊人傅之。」曰：「一齊人傅

之，眾楚人咻之，雖日撻而求其齊也，不可得矣；引而置之莊嶽之間數年，雖日撻而求其楚，亦不可得矣。」

孟子到了宋國，發現當地賢臣甚少，所以希望離開，戴不勝挽留他，孟子通過「一傅眾咻」的故事說明國家聚集賢士的重要性。孟子提出一個比喻：假若有一位楚大夫希望兒子學習齊語，是應該找齊人教導，還是找楚人教導？戴不勝回答說是齊人。孟子接續解釋說：就算找了齊人來教導齊語，但其身邊不停有楚方言干擾，我們即使每天鞭撻他，希望他學好齊語，最終也是不會成功的。相反地，假若把他安置在齊地，就算每天鞭撻他，要求他說楚語，最終也行不通。此故事後來演變為成語「一傅眾咻」，比喻寡不勝眾，帶出周遭環境對於人的重要影響。

到了漢代，揚雄編撰《方言》，是我國第一部記錄各地方言的著作。後來許慎編撰《說文》，蒐集的材料來源非常龐雜，其中既有當時所見的方言詞，而書中收錄的部分古字，在現代漢語已不再使用，卻仍然存在於現代的方言口語中，反映古漢語與方言詞間存在緊密的發展關係。

1.《說文・目部》:「睇(睇),目小視也。从目,弟聲。南楚謂眄曰睇。」

從《說文》可知,「睇」是一個形聲字,从「目」,「弟」聲,表示「目小視」的意思。事實上,大徐本《說文》訓釋「睇」為「目小視」,仍然不太清晰,故段玉裁改作「目小衺視」。《集韻・平聲・麻韻》釋「衺」云:「謂不正,或作邪,通作斜。」可知「睇」是為斜視的意思。《說文》亦提出「睇」是方言詞,南楚稱「眄」為「睇」。《說文・目部》亦收錄「眄」字:「目偏合也,一曰衺視也。秦語。」可知古籍裏「睇」、「眄」二字皆表示斜視,是不同地域的方言詞,「睇」見於南楚方言,「眄」用於秦語。段玉裁改訓「睇」為「目小衺視」,大概是依據《說文》「眄」字「一曰衺視」之說。

從先秦古籍可知,古「睇」字確實有斜視的意思,如《禮記・內則》記子女在父母公婆的居所需要遵行的行為規則:「在父母舅姑之所,有命之,應唯敬對。進退周旋慎齊,升降出入揖游,不敢噦噫、嚏咳、欠伸、跛倚、睇視,不敢唾洟。」引文大概是指父母公婆有事情呼喚,子女須恭敬應對,進退拐彎亦必須謹慎莊重,升降出入需俯身作揖而行,不能隨便打嗝、打噴嚏、咳嗽、打呵欠,站立必須端正,不能斜視,亦不可吐唾沫及擤鼻涕。「睇視」之

「睇」，鄭玄注訓為「傾視也」，「傾視」是不正望的意思。古人認為與人交往時正視才算恭敬，斜視是不尊敬的態度。雖然《禮》書有「不睇視」的要求，但古籍「睇」並不一定是貶義的，需要由語境決定。「睇」倘若放於形容女子，似乎有截然不同的理解。《楚辭．山鬼》云：「若有人兮山之阿，被薜荔兮帶女羅。既含睇兮又宜笑，子慕予兮善窈窕。」學者多理解「山鬼」是女鬼、女神，「既含睇」形容「山鬼」不敢直視對方的眼神，包含一種含情脈脈、含羞答答的媚態。

現代漢語沒有「睇」字，但「睇」卻廣泛保留於粵語中。《說文》指出「睇」是南楚方言，揚雄《方言》亦云：「睇，眄也。陳楚之間、南楚之外曰睇。」「睇」在《楚辭》出現了兩例，一例見於《山鬼》，另一例見於《九章．懷沙》。《楚辭》作者屈原是戰國楚人，故《楚辭》出現「睇」字，與揚雄《方言》的記載相脗合。先秦楚國位處南方，今廣東亦屬南方地區，由是可知粵語裏「睇」的來源甚古。不過，古今用法不同的是，粵語「睇」純粹是「看」的意思，日常用法如「睇戲」、「睇書」、「睇得起」、「睇病」、「睇見」的「睇」，皆相當於現代漢語「看」，[7] 並沒有斜視的含義，反映「睇」在長時間的使用中詞義產生了變化。

2.《說文．丌部》：「畁(畀)，相付與之，約在閣上也。从丌，由聲。」

《說文》訓「畀」為「相付與之」，即給予的意思。「約在閣上」一語較難理解，段玉裁疑句中有奪文：「約當作物。古者物相與必有藉，藉即閣也，故其字从丌，疑此有奪文，當云：相付與也，付與之物在閣上，从丌。」「畀」是一個古字，古籍多訓為「予」、「與」，能與《說文》「相付與」的解釋對應。例如，《尚書．顧命》云：「皇天用訓厥道，付畀四方。」孫星衍《今古文注疏》引《釋詁》云：「畀，予也。」又《詩．鄘風．干旄》云：「彼姝者子，何以畀之。」毛《傳》：「畀，予也。」《尚書．洪範》：「帝乃震怒，不畀洪範九疇，彝倫攸斁。」偽孔《傳》：「畀，與也。」

「畀」主要見於《尚書》、《詩經》等年代較早的古籍，其應用於春秋戰國之際漸漸式微。先秦時期「畀」並無顯著的方言特徵，現代漢語已經不再用「畀」，但「畀」卻保存於粵語裏，是常用詞，仍然具有給予的意義。例如，粵語的「畀面」，就是給面子、賞臉的意思，「畀番」是指「交還」。「畀」亦從給予的動詞意義虛化作為介詞，表示讓、給的意思，如「畀佢入嚟」相當於「讓他進來」，「畀唔畀入吖」即是「讓不讓進呀」。[8]

「畀」不見於現代漢語中的日常應用，成為了一個僅出現於古書的古字，但這不代表「畀」於現代漢語中完全消失，常用字「鼻」下半部便从「畀」。《說文·自部》云：「自（自），鼻也。象鼻形。𦣹，古文自。」甲骨文「自」書作「自」、「自」，是一個圖書性很強的象形字，兩鼻孔的模樣清晰可見。不過，由於「自」經常被人假借為「自己」之「自」，「自」的鼻子本義漸漸被人遺忘，故需要另造新字來表示鼻子的意思。《說文》「鼻（鼻）」是一個部首字：「引气自畀也。从自、畀。」許氏釋「鼻」从「自」、「畀」，是一個會意字，是「引气自畀」的意思。在現代粵語裏，「畀」、「鼻」兩字的聲母、韻母相同，僅聲調存在差異，故仍然可以隱約領略到「鼻」所从之「畀」是標注讀音的聲符。由是可見，「鼻」其實是一個形聲字，古人在表示鼻子之「自」的基礎上，再加注聲符「畀」，由是造成了「鼻」字的出現。

三、《說文》古字古義幫助瞭解現代文化生活的古來源

上古之時，周武王伐紂滅商，建立以鎬京為統治中心的周朝，把王畿以外土地分封諸侯，授予爵位。武王克商後不久病逝，成王年幼繼位，周公旦輔政，三監作亂，周公親征平定亂

事，營建東都洛邑。其後，周公為了鞏固管治，替周室訂立一套典章制度及禮儀規範，《禮記．明堂位》記云：「六年，朝諸侯於明堂，制禮作樂，頒度量，而天下大服。」周公「制禮作樂」於我國文化具有深遠影響，歷代均以儒家禮樂作為政治思想的核心，禮樂教化是教育的重要內容，先秦所確立的部分禮儀制度更流傳至今天，成為現代人日常生活的一部分。

三《禮》（指《禮記》、《周禮》、《儀禮》）是禮樂思想的重要經典，《說文》收錄的部分資料與禮學息息相關，現代人可通過《說文》探古觀今，瞭解日常文化生活的遠古來源。以下選取現代生活中的婚禮作為例子，通過字例舉隅，說明《說文》如何幫助我們認識現代生活與古文化之間的承傳關係。

1. 《說文．女部》：「（婚）婦家也。禮娶婦以昏時，婦人陰也，故曰婚。从女从昏，昏亦聲。㚾，籀文婚。」

古時婚禮在黃昏時進行，故稱之曰「婚」。《說文》小篆「（婚）」字左旁从「女」，右邊「昏」是「亦聲」偏旁。《說文》術語「亦聲」是指形聲字的聲符在表示讀音以外，亦具有表意作用。許慎分析「婚」的結構為「从女从昏，昏亦聲」，「婚」是一個形聲兼會意的字。

《禮》書記婚禮在黃昏舉行，古文獻裏「婚禮」亦書作「昏禮」，小篆「婚」字从「女」，是後人為了避免與昏禮之「昏」與黃昏之「昏」字混淆，故另造新字「婚」，專門表示男女嫁娶之事。至於古昏禮為何需要在黃昏進行，許慎援引東漢流行的陰陽五行學說解釋云：「婦人陰也」。女子屬陰，黃昏是天色將入黑之時，黑夜為陰，故嫁娶儀式需要在黃昏舉行。然而，陰陽五行學說最早大概只在戰國時期形成，戰國以前的昏禮是否也在黃昏舉行？許慎所言是否準確？我們已無法從現有的文獻材料得到確實的證據。然而，唯一可以肯定的是，昏禮最後的儀節為「婦至成禮」，這或許有助理解昏禮為何需要在黃昏舉行。《儀禮．士昏禮》記「婦至成禮」云：

> 燭出。媵餕主人之餘，御餕婦餘，贊酌外尊，酳之。媵侍於戶外，呼則聞。

夫婿在黃昏時出發進行「親迎」之禮，鄭玄《儀禮注》指出：「用昕，使者，用昏，婿也。」張爾岐《句讀》：「昕，朝旦也，婿用昏，親迎時也。」黃昏時天色漸漸昏暗，故《儀禮．士昏禮》「親迎」有「執燭前馬」的記載，於前往女家的路途上需要用燭光照明。至於上引「婦至成禮」，是新娘被迎接至夫家的最後儀節，當時天已入黑，加上儀節在室內進行，故「執燭」更為必要，《管子．弟子職》嘗記：「昏將舉火，執燭隅坐。」古時往往由童子「執燭」，坐於室內一隅，如《禮記．檀弓》嘗記「曾子寢疾」，有「童子隅坐而執燭」的載述。至於「婦至成禮」有「燭出」一語，是與後文「媵侍於戶外，呼則聞」相呼應，乃隱晦地道出參與昏禮的親友、媵御等離開房間，只剩下夫妻二人，隨即進入「洞房」儀節。昏禮以「洞房」作終，可以推想昏禮的舉行時間不宜太早，在黃昏開始「親迎」是比較合適的。

2. 《說文．女部》：「(媒)，謀也。謀合二姓。从女，某聲」。

「媒」含有「使雙方發生關係的人或事物」的意思，[9] 現代漢語中由「媒」作為語素構成的複合詞如「媒介」、「傳媒」、「多媒體」，大都蘊含此意義。「媒」字从「女」，其本義與婚嫁有關，最早是指昏禮中代表男家向女家提親的媒人。《說文》訓「媒」為「謀」，「謀」有謀求、圖謀的意思。《說文》「謀合二姓」之說本自《禮記．昏義》：

昏禮者，將合二姓之好，上以事宗廟，而下以繼後世也。故君子重之。是以昏禮納采、問名、納吉、納徵、請期，皆主人筵几於廟，而拜迎於門外，入，揖讓而升，聽命於廟，所以敬慎、重正昏禮也。

婚姻可使兩戶人家結為親戚，故昏禮有「合二姓之好」之目的。引文所提及之「納采」、「問名」、「納吉」、「納徵」、「請期」，即是今日婚禮中「六禮」的其中五個儀節，「六禮」最後的是「親迎」，乃是昏禮當天新郎親自前往女家迎接新娘。

古婚禮以「納采」禮為啟端，「采」字通「採」，有「採擇」的意思，是男家往女家提親之禮。《儀禮．士昏禮》云：「昏禮。下達，納采用鴈。」古代「納采」曾以鴈作為禮物，至於用鴈的原因，經學家大致二說：第一，鴈屬於候鳥，會因應季節變化而遷居，故鴈於婚禮中具有「順陰陽往來」（鄭玄《儀禮注》）的象徵意義。第二，古人注意到，鴈的配偶死後不再另覓伴侶，故婚禮用鴈乃「取其不再偶」（朱熹《朱子家禮》引程子說）的忠貞之義。值得注意的是，古時「納采」禮並不由男方親自前往女方家提親，而需要通過媒人作為中間人代勞，鄭玄指出：「將欲與彼合昏姻，必先使媒氏下通其言。女氏許之，後使人納其采擇之禮。」至於為何男方需要媒人幫忙提親？鄭玄解釋云：「昏必由媒，交接設紹介，皆所以養廉恥。」由於昏禮涉及男女之事，《孟子·離婁上》有所謂「男女授受不親」，古禮強調男女相處需有節度，不宜過於親近。因此，在婚事上，男方不宜直接到女家提親，需要先通過「媒」作為媒介，假若得到女方答允，才可以繼續進行昏禮的其餘禮節，整個禮儀便會合於廉恥之義。有關「媒」在昏禮中的重要性，《詩經·齊風·南山》嘗言：「析薪如之何，匪斧不克。取妻如之何，匪媒不得。既曰得止，曷又極止。」此詩以析薪作為比喻，劈柴時倘若沒有斧頭是行不通的，正如娶妻亦必須通過媒人代勞。《詩經》「國風」大致皆屬民歌，《南山》所記可印證媒人於當時婚姻中的關鍵作用。然而，在現代自由戀愛婚姻下，媒人角度已不如古時重要，現在的媒人大都是指幫助撮合婚姻之人，並不具有《昏義》所謂「養廉恥」的重要作用。

《左傳》的故事與敘事：從「鄭伯克段于鄢」談起

許子濱

一、孔子修《春秋》

《孟子》提及兩種「春秋」，分別指孔子所修的《春秋》與魯史「春秋」。現存的《春秋》，是孔子所修。此書以魯史「春秋」為底本，參酌百國「春秋」修訂而成，而其書法則寄寓了孔子的「微言大義」，在褒貶中呈現了聖人的思想和見解。

魯國及他國「春秋」，或稱「未修春秋」，其明見於《左傳》的有兩處：一見宋華耦之言，曰：「君之先臣督，得罪於宋殤公，名在諸侯之策。」另一見衛甯殖之言，曰：「吾得罪於君，名在諸侯之策曰『孫林父、甯殖出其君』」。他國史策亦皆書其文。《春秋》於魯國及他國史策，或因或改。前人據此確信孔子修《春秋》立大義有因有變。今舉一事例稍加說明。《竹書紀年》記「周襄王會諸侯于河陽」，《春秋》僖公二十八年卻書「天王狩于河陽」。《左傳》記載本事，並錄有孔子的評論，說：

是會也，晉侯召王，以諸侯見，且使王狩。仲尼曰：「以臣召君，不可以訓。」故書曰「天王狩于河陽」，言非其地也，且明德也。

晉文公復國之後，勵志圖強，銳意進取，對內厲兵秣馬，使民為己用；對外發動一連串軍事行動，逐步奠定一霸天下的大業。晉文公先是發兵勤王，平定天王異母弟王子帶之亂，幫助周襄王復位，繼而侵曹、伐衛，更在城濮戰勝楚軍，入京師向周天子獻楚俘，獲冊命為侯伯（諸侯之長）。魯僖公二十八年夏，晉文公與齊、魯、宋、蔡、鄭、衛、莒等諸侯在踐土（鄭地）會盟，使天子親自到踐土來，並派王子虎臨盟。到了冬季，晉文公又徵召諸侯，在溫（晉地）會盟，討伐衛、許二國。兩次會盟，晉文公皆高舉共獎王室的旗幟，召請天子親至其地。《左傳》作者藉「君子」之口正面評價踐土之會，謂晉文公「能以德攻」，「德」指其「徵會討貳」，肯定其替天子征伐的正當性。孔子用「明德」褒獎晉文公，正與此前後呼應。晉文公召請天子親自到諸侯會盟地點來，以便帶領諸侯朝覲天子。天子諸侯的田獵，四季異名，所謂春蒐、夏苗、秋獮、冬狩。狹義而言，天王此「狩」，或因冬獵，或是泛指天王適諸侯，巡狩（或作守）天下之狩，亦未可知。「河陽」與「溫」同為晉地，地理位置相近。晉文公召請天子親自到溫來，司馬遷認為是以備不虞。晉文公也許想到，自己的威力尚不足以震懾諸侯，若是貿然率領徒眾進入京師，萬一有人心懷不軌，乘機叛亂，則後果堪虞；在天子缺席的情況下，又難以確定自己的地位。為此，晉文公召請天子來到諸侯會盟的地方，並使天子到河陽為狩，藉此轉移視線，甚或掩蓋召使天子此行的真正目的。司馬遷《史記．晉世家》云：「孔子讀史記至文公，曰：『諸侯無召王。』『王狩河陽』者，《春秋》諱之也。」合看上引《左傳》，可知在孔子看來，依照政治倫理，臣無召君之禮。晉文公理應率領諸侯到京師朝覲天子，要說他反而召請天子來至諸侯會盟之地，顯然違背了為臣者應有之義。為隱諱計，《春秋》便記「天王狩于河陽」，諱言晉侯召王之事。依古禮，天子巡守，朝會諸侯，每兼田獵。因此，「天王狩于河陽」的字面意義，不過是說周襄王以天王之尊，自發到河陽來，全然看不出受召而後至，至於「狩」是狩獵也好，是巡守也罷，都是履行其本分的正當行為。「諱致言狩」，如此記事，合禮得體，周天子被召與晉文公召王的真相也就因而隱去。如果司馬遷的理解不錯，那麼，《春秋》所書就出於孔子的意思。孔子這樣寫，考慮周全，拿捏分寸，恰到好處，在諱言晉文公召君之失、褒獎其勤王之德的同時，也顧及了天子的體面。其兩全天王與侯伯的用意深致如此。上引《左傳》所記孔子的話語，到了《孔子世家·曲禮·子貢問》，變成子貢與孔子的對話，內容又不盡一致。在《孔子世家》所記二人對話語境裏，子貢問孔子，晉文公實召天子而《春秋》卻寫「天王狩于河陽」，箇中原因如何。孔子在表明「以臣召君，不可以訓」之餘，還說「亦書其率諸侯事天子而已」，嘉許晉侯整治諸侯、平復周室的用心和功績。

二、《左傳》傳《春秋》

唐初孔穎達《春秋·序·疏》引南北朝學者沈文阿曰：

《嚴氏春秋》引〈觀周篇〉云：「孔子將修《春秋》，與左丘明乘，如周，觀書於周史，歸而修《春秋》之《經》，丘明為之《傳》，共為表裏。」

《嚴氏春秋》為西漢公羊家學者嚴彭祖所著。嚴彭祖是董仲舒的三傳弟子，時代略早於司馬遷。〈觀周篇〉當為周秦之際或漢初之書（今本《孔子家語．觀周篇》無嚴氏所引之文）。《春秋》與《左傳》關係密切，如衣之內（裏）外（表），共為一體。今試舉隱公元年及二年《春秋》（下稱《經》）、《左傳》（下稱《傳》）文字略作對照，以資證明經傳的關係如下。[1]

【隱公元年】

惠公元妃孟子。孟子卒，繼室以聲子，生隱公。宋武公生仲子。仲子生而有文在其手，曰為魯夫人，故仲子歸于我。生桓公而惠公薨，是以隱公立而奉之。

元年春王正月。

元年春，王周正月，不書即位，攝也。

說明：

《傳》文詮釋《經》文的範式，正如杜預《春秋經傳集解．序》所言，「或先經以始事，或後經以終義，或依經以辯理，或錯經以合異，隨義而發」。依春秋時禮，舊君死新君立，每於逾年行即位之禮。準此，隱公元年，《經》依例當書「公即位」。如今《經》文僅記年月，不錄其事，《傳》文說明是隱公攝政，有別於常的緣故。此處《傳》文，包含「無經之傳」，即自「惠公元妃孟子」至「是以隱公立而奉之」一段文字。杜預說是「為經元年春不書即位傳」，明言《傳》文採用了「先經以始事」的敘事手法。為了交代《經》文反映的魯隱公不行即位禮的原由，《傳》文追溯隱公之父惠公的婚姻狀況及隱公的身世。原來惠公在夫人孟子過世之後，續娶了聲子，生了隱公；後來宋武公之女仲子嫁於惠公為嫡妻，生了桓公，立為太子。惠公薨，桓公年幼，未能履行國君職責，所以暫由隱公攝政。隱公攝位稱公，雖行國君之政，但終將還政於桓公，所以在逾年正月未依慣例行即位之禮。《經》與《傳》本自別行，《經》自為《經》，《傳》自為《傳》。大概是漢儒分《傳》附《經》之時，將原為一《傳》的文字（「是以隱公立而奉之」接續「元年春，王周正月，不書即位，攝也」）分割開來，才出現上下文句敘事脈絡不甚連貫的情況。

三月，公及邾儀父盟于蔑。

三月，公及邾儀父盟于蔑——邾子克也。未王命，故不書爵。曰「儀父」，貴之也。公攝位而欲求好於邾，故為蔑之盟。

說明：

《傳》文圍繞《經》文，説明邾儀父實為邾子克，不著其爵位（子爵），是因為他還沒接受天王冊命的緣故，稱他為「儀父」，是由於尊重其人。此外，《傳》文還交代説，之所以舉行這次盟會，是因為隱公攝政而想要和邾國締結友好聯盟。

夏四月，費伯帥師城郎。不書，非公命也。（無經有傳）

說明：

費伯為魯大夫，率領軍隊在郎築城。《經》文不記其事，是由於費伯此舉自作主張，並非奉隱公之命。凡無經有傳者，皆同其例。

夏五月，鄭伯克段于鄢。

初，鄭武公娶于申，曰武姜，生莊公及共叔段。莊公寤生，驚姜氏，故名曰寤生，遂惡之。愛共叔段，欲立之。亟請於武公，公弗許。及莊公即位，為之請制。公曰：「制，巖邑也，虢叔死焉，佗邑唯命。」請京，使居之，謂之京城大叔。祭仲曰：「都，城過百雉，國之害也。先王之制：大都，不過參國之一；中，五之一；小，九之一。今京不度，非制也，君將不堪。」公曰：「姜氏欲之，焉辟害？」對曰：「姜氏何厭之有？不如早為之所，無使滋蔓！蔓，難圖也。蔓草猶不可除，況君之寵弟乎？」公曰：「多行不義，必自斃，子姑待之。」既而大叔命西鄙、北鄙貳於己。公子呂曰：「國不堪貳，君將若之何？欲與大叔，臣請事之；若弗與，則請除之，無生民心。」公曰：「無庸，將自及。」大叔又收貳以為己邑，至于廩延。子封曰：「可矣，厚將得眾。」公曰：「不義，不暱。厚將崩。」大叔完、聚，繕甲、兵，具卒、乘，將襲鄭，夫人將啟之。公聞其期，曰：「可矣。」命子封帥車二百乘以伐京。京叛大叔段。段入于鄢。公伐諸鄢。五月辛丑，大叔出奔共。書曰：「鄭伯克段于鄢。」段不弟，故不言弟；如二君，故曰克；稱鄭伯，譏失教也：謂之鄭志。不言出奔，難之也。遂寘姜氏于城潁，而誓之曰：「不及黃泉，無相見也！」既而悔之。

潁考叔為潁谷封人，聞之，有獻于公。公賜之食。食舍肉。公問之。對曰：「小人有母，皆嘗小人之食矣，未嘗君之羹。請以遺之。」公曰：「爾有母遺，繄，我獨無！」潁考叔曰：「敢問何謂也？」公語之故，且告之悔。對曰：「君何患焉？若闕地及泉，隧而相見，其誰曰不然？」公從之。公入而賦：「大隧之中，其樂也融融。」姜出而賦：「大隧之外，其樂也洩洩。」遂為母子如初。君子曰：「潁考叔，純孝也，愛其母，施及莊公。《詩》曰『孝子不匱，永錫爾類』，其是之謂乎！」

說明：

說詳下文。

秋七月，天王使宰咺來歸惠公、仲子之賵。

秋七月，天王使宰咺來歸惠公、仲子之賵。緩，且子氏未薨，故名。天子七月而葬，同軌畢至；諸侯五月，同盟至；大夫三月，同位至；士踰月，外姻至。贈死不及尸，弔生不及哀，豫凶事，非禮也。

說明：

天王派遣宰咺使魯，向魯君饋贈惠公和仲子的助喪之物。據《傳》，《經》文記錄其事，是因為惠公薨已逾年，天王此時才派人送贈助喪之物，反應何其遲緩，況且仲子此時健在，未死而助喪，完全不合情理。《傳》文還列出自天子至士各級貴族葬月的長短等差，並點明饋贈死者不在下葬之前、弔唁生人不在反哭之前，以及豫贈凶事之物，都是非禮的行為。

八月，紀人伐夷。夷不告，故不書。有蜚。不為災，亦不書。（無經有傳）

說明：

紀人伐夷，夷人未有派人通告，《經》因而不記其事。發現蜚蝨，未有造成災害，《經》因而不記其事。

九月，及宋人盟于宿。

惠公之季年，敗宋師于黃。公立而求成焉。九月，及宋人盟于宿，始通也。

說明：

魯隱公及宋人在宿結盟。《傳》文「先經以始事」，略記前事，交代結盟的背景。原來魯惠公晚年，曾在黃打敗宋國軍隊，與宋人結怨。魯隱公繼立，想要和宋人媾和，於是開始和宋國通好，促成這次結盟。

冬十月庚申，改葬惠公。公弗臨，故不書。惠公之薨也，有宋師，大子少，葬故有闕，是以改葬。衛侯來會葬，不見公，亦不書。（無經有傳）

說明：

惠公薨時，遇上魯宋交戰，加上太子桓公年幼，葬禮不完備。此時，為惠公改葬，只因隱公攝政，不敢以喪主自居，《經》因亦不記其事。衛侯來會葬，隱公也許不以新君自居之故，未有會見衛侯，《經》因而同樣不記其事。

鄭共叔之亂，公孫滑出奔衛。衛人為之伐鄭，取廩延。鄭人以王師、虢師，伐衛南鄙。請師於邾，邾子使私于公子豫。豫請往，公弗許，遂行，及邾人、鄭人，盟于翼。不書，非公命也。（無經有傳）

說明：

鄭國共叔段叛亂，其子公孫滑出奔衛，衛人為其伐鄭，奪取廩延。鄭人帶領天子和虢國軍隊攻擊衛國南部邊境，又請求邾國出兵，邾子派遣使者和魯國公子豫私下商談。公子豫向魯隱公請求出兵，隱公不答應，公子豫卻執意行事，和邾人、鄭人在翼會盟。《經》文不記其事，是由公子豫此舉自作主張，並非奉隱公之命。

新作南門，不書，亦非公命也。（無經有傳）

說明：

新造魯國都城的南門，《經》文不記其事，是因為此舉不是出於隱公命令的緣故。

冬十有二月，祭伯來。

十二月，祭伯來，非王命也。

說明：

祭伯為王朝卿士，私自來訪魯國，由於不是奉天王之命，所以《經》文不記其事。

公子益師卒。

眾父卒，公不與小斂，故不書日。

說明：

《經》稱「公子益師」，《傳》改稱其字，可知公子益師字眾父，《經》、《傳》相輔相成。

【隱公二年】

二年春，公會戎于潛。

二年春，公會戎于潛，修惠公之好也。戎請盟，公辭。

說明：

《傳》文說明隱公在潛會見戎人的因由，是為了重溫惠公和戎人建立的友好關係，體現新君繼立，與鄰國「繼好結信」的精神。《傳》文補記，戎人請求結盟，而隱公推辭。

夏五月，莒人入向。

莒子娶于向，向姜不安莒而歸。夏，莒人入向，以姜氏還。

說明：

《傳》追敘前事，交代莒人揮軍攻入向國的原因。事情的原委是這樣的：莒子娶向女為妻，是為向姜，但向姜卻在莒國不安心而歸返母家，莒人因而領兵攻入向都，奪回向姜，帶其返國。《傳》文一併記敘了莒人入向的前因後果。

無駭帥師入極。

司空無駭入極，費庈父勝之。

說明：

《經》稱「無駭」，《傳》補上其官職——司空。無駭率領軍隊進入極國，費庈父（即元年《傳》帥師城郎的費伯）一舉滅掉極國。

秋八月庚辰，公及戎盟于唐。

戎請盟。秋，盟于唐，復修戎好也。

說明：

《傳》文交代隱公和戎人在唐結盟，是回應戎人的請求。而結盟的目的，是為了重修和好。

九月，紀裂繻來逆女。

九月，紀裂繻來逆女，卿為君逆也。

說明：

《傳》文交代《經》文書法，點明紀裂繻來魯國迎接新婦，合乎卿為君迎之禮。

冬十月，伯姬歸于紀。（有經無傳）

說明：

《傳》無其文，其故不詳，或不詳其事，或《傳》文有闕所致。

紀子帛、莒子盟于密。

冬，紀子帛、莒子盟于密，魯故也。

說明：

據杜預說，紀子帛即紀裂繻，子帛為其字。《傳》交代紀子帛和莒結盟，是為了調解莒和魯之間的不和。

十有二月乙卯，夫人子氏薨。（有經無傳）

說明：

《傳》無其文，其故不詳，或不詳其事，或《傳》文有闕所致。

鄭人伐衛。

鄭人伐衛，討公孫滑之亂也。

說明：

《傳》文交代鄭人攻伐衛國，是為了聲討衛人助公孫滑伐鄭奪取廩延。

就隱公元年、二年《經》、《傳》逐一對照結果所見，二者如影隨形。若撇開《傳》文，獨看《經》文，其意難曉。上引〈觀周篇〉曾說《春秋經》與《左傳》「共為表裏」，確得其實。東漢桓譚《新論》也說：「《左氏傳》於經，猶衣之表裏，相持而成。經而無傳，使聖人閉門思之，十年不能知也。」清楚說明《春秋經》與《左氏傳》互為依存的關係。或人無視事實，謂《春秋》與《左傳》並不存在經傳關係，其說斷不可信。

抑有進者，《左傳》桓公元年：「三月，鄭伯以璧假許田，為周公、祊故也。」表面看來，經文的意思是說：魯桓公和鄭莊公在垂會盟，鄭莊公以璧借許田。針對經文「鄭伯以璧假許田」，《左傳》點明鄭莊公把璧玉送給魯桓公，是為了請求祭祀周公和以祊田交換許田。周成王賜周公許田，作為魯君朝見周王時的朝宿之邑。周宣王賜母弟鄭桓公祊田，作為助天子祭泰山時的湯沐之邑。魯的許田與鄭的祊田，都是周天子所賜。只是到了春秋初期，周德既衰，魯侯不朝於周，天子亦不巡守，二邑皆無所用。許近鄭而祊近魯，魯、鄭兩國君主遂因地勢之便，私下交換二邑。由於許大而祊小，故鄭莊公加璧玉作為抵償。礙於諸侯不得擅自交換天子之田，經文於是隱諱其事，說鄭莊公以璧借許田。經文這樣寫，隱瞞了兩國私易天子所賜之地的事實，何止是「斷爛朝報」（王安石語），實有誤導讀者之嫌。若不是《傳》文據事直書，則後人無由得知箇中原委。

三、從「鄭伯克段于鄢」看《左傳》的故事與敘事

鄭伯克段故事源於《春秋》記載的「鄭伯克段于鄢」，是春秋初期發生在鄭國的一樁重大事件。鄭莊公歷來是極具爭議的人物，在克段一事上，鄭莊公尤其備受非議。論者當中雖不無認為《春秋》「交譏」莊公與段，但更多的是將兄弟鬩牆、母子決裂歸咎於莊公，把他看成是不孝不悌之人，幾於眾口一辭。《春秋》記「鄭伯克段于鄢」，經《左傳》以史傳經和以義傳經的完全演繹，再到小說家的增刪衍異，藉故事敷演大義，然後到現代戲劇改編，鄭伯克段故事綿延二千多年而不斷。

歸根結柢，《左傳》所記鄭莊公、姜氏、共叔段母子兄弟之事，完全是為了詮釋《春秋》經

文「鄭伯克段于鄢」的大義。我們可以套用西方的敘事學理論來分析《左傳》所敘之事。在進入《左傳》敘事之先，有必要為若干關鍵詞代表的核心概念略作定義。「故事」指本事，是客觀存在於某一特定時空的真實事件，是敘事者用以敘事的素材。敘事者運用他認為適當的敘述手法，用文字來重構或呈現他想要敘述的故事，達致講好故事的最終目的。敘事學理論中的四大元素，也適用於分析《左傳》的敘事。(一)意義：敘事者站在自己的立場，表述其敘述用意或意圖，構成敘事的主題，通過讀者的接受與詮釋而再現。(二)觀點：敘事者以旁述的方式，從全知的角度敘述其事，不但講述故事、描繪心理，還讓故事人物直白其內心所思所想。(三)情節：通過情節編造，交代事件的前因後果、來龍去脈。《傳》文大抵以直線方式陳述一連串事件，使其全部發生在同一剎那間。(四)人物：人物一般處於扁平靜態，始終如一。通過行動或對話刻畫其人心理，使其形象突出，性格鮮明，惟肖惟妙，躍然紙上。

就時間跨度而言，《傳》文追敘鄭武公娶武姜(鄭武公十年，公元前七六一年)、鄭莊公寤生出世(鄭武公十四年，公元前七五七年)、鄭莊公即位(鄭武公二十七年，公元前七四四年)，以及克段於鄢(魯隱公元年，鄭莊公二十二年，公元前七二二年)，前後相差近四十年，時間跨度甚大。《傳》文將四十年間發生的事，圍繞鄭伯克段故事展開敘述，始終聚焦於鄭莊公與段兄弟，以及鄭莊公與姜氏母子兩種人倫大節。作者採用直線的敘述手法，重構事件，使數十年間的事情節奏緊湊，凝結在一瞬間。作者肯定對各種史料做過剪裁重編的工夫，只選取服從於主題的情節，加快敘事速度，使之濃縮成五百四十一個字的短篇。作者以一敘事立場存乎其選擇去取之間，故情節編造、布局結構方能做到如此嚴整密緻。

本著「先經以始事」的解《經》範式，《傳》文詳細交代了事件的遠因和近因。遠因方面，「鄭伯克段于鄢」導源於莊公出生時難產而遭到姜氏厭惡。「寤」，蓋通「牾」，其義同逆。「寤生」，蓋即出生時腳先出，逆生難產。姜氏很可能被折騰得死去活來，因受驚就厭惡這個兒子。姜氏偏愛幼子段，一直想廢長立幼，屢次向武公請求不果，卻不肯善罷甘休。近因方面，莊公即位後，姜氏死心不息，為段求取封邑。姜氏的偏心溺愛，終成禍根。段恃母寵，驕縱無所顧忌，甚至萌生謀反篡位之心。姜氏先是為段請制，莊公不肯，說制邑四面山勢巉巖，為險要之地，東虢末代國君恃此而不修德，敗死於其地，不適合用作段的封邑，其他地方則唯命是從。姜氏改而請求京邑，莊公就讓段住在那裏，人稱之為京城太叔。祭仲進諫，指出凡是都邑，城牆長度超過三百丈，就會成為國家的禍害。把京邑封給段，不合法度，違背先王舊制，國君將受不了。莊公答說姜氏要這個地方，要是不給，怕會招惹非議，恐難避免禍害。祭仲謂姜氏不知饜足，不如及早處置，不要讓段擴張勢力，一旦勢力滋長蔓延，就難以剪除。莊公答說多做不義之事，必然自己摔跤，姑且等著瞧吧。段得京城不久，愈加放肆，使西鄙和北鄙兩屬於莊公及自己，壯大勢力，一直擴充到廩延。公子呂進言，說國家受不了兩屬的情況，要不是想把國家讓給段，就該剷除他，不要使人民生二心。莊公說用不著，指段會自及於禍。段不久又將兩屬的地方收為己有，勢力擴張到廩延。公子呂催促莊公下手，指勢力雄厚，將會得到民眾親附。莊公卻認為不義之舉，民眾不會黏附，不黏附而堆積成山，自會崩塌。太叔加固城郭，積聚糧草，整治鎧甲和兵器，準備好步兵和車乘，將要偷襲鄭國都城。姜氏與段串通，準備做內應打開城門。莊公知道段起兵來襲的日期，說可以出擊了。就命令公子呂率領二百輛戰車攻打京城。京城的人反叛段。段逃到鄢地。莊公又追到鄢地攻打他。段逃到共去。整個敘事結構，圍繞《經》文「鄭伯克段于鄢」而展開。其他與敘事主題不甚關切的細節，就一概被刪略。諸如：姜氏為甚麼「愛共叔段」？「亟請於武公」，說了甚麼話？武公不從其請，又說了甚麼？姜氏為段「請制」又「請京」，都說了些甚麼？段「使西鄙北鄙貳於己」、「又收貳以為己邑，至於廩延」細節如何？「姜氏將啟之」，究竟姜氏與段事前如何部署？如何通訊？若莊公不僅用三言兩語回應祭仲和公子呂的勸諫，則其詳情又如何？莊公何以得知段偷襲國都之期？子封率師伐京，細節又如何？凡此種種，都是後人所關心而《傳》文未有包含的諸多細節。總之，《經》文記「鄭伯克段于鄢」，僅僅記錄鄭伯在鄢地戰勝段。而《傳》文對鄭莊公戰勝叔段一事，如段多年部署的細節、戰爭經過和結果，著墨不多，只一味鋪寫事件的前因後果，從中表現出莊公與姜氏及段母子兄弟之間的爾虞我詐、互相傾軋，因而招致戰亂。作者剪裁材料，只保留重點情節。

段「出奔共」，標誌著鄭伯克段的結局。《傳》文於此，直接解說《春秋》書法用意，順理成章。《傳》云：「段不弟，故不言弟；如二君，故曰克；稱鄭伯，譏失教也；謂之鄭志。不言出奔，難之也。」說明經文不依常例稱母弟為弟而僅稱段，是因為段沒有盡弟的本分。兩個勢均力敵的國家打仗，一方戰勝另一方，才會用「克」字。這裏使用「克」字，是表明鄭莊公存心容忍，使叔段坐大，如同另一個國君。兄弟相鬥，儼如敵國，「克段」表示莊公戰勝段。稱「鄭伯」而不言「鄭人」，顯示鄭莊公處理段一事不當，否則當言「鄭人」，表示舉國之人皆欲伐段。稱「鄭伯」而不稱鄭莊公，是為了譏諷莊公有失教導其弟的本分，故意縱容，養成其惡。「謂之鄭志」，文例同「謂之宋志」（襄公元年），都是探討某人或某些人的本心或意志。「謂之」習見於包括《左傳》在內的經典中。即以此段《傳》文為例，除「謂之鄭志」

外，還見於「請京，使居之，謂之京城大叔」。「謂」是動詞，指稱呼或叫做；「之」，是代詞，用於指稱人或事物，相當於「它」或「他」。「謂之」等於說「叫它/他做」或「稱它/他為」。「之」所指之人或事物，一般都在前文出現。據此，「謂之鄭志」當連上讀，整句作「稱鄭伯，譏失教也：謂之鄭志」。「鄭志」可直解為「鄭伯之志」，或說是鄭人之志。鄭莊公沒有及時制止叔段的不義行為，難以洗脫「失教」之罪。推究鄭莊公的本心，從母所欲，只為遠嫌避譏，心想叔段不足懼，故有意縱容，讓他自食惡果。鄭伯此志，違背為人兄長的本分。鄭莊公一開始或蓄意誘使其弟作反，養成其惡，然後加以誅殺。失教之罪小，若是養惡以殺之，為罪更大，難怪乎後人對「鄭伯克段于鄢」議論紛紛，尤其集中於鄭莊公應負的罪咎，而其癥結就在莊公是「失教」抑或「養惡」。「不言出奔，難之也」，段戰敗後，實出奔共，經文不說他出奔，是因為段已敗走鄢地，鄭莊公卻不顧兄弟親情，窮追不捨。莊公本心如此，段面對四面皆兵，投生無地，難以出奔。

段實出奔，未為莊公所殺。段於鄭莊公二十二年（魯隱公元年，公元前七二二年）出奔共邑，就這樣一直流亡在外。十年後（即鄭莊公三十二年，魯隱公十一年，公元前七一二年），鄭莊公還說：「寡人有弟，不能和協，而使餬其口於四方。」慨嘆使弟流亡國外。鄭莊公二十五年，公元前七一九年，「州吁自立為衛君，為鄭伯弟段欲伐鄭」。是段出奔後，與衛州吁相交，州吁弒君自立後欲為段興兵伐鄭。不但段未被殺，其子公孫滑也得以奔衛，衛人還為其伐鄭，取廩延。

《春秋》「原情」，推原人的本心或動機意圖，從而判斷其善惡；重於誅心，而不重於記載事實。《公羊傳》與《穀梁傳》對鄭莊公大加貶絕，解「克」為「殺」或「能殺」，其為殺則一。二傳專在發明書法大義，或明知段其實沒有被殺，而堅持說是殺，所言固然不符事實，若視為探尋本心之論，則亦可以理解。須知經義不必與史實相符，甚而可以罔顧史實。說經之文，只側重於闡發書法中蘊含的褒貶之意，不專注於探明事實。說莊公志在養惡而加誅，是就其本心而言，不必拘泥莊公未曾殺段這個事實。明白這點，對於前人如趙佑《讀春秋存稿》等貫通《左傳》與《穀梁傳》之義，說「左氏深疾惡之，故於經書克段，備詳其陰狠。謂之鄭志。即《穀梁傳》所謂處心積慮成乎殺者」，就不足為怪了。

如上所述，就《傳》文敘述時序而言，「及莊公即位，為之請制」，發生於鄭莊公即位之時，即鄭武公二十七年（公元前七四四年），而鄭莊公出生於鄭武公十四年（公元前七五七年），此時莊公年僅十四歲，段少莊公三年，時年僅十一歲。但到了克段於鄢（魯隱公元年，鄭莊公二十二年，公元前七二二年），莊公年逾而立，已三十六歲。《傳》文將二三十年間的事情濃縮起來，好像發生在同一瞬間。故事中的這兩個主角，形象和性格並沒有隨著時間推移而出現變化，好像靜止凝固在兄弟相鬥的此一剎那間，固定而扁平。《傳》文寫莊公回應母弟的舉動，至為簡略，只由莊公答姜氏請制及其分別與祭仲和公子呂（子封？）三段對話構成。莊公答姜氏云：「制，巖邑也，虢叔死焉。佗邑唯命。」莊公知姜氏愛段，藉東虢君死於制邑之事，表示制是凶地，不適合用來封段。如此回應，既可以表示親愛其弟，又可婉拒姜氏的請求。當然，莊公也可能是顧慮段會恃險叛變，後患無窮，所以才故意這樣說。祭仲和公子呂眼見段蓄勢進迫，危機日深，焦急之極，故二人「三諫極張皇」，反觀莊公三答二人的規勸，卻「極冷淡」。從「姜氏欲之，焉辟害」到「多行不義必自斃，子姑待之」，再到「無庸，將自及」、「不義不暱，厚將崩」，三言兩語，足以透露其人心事。一「待」兩「將」預示叔段即將自招其敗，而「斃」、「自及」、「崩」依次點明層遞漸進的大小惡果。「姜氏欲之，焉辟害？」表示怕招非議，無奈應承。「多行不義必自斃」，顯見對母弟的不義懷恨在心，認定段必將摔跤失敗。「子姑待之」，在表明等待叔段自食惡果的同時，也透露自己已有防備，故能冷靜應對。只消說出此四字，「全局已透，任段肆偪，不必更發一言，但坐待其逐而已矣。」莊公看似不慌不忙，一直處於被動，但對事態發展有十足的把握。段以姜氏為內應，約定襲鄭的日期，必定慎加保密，他人無從得知。如今說莊公聽到他們襲鄭之期，說是嚴密窺探所得，合乎情理。莊公的老謀深算於茲可見。「可矣」二字可圈可點，意味剷除段的條件已成熟，從前莊公如許隱忍，至「可矣」才一反被動為主動，揭破他成竹在胸，靜待時機討伐其弟。「公聞其期」之時，情況危急，莊公君臣商談大局，「可矣」之語，旁人無由聽得，顯是敘事者以全知的角度說出。從莊公即位激發矛盾至此，二十二年間，叔段得姜氏助力，叛勢漸顯，一直主動積極，相反，莊公不慌不忙，隱忍不發，處於被動，對立兩方對比強烈。再者，莊公與祭仲及公子呂對話也構成張力。直至莊公反被動為主動，轉隱為顯。讀者這才發現，莊公由始至終未嘗鬆懈，而是窺備甚緊，掌控節奏，對事態發展有十足的把握。

敘事者站在自己的立場，表述其敘述用意或意圖，構成敘事的主題，讀者通過接受與詮釋再現敘事意義。海登．懷特（Hayden White）指出，「柯林伍德（Robin George Collingwood）沒有看到的是，任何一組隨意記錄的歷史事件本身不能構成故事；它頂多只為史家提供故事元素。通過對當中某些事件的壓制或使之從屬並突顯其他事件，通過人物塑造、母題重複、語調和觀點的變化、可選擇的描述策略等等——簡言之，就是我們通常期望在小說或劇本情節編造中找到的所有技巧，才會使這些事件成為一個故事。」[2]歷史事件本身並不能自然而然地成為故事，而是為史家提供故事元素，即敘事素材，史家運用敘述策略、情節編造，包括重編素材、塑造人物、複述主題等，由是一個故事便得以生成。史家的敘述，必然受其對故事解讀的支配：「敘述既是實現歷史詮釋的方式，也是表達成功理解歷史事件的話語模式。」在敘述話語中包含著敘事意義：「話語被理解為產生意義的工具，而不僅僅是傳遞外在指稱訊息的媒介。」[3]而這個意義正是《左傳》作者對《春秋》書法大義的解讀。

《論語．學而》錄有有子的一段話，很適合用來解釋作者賦予的敘事意義。有子說：

> 其為人也孝弟，而好犯上者，鮮矣；不好犯上，而好作亂者，未之有也。君子務本；本立而道生。孝弟也者，其為仁之本與！

父母兄弟為人倫兩大關節，子女對父母要孝順，兄弟相互要敬愛。共叔段身為莊公的同母弟，卻未能敬愛兄長，反而犯上作亂，《傳》文就這樣以「段不弟，故不言弟」解說《經》義。相向而言，鄭莊公應當愛護弟段，如今未有盡其本分教育弟弟，同樣違背「悌」的道德標準。在孝順父母方面，鄭莊公也做得不夠，違背「孝」的道德標準。

《傳》文在敘述鄭莊公兄弟衝突之後，隨即記敘莊公把姜氏流放到城潁，誓言不到死後不復相見。莊公形象出現極大的變化，從兄弟衝突中的隱忍不發、深沉難測，變得坦率直白。作者先是透露，莊公後來為發下毒誓感到後悔，從全知者的角度揣摩人物心理，為的是表現莊公孝心未泯。潁谷封人潁考叔聽聞此事，就藉機向莊公獻物。潁考叔保留莊公所賜肉食，謂是將獻其母，以此引導莊公抒發「爾有母遺，繄我獨無」之嘆。潁考叔問其故，莊公說明原因，並且告訴他自己已後悔。潁考叔明知故問，為的是感悟莊公。然後，潁考叔獻掘地見母之策，造就莊公與姜氏在大隧中相見，回復了母子的名分。《傳》末附有「君子」的評論，說潁考叔真是純孝，愛他自己的母親，並擴大到莊公身上。敘事到了這裏，既為母子一倫做了很好的修補工夫，也彌補了兄弟一倫無法恢復的遺憾，敘事氣氛也從逼迫緊湊變得鬆弛融和。《傳》文敘事，以「鄭武公娶於申」開端，復以「遂為母子如初」收結，由禍原敘起，又使其得以化解，以大團圓終結，結構用心至為巧妙。「鄭伯克段于鄢」是春秋時期發生在鄭國的一樁重大事件，頗疑《左傳》作者詳述其事、敷衍經義，帶有突顯人倫大義的意圖。

四、《左傳》敘事旨在講好《春秋》故事

《左傳》為詮釋《春秋》而作，書中敘事是為了講好《春秋》記載的故事，本質屬於經書。作者以史傳經，主要以歷史事實作為依據，只有在不可能做到完全實錄的私語、心理及其他細節上，才加插虛構和想像成分，以保持敘事的完整性。就「鄭伯克段于鄢」所見，《傳》文敘述姜氏和叔段內應外合，約定偷襲新鄭的日期，鄭莊公聞之而說「可矣」，先下手為強，其君臣間的對話，屬於軍事絕對機密，洩漏不得。莊公後悔趕出其母，屬於個人內心獨白，旁人同樣無由知曉。錢鍾書《管錐編》說過：

> 史家追敘真人真事，每須遙體人情，懸想時勢，設身局中，潛心腔內，忖之度之，以揣以摩，庶幾入情合理。

《左傳》作者正是運用史家這種敘事之筆，絲絲入扣，使其所述的故事更形真實。最令人津津樂道的事例，如《左傳》記晉靈公派鉏麑去刺殺趙盾。鉏麑清晨前往，趙盾寢室的門已經打

開，趙盾穿好朝服準備上朝，由於尚早，坐著閉目養神。鉏麑感嘆說，趙盾不忘恭敬，實為百姓之主，不忍殺之，又不能違抗君命；兩難之下，便把頭撞向趙盾庭中的槐樹而死。鉏麑死前的內心獨白，誰能聽到？應是《左傳》作者潛心揣摩當時情景而代人擬言的結果，不必確有其事。又如《左傳》寫秦晉崤之戰，對戰爭的具體過程簡略化，主要是通過一些精彩場面寫活了整個戰役——蹇叔哭師，揮淚送子；幼童王孫滿的預言；鄭商人弦高犒勞秦軍；文嬴請求晉襄公釋放三帥；秦穆公素服郊次、向三帥謝罪；先軫不顧而唾、免胄入狄師等精彩場面，從不同角度、全方面演繹了這場戰爭。《左傳》作者在安排情節上有很深厚的功力，他以小說家的用筆，來寫史家的著作，非常引人入勝。由此可見，《左傳》確具有故事、情節、人物、刻畫技巧等小說元素。不過，《左傳》畢竟是經書，它的主要任務是詮釋《春秋》，講好《春秋》故事，雖然具有一定的文學性，但並不像後世的小說那樣屬於有意創作。

《左傳》是經書，而其據事直書，以史傳經，得史學之真；書中闡明經義，含有豐富的道德倫理思想，得哲學之善；其敘事寫人，精妙絕倫，引人入勝，得文學之美。《左傳》兼真善美而有之，只要我們時時披尋翫味其中敘事，就能講好《左傳》故事。

往昔、當下、未來：司馬遷《史記》的三維時間

韓子奇

那末，時間究竟是甚麼？
沒有人問我，我倒清楚，有人問我，我想說明，便茫然不解了。
但我敢自信地說，我知道如果沒有過去的事物，則沒有過去的時間；
沒有來到的事物，也沒有將來的時間，
並且如果甚麼也不存在，則也沒有現在的時間。

（〔古羅馬〕奧古斯丁：《懺悔錄》，卷十一，十四：十七）[1]

時間是甚麼？在日常生活當中，我們一般不假思索地默認時間是存在的，我們按照時間生活，早出晚歸，飲食玩樂。但古羅馬的奧古斯丁（Augustine）卻拋給了我們時間的疑難問題（Aporia of time）。時間真的客觀存在嗎？時間在我們之外存在嗎？

一般認為，物理時間似乎是一系列斷裂的時刻點。過去的時間（past）已經過去，不可追回，正如黃霑的歌詞「舊夢不須記，逝去種種昨日經已死」。現在（present）似乎也正在流逝，我們無法將「此刻」抓牢在手裏，每次一說到「此刻」，「此刻」就已經成為「上一刻」，就像古希臘哲學家赫拉克利特（Heraclitus）說的，「人不能兩次踏入同一條河流」，正因如此，人也不能夠刻舟求劍。那麼未來（future）呢？尚未到來的時間似乎也是尚未存在的東西，而未來到來之時與人預測的樣子往往不同，唐代詩人羅隱〈自遣〉詩曰：「今朝有酒今朝醉，明日愁來明日愁。」在日常語言中，我們毫不懷疑地使用時間、過去、現在、未來等等這些詞，怎麼一旦考究時間這個問題，時間就彷彿披上了隱身衣。我們感覺它的存在，卻無法用語言精確地說明它，就如「道可道，非常道。名可名，非常名」。如果過去、現在、未來的時間都不持存，那麼我們到底如何把握時間的意義呢？

奧古斯丁告訴我們，解答的關鍵，就在於我們的心靈。「心靈」的拉丁文是anima，[2] 而心靈是動態的。人難以留住不斷消逝的客觀時間，但心靈可以創造主觀的時間概念，將過去與未來所有時間都納入此刻思考的範圍。法國歷史學家保羅．利科（Paul Ricoeur）告訴我們，[3]我們擁有一種很強的主觀建構能力，就是利用話語（discourse）進行敘事（narrative）。「敘事」不等同於簡單地言說。心靈能夠運用「敘事」來索解奧古斯丁的「時間」難題。當然，時間的謎題其實也是人自己提出來的。人在本性上就是這樣一種存在者，喜歡發問，喜歡探求意義，喜歡找尋答案。我們就是這樣一種「自問自答」的存在者，通過提問與追問，不滿足於現成答案，再問再答，不斷加深詮釋的厚度，增進我們對世界與生活的理解，不斷創造新意義。

按照利科的看法，所有的意義（meaning）都是人自己創造的，我們的心靈有一個很強的意向（intention），推動我們不斷賦予世界萬事萬物一些「暫定的意義」，時間就是其中一個獲得意義的詞語。單個的詞語也許沒有甚麼意義，人恰恰憑藉自己的敘事能力來賦予詞語意義，將詞語與詞語關聯起來，使得我們不是單一地使用「過去」、「現在」、「未來」等詞語，而是賦予詞語一個語境，形成話語（discourse），從而在我們的心靈當中解決時間的謎題，心靈也因此能夠指導我們的行動。那麼，富有活力的心靈意識，就成為時間作為客觀外在存在與主觀內在建構的交會之處。關鍵要將「現在」（present）理解成「三維現在」（threefold present）。我們運用心靈的延伸，讓「現在」的心靈能夠包裹「過去」與「未來」。人可以從現在出發，帶著今天的問題去追憶過往，形成對過去的「記憶（memory）」，也可以帶著今天的問題來應對與處理現在的問題，更可以帶著過去與現在的問題，帶著期盼（expectation）籌劃未來。

一、司馬遷的三維時間

《史記》首開先河，是中國第一部貫通古今的史書。司馬遷的敘事能力出類拔萃，讓《史記》至今具備不可替代的史學價值、文學價值與思想價值。司馬遷父子本為太史令，他們的主要工作本是掌管天文曆法與文獻，撰述《太史公書》——《史記》的原名——本來只是出於個人興趣，並非本職。但正是由於濃厚的個人興趣，以及他獨特的個人生命體驗，讓司馬遷有了再詮釋的強烈意向，促使他忍辱負重，最終完成了鴻篇巨著。

與奧古斯丁和利科有異曲同工之妙，司馬遷撰寫《史記》也採用三維時間向度。在著名的〈報任安書〉這封書信中，司馬遷向朋友吐露衷腸，稱自己撰寫《史記》的本旨與意義乃在於「究天人之際，通古今之變，成一家之言」，這就是司馬遷的「三維時間」。

「究天人之際」體現了司馬遷對宇宙時間的關切。《論語．陽貨》裏孔子有言，「天何言哉？四時行焉，百物生焉，天何言哉？」這裏所言即宇宙時間（cosmic time），宇宙時間也是自然時間，有其自身運行的規律，不以人的意志為轉移。但最基本的宇宙時間其實也是人最能夠把握的。司馬遷作為太史令，提議修曆，而《史記．曆書》的功能正是演算天時，判斷日月星辰的變化，這些都體現了他對宇宙時間的掌握。但司馬遷所言「究天人之際」，絕不只是關注最基本的宇宙時間或自然時間，而是要更進一步，探究宇宙時間與人群時間的交接與邊界，轉而探討「天命」與人的互動關係。「天命」字面意義指的是天賦予人的命令、命運，但在司馬遷看來，天給人的命運是開放的而非絕對的，動態的而非封閉的。與其說天給人宿命，不如說天給人機運。如此，才能探討人的主觀能動性的範圍與限度。

「通古今之變」中的「變」，並非指具有明顯規律的宇宙時間的變化，而應指古今制度、人事之紛亂複雜的糾纏與演變。人群命運本來就互相牽絆，構成人群時間的複雜性與多元性。每一次朝代更迭，每一個重大歷史事件的發生，都有諸多因素共同牽引而成，有天時、地利等客觀因素，也有人事的主觀因素。當人發揮作用，促進這件事件成功時，呈現為「順應天命」，而當人的參與導致事件失敗時，「天命」自然又對另一個人開放。任何一件歷史大事幾乎都不是一個人單獨行動達成的，往往牽涉到一個群體甚至幾個群體，在錯綜複雜的人事糾纏與事物互動之下，所有的個體時間與個人小敘事在這個人群時間之中互相羈絆。

一般而言，一個人往往只帶著自己當下的視野，戴著這副自己獨有的「有色眼鏡」，選取某些角度來敘述人群的往事，而他對未來的預測也囿於當下的眼光，不一定能為後人所用。在《史記》裏，司馬遷成功地突破了個人視角，先由「今」(present)追溯「古」(past)，即以往的人群時間，再由「古」(past)回到「今」(present)，即漢武一朝，最終通往「未來」(future)，警醒後世。從撰寫歷史的角度來看，《史記》為每個牽連的個體都單獨立傳，傳記是表現紛繁複雜的人事互相扭結的最佳體裁。一個人在自己的本傳裏都是主角，每個人在別人的傳記裏都是配角，各種因素與各個人的互相影響，最後才推動了事件的成敗。司馬遷通過為過往的人群撰寫獨立的傳記，再把所有傳記都放進同一套書裏，實現主角視角與配角視角的切換，以此增進對漢武一朝正在發生的人事的理解，更希望為未來的行動者提供參照。多人傳記提供的多維視角，讓我們清楚看到司馬遷富有包容性的廣闊視野。

「成一家之言」即要成為「諸子百家」中的一家。〈太史公自序〉記載司馬談「論六家要旨」通過對各家思想的褒貶述評，彰顯了自己深厚的學術根基，而司馬遷撰寫《史記》不只要抽象地或鬆散地表述自己的思想與言論，而是自覺地意識到自己擁有一種特殊的敘事方式，他們父子嘗試從個人時間（individual time）與個人獨特的生命視角出發，一方面通過理解過去，以批評漢武，另一方面指引未來。這一獨特生命視角的構成，大致來自於司馬家族的譜系傳承，司馬談對兒子的培養與期盼，以及司馬遷自身因直言受辱這三個方面因素。在〈太史公自序〉中，司馬遷一方面追溯了司馬家族的歷史，另一方面他呈現司馬家族史與周→秦→楚→漢的嬗變的深度交纏。按照司馬遷的敘述，司馬家的祖先從五帝時期開始掌管天文地理，在周朝管軍事而稱「司馬」，後司馬家又輔助秦的統一，再後又有司馬卬跟隨項羽反秦被封為殷王，最後司馬家入漢室為官。從五帝時期到武帝時期，幾乎所有的重大歷史轉折，司馬家族都置身事內，構成這些事件的關鍵因素。司馬家族不僅掌管天文地理與文獻，後出也有管理軍事、經濟等各方面的人才。這一家族視野、知識積累、介入歷史的崇高使命最後又凝結在了司馬遷父子身上，而司馬遷先從整個家族的歷史視野出發，又努力突破、超越該視野，試圖以通盤鳥瞰的全面視域來敘述歷史，遂成《史記》。

要理解司馬遷的三維時間，最後需要落實在「成一家之言」上，這是一個以現在進入過去與未來，再將過去與未來重新包裹進現在的時空結構。在成就「一家之言」的過程中，司馬遷帶著自身獨特的視角，從個體人格出發，拓展時空的維度，把捉「天人之際」的宇宙時間與「古今之變」的人群時間，重述古往今來的歷史，再將它們囊括在「一家之言」當中。在閱讀《史記》時，我們不單聽著司馬遷那把獨特的、深沉的聲音，同時也聽到了來自不同時代的一大群人的大合唱。反過來說，我們閱讀《史記》時，在波瀾壯闊的人群大合唱中，我們往往聽到司馬遷的獨白，我們跟著他的聲音，從前塵往事中找尋未來的方向。

在〈太史公自序〉中，司馬遷記述父親司馬談在臨終之前讓他一定要繼承孔子修《春秋》之志。父子二人的宏旨，不在於填補由孔子到漢武之間的歷史敘事空白，他們的「繼承」方式恰恰是發明創造全新的詮釋方法。即使孔子《春秋》已經對春秋的歷史進行記述，司馬遷在《史記》又重新編纂和整合了春秋的歷史，這便不是一件單純再現(represent)或者重複的工作，而是一種再詮釋(reinterpret)，一種創作，一種表達(expression)。

從史家的意向而言，司馬遷與孔子有根本性的不同。粗淺地看，《春秋》從孔子作為魯國大夫的視角出發，《史記》從司馬遷作為漢武帝一朝的太史令的視角出發。然而，孔子不局限於魯國大夫的視角，而是意識到自己是繼承周文王禮樂文化之人，《論語·子罕》言「子畏於匡，子曰：『文王既沒，文不在茲？』」，《春秋》雖是魯史，但經由孔子筆削，其視野不限於魯史。同樣，司馬遷父子不滿足於太史令這個官職的視角，他們要突破這個「太史令」的視角，正是這種超越自身職位限制的強烈意向，使得《史記》在體例上實現了真正的創新。與孔子不同，司馬遷的突破在於他更敢於進行再詮釋（reinterpret）。《論語．述而》記載孔子「述而不作，信而好古」，在這種敘事意向的指導下，《春秋》行文簡略，只採用「微言大義」的筆法，將褒貶隱含於行文之中。司馬遷則打破成規，《史記》盡可能為每個人生平事跡的重要情節（plot）進行細膩的建構，在大敘事當中包裹著小敘事，而每個小敘事又是互相穿插突顯大時代的斑斕多姿。司馬遷態度很明確，就具體人物的行動、事件、舉措、選擇進行褒貶，直抒胸臆。

從歷史編纂學（historiography）而言，《春秋》採用編年體，《史記》採用紀傳體。最大的差異是，《春秋》按照歷時的（diachronic）方式敘事，完全是線性時間軸，聚焦一個個單獨的、斷裂的事件，破壞了事件的完整性與事件間的關聯性，造成了《春秋》的難讀。對比之下，司馬遷創立了一套新的敘事方式，突破了《春秋》編年體的歷時敘事特點，轉而運用歷時的（diachronic）與共時的（synchronic）兩種交叉時間排布的方式來編織事件，這整體體現在「本紀」、「表」、「書」、「世家」、「列傳」五種體例中。

《本紀》毫無疑問，以帝王傳記作為全書的「根本綱紀」，作為「經線」，其整體敘事結構首先包含從古到今的順時線索，從五帝到夏商周秦漢，似乎是非常清晰的，環環相扣的朝代更替，敘事也愈發清晰翔實，但裏面實則強調了朝代之間的變革與人物的行動差異。但由於歷時的敘事方式和編排方式不夠充分，為了突出差異性而不僅僅是連續性，司馬遷為同時代的平行人物立傳，〈項羽本紀〉與〈高祖本紀〉並立尤為顯著，儘管他們的時間與事件多有重疊交叉，但司馬遷的策略是，為兩個人都立傳，且將項羽置入「本紀」當中，不放在「世家」，讓讀者閱讀時形成一目了然的對照，也對楚霸王的豐功偉績加以肯定。司馬遷意在通過平行傳記的對比，從不同人物（character）視角重複敘述同一個事件（event），讓兩個對手互為參照，更好地突出每個人物行動的動機（motive）與情節（plot）的曲折、纏繞，更好地評價他們的功過是非。由此，司馬遷也打開了話語（discourse）的空間，啟發後世讀者不斷地再比較、再判斷、再詮釋、再理解。

然而，司馬遷仍然意識到為個體寫傳記的敘事方式也有自身局限性，不能夠全面地展現眾多人物事件在時空中的位置。因此在「本紀」之後，司馬遷嘗試用「表」，即巨大的網絡表格，一覽無遺地囊括整個時間（年月）、空間（國別）框架，將世系（generation）、行動者（agent）

與重要的事件（event）標識其中。與〈項羽本紀〉〈高祖本紀〉互相呼應就是「秦楚之際月表」，司馬遷稱「秦楚之際」而不稱「秦漢之際」，也是再次認可楚人滅秦之功。由於整個進程節奏緊湊，年表不足以呈現，為突顯變化之快，情勢之緊迫，故轉用月表將時空變換、朝代更迭、兩雄角逐細緻地鋪展出來。「表」毫無疑問也不是完備的記述方式，無法涵蓋一切內容。因此「表」的不足，也進一步需要「書」、「世家」、「列傳」的再次敘述。表面上，同一件事情反覆描述了好幾次，但司馬遷的目的，顯然是希望用不同的體例，從各個角度，將他所能搜羅的材料供後世讀者盡收眼底。

二、悲劇英雄的三維時間

在司馬遷的寫作當中，天命、人群與英雄的互動也呈現為「三維結構」，人需要打通個體視野，與人群時間融合，即將個人榮譽浮沉與同時代的人群命運整合，才能應對隨時變化的天命。個人、人群、時代三者構成動態結構，來回推移，形成一股滔滔洪流，一瀉千里。這裏需要指出的是，不能將司馬遷的「天命觀」簡單地理解為命定論（determinism），天命具有開放性，如司馬遷援引賈誼〈長沙賦〉「禍兮福所倚，福兮禍所伏；憂喜聚門兮，吉凶同域。」（《史記．屈原賈生列傳》）天命的展開，呈現為時勢，正是在危機之中，給不同的人提供機會。弔詭的是，在滔滔洪流之中，英雄是沒有完全的自由意志（free will），沒有隨意逆天改命的本領，而是需要因勢利導，見機而動。但是，時勢造英雄的同時，英雄也可以造時勢，英雄應當認識時勢的需要，這樣便可以順水推舟，推動時勢的發展，少走一些彎路。換句話說，英雄與時勢互相推移造就，彷彿是同一過程中的兩個環節，一環扣一環。要真正成為英雄，絕不可做匹夫，而需要成為人群的英雄。具體而言，這需要英雄不斷體察自己在整個時勢當中的位置，來回調整自己的視野，方能認識到自己的局限性與能動性，主動與人群時間聯合，統籌、調度各方各有所長的能力，再發起行動，這個行動若有成效，自然就增強了時運的整體趨勢。

朝代嬗變之初，英雄出世之前，往往先有大廈傾頹之趨勢出現，司馬遷說：

> 太史公曰：夏之政忠。忠之敝，小人以野，故殷人承之以敬。敬之敝，小人以鬼，故周人承之以文。文之敝，小人以僿，故救僿莫若以忠。三王之道若循

環，終而復始。周秦之閒，可謂文敝矣。秦政不改，反酷刑法，豈不繆乎？故漢興，承敝易變，使人不倦，得天統矣。朝以十月。車服黃屋左纛。葬長陵。

（《史記．高祖本紀》）

在朝代末年傾頹之勢初顯露時，每個朝代的領袖其實都有自己及時改正自身問題的機會，若不知損益制度，一而再地錯失自我糾正的良機，天命便轉而呈現為讓一個個英雄登上歷史舞台的時機，時勢會造就一批英雄。這些英雄剛登台亮相時，往往充滿豪情壯志，憑藉過人之處面對驚濤駭浪也毫不退卻。

當天命作為時機展開時，登台的英雄不一定都具有超凡的個人才能或雄厚的家世背景。〈太史公自序〉說：

桀、紂失其道而湯、武作，周失其道而《春秋》作。秦失其政，而陳涉發跡，諸侯作難，風起雲蒸，卒亡秦族。天下之端，自涉發難。作陳涉世家第十八。

（《史記．太史公自序》）

司馬遷將陳涉放入「世家」，將陳涉發跡之功與湯、武、孔子相提並論，是對陳涉的褒獎。「秦失其政」，秦楚之風俗迥異，楚人不服秦人嚴刑苛法，而秦亦不知道自我糾正，這正是天命為陳涉提供的整體趨勢。陳涉雖然出身戍卒，而當他們決意起義時，陳涉「詐稱公子扶蘇、項燕」（《史記．陳涉世家》），則是順從當時的民心，即當時的人群時間，最後被「三老」「豪傑」等立為王（《史記．陳涉世家》），此為「時勢造英雄」。但秦依然實力雄渾，即使文弊而不知改，文的問題即制度問題，它也不會導致秦在一時一刻間崩盤，最後秦以章邯為軍事領導，施展秦最後的有形物質力量。儘管陳涉、吳廣不能一舉反秦，但他們已經引得各路英雄響應，對秦的有形力量發起攻擊，這便打開了新的局面，此可謂「英雄造時勢」。

秦楚之戰後緊接著是楚漢相爭，項羽毫無疑問擁有家世背景與個人氣魄，從一開始先佔上風，勝利在望，到後來由勝轉敗，主要在於項羽沒有成功地造出一番新時勢，而這個機會讓劉邦佔據。項梁一開始聽范增之言，立楚懷王，仍知道「從民所望」（《史記．項羽本紀》），尚顧及人群視野。鴻門宴後，項羽限於個人時間或個人視野，逐漸脫離「人群時間」的視野。章邯帶著二十萬秦軍向項羽投降，成就項羽的絕對優勢時刻，即使一夜坑殺這二十萬秦軍，也沒有削弱自己的優勢。但隨後，當他與劉邦面對相似的情形，兩人的選擇便相映成趣：劉邦先入咸陽，子嬰投降，下屬勸劉邦殺子嬰，劉邦直覺自己「能寬容」，不殺已降之人，還抵制了自己貪財好色的本性，聽從樊噲、張良勸諫，從秦宮室退出來，封存財物，又善待城中百姓，與他們「約法三章」（《史記．高祖本紀》），一下子就把原為敵人的民心收攏，連范增都看出他此番舉措有「天子氣」。反觀項羽，入咸陽後，屠城、殺子嬰、火燒阿房宮，失去人群視角，失去民心；鴻門宴上，項羽不聽亞父范增之計，關鍵時刻放走劉邦，為日後劉邦和陳平離間他們的關係埋下伏筆，導致最後項羽失去范增的輔佐，身旁再無一人能拓寬他的視野，令其走出自我時間維度，他一直被自己的個體視野所遮蔽。儘管如此，項羽的優勢也並沒有一下子便消耗殆盡，而是在楚漢兩軍相持之中，逐漸耗盡。當項羽與劉邦相約「中分天下」（《史記．高祖本紀》）之時，項羽已經處於劣勢，卻不自知，劉邦則聽從張良與陳平之策，乘勝追擊項羽。項羽始終未能突破個體英雄視野或「霸王」的視野，難以成就「帝業」。然而，項羽始終不知自己失敗的根由，屢次將問題歸結為「天」的問題：四面楚歌之時，項羽自賦詩曰：「力拔山兮氣蓋世，時不利兮騅不逝。騅不逝兮可奈何，虞兮虞兮奈若何！」（《史記．項羽本紀》）項羽自視為蓋世英雄，將失敗歸結為「時不利」；烏江邊，項羽主動放棄東渡，又一次將問題歸結為「天之亡我，我何渡為！」（《史記．項羽本紀》）

司馬遷雖然記述了項羽的這番言論，他卻從打通「一家之言」「古今之變」「天人之際」的角度重新審視項羽的功過。對於項羽之功，司馬遷道：

> 夫秦失其政，陳涉首難，豪傑蜂起，相與並爭，不可勝數。然羽非有尺寸，乘埶起隴畝之中，三年，遂將五諸侯滅秦，分裂天下，而封王侯，政由羽出，號為霸王，位雖不終，近古以來未嘗有也。（《史記．項羽本紀》）

至於項羽之過，太史公曰：

> 及羽背關懷楚，放逐義帝而自立，怨王侯叛己，難矣。自矜功伐，奮其私智而不師古，謂霸王之業，欲以力征經營天下，五年卒亡其國，身死東城，尚不覺寤而不自責，過矣。乃引「天亡我，非用兵之罪也」，豈不謬哉！（《史記．項羽本紀》）

在司馬遷看來，項羽「放逐義帝」、「自矜」、「私智」、「以力征經營天下」，全都是他自己造成的問題，最後卻將失敗歸結為「天亡我」，則是至死都沒有自覺的意識。劉邦則不同，雖然出身平庸，沒有項氏世世代代為楚將的家世背景，也沒有項羽以一敵百、超凡卓絕的個人勇力，但劉邦很早就意識到個體時間視野短小，於是他將人群視野與能力作為自己的延伸，成功將個人時間融合進人群時間，最後才得到天命的垂青。劉邦明確地認識到自己的優勝之處，不在於他自己有甚麼過人的才能，而在於他不局限於自身，不將自己視為「個體英雄」，而任人唯才，贏得群體力量。《史記》記述劉邦讓大家總結，何以最後他得天下，而項羽失天下，高起與王陵道出了其中一方面的原因：

> 高祖置酒雒陽南宮。高祖曰：「列侯諸將無敢隱朕，皆言其情。吾所以有天下者何？項氏之所以失天下者何？」高起、王陵對曰：「陛下慢而侮人，項羽仁而愛人。然陛下使人攻城略地，所降下者因以予之，與天下同利也。項羽妒賢嫉能，有功者害之，賢者疑之，戰勝而不予人功，得地而不予人利，此所以失天下也。」（《史記．高祖本紀》）

一方面，項羽確實如高起與王陵所言那般，不懂得順應時勢，將城池封予有功者，順勢達到「天下同利」。另一方面，劉邦則自覺自己的成功，源於自己主動親近有才能的人，適時彌補自己的不足：

高祖曰：「公知其一，未知其二。夫運籌策帷帳之中，決勝於千里之外，吾不如子房。鎮國家，撫百姓，給餽饟，不絕糧道，吾不如蕭何。連百萬之軍，戰必勝，攻必取，吾不如韓信。此三者，皆人傑也，吾能用之，此吾所以取天下也。項羽有一范增而不能用，此其所以為我擒也。」（《史記．高祖本紀》）

劉邦認識到張良、蕭何、韓信均為「人傑」，他主動地把這些人作為自己的延伸，以此克服了自身視野的局限性，達到了個體時間與人群時間的融合為一，最後得天命，「得天統」。

三、結語

司馬遷撰寫《史記》，正是希望以此對漢武建言。我們今天閱讀《史記》，乃是希望「以史為鑑」，打通我們自己的個人視野。對比劉邦與項羽二人的成敗，可知天命時勢、人群與英雄互相推挪的三維關係。借用黃霑的歌詞，天命時勢就如「浪奔，浪流，萬里滔滔江水永不休，淘盡了世間事，混作滔滔一片潮流。是喜？是愁？浪裏分不清歡笑悲憂。成功？失敗？浪裏看不出有未有。」換句話說，所有人都置身這天命時勢的潮流之中。既然已經處於這「一片潮流」當中，應效法劉邦，努力超越自己狹窄的個人視野，隨時調整自己的眼界與能力，進入人群時間，體察人群的命運。只有結合兩個視野，那麼即使面對一波又一波的風浪，「仍願翻百千浪」，眾志成城不退卻，最後才有機會成就個人、成就群體、成就天命。只有了解我們此時所身處的時代與肩負的角色，立足香江，萬眾一心，才能夠度過當今肆虐全球的二〇一九冠狀病毒，以及應對新冷戰敘事帶來的危機。時勢造英雄，英雄也可以造時勢，但願讀者們都能從逆境中創造出新天地、新命運。

* 在寫作本文的過程中，北京師範大學—香港浸會大學聯合國際學院王嘉寶助理教授曾給予協助，在此特別致謝。

以教化代寬容：《論語》的啟發

黃　勇

一、引言

步入近代以來，寬容已被公認為最重要的政治價值和個人美德之一，甚至是最重要的價值和美德。約翰．洛克（John Locke）在其名篇《論宗教寬容》（*Locke on Toleration*）中是如此開篇的：「基督徒間的相互寬容……」是「正信（true church）的標誌。」約翰．斯圖亞特．彌爾（John Stuart Mill）《論自由》（*On Liberty*）有句名言：「一個人只需具備最低限度的常識和閱歷，即可對自己的人生做出最佳的安排，不因這安排最好，只因他自己在安排」，緊接著他問道：「憑甚麼，僅僅對那些因其人數眾多而裹挾大眾的品味和活法加以寬容？」言下之意是，有些品味和活法即使只為很少數的人享有，我們也應當加以寬容。當代政治哲學家約翰．羅爾斯（John Rawls）在《政治自由主義》（*Political Liberalism*）將他標誌性的提法「作為公平的正義」

視作對「三個世紀前那場隨著人們逐步接受寬容原則而開始的思想運動的完成和擴展」。事實上，「寬容」的理念已寫入《聯合國憲章》序言（一九四五）和《世界人權宣言》（一九四八），聯合國教科文組織則把一九九五年定為「寬容年」，並將次年起的十一月十六日定為「國際寬容日」。與此相應的是，許多學者努力從儒家傳統中構建「寬容」的觀念，認為「寬容」亦為儒家尤其是孔子所倡導。然而，本文認為，如果從孔子和《論語》出發，可以發現「寬容」的理念是有根本缺陷的。為此，我們將首先考察「寬容」概念的內涵。

二、何為寬容？

根據《牛津英語詞典》的解釋，「寬容」（to tolerate）意為「承受、忍受」，尤指「不以權威干預、干擾而允其存在或實行」以及「不因反感而不忍受」。如卡特里奧娜・麥金農（Catriona McKinnon）在 *Toleration: A Critical Introduction* 所言：「寬容之人以『各有各活法』（live and let live）為其信條，哪怕她所寬容者令其震驚、憤怒、驚駭或厭惡。」萊納・福斯特（Rainer Forst）在 *Toleration in Conflict: Past and Present* 則十分細緻地辨析了「寬容」理念的歷史及其概念，提出了構成「寬容」的三要素。

第一個要素是「反對」(objection)，如福斯特指出：「受寬容的信念、行為，實質上被認為是錯誤或不當的。」這顯而易見，因為對於正確的信念和道德的行為，我們的態度是真心讚同而非寬容。這也解釋了為甚麼當別人表示寬容我們時，我們感到惱忿而非感謝，因為這表明他們在我們身上發現了值得反對的東西。需要指出，在寬容概念中，認定一個人的信念有錯或行為不當必須有充分的理由，而非僅憑主觀好惡甚至偏見，亦即言行有明顯錯誤和確實不當。否則，我們會陷入福斯特所謂「寬容的種族歧視者」悖論：「一個懷有極端種族仇恨的人，僅僅因為對行為有所克制(並非轉念)，竟可歸於(作為美德的)寬容之列。甚而，其偏見愈多，其寬容竟愈寬。」當然，也有學者如瑪麗·沃諾克(Mary Warnock)在"The Limits of Toleration"一文認為「反對」不須理由充分，單純的不喜歡也可構成寬容概念所必需的「反對」要素。這樣做能拓寬「寬容」的外延，但卻使「寬容」失去了道德價值或美德的內涵。因為如若不然，種族主義者只要不將其對特定民族的厭惡和仇恨付諸行動，竟也可以被認為有寬容這種美德了。

舉例而言，假設有這樣兩個人：一個人認為少數群體是低等人，因而想壓迫他們卻又克制了自己；另一個人認為眾人平等，無意壓迫誰，因而自然也沒有壓迫誰。這時，如果我們同意作為寬容要素的「反對」不須理由充分，就得承認第一個人有寬容之德，第二個人卻沒有；就寬容作為德性而言，我們竟要承認第一個人比第二個人更有德——這是有悖直覺的。甚或，讓我們設想第三個人，他不僅歧視少數群體，還主張把他們從地球上清除，但卻克制住自己沒有那樣做。我們就得承認他比第一個人還更有寬容之德，因為為了讓少數族裔活命，他要付出更多努力來克制自己，而這也是違反直覺的。[1] 因此，正如最早指出這一悖論的約翰·霍頓（John Horton）在"Three (Apparent) Paradoxes of Toleration"一文所說，我們對寬容之人的認定不能「僅僅依據他們沒有不容忍他們所反感之事」，相反，「要將一種態度確認為寬容，除了通常要關注其是否傾向於不干涉其反對的行為，還應留意其反對的是甚麼樣的行為。」就是說還要留意其反對的行為是否真的值得反對。

寬容的第二個要素是「接受」（acceptance）。如前所述，對並不反對之事，我們無需寬容而僅表贊同。所以，不寬容（intolerant）就是不接受並對我們所反對的事加以干涉，寬容則是接受我們所反對的事。此即福斯特所謂寬容概念的「接受」要素，「它意味著被寬容的信念、行為確有錯誤或不當，但尚未錯到毫無道理可言。這裏的要點是，正面理由並未消泯反對理由，而是與其如此對峙：儘管正面理由（依具體情境）勝過了反對理由因而佔優，但反對理由仍不失其道理。」（福斯特）在這裏就出現了所謂的「寬容」悖論：寬容「含有對應當阻止之事不加阻止之意」。[2] 一方面，由於寬容的「反對」要素要求自身理由充足，即我們所反對的東西確實有錯或不當，因而是我們可以恰當地加以阻止的；而另一面，寬容的「接受」要素同樣要求有充分理由對其不加阻止。所以，可以說「對本可以恰當地加以阻止的事物不加阻止有時也是恰當的，這就是自相矛盾之處」。為解決這一明顯悖論而做的努力，匯聚了對「寬容」的當代哲學討論的大多數智思。總的來說，有兩種策略：一種是「加權法」（weighting procedure）：雖然我們在道德上有正當的理由阻止某事甲發生，但如果阻止甲的發生會導致在道德上有更多的、更好的和更強的理由阻止其發生的某事乙，那麼為了避免乙的發生，我們就不應阻止甲發生，即我們應該寬容甲。這是多數辯護所採取的策略。另一種是大衛·海德（David Heyd）在 *Toleration: An Elusive Virtue* 中所謂「認知」（perceptual）策略：「寬容意味著某種視角轉換：從信念到信念持有者，或從行動到行動者。」換言之，將視角從我們有理由反對的信念和行動轉到我們並沒有理由反對的、持有這些信念和從事這些行動的人，也就是我們日常所說的對（我們所反對的）事而不對（我們並不反對的）人。

寬容的第三個要素是「拒絕」(rejection)。寬容的人因適當的理由而接受他所反對的信念或行為,但顯然他不會接受他所反對的所有錯誤的信仰或行為。換句話說,寬容不是無限度的。否則將引致另一個悖論,如卡爾.波普爾(Karl Popper)在《開放社會及其敵人》(*The Open Society and Its Enemies*)所說:「無限制的寬容必定自我取消。因為如果我們不加限制地對不寬容者(the intolerant)施以寬容,同時卻又不準備抵禦不寬容者對寬容社會的攻擊,那麼寬容的人將被消滅,寬容也隨之消滅。」雖然我們或許可以追問,是否絕不能寬容任何不寬容言行?但無論如何,寬容必須有其限度。因此,福斯特指出的:「必須意識到,除了反對某事的理由和接受某事的理由,我們還需要第三種理由,即拒絕某事的理由,而且這種拒絕某事的理由不會被接受該事的理由所抵消。由此我們可以探討『寬容』的『拒絕』要素。」存在著無法為我們寬容的事情這一點是毋庸置疑的,可以商榷的只是如何劃定寬容的上限,即哪些事情是可以寬容的,而哪些事情是我們無法寬容的。

如果我們以彌爾的「傷害原則」為度,將傷害他人的行為統統視為不可寬容的,那麼可寬容的就只剩自我傷害和不立即傷害他人的信念或言論,而那些傷害他人的行動就可以恰當地列為不可寬容的對象(參Mary Warnock)。然而,有學者認為並非對他人的所有傷害都是不可寬容的。大衛．拉斐爾（D. D. Raphael）在*Justifying Toleration*一書（第六章"The Intolerable"）中主張，不可寬容的「度」在於對權利的侵犯。這一標準既把自我傷害排除出了不可寬容的範圍（因為不存在自我侵權），也將某些傷害他人的言行排除出了同一範圍。例如，如果某人能夠給一個餓漢以食物卻沒有這樣做，我們有理由認為這一作為或不作為是錯的，因為它傷害了餓漢；但由於受人救濟並非是餓漢的權利，此人並未侵犯他人的權利，所以我們就可以寬容這個能夠但沒有給餓漢以食物的人。還有一些學者甚至認為，對他人權利的某些侵害似乎也可以被寬容。比如哈吉特．本巴吉（Hagit Benbaji）和海德於"The Charitable Perspective: Forgiveness and Toleration as Supererogatory"一文指出：「寬容這種態度涉及的是一種和解，即與那些不僅在過去做錯了事，而且在現在和將來還堅持其錯誤行為的人的和解」，「嚴格意義上的寬容只施予那些確實做了錯事的人」，「寬容以確鑿的冒犯、錯誤或不公為對象」，並認為，「只有那些因努力使自己不去干擾他人而使自己受損的人以及那些受到其寬容對象的行為傷害的人才展現著真正的寬容」。正是在這個意義上，他們聲明：一如原諒（forgiveness）那樣，寬容也是超義務的。

根據寬容的這三個要素，福斯特認為我們可以劃出三個規範性的領域（normative domains）。第一個領域裏的人和事我們完全贊成，這裏沒有寬容或不寬容的問題。第二個領域裏的人和事我們完全反對，沒有理由、至少是沒有足夠的理由接受它們，因而這裏不應有全盤接受（屬第一個領域）或寬容（屬第三個領域），而應徹底拒絕，即不寬容它們或對它們不寬容。這兩個領域之間還有第三個領域，對其中的人和事，我們有足夠的理由反對卻同時有更充足、更強的理由加以接受，因而全盤接受（屬於第一個領域）或徹底拒絕（屬於第二個領域）在此也不適用，我們雖有足夠的理由反對，卻因更勝一籌的理由而接受。只有在第三領域裏，寬容才成為一種價值或美德。當然，如我們上面看到的，區分第一（全盤接受）和第三領域（寬容即有條件的接受）相對於區分第二領域（全盤拒絕即不寬容）和第三領域（寬容）更容易些，但這不是本文的主題。本文考察的是隸屬第三領域的寬容到底是不是一種價值或美德。

我要論證的是：把寬容視為一種道德理念是有問題的，不論是將其作為政治價值還是作為個人美德。這可以從至少兩方面得到論證：第一，我們常常被號召去寬容那些「居少數地位的民族、種族、語言和宗教，外勞、移民、難民和尋求庇護者，行使言論自由的作家、知識分子，以及社會中的弱勢羣體」（聯合國教科文組織「聯合國寬容年原則宣言和後續行動計劃」第十九條）。然而，這其實是一些我們沒有充分理由反對的人，因而寬容對他們完全不適用，真正需要的是尊重。第二，對我們有充分理由反對的人和事，寬容（即忍受或持「各有各活法」

的態度）也不適用，因為真正需要的是對有錯誤言行的人進行道德教化。這種道德教化與寬容不同，但也不是不寬容。我撰寫的“What's Wrong with Toleration?: The Zhuangzian Respect as an Alternative”一文中用莊子思想論證了第一點。接下來，我將從《論語》出發對第二點加以論證。

三、寬容還是教化？

寬容（即接納我們有充分理由反對的事物）是對不德之人及其行為的正確態度嗎？孔子認為並非如此。我們可以從《論語．憲問》第三十四章開始我們的考察：

> 或曰：「以德報怨，何如？」子曰：「何以報德？以直報怨，以德報德。」（《論語．憲問》）

有人對我造成了傷害，這顯然是不道德的行動。如果我們將寬容看作是超義務的美德，那麼這樣的行動是我們上面討論的我們應該寬容的一類對象：那種傷害了我們的權利的人的行動。

但從上面孔子所說的話，我們可以知道，他並不贊成對這樣的人持寬容態度。並且，當我們澄清了「以直報怨」的意思之後就會發現，孔子不贊成對侵害我們權利的他者施以寬容的道理，同樣適用於對我們在上一節中討論的對所有其他不道德行為的寬容，如對侵害別人而不是我們自己侵權的他者之行為的寬容，對雖然沒有侵害他人（不管是我們自己還是他人）的權利卻因見危不救而對他人造成傷害的人的行動的寬容，對一個自我戕害的人的行動的寬容，以及對種種並不直接對他人造成傷害的言論（包括種族歧視的言論）的寬容（這與在一個擁擠的劇院裏高聲謊稱「著火了」的言論屬於不同範疇，因為後者會對他人即在劇院中的人造成傷害）。

對孔子的「以直報怨」有多種不同的理解，我曾在別處討論了一些代表性的解讀並指出了它們各自的問題。在此基礎上，拙著*Confucius: A Guide for the Perplexed*提出了個人認為最合理的解釋。可以看到，在《詩經．小雅．小明》中，有兩處「直」與「正」的連用：

> 嗟爾君子，無恆安處。
> 靖共爾位，正直是與。
> 神之聽之，式穀以女。

……
嗟爾君子、無恆安息。
靖共爾位、好是正直。
神之聽之、介爾景福。

第一處的「靖共爾位，正直是與」，要求君子（居上者）盡職盡責並親近正直（正直是與）；第二處「靖共爾位，好是正直」仍是要求君子盡職盡責並愛護正直（好是正直）。「正」與「直」是否同義？具體是何所指？這些問題有待澄清。戰國末《毛詩故訓傳》的作者毛亨將其注為：「正直為正，能正人之曲為直」，[3] 雖然他並未明言「正」關乎己，但由於「直」關乎人，而「正」又與「直」相對，因此可以合理地認為毛亨以「正」為關己。但對我們來說最重要的是，在毛亨看來，「直」不僅與「曲」有關，即正曲為直，而且所正之曲是他人之曲，而非自己之曲。

稍早的左丘明在《春秋左氏傳》中也對「正」與「直」做出了相似的注解。為了注釋何謂「仁」，他引用了「靖共爾位，好是正直」一句並注道：「恤民為德，正直為正，正曲為直，參和為仁」（《左傳．襄公七年》），即仁由德、正和直三者構成。這裏所引的《詩經》中的「正直」應該是首次分為「正」和「直」來解釋：雖然「正」的意思有些含混，但「直」卻顯然是針對曲的，是要將曲變為直。晉代的杜預在其《春秋經傳集解》中將「正直為正」注為「正己心」，而「正曲為直」注為「正人曲」，孔穎達在《春秋正義》中進而疏為：「正直己心是為正也，能以己正正人之曲，是為直也。」[4] 明確把正和直分別與自己和他人相關。正是正自己之曲，直是正他人之曲。而且根據孔穎達的理解，正是直的前提，因為直是「以己正正人之曲」，就是說，如果自己還沒正，就無法正人之曲。

當代著名語言學家楊伯峻在《春秋左傳注》中認為，杜預的注解「本於《詩》《毛傳》」，明確了「正」關乎己而「直」關乎人，然而有一個疑難，「既已直，何必正？」所以認為毛、杜兩人的注解「顯然勉強」，而他自己「疑正直者，本已有之直道而行也」。不過，關於「正」的爭議我們暫且不必關注，因為我們在意的是「直」，而且楊先生似乎也同意「直」為對他人之曲「正之」。如果「直」的意思可以如此確認，那麼孔子所謂「以直報怨」就可以恰當地解釋為：由於侵犯他人者有惡或曲，因此孔子教我們「以直報怨」的意思是我們應該正人之曲，也就是要設法使他們成為善人，不再去傷害他人，而這顯然與寬容不同。當然在我們能夠作出這樣的結論之前，首先需要確定的是，孔子「以直報怨」中的「直」確實與《左傳》中作為正人之曲的「直」同義。

有間接證據可以支持這樣的結論。傳統說法認為《左傳》是左丘明所作，這在唐以前幾乎是公認的。如漢初的司馬遷就在《史記》中記載，在孔子編定《春秋》後，「七十子之徒口受其傳指……魯君子左丘明懼弟子人人異端，各安其意，失其真，故因孔子史記具論其語，成《左氏春秋》。」（《史記．十二諸侯年表》）由於孔子在《論語》中對左丘明的評價很高：「巧言、令色、足恭，左丘明恥之，丘亦恥之。匿怨而友其人，左丘明恥之，丘亦恥之。」（《論語．公冶長》）因此若《左傳》確為左丘明所作，那麼孔子與《左傳》所用「直」同義就更為可信。

誠然，唐以後不斷有學者質疑《左傳》是否為左丘明所作，但這一傳統說法並未被完全推翻，並且對《左傳》作者的其他推定多與孔子關聯甚密。其實，有更直接的證據可以證明孔子所謂「直」是正人之曲的意思。《論語．顏淵》第二十二章記錄了這樣一段話：

樊遲問「仁」。子曰：「愛人。」問「知」。子曰：「知人。」樊遲未達。子曰：「舉直錯諸枉，能使枉者直。」樊遲退，見子夏。曰：「鄉也吾見於夫子而問知，子曰，『舉直錯諸枉，能使枉者直』，何謂也？」子夏曰：「富哉言乎！舜有天下，選於眾，舉皋陶，不仁者遠矣。湯有天下，選於眾，舉伊尹，不仁者遠矣。」

在此段中，孔子明確表示直者可以使枉者變直。孔穎達對《詩經》中「正直」的注解，在引用了杜預對「正」和「直」的注後，隨即引用了《論語》此句「舉直錯諸枉，能使枉者直」，並說「是直者能正人之曲也」。這說明，在孔穎達看來，至少在《論語》這段話中的「直」與《詩經》因而也是《左傳》中的「直」同義，都有正人之曲的意思。清代劉寶楠《論語正義》在解釋這句話時，則同時引用了《左傳》與《毛詩》道：「曲者，枉也。枉為直者所正，其必皆化為直可知」，並說「不仁者遠矣」的原因是他們「必亦化而為善，故能使枉者直也」。[5]

另一個文本根據是《論語．衛靈公》第七章，孔子讚揚魏國的史魚道：「直哉史魚！邦有道，如矢；邦無道，如矢。」孔子為何稱讚史魚以「直」？史魚以「屍諫」衛靈公而流芳後世。《孔子家語》記載：

> 衛蘧伯玉賢，而靈公不用；彌子瑕不肖，反任之。史魚驟諫而不從。史魚病將卒，命其子曰：「吾在衛朝，不能進蘧伯玉、退彌子瑕，是吾為臣不能正君也。生而不能正君，則死無以成禮。我死，汝置屍牖下，於我畢矣。」其子從之。靈公弔焉，怪而問焉。其子以其父言告公。公愕然失容，曰：「是寡人之過也。」於是命之殯於客位，進蘧伯玉而用之，退彌子瑕而遠之。

衛靈公因史魚屍諫而得正，「孔子聞之，曰：『古之列諫之者，死則已矣，未有若史魚死而屍諫，忠感其君者也。可不謂直乎？』」[6] 韓嬰在《詩經外傳》中記述了同一故事，並將史魚之直與《詩經》中的「正直」之「直」相聯繫：「生以身諫，死以屍諫，可謂直矣。詩曰：『靖共爾位，好是正直。』」

由此可見，孔子之所以稱讚史魚為直，恰恰也是因為他能正他人（衛靈公）之曲。換言之，史魚之「直」並非某種「立己」之德，而是「立人」之德，即立衛靈公之德。關於這一點，在孔子對史魚與對同一段中提到的蘧伯玉的不同評價中，可以看得更清楚。在以「直」稱讚史魚後，孔子繼續說：「君子哉蘧伯玉！邦有道，則仕；邦無道，則可卷而懷之。」我們上面看到，在稱讚史魚時，孔子說的是「直哉史魚！」而在稱讚蘧伯玉時，孔子沒有用「直」，而是說「君子哉蘧伯玉！」這兩者之間的差別何在呢？《韓詩外傳》記韓嬰說，「外寬而內直，自設於隱括之中，直己不直人，善廢而不悒悒，蘧伯玉之行也」。這就是說，與史魚正人之曲不同，蘧伯玉只是正己之曲。北宋學者陳祥道在《論語全解》中先是引用了《左傳》「正直為正，正曲為直，參和為仁」一句，然後說「史魚可謂正曲者也。」劉寶楠《論語正義》引了韓嬰的注並稱「是伯玉亦守直道，但不似史魚之直人」。所以，若用《詩經》的語言，可稱史魚為「直」者，而蘧伯玉為「正」者。

我們在上面對《論語．衛靈公》第七章「直」的疏解中提到了兩個關鍵詞，一個是與史魚有關的「諫」，另一個是與蘧伯玉有關的「隱括」，他們都有矯正的意思。這兩個詞對於我們理解《論語．子路》第十八章出現的「直」非常有幫助，而對這裏出現的「直」的辨析可以幫助我們理解甚麼是作為「正人之曲」的「直」：

葉公語孔子曰：「吾黨有直躬者：其父攘羊而子證之。」孔子曰：「吾黨之直者異於是：父為子隱，子為父隱，直在其中矣。」（《論語．子路》）

此處，「直」仍然關乎犯錯者，具體就是攘羊之父。一般認為，「隱」是「不揭發」乃至「掩蓋」的意思：因為人皆親其親，所以直者天然地希望將彼此的過錯相互掩蓋。但在我看來，這一處「直」仍是正人之曲的意思。

至少有兩條論證思路。其一，我在別處曾指出，「隱」確實有「不揭發」的意思，但隱並非是目的而是手段，其目的是要勸諫被隱之犯錯者，使之糾錯並不再犯錯。但在《論語．里仁》第十八章中，孔子說：「事父母幾諫，見志不從，又敬不違，勞而不怨。」勸諫父母是為了正其曲，但若強諫則會敗事，所以孔子強調諫之「幾」，即溫和之諫、和顏悅色之諫。換言之，「父子相親」對於成諫是必要的條件。所以，若「其父攘羊而子證之」，其父難免因子女不予掩護而生怨，子女將無法勸諫，勸諫也不會成功。在此意義上，「子為父隱」作為手段已經包含了「直父之過」的目的。[7] 其二，廖名春認為此處的「隱」不應理解為掩蓋，而應是「隱括」，原意為用工具使曲木變直，引申為以德正人。我們在上面看到，韓嬰說蘧伯玉「自設於隱括之中，直己不直人」，而如果這裏的「子為父隱」的隱也如廖名春所言是指隱括，那也就是兒子在正其攘羊之父，使之變直。無論從這兩條論證思路的哪一條出發，我們都可以很好地理解為甚麼孔子說「直在其中」。

從我們上面所考察的《論語》中其他幾處所出現的「直」的理解，我們現在可以比較確切地斷定，孔子在我們一開始考察的那段話中所說的「以直報怨」，就是指對於傷害我們、侵犯我們權利的枉者、曲者的正確態度是對他們進行道德教育，矯正他們，使他們也成為正者、直者。這顯然不是一種以德報怨的寬容態度，雖然也不是以怨報怨這種不寬容的態度。

我們上面對以直報怨的這種解釋是與孔子的一個更一般的觀點一致的。孔子把不德之人的內在缺失比作身體的殘疾。我們對有疾之人的恰當態度是幫助他治療、康復，從而重新成為健康的人，而不是強制他（不寬容），也不是置之不理（寬容）；同樣的，我們對德缺之人的恰當態度既不是放任他（即寬容），也不是懲罰他（不寬容），而是盡我們所能助其改錯，使其從道德缺陷中康復為德健之人。因此孔子說，「德之不修，學之不講，聞義不能徙，不善不能改，是吾憂也。」（《論語．述而》）又說，「愛之，能勿勞乎？忠焉，能勿誨乎？」（《論語．憲問》）這兩段話都表明，對於缺乏道德修養的人，孔子想做的就是教誨他們，使他們能夠改變。而孔子講的另一句話則更為重要：「己欲立而立人，己欲達而達人」（《論語．雍也》）。這句話通常被視為儒家版的黃金法則，所謂「己所欲，施於人」。這樣的「黃金法則」幾乎存在於世界上所有主要的宗教和文化傳統中。它一般是指如果我們希望飢而得食，渴而得飲，病而得藥，那麼就應該在別人飢餓、口渴和生病時給予食物、飲水和藥物。由於這樣理解的黃金法主要關切的是人的物質的、身體的或外在的需要，我認為把上述孔子講的這句話理解為一般意義上的黃金法則是不對的，至少是片面的。孔子關注的或者主要關注的並非是一個人物質的、身體的或外在的需要，這一點從他對「立」與「達」的使用可以非常明白地看到。

首先，孔子所使用的「達」的意思應該非常明確，因為孔子與子張討論「聞」與「達」時對「達」做了明確的說明：

夫達也者：質直而好義，察言而觀色，慮以下人。在邦必達，在家必達。（《論語·顏淵》）

孔子的意思很明確，「達」不僅關乎諸多道德事項，他還特別將這種意義上的達與我們上面所考察的「直」相聯繫。根據這樣一種理解，「己欲達而達人」指的就是，如果我自己想「質直而好義，察言而觀色，慮以下人。在邦必達，在家必達」，那麼我就應該幫助他人也「質直而好義，察言而觀色，慮以下人。在邦必達，在家必達」。

其次，理解「立」的最佳切入點，應當是考察孔子在其或是世界上最短的自傳中所說的「三十而立」（《論語·為政》）中「立」的意思。歷史上對此句的闡釋非常多樣，但幾乎沒有一種純粹從身體的或物質的角度來理解「立」。如皇侃《論語集解義疏》認為，「立」是指研習五經有成，因為孔子「吾十有五而志於學」，而「云三十而立者，立謂所學經業成立也。古人三年明一經，從十五至三十是又十五年，故通五經之業，所以成立也」。楊樹達《論語疏證》則認為「立」是「立於禮」，「三十而立，立謂立於禮也。蓋二十始學禮，至三十而學禮之業大成，故能立也。」這與「興於詩，立於禮，成於樂」（《論語·泰伯》），以及「不學禮，無以立」(《論語．季氏》)可以相互印證。《朱子語類》記朱熹主張:「立,則是能立於道理也。」劉寶楠《論語正義》則集成各家道:「諸解立為立於道、立於禮,皆統於學。學不外道與禮也。至三十後,則學立而德成之事。」如果我們採取劉寶楠綜合各家之言的這種解釋,認為孔子所說的「立」指的是「學立德成」,那麼「己欲立而立人」指的就是,如果我們自己想學立德成,那麼我們就應該幫助他人也學立德成。

當我們這樣界定「立」和「達」的時候,雖然仍可認為其大致與黃金法則同義,即己所欲而施於人,但現在卻可以肯定,孔子的黃金法則與我們在世界上其他宗教、文化和哲學傳統中所看到的黃金法則不同。後者所關切的主要是一個人物質的和身體的需求,例如因為我喜愛美食所以我也應以美食饗人,我不願罹受痛苦所以我也應助人拔苦等等;而前者所關切的是道德方面:我想做君子,因而我也應助人做君子;我不想當小人,因此我也應助人免當小人。阮元在其《論語論仁論》中這樣評價了這一「儒家版黃金法則」:「即如己欲立孝道,亦必使人立孝道,所謂不匱錫類也。己欲達德行,亦必使人達德行,所謂愛人以德也。」然後他以此句的「立」與《論語．里仁》第四章的「立」互訓,「達」與《論語．顏淵》第二十二章的「達」互訓:「為之不厭,己立己達也。誨人不倦,立人達人也。立者,如三十而立。達者,如在邦必達，在家必達」（劉寶楠《論語正義》），這與我們上一段所論一致。

或許是考慮到孔子的話前還有一句是在回答子貢所問「博施於民而能濟眾」，朱熹主張將「立」與「達」理解為「二者皆兼內外而言」。「外」可簡單理解為物質的或身體的需要，「內」則指「且如修德，欲德有所成立；做一件事，亦欲成立」（《朱子語類》）。換句話說，因為我追求立德，我就應助人立德。在他與學生對《大學》「上老老而民興孝」一句的討論中表述得更明白：「我欲孝弟而慈，必欲他人皆如我之孝弟而慈。『不使一夫之不獲』者，無一夫不得此理也。只我能如此，而他人不能如此，則是不平矣。」如果我們以朱熹的理解為根據，那麼孔子這裏所表達的黃金規則雖然也包含世界上其他宗教、文化和哲學傳統中的黃金法則所涉及的一個人的身體的、物質的和外在的方面，但更重要的是包含為其他傳統中的黃金法則所並不包含的一個人精神的、道德的和內在的方面。

因此，主張對不德之人不予寬容，並不必然主張對他們不寬容（intolerant）。如果接納不德之人的不德屬於寬容，而懲戒其不德並試圖迫使其為善屬於不寬容，那麼兩者就沒有像看起來那樣窮盡所有可能；其實，寬容與不寬容間尚有道德教化以為中道。對孔子而言，德教多採取非強制的形式，比如「言教」，同時，由於人之不德往往不因其不辨善惡而是缺少為善的動力，因此孔子也推崇詩、樂等感性教化的德教方式以激勵人們為善；然而，道德教化最重要的一種方式，乃是施教者以身示範。[8] 我認為，正是由於忽視了最後這種方式，使一些學者認為孔子也提倡寬容。現在，我們就聚焦於這個問題。

四、孔子提倡寬容嗎？

如前所言，由於寬容在當代社會是如此普遍地被肯定為一種政治價值和個人美德，許多儒家學者認為儒家要想在當代社會能夠立腳，就一定也要推崇這樣一種價值和美德。為此，他們努力在《論語》中尋找能證明孔子倡導寬容的言論。在本節中，我將逐一加以考察，並論證它們為何不是在表達「寬容」的理念。

首先，最常用來證明孔子提倡寬容的條目可能是《論語．衛靈公》第十五章：

躬自厚，而薄責於人，則遠怨矣！

粗看起來，孔子是說人應該專注於成就自己的德性，而不是關注別人的過失。另一句「攻其惡，無攻人之惡」(《論語．顏淵》)似乎可以與此相印證。然而，在我看來，這是一種誤讀。如前所述，孔子認為「直」者應致力於正人之曲，而在正人之曲的多樣方式中，最重要的就是以身垂範。一方面，身正者能使不正者正，《論語》中的此類條目隨處可見：如「苟正其身矣，於從政乎何有？不能正其身，如正人何？」(《論語．子路》)「子欲善，而民善矣！君子之德風；小人之德草，草上之風必偃。」(《論語．顏淵》)「其身正，不令而行；其身不正，雖令不從。」(《論語．子路》)「為政以德，譬如北辰居其所而眾星共之。」(《論語．為政》)等等。因此，對於《論語．衛靈公》第十五章，程樹德《論語集釋》記清代學者潘德興注：「大人者，正己而物正者也。至誠而不動者，未之有也。不誠未有能動者也。」這樣理解，孔子之所以要人「躬自厚」和「攻其惡」，當然是要人成為有德者，但同樣重要的原因是，一旦一個人成了有德者，他也會感化他人，所以「薄責於人」和「無攻人之惡」並非是指對他人的品德漠不關心。

另一方面，若有人不德，君子首先要做的不是(厚)責於人或攻人之惡，而是自省是否因為自己的過失導致了人之不德或不勸。這與孔子說的另一句話有關：「見賢思齊焉；見不賢而內自省也。」(《論語．里仁》)關於前半句話，大家的理解沒有太大不同，但後半句通常被理解為應盡力使自己避免成為如所見之人那樣不賢的人。其實，它也意味著，看到有不賢的人，人們應檢討(「內自省」)，他人的不賢是否是因為自己未能盡善。在這一點上，值得注意的是，朱熹在其《論語集注》中將此句與《論語．堯曰》第一章「堯曰：……朕躬有罪，無以萬方；萬方有罪，罪在朕躬……百姓有過，在予一人」結合在一起理解。關於〈堯曰〉篇中的這句話，皇侃說：「云萬方有罪，罪在朕躬者，若萬方百姓有罪則由我身也。我為民主，我欲善而民善。故有罪則歸責於我也」；邢昺也說，這是聖王「自責化不至也」(《論語注疏》)。所以，很明顯，有德者不會把自己的過錯歸罪於他人，但會將他人之不德歸罪於自己，而在朱熹看來，這也就是孔子說的「躬自厚而薄責於人」的意思。因此，在注〈堯曰〉篇的這句話時，朱熹說：「言君有罪非民所致，民有罪實君所為，見其厚於責己薄於責人之意。」(《論語集注》)關於「責己」的這層意思，我們也可以看看楊倞是如何用《論語．衛靈公》第十五章注解《荀子》的。《荀子．致士》篇討論了為政者應該如何在「政之始」到「政之隆」再到「政之終」的過程中一步步成就德性，然後引用了《書經》：「書曰：『義刑義殺，勿庸以即，女惟曰：未有順事。』言先教也。」楊倞注：「言雖義刑義殺亦勿用，即行之當先教後刑也。雖先後不失，尚謙曰『我未有順事，故使民犯法』，躬自厚薄責於人也。」這裏，楊倞認為，應將民犯法歸罪於自己未能理順政事，也就是孔子講的躬自厚薄責於人。所以看到人之過，不要責於人，而要躬自厚；看到人之惡，不要攻人之惡，而要攻自身之惡。很顯然，這裏孔子關心的還是如何使他人無過無惡，只是使他人無過無惡的最重要方法是躬自厚、攻其惡。因此，這段話並沒有對他人之過、惡加以寬容即任其發生的意思。

其次，《論語》所記周公對其子伯禽（魯公）說的一段話，也常被用以論證孔子主張寬容：

> 周公謂魯公曰：君子不施其親，不使大臣怨乎不以。故舊無大故，則不棄也。無求備於一人。（《論語．微子》）

這裏的關鍵是「無求備於一人」的「備」。所求「備」的是道德品質還是非道德品質？那些主張此句蘊含寬容思想的學者，往往將其理解為君子不要求人們有完備的德性，應該寬容那些在道德上不完美的人。然而，這顯然不是原話的意思，因為周公與魯公討論的是用人，周公的意思是應當用不同才能的人充任不同的職位。因為沒有具備一切才能的人，但恐怕也沒有職位要求人們具備全部才能，所以我們不僅不能而且也無需求備於人。雖然這句話並非出自孔子之口，但我們可以合理地認為這代表了孔子的觀點，因為《論語．子路》第二十五章記錄了孔子一段類似的但意義更加明確的話：「君子易事而難説也……及其使人也，器之。小人難事而易説也……及其使人也，求備焉」。孔子的這段話可以給我們兩點啟示：其一，在用人上是否求全責備，可以看出一個人是君子還是小人。其二，也更重要的是，君子用人時所要求的是「器」，即人的非道德能力。君子並不求全責備，而只是根據一個人所具有的能力用人，而小人則求全責備，要求人萬能。

我們這種解釋得到了歷史上諸多的《論語》注解的支持。例如，邢昺認為，「無求備於一人」的意思是：「任人當隨其才，無得責備於一人也。」司馬光認為：「人之才性，各有所能，或優於德而嗇於才，或長於此而短於彼。雖臯、夔、稷、契止能各守一官，況於中人，安可求備？」（程樹德《論語集釋》引）劉寶楠認為：「人才知各有所宜。小知者不可大受，大受者不必小知。因器而使，故無求備。《漢書．東方朔傳》顏師古注：士有百行，功過相除，不可求備，亦此義也。」《資治通鑑》所記子思的話也支持我們的解讀，他説：「子思曰，夫聖人之官人，猶匠之用木也。取其所長，棄其所短。」一方面，以才能取人可以做到人盡其用，如顧夢麟《四書說約》所言：「人不能全，才各有所長。若求備於一人，則有一得之長者皆在所棄矣。」另一方面，如果只用全人，則無人可用。因而司馬光《稽古錄》在引用了「無求備於一人」後說：「受其所長，棄其所短，則天下無不可用之人矣。」這些觀點，除了司馬光說的略有歧義外，其他的都很明確地表明了，我們無需而事實上也不能求備於人的是才，而非德。因此「無求備於一人」這句話並不表示，我們可以甚至應該對於德有缺之人放任不管即寬容。

第三，《論語．泰伯》第十章也常被解讀為提倡寬容：

人而不仁，疾之已甚，亂也。

從字面看，此句符合「寬容」的理念：我們在反對不仁者的同時也接納了他們（置之不理總比因不寬容而致亂好）。[9] 然而，孔子其實是在主張：我們固然應當教化不仁者，但只有採取恰當的方式才能達到目標。《論語正義》記鄭玄注：「不仁之人，當以風化之。若疾之甚，是益使為亂。」也就是說，對不仁之人，不應該「疾之甚」即不寬容，但也不應放任不管即寬容，而是應該「風化之」，即逐漸將其轉化為仁者。對同一句話，邢昺注：「人若本性不仁，則當以禮孫接，不可深疾直。若疾惡太甚，亦使為亂。」同樣，對不仁之人的正確態度既不是寬容也不是不寬容，而是以禮孫接，即通過禮來教化之。皇侃的注也相似：「云人而不仁，疾之已甚，亂也者，夫不仁之人，當以理將養，或冀其感悟。若復憎疾之太甚，則此不仁者近無所在，必為逆亂也。」這裏皇侃提出的教化途徑是「理」。由此可見，雖然孔子確實主張不要「疾甚」，因為這會導致更多禍亂；但孔子也從未主張那種置之不理意義上的「寬容」。相反，他真正主張的是：我們對不仁者的教化應當採取適當的方式，如「風化」、「以禮孫接」和「以理將養」等。

事實上，這段話應該與《論語．里仁》第三章結合起來讀：

唯仁者，能好人，能惡人。

任何人當然都可以愛人、惡人，但孔子所透露的是如下意味：首先，只有真正的仁者才懂得誰配愛、誰應恨，許多學者已注意到這一點。其次，因為「仁者愛人」（《論語．顏淵》），所以「好人」與「惡人」均屬「愛人」之列，也就是說，「惡人」也是「愛人」的一種方式。只有把「惡人」理解為使不仁者轉變為仁者的方式，才能解釋原句，因為我們上面看到，「夫仁者，己欲立而立人，己欲達而達人」。這裏同樣用來解釋「仁者」的「惡人」也就是立人、達人之意。再次，只有真正的仁者才懂得如何恰當地去愛、去恨。換言之，真正的仁者不會以相同的方式愛其所愛、惡其所惡，而是會以最恰當的方式去愛和惡每個人。因此對於不同的不仁者，仁者會用各自最適合他們的方式將其轉化為仁者。

第四，雖然《論語》中並未出現我們今天用來翻譯「toleration」的「寬容」一詞，但「寬」、「容」二字卻是有的。主張孔子持有寬容思想的學者當然也注意到了《論語》中出現兩字的條目，並以此作為根據，主張孔子也推崇寬容這種美德。[10] 不過在我看來，《論語》中出現「寬」和「容」的章節並非在主張我們在本文第二節中所界定的「寬容」。可以先看一下有「寬」字的條目，如子張問「仁」，孔子回答說：

> 能行五者於天下，為仁矣……恭、寬、信、敏、惠。（《論語・陽貨》）

五者的第二者是寬，「寬則得眾。」（《論語・陽貨》，也見《論語・堯曰》）另一處，子曰：

> 居上不寬，為禮不敬，臨喪不哀，吾何以觀之哉？（《論語・八佾》）

對這些條目裏的「寬」有多種合理的解釋，雖不完全一致，卻沒有一種解讀為「寬容」即合理地接受我們有理由反對的東西。

首先，「寬」的意思與我們一直所持的看法一致：君子見人之不德，常從自身尋找他人失德的原因而非責怪他人。前文對「寬則得眾」的討論使我們明晰了這一點，商湯說「萬方有罪，罪在朕躬」，而武王說「百姓有過，在予一人」，隨後孔子說「寬則得眾」。這表明，「得眾」並不僅僅意味著百姓的歸順和支持，還意味著君子之「寬」使百姓有德，或君子為百姓的失德而自責。因此，郝敬在《論語詳解》中將「寬」與《論語．衛靈公》第十五章並列在一起：「寬則得眾，君子躬自厚薄責於人。」

其次，「寬」是既往不咎。就在我們上引的這段話之前，郝敬結合對《論語．公冶長》第二十三章「伯夷、叔齊不念舊惡，怨是用希」一句的注釋揭示了「寬」的這一含義：「雖惡人可惡，能改即止，不追往，不藏怒，如此庶乎，人也少怨之。今人好攻人惡，而己未必如夷齊，疾不仁而已身，豈遠怨之道。故曰，寬則得眾，君子躬自厚而薄責人。」

再次，「寬」為君子之德，事關如何治國。就此而言，《左傳》所記孔子的一段話可以表明甚麼是「以寬治國」：「鄭子產有疾，謂子大叔曰，我死，子必為政，唯有德者，能以寬服民，其次莫如猛，夫火烈，民望而畏之，故鮮死焉，水懦弱，民狎而玩之，則多死焉，故寬難」；這裏孔子提到子產臨終前囑咐其子如何為政，並談到了以寬治國和以嚴治國的區別，其後孔子引用了《詩經．大雅．民勞》：「民亦勞之，汔可小康，惠此中國，以綏四方」，並指出這是「施之以寬也」。[11] 可以看到，以寬治國意為不要用苛政給人民造成過重的負擔。因此，如朱熹《論孟精義》中所記楊時言：「居上不寬，則下無所措手足。」（《朱子全書》）朱熹對此說：「某竊謂居上以寬為本。寬則得眾，嚴以濟寬之不及耳。若一意任威，其弊將有至於法令如牛毛者。」（胡廣《性理大全書》）

由上可知，《論語》中出現的幾處「寬」，雖然意義可能有差異，但都不包含對不德之人放任不管的意思。

下面我們來考察「容」字。這個字出現在《論語．子張》第三章：

子夏之門人問交於子張。子張曰：「子夏云何？」對曰：「子夏曰：『可者與之，其不可者拒之。』」子張曰：「異乎吾所聞：君子尊賢而容眾，嘉善而矜不能。我之大賢與，於人何所不容？我之不賢與，人將拒我，如之何其拒人也？」

在這段話中，子夏與子張所記孔子之言有所不同。在子張所記孔子之言中有「容」字。在這裏，即便認為子張所言代表了孔子的看法，仍不能説孔子在倡導寬容。雖然子張的「孔子」與子夏的「孔子」不同，他的確主張君子應「容眾」，但這裏卻缺少作為寬容要素的「反對」。因為所「容」之「眾」既有「不能」也有「賢者」。由於與「賢」相對，「不能」或許可以理解為不德者。而如果我們對不德者的「容」含有反對，那麼對賢者的「容」則不含反對，即是説子張所謂「容」兼及賢與不德。此外，雖然子張主張「嘉善而矜不能」，但「矜」並不是「反對」，而且君子之「矜」既是對「不能」者的，也是對自己未能阻止其失德的，後者則激勵君子精進自身以教化不能者。

這一點在另一處含有「矜」的文本中表現得更為清晰：

> 孟氏使陽膚為士師，問於曾子。曾子曰：「上失其道，民散久矣！如得其情，則哀矜而勿喜。」（《論語．子張》）

居上者應為百姓之過而自感悲痛和哀憐，而他們在其中負何責任呢？一切源於不德之治。因此應受責備的，理應是居上者及其治國之道；而如果君子有意去百姓之過，則應修身以垂範眾人。

五、結論

寬容被理解為接受我們有足夠理由反對的事物。在另外一篇文章中，我已表明，我們常被要求寬容一些我們沒有足夠理由反對的人和事物，如異民族、異文化、異宗教、異種族、異地域、異性取向等的人及其言行，其實對它們的恰當態度應是尊重。我在本文中討論的是寬容的另一個方面：如何對待我們有正當理由加以反對的人（如惡人）及其言行。在孔子看來，如果我們確有充分理由反對某些人和事物，我們不應當放任不管，也不應講甚麼「各有各活法」；相反，我們應助人成就德性，就像我們幫助病人痊癒和重獲健康。就此而言，雖然孔子並不提倡所謂「寬容」，但他也不主張我們以不寬容的態度對待那些確有過失的人和事，因為不寬容常常引致強硬干預，即孔子所說的「疾之甚」，不僅不能將惡人轉化成善人，而且可能還會帶來比惡人所做的惡事更壞的後果，即孔子所說的「亂也」。當然，如果「不寬容」僅僅是指我們不忍心看到別人誤入歧途，就像我們不忍心看到孺子掉入井中，那麼孔子確實倡導這種「不寬容」。但需要注意的是，這種「不寬容」至少有兩個顯著特徵：其一，我們或許能以強力阻止孺子入井，卻無法以強力阻止他人誤入歧途——真正需要的是道德教化。《論語·為政》第三章最清晰地表明了這一點：「道之以政，齊之以刑，民免而無恥；道之以德，齊之以禮，有恥且格。」其二，這種「不寬容」更多地是君子對自身不寬容而非對失德之人的不寬容。如前所述，孔子主張將百姓的不德歸因於君子自己的過失。因此，道德教化的最佳方式乃是身正垂範，這一點也是剛才所引的話的內含之義：「道之以德」意味著成為有德之人以引導百姓。由於有這兩種特點，孔子所提倡的對待惡人的正確態度顯然不能看作是寬容，但也不能看作是不寬容，而應看作是教化。

譚延庚（山東師範大學哲學系講師〔濟南 250358〕）譯

* 本文屬國家社科基金重大項目「倫理學知識體系的當代中國重建」（19ZDA033）成果。

《孟子》的修己思想

鄭宗義

一

一般而言，儒學可以大分為修己與治人兩部分，也就是很多人都聽說過的內聖與外王（雖然，「內聖外王之道」本出於《莊子．天下》，但後世已慣於用來講儒家的理想）。限於篇幅，本文只能介紹與分析《孟子》的修己思想，當中包括：（一）四端之心與性善、（二）實踐工夫與（三）義命分立。但在進入正文前，讓我先說明一下如何閱讀古代經典，以呼應學海書樓「古典今情」這講座系列的題目。依我的理解，今情就是今天的情實、實況；從今天的角度閱讀古典，古典能夠給予我們甚麼道理和啟示。如何閱讀古代經典？閱讀方法自然牽涉到目的。比如說你想瞭解一本經典是如何在一個歷史環境中產生，並且它如何反過來影響歷史，那你就得採用歷史的方法。又如你想通過經典去瞭解古代文字的文法或文學體裁，則你便要採用古文字學或文學的方法。但你如想藉由經典掌握古人的思想，想看看他們的思想對現今的我們是否還有意義，你需要的是哲學的方法。約略言之，用傳統的話説，哲學思想是「義理」。

相信大家或多或少都有過閱讀古典的經驗。想瞭解先秦儒家的思想，讀讀《論語》、《孟子》、《荀子》，好像並不難，因為坊間有不少現代的注釋版本，像楊伯峻的《論語譯注》、《孟子譯注》。大家買來看，既有注解，又有白話翻譯，因篇幅不大（也只是《荀子》篇章多些），每晚花些時間讀，從頭到尾，大概一個月可以看完一本。但問題是看完後，究竟《論語》、《孟子》、《荀子》的思想是甚麼呢？你又講不出個所以然來。其實這達不到一種「理解」，這是大家閱讀古典時經常碰到的困惑。要對經典的義理有瞭解，得用哲學的方法。此方法分三步：先是確認文本的真偽和弄明白其中的字義，這必須有考證、訓詁的手段，或借助專家的研究成果；接著是識別文本的核心概念及各個概念之間的邏輯連結，這是理性思考工夫；最後是努力嘗試質疑已到手的思想，又努力嘗試替它辯護，這叫做理論效力的評估。

要理解經典的思想，自然得先確認文本的真偽和弄明白其中的字義。你想通過《論語》講孔子思想，是不是得肯定《論語》真能代表孔子。由於先秦文獻在出現與傳承上的複雜問題（它們不像現代是由一位作者寫成的書），當今學界尤其是歐美漢學提出了不少懷疑，引發很多爭議。如果從事學術研究，這些都必須注意，但此處不能多講。我們只要謹記，想理解經典就得踏實地根據它的文字來求解。不過，經典的文字是古代漢語不是現代漢語，而先秦的經典，更是兩年多年前的文字。你不要以為古代漢語兩千多年來都是一樣的，先秦的文字，兩漢（前二〇二年至二二〇年）的讀書人已未必能全部讀懂，更何況是兩宋（九六〇至一二七九年）或更後的年代。所以中國歷來有注疏傳統，就是學者用他們那個年代的語言來注解古典，表達自己的理解。於是，一本經典可以有不同注疏，注疏累積到某個時候，又有人出來做彙編式的集釋。

清代著名的考證學家、思想家戴震提出「故訓詁明則古經明」（〈題惠定宇先生授經圖〉），意思是明白字義就能理解經典。他曾批評宋明理學家錯解古典的字，竟還在大講義理。但他這主張是有問題的，因為明白字義只是理解經典的第一步，雖必要卻不足夠。就如大家找個白話翻譯本來讀，讀完《孟子》仍然把握不到它的思想。事實上，連戴震最引以為傲的著作《孟子字義疏證》也並非是從訓詁字義便能到手的思想。此中得有理性思考的第二步，即是檢別出經典中的核心概念，再仔細分析各概念之間的邏輯關聯，這樣才能重構經典的思路（思想的軌跡），闡述其中思想。比如說《論語》，孔子主張從周復禮，那麼他的「禮之本」、「禮之末」、「義」、「仁」、「知」、「勇」、「德」及（曾子補充的）「忠恕」等概念的實義為何？它們之間的關係為何？你弄明白了才算是有理解。不過，理解工作到這一步仍未結束。試問你想瞭解孔子思想，是想知道兩千多年前的孔子說過些甚麼？抑或是想看看孔子思想在今天對我們還能否有所啟發？如果是後者，我們便須有評估思想合理性的第三步。怎樣評估？就是我們先扮演批評者，想方設法去質疑經典，然後再扮演詮釋者，竭盡所能為經典辯護。倘若思想經得起多番問難，那它自然是合理的。並且詮釋者在這個自己虛擬的問答過程中，其實亦是在步步深挖思想的底蘊，增益善化理解。

我們不要誤以為上述的哲學方法，是二十世紀受西方哲學影響後才想出來的。這就未免太小瞧古人。事實上，古人講義理之學早已摸索到相類的方法，南宋朱熹的「讀書法」即是明證。你們去仔細讀讀《朱子語類》卷十、十一的〈讀書法上〉、〈讀書法下〉及《朱文公文集》卷七十四的〈讀書之要〉，就知這絕非誇大之辭。更重要的是，朱熹還提醒我們哲學方法所未及的最後一步，即讀經者得用自己的生活體驗去叩問經典，「使道理與自家心相肯，方得。讀書要自家道理浹洽透徹。」（《朱子語類》卷十）能教經典的道理受用於身，這叫「義理養心」。至此，理解工夫方可謂達到「深造自得」（《孟子．離婁下》云：「君子深造之以道，欲其自得之也」）的地步。

二

孟子的修己思想，基礎在四端之心與性善。下面兩段是最關鍵的文獻：

所以謂人皆有不忍人之心者，今人乍見孺子將入於井，皆有怵惕惻隱之心，非所以內交於孺子之父母也，非所以要譽於鄉黨朋友也，非惡其聲而然也。由是觀之，無惻隱之心，非人也；無羞惡之心，非人也；無辭讓之心，非人也；無是非之心，非人也。惻隱之心，仁之端也；羞惡之心，義之端也；辭讓之心，禮之端也；是非之心，智之端也。人之有是四端也，猶其有四體也。有是四端而自謂不能者，自賊者也；謂其君不能也，賊其君者也。凡有四端於我者，知皆擴而充之矣，若火之始然，泉之始達。苟能充之，足以保四海；苟不充之，不足以事父母。（《孟子．公孫丑上》）

公都子曰：「告子曰：『性無善無不善也。』或曰：『性可以為善，可以為不善，是故文武興則民好善；幽厲興則民好暴。』或曰：『有性善，有性不善，是故以堯為君而有象；以瞽瞍為父而有舜；以紂為兄之子，且以為君，而有微子啟、王子比干。』今曰『性善』，然則彼皆非與？」孟子曰：「乃若其情，則可以為善矣，乃所謂善也。若夫為不善，非才之罪也。惻隱之心，人皆有之；羞惡之心，人皆有之；恭敬之心，人皆有之；是非之心，人皆有之。惻隱之心，仁也；羞惡之心，義也；恭敬之心，禮也；是非之心，智也。仁義禮智，非由外鑠我也，我固有之也，弗思耳矣。故曰：『求則得之，舍則失之。』或相倍蓰而無算者，不能盡其才者也。詩曰：『天生烝民，有物有則。民之秉彝，好是懿德。』孔子曰：『為此詩者，其知道乎！故有物必有則；民之秉彝也，故好是懿德。』」（《孟子．告子上》）

這兩段文字有出入，較重要的有幾處：一是〈公孫丑上〉的「辭讓之心」，在〈告子上〉作「恭敬之心」；二是〈公孫丑上〉的「仁之端也」，在〈告子上〉作「仁也」；三是〈公孫丑上〉舉孺子入井來說明惻隱之心，而〈告子上〉沒有；四是〈公孫丑上〉未及性善，〈告子上〉則直依四端之心言性善。這些不同，有的被研究者放大，引起爭論，但我們未能也不必涉及。以下分析將主要依據〈公孫丑上〉，再旁及〈告子上〉。

首先，(a)「乍見」是突然看到孺子快要跳落井裏，根本沒有任何思慮空間。你看到小孩將掉入井中，你不會想一下，他危險啊；然後再想一下，他危險所以要救他。換言之，人乍見孺子將入於井，怵惕惻隱是不假思索、自然而然地流露出來的。(b)「怵惕惻隱」，朱熹的注解是「怵惕，驚動貌。惻，傷之切也。隱，痛之深也。此即所謂不忍人之心也」(《四書章句集注》)。也就是說，看到別人危險與痛苦，我們不會狠心不顧，這叫「不忍」；反心為忍，不忍即是狠不下心。而且我們還會感同身受，像能抓住(grasp)別人的傷痛。這用現代心理學的話話，是一種同感式情感(empathic emotion)。現代心理學對同感式情感有不少研究與分類，作為參考甚能幫助我們認清和識別惻隱。我們在日常生活中不難有過面對別人傷痛自己亦感傷痛的經驗，但是否所有這些經驗都是惻隱呢？由於現代心理學研究有不同的說法，此處只能申明最關鍵的一點。例如，我們有一種同感式情感名為「情感感染」(emotional contagion)，像醫院育嬰房內有一名嬰兒放聲大哭，其他嬰兒會受到感染哭起來，但這是惻隱嗎？答案是否定的，因為面對情感感染，受感染者的關注是自己被喚起的傷痛，所以只要離開感染源頭，被喚起的傷痛便會消失。但人乍見孺子入井所生的惻隱，難道逃離(escape)現場，眼不見便不會惻隱？這明顯不是。所以，惻隱應是一種「同感式關懷」(empathic concern)，關懷者的關注是他人的傷痛而非自己被喚起的傷痛，故只有幫助他人脫離傷痛（如救孺子使其免於入井）才能平服自己被喚起的傷痛；惻隱引發的是利他行動而不是逃跑。簡言之，凡同感式情感是指向自己被喚起的傷痛（self-oriented）都不是惻隱；只有指向他人的傷痛（other-oriented）才是惻隱。我們謹記這點，便可以在生活中認清甚麼是惻隱甚麼不是。

接著（c）「三非」的意思是惻隱當機而發，它是無條件的（unconditional）。今人乍見孺子入井而生怵惕惻隱，根本未有（乍見亦未及）想過是因認識孺子的父母，亦未有想過是為求博取大眾的讚譽，亦未有想過是害怕別人指責見死不救（朱熹《四書章句集注》：「聲，名也」）。如果惻隱是有條件的，則它便不過是為求達到目的的手段，而惻隱實非惻隱。這裏「非惡其聲而然也」一句，也不妨解為人不是因厭惡孺子在井邊哭，就說不要吵而將他拉回來。此即惻隱絕非本能反應，像人看見筆滾到檯邊，手就本能反射地去抓住它。（d）「四端」最是費解，因孟子只舉孺子一例說明惻隱，餘下的羞惡、辭讓、是非卻無交代，是缺漏抑或根本不用交代？至於「端」，依下文「若火之始然，泉之始達」，乃端緒（beginning）的意思。惻隱教我們體認到仁（即仁愛關懷他人）的道理，故謂「仁之端也」。但說惻隱是仁心的開端，則好像仁心擴充出去還有別的東西，這有點奇怪。故有謂應依〈告子上〉「牛山之木嘗美矣」章中

「是其日夜之所息，雨露之所潤，非無萌蘖之生焉」一句，解端為萌蘖（sprout）的意思。其實端緒與萌蘖兩義既不相矛盾且可相融，此即惻隱是人心見他人傷痛而不忍的（萌）發端（緒）。回到四端的關係上，試想你見孺子將入井而不忍，卻忽然猶豫腳上所穿名貴皮鞋會否弄污，結果孺子失救墮井，你頓時心生羞惡（shamefulness），惡自己為何有此猶豫。可知，羞惡就是惡己之不仁，則惻隱是好仁、羞惡是惡不仁，兩者不是兩個心而是一心在不同處境下的表現。孔子早就說：「我未見好仁者，惡不仁者。好仁者，無以尚之；惡不仁者，其為仁矣，不使不仁者加乎其身。」（《論語．里仁》）好仁者即是惡不仁者，惻隱者即是羞惡者。這樣，羞惡教我們體認到義（即甚麼是正當）的道理，故謂「義之端也」。再看辭讓，它是惻隱之仁在另一處境的表現。設想你現在看到的不是孺子將入於井，而是公車上辛苦站立著的老人家，你不忍他站立不穩跌倒受傷，便起身把座位讓給他，這叫辭讓；辭是推辭不要，讓是讓給有需要的人。可見，辭讓是惻隱之仁在社會中以禮的方式來實踐。辭讓教人體認到禮（即禮讓他人）的道理，故謂「禮之端也」。我們平常說禮讓，卻不明禮的精神本就在於讓，就是因為仁愛關懷他人遂將自己放於一個比他人低的位置，既不自視高人一等，亦不自視與人平等；自視高人一等或會施捨他人卻不是讓，自視與人平等或易跟他人相爭也不必讓。唯處處為他人著想，才能讓人，才能恭敬待人，所以〈公孫丑上〉的「辭讓之心」與〈告子上〉的「恭敬之心」義可相通。再看是非，前面已指出羞惡使人認識義的道理，那麼好仁和惡不仁實俱起於心，而心即知仁為善不仁為惡之是非。孟子曾引孔子一句（未見《論語》的）話總結說：「孔子曰：『道二，仁與不仁而已矣。』」（《孟子．離婁上》）人走的路只有仁與不仁兩途，仁是心所好故是應該的，不仁是心所惡故是不應該的，這是儒家最核心的道德判斷（core moral judgment）。是非教我們體認到此道德判斷的道理，故謂「智之端也」。這裏必須注意，惻隱、羞惡、辭讓屬於情感，則是非亦為情感（但不是《孟子》中的「情」字，《孟子》中的「情」是情實的意思）。我們不可望文生義，因是非的道德判斷樣子突出，就認為它屬於理性。是非的情感在日常生活中不難發現，好像人看到外國校園槍擊死傷多人的新聞時，義憤填膺說殺傷人者真是禽獸不如。所以恰當的理解是，對孟子而言，心的一面是惻隱、羞惡、辭讓、是非的道德情感，另一面是仁、義、禮、智的道德道理。值得一提的是，朱熹曾以破梨比喻四端的關係，他說：「大凡人心中皆有仁義禮智，然元只是一物，發用出來，自然成四派。如破梨相似，破開成四片。如東對著西，便有南北相對；仁對著義，便有禮智相對。」（《朱子語類》卷六）意思是心像顆梨，一刀剖成兩半，即一半是惻隱之仁（好仁），一半是羞惡之義（惡不仁）；再一刀切為四片，即在仁的一半分出禮（仁藉社會的禮來表現），在義的一半分出智（仁與不仁並列為是非）。這個生動的比喻其實告訴我們：四端的次序必是惻隱，然後羞惡，然後辭讓與是非，不可弄錯。

(e)再來分析「有」。「人之有是四端也，猶其有四體也」是個比喻，表示人有四端像人有手足四肢，引申的意思可以是人只要吸收營養四肢便會生長，而四端亦然，只要栽培便能茁壯擴充。但生而有（inborn）的說法太過寬泛，須進一步確認其含義。一般而言，我們很容易想到生而有就是人生而有的種種自然特性（natural properties），例如形體、生理結構、生物本能等。我們還可以通過類差（species difference）來找出人生而有的某些本質特性（essential properties），例如高階語言能力、數學邏輯能力、求真善美的能力等。那麼孟子的四端是人的自然與本質特性？如果是，則我們固然可以通過事實的觀察來證明人心有惻隱之仁的能力，但同樣可以通過事實的觀察來證明人心有麻木不仁的能力。不要忘記孟子是以心善來說性善，所以這樣一來，就心之仁可以說性善，就心之不仁亦可以說性惡，然而孟子堅持性善，不接受性有善有惡與可善可惡的說法。於是此處面臨兩難，要麼孟子性善說是無法證成的，要麼四端根本不是從自然與本質特性上來說的。更何況中國哲學傳統中確實有依自然與本質特性界說人性的思路，卻非發端於孟子，而是他的論敵告子和嚴厲批評他的荀子；孟子是站在此思路的相反立場。告子說：「生之謂性」、「食色，性也」（〈告子上〉）；荀子說：「性者，天之就也；情者，性之質也；欲者，情之應也」（《荀子．正名》）；接下來還有西漢董仲舒明確表示此一論性原則：「性之名非生與？如其生之自然之資謂之性。性者質也」（《春秋繁露．深察名號》）；以及東漢王充用氣化宇宙論所作的補充說明：「用氣為性，性成命定」（《論衡．無形》）。總之，我們有充分理由相信孟子的人有是四端，不是自然與本質特性。孟子想肯定的應為四端是人本體上（ontological）有的。甚麼是本體？這實則是古今中外的哲學傳統都出現過的思考，即以為萬物變動不居乃現象，不能錯認為真實；我們必須穿透現象方能把握萬物的本來面目和體性，亦即本體。古希臘的柏拉圖（Plato）就提出萬物只是理型（ideal, absolute forms）的副本；啟蒙時期的康德（Immanuel Kant）順著對理性的批判（即審視理性能力的範圍）區分本體（noumenon）與現象（phenomenon）；到二十世紀影響甚大的海德格（Martin Heidegger）仍在劃開存在論（ontological）與存有者（ontic）。回到東方與中國，印度佛教的二諦觀，以世俗執有自性的顛倒見為俗諦，以破執如實觀見緣起性空為真諦；中國《周易》講變化，從現象上看是陰陽的消長，此消彼長皆屬可測，但從本體上看則是「陰陽不測之謂神」（《周易．繫辭上》），是生生不息的神妙功化。

回到孟子，現象上人能惻隱亦能不惻隱，於此無法掌握人之所以為人的真實本體；只有撥開雲霧，肯定惻隱是人的本體所顯露的能力，才明白生而為人的真實意義而知人實非動物。「乃若其情，則可以為善矣，乃所謂善也。若夫為不善，非才之罪也」一句中的情（情實）與才（能力）是指心，都是在本體而非現象的層面上立言。依現象立言，四端是實然概念，有或沒有要待事實驗證（empirical proof）；依本體立言，四端是人得以實現真實自己的關鍵，自是有價值且應該的，所以四端是價值概念、應然概念（也就是說，即使你現實上未能表現四端，你仍應該去表現），如何肯定須有理論證成（theoretical justification）。至此，孟子乃說：「仁義禮智，非由外鑠我也，我固有之也，弗思耳矣。」

雖說孟子是在本體層面上肯定人有四端，故必是人人皆有，但他那「今人乍見孺子將入於井」的例子卻是現象層面上的經驗事例，又如何斷言人「皆有」怵惕惻隱呢？因此有批評說孟子犯了從特稱名題（某人有）推論出全稱名題（人人皆有）的謬誤，亦有批評說孟子此例作為經驗證據（empirical evidence）不足以支持人人皆有惻隱之心。(f)上面已澄清孟子言人有是四端，是在本體層面上說，所以乍見孺子入井不是個經驗證據，更沒有犯甚麼推論謬誤。無疑，孟子是舉出一經驗現象，但他的目的是通過描述（describe）、展示（expose）孺子將入於井的境況，讓聽者想像（imagine）自己置身其中或記憶（remember）起經歷過的類似情境，以求喚醒（arouse）聽者的怵惕惻隱。一旦聽者的惻隱之心震動，他便有第一身的體驗與權威（first person experience and authority）去肯定人人皆有，並且這親身的體證（embodied justification）絕非只是個人主觀的，而是「心之所同然者，何也？謂理也，義也」。（〈告子上〉）用哲學的話說，即人心交互主體（intersubjective）的共證。這好比大家面前有個蛋糕，各人通過觀察而論說它美味與否，即便人人異口同聲說肯定美味，但它真的好吃嗎？倒不如你吃一口，由親身體驗來證明它美味，再引導別人也親嚐一口，然後大家共同證明它確實美味。孟子今人乍見孺子將入於井的事例應作如是解讀。

有了上述的分析，(g)我們才懂得「無惻隱之心，非人也」是對人作一價值定義（value definition）而非事實定義（factual definition）。價值定義的意思是指唯當人能實現惻隱之心（此一價值），他才有資格叫做人，否則就非人也禽獸也。故非人也禽獸也是罵人的話，是說不配生而為人。這價值定義與前面分析四端是個本體上說的價值概念完全一致。問題是孟子有甚麼理由對人下這樣一個價值定義，或者說有甚麼理由以四端來規定人的本體？為甚麼不用智力和高階語言能力等來界說人的本體？對此，孟子的回答是人確實有不少能力較其他動物突出

（反之亦然，如人力不若牛走不若馬），但無論何種突出能力都無法讓人跳出懷生畏死的動物本能，也就是說人始終不過是較為特別的物種而已，又怎可由之規定人的本體和給人下價值定義。唯獨在人實現四端體認仁義禮智的道德道理，並為守護道理甚至於不惜捨棄自己生命時，始顯出人能超越動物本能的真實本體。必須指出，殺生成仁、捨身取義是極端情況，未可隨便輕言；孟子提醒只有人在「所欲有甚於生者，故不為苟得也」、「所惡有甚於死者，故患有所不辟也」（〈告子上〉）的心理狀態下才會不得已而為之。如是，孟子的人禽之辯，詰問「人之所以異於禽獸者幾希」（〈離婁下〉），並非要去找人與動物在自然事實上的相類或不類，因不管如何劃類，人都不過是動物此大類下的一個次類。孟子想肯定的是人不與動物同類，人只與聖人同類，他說：「故凡同類者，舉相似也，何獨至於人而疑之？聖人與我同類者。」（〈告子上〉）當然，現實是人不一定能表現四端，且你據此罵人非人也禽獸也時，人還可以辯說我喜歡做禽獸又如何，可以反問你為何定要實現人之所以為人的意義。這是倫理學中「為何應該道德」（why be moral）的問題。孟子一針見血地點明此歸根結底是人怎樣看待自己的自我形象（self-image）；你若甘心淪為禽獸而恬不知恥，則是自賊、自暴與自棄（見〈離婁下〉），如此別人倒也真的是其奈你何。

(h)至於為何現實上人不一定能表現四端，亦即「惡(何以出現)的問題」(the problem of evil)。孟子有一套思考，此處未能多說，只須指出最重要的一點，即人「失其本心」(〈告子上〉)。本心四端「求則得之，捨則失之」，捨失的原因在於人被身體形軀的生物機括(biological mechanism)所驅使而致違逆本心。人固有四端之心，但它仍得通過身體形軀為載體以求實現，則身體形軀那自成一套的生物機括(如飢食渴飲、食色性也、追逐為外物所牽引出的情感欲望等)遂能反制本心，使人不守本心而歧出。是故孟子強調人應知輕重貴賤，耳目口鼻是小體，不思「而蔽於物。物交物，則引之而已矣」；四端之心是大體，「思則得之，不思則不得也。」大體小體的大小是價值概念，人「從其大體為大人，從其小體為小人」。(見〈告子上〉)思或不思是實踐工夫，我們留待下一節再詳說。

最後，(i)孟子是以四端來建立性善的主張。人心表現四端即見人有為善的能力，再由心所同然則證人性為善；「心」是就個人主觀的能動來說，「性」是就人人之心共證客觀的本體之性來說。加上惡是人不守本心而歧出的產物，它在心與性上都沒有根，更益證性善的論旨。在前引〈告子上〉的文字中，孟子明確表示不接受「性無善無不善」、「性可以為善，可以為不善」及「有性善，有性不善」的說法。其實這三種說法都是基於經驗事實的觀察和由觀察推論得來。我們觀察嬰兒與小孩好像沒有道德不道德的認識，到長大受教育後才逐漸有是非對錯的觀念，則易推論出人性本來無善無惡，白紙一張，道德觀念是外在建構並以教育方式內化於人心。又我們看看現實，人之為善為惡是可以被塑造的，有像周文王、武王這樣的賢能領袖，人民便會受感化而好善；相反有像周幽王、厲王這樣的昏庸領袖，人民便會上行下效而好暴，所以人性可以為善可以為不善。又我們看看現實，即使有聖人出世如堯和舜，但同時也有惡人在世如象和瞽瞍，所以人性有善有不善。現實的觀察與推論很難反駁，孟子之所以能不接受，是因為他的性善並非在現象層面而是在本體層面上立言；並非在實然而是在應然（或價值）上立言。孟子關心的不是現實上人如何作為而是理想上人應該怎樣表現。凡此，上面已有詳細分析，此處不再重複。

(j)不過有一點值得補充的是，現在我們聽到孟子的四端性善，就會想這不過是教人做個道德的人（be a moral person），有甚麼了不起。這是對儒家的典型誤解，有必要稍作澄清。現代人聽到道德兩字，要麼不感興趣要麼有點抗拒。有點抗拒，是因為現代人大都不講道德，你用道德的照妖鏡照出他是禽獸，他自然不願承認；不感興趣，是因為做道德的人雖似無可置疑卻太平凡（mundane）和沉悶（boredom）。為何說這是個誤解？首先，中國古代的道德觀念，不同於今天的道德觀念；它的含義更為深遠。今天的道德觀念，是指依據道德標準（如不應偷盜）去判定人的行為是「道德的」（moral）或「不道德的」（immoral），結果人有不少行為（如行住坐臥的姿態）並不落入此狹義的道德範圍內而為「非道德的」（non-moral），即無所謂道德不道德。但依中國古代的道德觀念，道是人生應行的路，德是人培養的能力（德者得也），並依此去探索和堅持應行的路。是以人或是在道德或是在不道德的存在狀況，根本沒有非道德的領域。換句話說，儒家教人道德是關乎人的整個生命與人格，非只是要人的行為合乎道德標準。其次，孟子以實現四端性善為人之道與德，是想人藉由踐行惻隱仁愛來成就一個能不斷擴大的自我（an enlarged self）。你若能仁愛關懷，則與所關懷者建立起意義聯繫，所關懷者亦因此進入和豐富你的自我世界。你若不能仁愛關懷，兩眼所見全是自己的利益，你的自我便既封閉且狹小。試問誰不想有多姿多采的人生，那孟子的思想又豈會平凡沉悶。孟子說：「可欲之謂善，有諸己之謂信，充實之謂美，充實而有光輝之謂大，大而化之之謂聖，聖而不可知之之謂神。」（《孟子．盡心下》）這話的意思是：四端之心好善故可欲（值得欲求）；人能實現四端便是活出真實的自己（信者誠也實也）；不斷實現真實的自己則人生會變得愈來愈美好；實現美好人生同時也是在不斷用自己生命的光和熱去照亮和溫暖別人（仁愛關懷別人），如此所成就的是偉大的大我；大我成己成物，親親仁民愛物，已配得上聖者的稱號；聖者仁愛萬物，猶如天化育萬物，皆可謂神妙不測。

三

這一節我們來析論孟子的修己工夫。必須知道，工夫一詞不見於先秦文獻，過去以為最早出現於魏晉時期，但近時有考證指出應可溯源至漢魏的佛經翻譯，到宋明（特別是明代，一三六八至一六四四年）時已被儒者廣泛使用。它的含義包括：時間（如說花了一盞茶工夫）、造詣（如說這匠人的雕刻工夫了得）及修行方式（即這裏說的實踐工夫）等。扼要來說，孟子心學的工夫可大分為兩個先後步驟，先是求放心，繼而是擴充存養。所謂求放心，是指求放失了的四端之心。〈告子上〉記載：

> 孟子曰：「仁，人心也；義，人路也。舍其路而弗由，放其心而不知求，哀哉！人有雞犬放，則知求之；有放心，而不知求。學問之道無他，求其放心而已矣。」

「有雞犬放，則知求之」雖是生動的類比，但我們知道求放失的雞犬去尋回便是，卻不知道如何求放失的本心。要求放心，唯有在本心當機呈現、惻隱當機震動（如見孺子將入於井），並且本心即在震動中自知自覺（self-knowing and self-aware）其自己時，直下認取而已。平常說：我要求回放失的本心，很易使人誤以為（我的）本心之外還有另一個我（的心）去求失掉的本心，實則這只是語言主謂句式惹起的誤解。故當知我求放心，即是（我的）本心自知自覺而自求自己。前面曾提及孟子說「心之官則思，思則得之，不思則不得也」，此「思」是想及而非思考的意思，也就是說心在萌動時能自知自覺自己（想及自己），直下肯定則得之。若「思」作思考解，則惻隱之心豈是思考所能獲得。又說直下肯定，實亦無非是本心自知自覺自求以後的自持自守自己。本心之自恃自守，孟子名為「立志」、「尚志」（見〈盡心上〉、〈盡心下〉）；人一旦立志，則必「專心致志」，不讓心志「一日暴之，十日寒之」（見〈告子上〉）。

求放心與立志後，必繼以擴充存養（「知皆擴而充之矣」），心的萌發始可「若火之始然，泉之始達」。孟子論擴充存養工夫，最重要者莫過於〈公孫丑上〉的知言與養氣。下錄其文，再作義理分疏：

公孫丑問曰：「夫子加齊之卿相，得行道焉，雖由此霸王，不異矣。如此則動心否乎？」孟子曰：「否，我四十不動心。」曰：「若是，則夫子過孟賁遠矣。」曰：「是不難。告子先我不動心。」曰：「不動心有道乎？」曰：「有。北宮黝之養勇也，不膚橈，不目逃，思以一豪挫於人，若撻之於市朝；不受於褐寬博，亦不受於萬乘之君；視刺萬乘之君若刺褐夫；無嚴諸侯，惡聲至，必反之。孟施舍之所養勇也，曰：『視不勝猶勝也；量敵而後進，慮勝而後會，是畏三軍者也。舍豈能為必勝哉？能無懼而已矣。』孟施舍似曾子，北宮黝似子夏。夫二子之勇，未知其孰賢，然而孟施舍守約也。昔者曾子謂子襄曰：『子好勇乎？吾嘗聞大勇於夫子矣：自反而不縮，雖褐寬博，吾不惴焉；自反而縮，雖千萬人吾往矣。』孟施舍之守氣，又不如曾子之守約也。」曰：「敢問夫子之不動心與告子之不動心，可得聞與？」「告子曰：『不得於言，勿求於心；不得於心，勿求於氣。』不得於心，勿求於氣，可；不得於言，勿求於心，不可。夫志，氣之帥也；氣，體之充也。夫志至焉，氣次焉。故曰：持其志，無暴其氣。」「既曰，『志至焉，氣次焉』，又曰，『持其志，無暴其氣』者，何也？」曰：「志壹則動氣，氣壹則動志也。今夫蹶者趨者，是氣也，而反動其心。」

「敢問夫子惡乎長？」曰：「我知言，我善養吾浩然之氣。」「敢問何謂浩然之氣？」曰：「難言也。其為氣也，至大至剛，以直養而無害，則塞於天地之間。其為氣也，配義與道；無是，餒也。是集義所生者，非義襲而取之也。行有不慊於心，則餒矣。我故曰，告子未嘗知義，以其外之也。必有事焉而勿正，心勿忘，勿助長也。無若宋人然：宋人有閔其苗之不長而揠之者，芒芒然歸，謂其人曰：『今日病矣，予助苗長矣！』其子趨而往視之，苗則槁矣。天下之不助苗長者寡矣。以為無益而舍之者，不耘苗者也；助之長者，揠苗者也——非徒無益，而又害之。」「何謂知言？」曰：「詖辭知其所蔽，淫辭知其所陷，邪辭知其所離，遁辭知其所窮。——生於其心，害於其政；發於其政，害於其事。聖人復起，必從吾言矣。」

(a)知言是知，養氣是勇，所以知言與養氣，實是孟子對孔子知、仁、勇三達德的演繹發揮。此中孟子以不動心釋勇，不動心即心不為外在事物所撼動而能堅持其自己。孟子自負說他四十歲便達到不動心，為甚麼是四十？不是三十八或者四十二？細心的讀者或能推想出這是因為孟子欲與孔子比肩，他平生只視孔子為衡量標準（benchmark）。《論語．子罕》記孔子說：「知者不惑，仁者不憂，勇者不懼。」《論語．為政》錄孔子自況為學歷程：「吾十有五而志於學，三十而立，四十而不惑，五十而知天命，六十而耳順，七十而從心所欲、不踰矩。」是則孔子在四十時已做到知仁勇兼備，那孟子豈能落後。

(b)孟子提出北宮黝、孟施舍的「勇」是為了襯托出孔子的大勇。北宮黝的勇表現於他無屈的性格。面對人以尖物刺他的肌膚或眼睛，他可以絲毫不動，但絕不能忍受些微的委屈挫折，人若侮辱他，不管是卑賤平民還是大國君主，他都必定以眼還眼無所畏懼。究其實，北宮黝的勇是依恃他自然生命力的強盛，此自然生命力主要是天生的，也可以通過後天鍛鍊。孟施舍的勇則表現於他無懼於敗的心理狀態。他對待能戰勝的與不能戰勝的敵人都一樣，因為若考慮能勝才敢與敵人交鋒，那面對不能勝的敵人時便只會退縮。可知，孟施舍已把自然生命力強盛的勇由生物的層面提升至心理的層面；有顆無懼於敗的心，在面對任何敵人或困難時自然能勇往直前，所以孟子評價他比北宮黝更明白養勇的關鍵(「然而孟施舍守約也」)。不過，曾子告訴學生子襄自己從孔子那裏聽聞的大勇，卻不是依恃自然生命力的強盛而是「配義與道」。人心中有仁義禮智的道德道理，自己反省若有理虧(即「自反而不縮」，「縮」是直的意思)，就算面對身分地位較自己低下的人，心仍難免感到惴惴不安；自己反省若無理虧(即「自反而縮」)，就算面對千萬人阻撓，心仍能教人賈勇奮進。所以孔子的大勇正是我們平常說的理直氣壯，須知自然生命力除有命定的限制外(即有人生而強，有人生而弱)，還會隨年齡增長而衰減，持守道德道理則不然，這也是為何孔子的大勇才是真正明白養勇的關鍵。

(c)要培養大勇，得以道理來轉化自然生命，這叫養氣。古人從呼吸、血氣的觀察歸結自然生命的底據為氣，「氣，體之充也」，人有氣則生，斷氣則死。但正如上面曾指出，氣化所成的身體形軀自有一套生物機括，如讓它作主或放縱，是可以反制人的四端本心，所謂「暴其氣」、「氣壹則動志也」。孟子生動地用人奔跑為例，試想人拚命往前衝，四肢的生物機括全面開動，到覺得會跌倒時，即便心志想煞停也無濟於事，「今夫蹶者趨者，是氣也，而反動其心」。因此，養氣得「持其志，無暴其氣」，讓「志壹則動氣」，再慢慢做到「志至焉，氣次焉」。到了自然生命的氣完全依心志道理行事，則氣亦道理矣，孟子遂名為「浩然之氣」；

「其為氣也，至大至剛，以直養而無害，則塞於天地之間。」

(d)孟子還特別提醒養氣工夫要步步深化，不可能一蹴即至。這個積累過程是「集義」，期間最重要的是謹記「必有事焉而勿正，心勿忘，勿助長也」。必有事焉是說儘管我們不是每分每秒都會碰上孺子將入井的情景，但不必擔心四端本心無機會萌發，因日常生活裏總有事情教本心觸機而動，所以我們應「勿正」，即不作預期。而當本心發動之際，我們要「勿忘」，即前面講過的本心自知自覺自恃其自己。本心作用而求自然生命的氣機跟上，此是轉化工夫，不能急於求成，故說「勿助長」。孟子借宋人揠苗助長的故事，告誡助長將適得其反，殘害本心。人若以為體認本心，就能依其道理一下子將自然生命的氣機馴服，禁制所有不合理的情感欲望，則要麼是根本壓服不了而自己反成了假裝自欺的偽君子，要麼是當一時被強行壓制的情感欲求反噬而自己頓時變為肆無忌憚的真小人。本心道理對自然生命氣機的轉化，應像放長線釣大魚般，在相互角力中做到此消彼長，一旦本心的力用達至「若決江河，沛然莫之能禦也」(〈盡心上〉)的地步，則何愁自然生命氣機不手到擒來乖乖順從。

(e)上引文字中孟子比較了自己與告子的不動心，說「告子先我不動心」。但為甚麼告子的養勇比孟子的(亦即孔子的)大勇還快捷？理由是此勇不同彼勇。「告子未嘗知義，以其外之也」，即告子認為道德道理是外在的；人選擇一套外在的道理並持之不懈，叫「襲義」（襲者因襲，即照樣做的意思），這其實是比較容易的。試看現實上很多人不是都依循社會既定的價值觀生活，終身營役且為之不悔。人想不人云亦云，想遵從孟子教導去體認自己本心的仁義，反倒艱難費力，特別是當本心仁義不苟同社會既定價值時，人就更需要千萬人吾往矣的大勇來守護自己的本心。告子主張義外，他的工夫自是往（外在）理論找道德道理，如找不到也不必求助於心（因心無法給予道德道理），更遑論求助於自然生命的氣機，此之謂「不得於言，勿求於心；不得於心，勿求於氣」。但從孟子的角度看，「不得於心，勿求於氣」固然是對的，「不得於言，勿求於心」則不對，因為仁義禮智的道理正應反求諸心來獲得。

(f)養勇或養氣的含義既明，接下來分析知言。簡略來說，知言是指人培養博學、審問、慎思、明辨的知性能力去破斥一切反仁義的邪說，撥亂反正。否則，「邪說暴行有作」；「作於其心，害於其事；作於其事，害於其政」（《孟子．滕文公下》）。孟子以好辯見稱，正是他知言工夫的表現。人育成知性能力，方能洞察偏頗言論的片面（「詖辭知其所蔽」）、過度言論的缺失（「淫辭知其所陷」）、不正言論的乖離（「邪辭知其所離」）以及強辯言論的辭窮（「遁辭知其所窮」）。這裏值得深思的是，養氣的「勇」與知言的「知」雖說都能助成本心的「仁」

（義），但兩者仍有些不同，須作簡別。人藉求放心與擴充存養的工夫體認本心，而擴充存養實則就是養氣，就是使本心時時作主以轉化生命氣機。故養氣是本心直接所涵，此孟子才會說「以直養而無害」。不過，本心只給予仁義禮智的道理（即仁是應該、不仁是不應該的核心道德判斷），卻未能給予博學、審問、慎思、明辨的知性能力。可見，本心的仁與知言的知之關係有一曲折處，明儒王陽明嘗作探討，此處就不多說。

四

最後一節，讓我們介紹孟子修己思想的另一大智慧：義命分立。「義」是本心仁義禮智的綜括表述，即人生應該如何作為的領域；「命」在中國古代哲學有歧義，於義命對揚的脈絡下是指命限，即人生莫可奈何、不由自主（beyond control）的領域。必須指出，人如何面對命限是先秦哲學的重要課題，我們讀《莊子》也可以發現相關論述，但要比較孟、莊的思考，得另文為之。這裏先看看孟子進一步的說明：

孟子曰：「求則得之，捨則失之，是求有益於得也，求在我者也。求之有道，得之有命，是求無益於得也，求在外者也。」（〈盡心上〉）

孟子曰：「口之於味也，目之於色也，耳之於聲也，鼻之於臭也，四肢之於安佚也，性也，有命焉，君子不謂性也。仁之於父子也，義之於君臣也，禮之於賓主也，智之於賢者也，聖人之於天道也，命也，有性焉，君子不謂命也。」（〈盡心下〉）

義是本心給予的道德道理，人只要反求諸心便可體認（即上面說的求放心與擴充存養），故說「求則得之，捨則失之」，這完全是「求在我者也」，亦即百分百由人自己決定。但一離開本心道德要求的範圍而涉及外在世界，則人的追求如事業成功、婚姻幸福、富貴榮華等，自須用合乎道理的方式去追求，如求富貴榮華可以去經商投資卻不可以去偷竊搶劫，這叫「求之有道」，不過最終求不求得，則有不由人作主的命限在焉，故說「得之有命」，這是「求在外者也」，亦即不是百分百由人自己決定。明乎此，當知人把生命的追求放在百分百自己決定的義上，「是求有益於得也」，相反放在不全由自己決定的命上，「是求無益於得也」。實則，生而為人，耳目口鼻四肢以至長相面貌、智力高低，是人生而有的自然特質，雖可以說是人性的一部分，但它們受命限左右太過，故君子不據此來界說人性，「性也，有命焉，君子不謂性也」。父子的仁愛、君臣的道義、賓主的禮讓、賢者的是非、聖人對道理（天道）的追求，雖能不能實現亦涉及命限，如人想盡孝卻父母不存，但它們畢竟是本心自作主宰的要求，故君子不視之為命限而據此來界說人性，「命也，有性焉，君子不謂命也」。對孟子而言，義命分立即是性命分立。

或謂孟子的修己思想，不是主張「義」就可以，為何要論「命」呢？很多人不懂義命分立是「義」所必涵的問題，是修己思想的重要內容，非孟子順帶一談。這點可以從道德與人生兩方面來說明。從道德方面說，人既不免於命限的影響，且放大一點看，甚至是「莫非命也」（〈盡心上〉），則不弄清楚它，人或會不做道德上應該的事而諉過於命，或做道德上不應該的事而諉過於命。此即命有敗壞（corrupt）義的危險。從人生方面說，修己思想教人做個「富貴不能淫，貧賤不能移，威武不能屈」的「大丈夫」（〈滕文公下〉），但若這大丈夫命限坎坷，那人生的悲壯又教人情何以堪。所以，修己是不得不面對命限的問題。

要弄清楚命限，孟子名為「知命」、「立命」，之後才能以正確的態度來面對，孟子名為「正命」。

孟子曰：「盡其心者，知其性也。知其性，則知天矣。存其心，養其性，所以事天也。殀壽不貳，修身以俟之，所以立命也。」（〈盡心上〉）

孟子曰：「莫非命也，順受其正。是故知命者不立乎巖牆之下。盡其道而死者，正命也；桎梏死者，非正命也。」（〈盡心上〉）

知命是認識命限的領域，立命是確立命限的範圍。首先，(a)這認識和確立絕非觀念而是實踐的事情。觀念上知道命限，即人生有不由自主者，則誰不知道。人皆知意外是意料之外，但當飛來橫禍，人大都呼天搶地、怨天尤人，這哪裏是知道命限。只有平常努力實踐義的人，努力行義所當為之事，並逐漸明白不是凡當為之事就必能實現，此才真正觸及義命分立的界線，才懂得坦然面對並接受命限的莫可奈何，故說「殀壽不貳，修身以俟之，所以立命也」。再者，(b)人能努力踐行義，始能堅定體認義乃本心自決，在立志存心的領域內，命限亦未能干擾，而人自亦不會不盡義而諉過於命。好像我們不時在新聞報導看到，有人掛八號風球時去海邊滑浪，結果遇溺身亡，甚或害拯救他的人遭難。這些人就是做不應該做的事而諉過於命，心想死生有命，注定要死則走在路上也可以被車撞倒，注定不死則打風時滑浪又有何不可。此真可謂混亂義命，不知隨便把自己的生命置於危險境地是義所不當為，不知義者也；諉過於命是不知命限不可測，無故自處險地喪命死得冤枉，不知命者也。故真能體認義命分立，則知義者亦知命者，「是故知命者不立乎巖牆之下」，否則巖牆倒塌，「桎梏死者，非正命也」；「非正命也」即非正確地對待命限。(c)依據義所當為來正確面對命限十分重要，因為這樣才能進而以義安命。命限非人力所能阻撓，如人遇車禍失去雙腳，自是回天無力。不過，此禍難或命限的事實對人而言有甚麼意義，亦即人應該如何去面對，卻完全是義所當為的問題。可見以義安命，能教人把不由自主的命限徹底變成人心自決的道義。失去雙腳，有人或自暴自棄，但知義者卻知此非義所當為，而唯勇敢面對奮進不已乃義之所在。以求之在我的義去正確面對和安頓求之在外的命，使人能無所畏懼命限的不測，孟子在兩千多年前已發出此大智慧，能不讓人嘆服。

二〇二二年十二月十一日

《荀子》：為己以成人

鄧小虎

本文會向大家介紹荀子這位中國先秦的古典思想家，同時考察荀子思想和現代世界的關係。我談「為己以成人」，在儒學當中，「己」和「成人」這兩個概念都十分重要，亦很能顯示儒學對於每一個個體的關注，這亦是本場講座命名的用意所在和希望著重說明的一點。本文緣起於學海書樓《古典今情講座系列》，講座舉行於二〇二二年四月十五日，本文根據該講座的轉寫，作了相當多的潤飾和補充以成；文章若干部分保留了演講時的口吻和語氣，尚請讀者見察。在此特別鳴謝學海書樓同仁，尤其是主席馮國培教授，以及講座系列統籌鄭吉雄教授。亦感謝香港大學葛亮盈同學的初步轉寫工作。

內容方面，首先是「荀子其人其書」，我會為大家介紹一下《荀子》這本書的結構，又因為本場講座的系列是面向大眾，而大家可能未必對荀子很熟悉，所以我亦會略述荀子的生平背景，這些背景對於我們理解和詮釋他的思想將有莫大的關係。另外，在「《荀子》：追求和標準」這一節，我將會述及一些方法論方面的考慮，特別是通過對荀子思想的重構，提出荀子思想所依據的恰當性和標準規範。接著我會在「學者為己」這一節，說明「為己」的意思，以及其在荀子思想中的重要性。至於「性惡和成人」等部分，則旨在說明荀子思想中「性惡」的意思，以及其和道德修養的關係。我特別希望指出，「性惡」其實只是荀子思想中的一個主張，雖然這個主張歷來受到了很多重視，但畢竟也只是荀子思想的其中一部分，並必須和荀子思想的其他部分相結合，才能得到比較恰當的理解。

一、荀子其人其書

對於這部分的講述我主要參考《史記》對荀子的記錄，為大家簡單講述他的生平。對於荀子生平的所有細節我們未必能一一釐清，但我主要想強調荀子到齊國的遊學，尤其是他長期在「稷下學宮」與思想家的交流，對他的思想發展及構建，特別是荀子為儒學所做出的釐清和辯護，有十分重要的關係。

荀子是趙國人，又稱荀卿或孫卿，出生年份有爭議，但大體上他是戰國晚期的人物，活躍於中原及楚國一帶。後人有稱他為先秦儒學在孔子和孟子之後的殿軍，是先秦儒學的總結者，亦是儒學諸經典的傳承者。在齊襄王時期，荀子被稱為「最為老師」及「三為祭酒」。從這些描述，可見他當時的學術地位是相當高。而他在「稷下學宮」與其他思想家的交流及論辯，亦加深了他對儒學的理解。後來他得到春申君的賞識，擔任蘭陵令，此行政經驗對他的學說及思想的發展也有一定影響。荀子最後亦葬於蘭陵。一如孔子及孟子，他也有遊說諸侯，希望得到重用和施展抱負。李斯及韓非是他的弟子，這二人普遍被認為是法家的人物，後世亦因此指責荀子思想是偏向於法家的學說。我本人不認為法家是一個負面的家派，在這裏只是單純提出讓大家有一個了解。荀子其實是一位正統的儒者，他將儒學的核心思想仁義禮樂作為了自己學說最根本的基礎。雖然荀子不是一位以「法」為尊的思想家，他對於「法」的確有相當的重視。除了屢屢提及作為典範和標準之義的「法」（如「師法」），他在自己的思想和文本中，特別是關於社會政治的設計方面，也講述了相當多法制的重要性。

《荀子》一書和之前的以對話體為主的文本如《論語》和《孟子》相當不同，其文本大部分都是議論文體。不過需要注意的是《荀子》文本並不是以一本書的形式書寫，而是首先以獨立篇章的形式書寫和流傳。現時我們所見的文本其實是一個整理後的效果，而並非荀子撰寫的原貌。他在戰國時期撰寫的不同篇章，或單獨或聯合地流傳，一直到漢代劉向整理，才基本成為一個整體文本的形式，並變成了我們現在所瀏覽的傳世本。劉向整理《荀子》文本時一共找到三百二十二篇章，當中大部分大概是重複或大同小異的，及後劉向將這些篇章整理、刪定為三十二篇，並命名為《孫卿新書》。我們現在從《荀子》文本中仍然能看見拼湊的痕跡，這大概就是劉向整理的結果。所以我們現在所接觸和解讀的文本只是詮釋和整理的結果，未必能完全反映荀子當時書寫篇章時想表達的思想。

另外值得討論的一點是，《荀子》文本從戰國時期後一段很長的時間都沒有得到注解，這一點對荀子思想的理解和傳承造成了一定困難。一直到中唐時期，楊倞（大概公元九世紀）才作為《荀子》的第一位注釋者，對其文本內容和思想進行了有系統的整理和詮釋。楊倞注釋本的序裏有一段文字，相當能反映中唐時期荀子思想和文本的面貌——「未知者謂異端不覽，覽者以脱誤不終，所以荀氏之書千載而未光焉。」楊倞距離荀子活躍時期的確有大概一千年的時間，在中唐時期似乎不少人都將荀子的思想視之為異端，即便是有同情者嘗試去閱讀，亦會遇到相當的困難。這種困難除了因為文字的脱誤外，亦跟荀子的書寫習慣有關，因為荀子的文句有相當思辨性，常常涉及一些精細和技術性的分別和討論，一般的讀者未必容易理解。楊倞所作的整理和注釋，對我們理解荀子的思想，的確有相當的裨益。並且現時我們所見的文本篇章編排亦是源自楊倞的注釋本。當然，在楊倞的注釋本之後，仍然有眾多的版本，特別是自宋代印刷術普及之後，《荀子》文本的流傳和版本更添複雜，並且各個版本之間，在文字細節上當然亦有差異。

在《荀子》文本內容上，第一篇是〈勸學〉，這亦顯示了荀子其中一個很重要的思想概念——學習的重要性。在荀子整個思想體系當中強調了人必須透過學習方能成長。在儒學中，「學」是一個很重要的概念，我們稱孔子為「萬世師表」，師表即指傳承學問，這跟整個儒家思想的發展亦有密切的關係。〈堯問〉是文本的最後一篇，文本中亦另外有一些孔子言論的記載，例如〈子道〉、〈宥坐〉、〈哀公〉等，這些大概並不是出自荀子本人的手筆，而是作為「記傳雜事」，被荀子及其弟子在教學上使用。此外有一些可視為文學作品的內容，例如〈賦〉、〈成相〉等，使用了韻文，大概是為了幫助幼童和初學者背誦。至於作為議論體的文本內容，當中有一些篇章有相當強烈的論辯色彩，並以「論」為篇名，例如〈天論〉談天、〈正論〉就討論正確的見解、〈禮論〉談禮、〈樂論〉談樂等。很可能荀子在書寫時已經採用這些篇名，即使

〈解蔽〉、〈正名〉、〈性惡〉等沒有以「論」為篇文，其論辯色彩亦是十分濃厚。當然其他篇章亦有一定的論辯色彩，但這七篇是最有系統性的論辯體。

不過，我希望指出，荀子文本中所表達的系統性固然有源自文字本身，但也是整理及詮釋後所得出的結果。很有可能《荀子》的篇章是荀子在不同年代所書寫，其中的思想或會隨不同時期而有所更動。我們現時只能嘗試從這些相對鬆散的篇章中，去了解其思想中的系統性。所以接著下來我所說的只是依據文本所作出的解讀和詮釋。但這不代表我們能夠根據自己的需要隨意扭曲文本。我認為我們所做的詮釋活動其實是一個和文本對話的過程。閱讀古典的原意，是希望從古典當中得到啟發和進益，並不是單純想發揮自己的意見。所以我在閱讀古典時，著重的是能夠從中得到甚麼新的教導及思想。我們作為現代人，可以用發問者的角度，向古典提出疑問，希望從中得到古人的答覆，這是我所謂的對話過程。所以我們在閱讀《荀子》時，亦應該抱持這種對話和尋找答案的態度。這亦是本次講座——「為己以成人」的原意。一方面我固然相信儒學作為一個重要的學說，應該對自我關懷有一定的著重；但另一方面，我們不能預設儒學的答案就必然和我們當下的看法相同。在現代世界我們相當著重每一個個體，有人或許可能會問：「儒學與我何干？」我們考察《荀子》文本，就是希望聽到荀子對相關問題的回答。我認為荀子會回答：「有關係。」因為儒學所著重的，恰恰是每一個人的成長及修養，以及追求美好人生時所需要學習的規範。

二、《荀子》：追求和標準

在荀子的追求方面，我們應該先理解他是如何看待儒家學說的。從這個方向去看，我們方能了解他會給我們提供甚麼答案。因著時間關係，我會從文本當中摘錄幾個相關的段落，好讓大家瞭解荀子的關懷點。例如在〈非十二子〉中，他提出了「一天下，財萬物，長養人民，兼利天下」。當中可見他對人民的關懷，而不單單站在統治者的角度去考慮；他認為為天下人帶來利益是一件有益之事。另外，在他的思想當中，比較特別之處是他著重時間的向度，不單只關顧當下。正如我剛才所提到的法家，他們的思想就是著重追求當下的目標，而不太顧及久遠。在荀子而言，他追求的並不只是當下的安穩，而是天下長久的安危，在這點上與法家有很明顯的分別。我們需要知道儒學不是求一時的得失，而是「長慮顧後而保萬世也」。這亦是儒者一直努力的方向，而這個方向恰恰涉及人倫的關係。譬如荀子所言：「不能無群」及「人之所以為人者，以其有辨也」。人的特質就是有各種的分別來構成群體的生活，亦是我們所説的社會存在（social beings）或社會動物（social animals）的講法；人是必然要參與群體的生活，方能維繫人的各種活動。而社會的群體活動需要一定的規範，這個規範荀子稱之為「分」，亦是儒家學説所言的「仁義禮智，詩書禮樂」的概念，從而幫助人去調節群體的人倫關係。荀子相信我們需要有不同的分際和位置才能擁有一個和諧的合作關係，並且於制度上達致「兼利天下」，使得所有人都能夠得益。相比於不同的分位，所有人都能夠從中得益這一點才是儒家學説的根本關懷點。另外一如我剛才所説「長慮顧後而保萬世也」，這種使天下人都得益的安排需要有一定的穩定性和長久適應性的面向。我認為，穩定性、長久適應性，以及面向社群的所有參與者，這些就是規範的必要條件。

我們希望荀子會為我們解釋儒家學説為甚麼是有益的，儒學的規範為甚麼是合理的。這裏涉及的問題是，儒學規範需要滿足甚麼基本條件才可能讓人信服？這就需要釐清相關的方法論及其標準。荀子意識到事物是需要變化，但不同於法家，他相信變化當中有一個不變的體系、核心，他稱之為「道貫」，正如一百個王者雖然各自有其法度規範，但其中亦有相貫通且不變的元素。所以一方面我們需要應變，而在先秦儒學中，荀子對此講述得特別多，他亦非常強調一個恰當的學說必須與時遷徙，因應不同的時代有不同的變化。但另一方面，古今之人都有一些共同的需求，而這些共同需求就構建了思想規範的主軸，而可以稱之為「道貫」。荀子認為真正的「道」是「體常而盡變」，既有其「常」亦有其「變」。荀子並且認為，正因為道有不同的面向，所以「一隅不足以舉之」。他認為除了儒家學說，其他家派的說法固然有部分的可取之處，但儒學相較起來卻擁有一個更系統性的答案，面面俱到，這恰是其恰當性和理據所在。

並且荀子相信「仁義德行」有一套現實的評估，就是「常安之術也，然而未必不危也」。他不需要這一套學說百分百有效，亦沒有一套學說能百分百有效，我們所追求的只能夠是在絕大部分在絕多情況對於絕大多數人有其有效性。故此荀子說：「故君子道其常，而小人道其怪」，君子遵從的是常道，而小人卻希求僥倖。「道其常」就是指最有效以至於最有穩定性的方法，能夠據此求取我們所得；而「道其怪」卻只是著眼於一些貌似很大利益的結果，但忽視了相關的巨大風險和低微的成功率。荀子認為，長遠而言，在絕大情況下，顯然「道其常」才是合理的作法，而我們的體制及規範亦應該建立於這樣的考量。

另一方面，荀子亦提到：

論者貴其有辨合，有符驗。故坐而言之，起而可設，張而可施行。

論辯固然需要合理，但亦需要能實踐。思想的有效性不限於論說的階段，同時亦需要在實際的情況下檢視這套思想的有效性。

恰當規範的總稱為「道」，而「道」又涉及「常」和「變」；荀子認為，規範既有一貫相通、恆常不變的基礎、原則，也有因應時代、環境的不同，而有不同的「應變」和表現。如何判斷一套規範就因此涉及兩方面，一方面是甚麼是長期有效或是人類不變的一面，例如人性、共同的需要；而另一方面是有甚麼是隨時代以變更，例如是科技的水平、時代的發展等。荀子所在的時代背景固然與我們相異，但我們在學識上或是思想上的關懷有共通的面向，這就是當中貫穿的體系。所以一套恰當的、完備的思想應著重的是它有一定的應變能力——在面對不同的轉變的時候，它的一套基礎原則是否能夠給予回應，而這個體系能否適應不同的時代就是一個很重要的指標。荀子相信儒家學說能夠做到這一點，就此我們能看到他不單止是接受儒學中的轉變，更加是鼓勵它的轉變；但另一方面，他也認為儒學中對人的關懷及對人倫的重視是其常體。一套規範既有其「常體」，能回應跨時代環境的人類需求，又要能回應時代環境變遷所帶來的改變，這才算得上是恰當的規範。不過，一如我剛才所說，恰當的規範不需要求全責備，但亦不能求僥倖。儒學不一定是在任何情況之下都是最好的答案，只需要是在絕大部分的情況對絕大多數人而言，儒學是一個好的答案便足夠了。荀子相信沒有其他家派能做到這一點，而他所言的「長慮顧後，而保萬世也」強調的就是此考量。尤其在面對未知時，有限的生命體如我們，只能採取「道以常」以作回應，這亦是對於未知的人生所做的最合理的回應。另外，論說固然有其內在的合理判別標準，譬如前提和假設是否合理，推論是否真確，主張是否前後一致等等；但合理的論說也必須能在現實中有實際的推行，包括了是否能應對不同時代環境的挑戰、回應不同人的需要等。所以荀子的儒學其實是一個萬應的靈藥，在不同時代提出的問題，儒學都能夠提供一個大體合理的回答，並且這套思想是對絕大部分人都有益。

且讓我就規範的標準作出一個總結。恰當的規範應該能考慮不同的因素，能對應不同的情況，能回應不同的問題——即廣泛的適用性。恰當的規範也必須是合理的，並且這種合理性原則上能得到大多數人的認同。恰當的規範同時是可驗證的，即可訴諸於實踐而能有有效的結果。基於這些考量，荀子論證的基本標準是：論證應該基於無爭議的前提和始點；並能提供有廣泛適用性的、普遍開放的理由。這些標準當然是我通過詮釋《荀子》文本所得出的結果，但我相信荀子會認同。這裏所提到的可驗證和合理性，相信大部分人都會同意，至於無爭議的前提及始點這一點，將會對我們理解荀子思想的實際內容有相當的重要性。

歷代以來許多評論都將荀子視為儒學的歧途，但我認為並非如此。我認為，荀子思想之所以看起來好像和儒學主流有距離，只是因為他採用了特殊的論辯方式。他的方式並不是從一開始就從儒學的觀點去講述儒學，因為如此的做法只適用於已經大體相信和接納儒學的人。所以他返回原點，採用了一套所有人都會接受的起點去開始論辯，避免陷入各說各話的情況，以及引導眾人去一步步理解儒學，並推導至儒學思想所主張的結論。荀子思想貌似不太基於儒學，但這只是因為荀子偏向於先對儒學做一外在的詮釋。就此而言，《荀子》思想代表了一種面向所有大眾的，包括其他家派的儒學，因為他將儒學解釋至其他人都能理解及接受的程度。但同時他並沒有放棄儒學的內在體驗，但他很強調這種體驗是後起的，是已經接受儒學、並實踐儒學的結果，而不能作為論證儒學的起點。荀子認為人在體驗儒家式生活後的得著是有一定的局限性，並不普遍，這因為我們要首先實踐儒學方能夠有如此的體驗，而這種體驗不能夠直接與外於儒學的其他人分享。荀子並不否認這種體驗及其重點性，他只是認為這種內在的體驗不足以成為論證的始點。這種體驗是內在神祕的（esoteric），我們需要進入相關的體統後才能有所體驗，因此不足以成為說服他人的憑藉。荀子認為，進行遊說時，我們需要使用那些別人能接受的語言、概念和經驗，如此方能達成說理之目的。這亦是我上面所提到的，荀子所言的規範和論證標準——能否面對不同的觀眾、不同的需求，能否提出令人接受的理由，能否有絕大部分人能夠觀察以及驗證的效果等等。如果有並且能令人信服，其他人才有理由進入儒學，並在這之後擁有儒學的體驗。這是一種比較特別的進路，即面對一些本來不採納儒學的人，但給予他們可以接受的理由。以上就是我對於荀子方法論的解說。

三、學者為己

回到荀子儒學的實際內容上，「為己」是其中一個重點，也是對於現代人對於自我關懷的一個呼應。《荀子．勸學》提到：「古之學者為己，今之學者為人。」這裏荀子重複了《論語．

憲問》所記錄的孔子言論。這也說明了儒學對於學的基本立場是「為己」的，也就是說學習的目標和進益是歸於自己的，並不是為了別人而去學習，這亦是儒學其中一個最重要的基礎及原則。荀子並且對於「學者為己」作了進一步解釋：「君子之學也，以美其身；小人之學也，以為禽犢。」荀子認為，恰當的學習是為了自身的美好，使我們得到自我的進益及關懷，而不是像小人一樣，將學習視為一種工具，當作「禽犢」一樣的東西來討好他人。《勸學》篇所強調的，是學習之重不在於其外在價值，而是為了其內在價值，即成就自己生命的美好及幸福。我認為這彰顯的恰是人類恆常所有的一種關懷，不論古今，人總是對於自我及自我生命有所關懷，希望自己有幸福美好的生活。荀子所強調的「學者為己」，便是對於這種人類關懷的回應。他從一個平凡的起點——即每個人對自身的關注這一點去解說儒學。

可是「學者為己」不僅僅是起點，也和儒學的終點和目標息息相關，因為學習儒學的目標就恰是「成人」。這也跟孟子所言「無惻隱之心，非人也」相通，即「成人」就是具備道德關懷的人。荀子當然會認同這一點，只是荀子會認為這是修養的結果而不是始點。所以孟荀的修養終點是相同的，但荀子對於始點的論說會更多一些。對於修養終點，荀子是這樣說的：

生乎由是，死乎由是，夫是之謂德操。德操然後能定，能定然後能應。能定能應，夫是之謂成人。

這裏的「成人」指的是成為真正的人——做人應該有生活的原則以及自己的人格，但亦要應對不同的局面及挑戰，「能定能應」，才是真正的人。一個真正的人不是被欲望、本能驅使的動物，也不是沒有感覺的死物，而是有追求、有理想，有原則的人。人之所以為人的本質是甚麼呢？「能定然後能應」和「德操」就是荀子所提出的很重要的概念。我們不是死物，但也不是被本能驅使的動物，我們是對於追求有所判斷、評價、整理的行動者（agent）。我們經過學習和修養，明白了我們人生的方向和根本的追求，亦能知曉這些方向和追求所依據的理由和原則。換言之，擁有自己對於人生的理解和掌握，才稱得上是真正的人；否則我們就只是隨波逐流，只是被欲望、潮流、通行標準所裹脅前行，而不明白自己的人生和追求究竟所為何事。荀子認為我們可以通過儒學的學習、德行的培養，去面對人生和回應各種挑戰（「能應」），從而能忠於自己的想法（「能定」），並達致自己人生的目標。

《荀子．修身》提到「君子役物，小人役於物」。《荀子．正名》亦提到「夫是之謂以己為物役矣……夫是之謂重己役物」。荀子認為有原則、有德操的人，能役使事物來成全自己。如果沒有道德修養的人，貌似追求各種滿足，卻其實是「以己為物役」。這是因為，如果我們不清楚自己的目標和原則，就會很容易被當下的要求或欲望所帶動，忘記了自己的初衷，結果成為事物的奴隸。我們真正應該做到的是「重己役物」，即看重自我及自我的人生追求，並恰當地利用外物去協助自己實踐抱負。用現代語言來說，就是活出自己的人生，而不是別人所期望或者被控制的生活，為了達成這個目標，我們就要學習和修養。荀子希望指出的是，倫理生活其實是實現人類主動性及主體性的必要條件。為了進一步說明這一點，我們就需要解釋荀子的「性惡」思想。

四、性惡和成人

《荀子．性惡》提到「人之性惡，其善者偽也」。這裏的「偽」並不是指虛偽，而只是「人為」的意思。至於「人之性惡」，並不是指人的本性是惡，而是說人天生自然的面向是

「性」，這種「性」有傾向破壞價值和道德秩序。荀子的「性」往往指各種自然的情感欲望，這些情感欲望有天生自然的傾向去求取滿足，並往往會帶來混亂的結果。並且這些情感欲望有一種傾向去操控人，將人轉化為情感欲望的奴隸。

《荀子．性惡》提到：

然則從人之性，順人之情，必出於爭奪，合於犯分亂理，而歸於暴。

這裏說的就是我們天生的情感欲望會驅使我們去求取其滿足，而在這個過程當中我們會不顧及其他人以及自身的長遠需要，只是為了當下的滿足；這種盲目求取極大可能會和別人，甚至自己的人生互相衝突，這也是《荀子．性惡》所說的「以為偏險而不正，悖亂而不治」。所以「性」並不是指人的本質，而是指天生自然的情欲，這些情欲是「不可學、不可事」。至於「偽」所指的「人為」，則是指人主動思考學習和踐行的能力，以及通過這種主動思考學習和踐行所成就的事物。所以荀子所謂「性」及「偽」的區分，其實就是指人天生自然的面向，以及人能主動去施行的行為和成就。若然我們沒有經過學習和修養，就只會是口腹之欲去主導我們的心，並作盲目的追求。所以我們要去學習和修養的理由，就是要將主動權掌握在自己手中，並進而去追求我們自己的人生。

《荀子．正名》篇提到：

以所欲為可得而求之，情之所必不免也。以為可而道之，知所必出也。

這裏所言的就是對於情欲和知慮的描寫。情欲本身只是求取其對象和滿足，至於這些對象和滿足應不應該追求和恰不恰當，是沒有判斷的，其只是一種盲目的求取。所以荀子所謂的「性惡」，就是指天生自然的情感欲望是盲目的，因為盲目所以混亂，因為混亂所以醜陋，並且會干預我們心知的運作。這裏荀子是回到人類生活的始點去作討論，去反省價值和道德秩序的依據。若然沒有了文化、沒有了道德的修養，人或許不會是完全的動物，但是會變成類似動物一樣生活。他所講的天生自然的欲望，就是假設當人沒有了文化的規範、家庭的教育，人就只是一群動物式的存在。而人能夠真正掌握的其實是心知和人為，以及在心知引導下，人為成就的各種行為和建設。人恰恰就是通過這些心知和人為，構建了人類社會文化生活的精彩。

所以「性惡」是荀子一個特殊的判斷，但是有其理論上的重要性。荀子要求我們假設如果沒有文化修養，人會變成怎樣。他的答案是，人就會淪為動物式的存在；所以我們需要學習怎樣去處理這些情感欲望，但並不是要去消除這些情感欲望，而是去轉化它們。所以《荀子・禮論》提到：

> 性者，本始材朴也；偽者，文理隆盛也。無性則偽之無所加，無偽則性不能自美。

有人會以「本始材朴」去主張荀子不贊同「性惡說」，這點我不同意；這其中的「無偽則性不能自美」，即指人無法自己變得美麗，這和「性惡」的說法是相通的。荀子所言學習的重要性，是建基於人「不能自美」的特性，所以人為努力令自己變得美麗，成為一個更好的人；從另一面看，不如此，天生性情就會主導自我，令自己變成人形動物。所以我們需要認識這些文化體制，這些倫理標準的重要性，然後去審視如何延續我們的文化生活，這個過程也就是對人天生性情的引導、轉化和治理。

這種對天生性情的引導和轉化，就牽涉到荀子在《禮論》篇另一個重要的論說：「禮者養也」。在五四運動時期，有不少人提到：「禮教吃人」。在荀子而言，吃人的禮教不是真正的

「禮」，「禮」的本意是要滿足人的需求，而不是去抑壓或消除人的需求。不過需求的滿足，依賴於一個恰當的秩序。「禮」所建構和展現的，其實就是一個有序且恰當的規範體系，從而使所有人的需求都得到恰當的滿足。所以《荀子．禮論》說：「故制禮義以分之，以養人之欲，給人之求」。這裏的「養」除了滿足需求，還有馴化引導的意思，就譬如馴養禽畜，「養人之欲」就是使情欲契合群體的社會文化生活。不過，如果「禮」僅僅是為了「養人之欲」的話，禮似乎就只有工具價值。所以《荀子．禮論》亦言：

君子既得其養，又好其別。曷謂別？曰：貴賤有等，長幼有差，貧富輕重皆有稱者也。

所以「禮」不僅僅是「養」，而是有辨別分別的面向，並且這些辨別分別的重要性在於「稱」，而「稱」在這裏有相稱、恰當的意思。所以「貴賤有等，長幼有差」並不是為了分別而作分別，而是為了符合於恰當的情況。這個「別」強調的是，禮不單單是滿足、馴化欲望，而是同時令我們參與群體的社會文化生活，並藉此了解超越於情欲之上的人倫價值。荀子曾經在〈非相〉篇通過比較人類和動物來説明這一點：「夫禽獸有父子而無父子之親，有牝牡而無男女之別。故人道莫不有辨。」荀子指出，動物雖然也有男女和父子關係，但牠們沒有因這些關係而生起的認識和價值。牠們有的只是生理上的分別和本能，但沒有男女恰當的對待，也沒有父子間的孝敬之情。動物的父子之間或許也會有愛，但這種愛仍然只是一種本能的情感，可是人的愛是這種自然情感的昇華。以「別」來説的話，這種昇華可以解釋為一種價值方面的辨別、體認和重視。也就是説，我們不僅僅有異性間的相吸引，或者父母對子女的照顧、子女對父母的依賴，而是對於這些吸引、照顧、依賴有所認識，並且能夠辨別如何以恰當的方式去相吸引、照顧和依賴，並且能夠在這種認識、辨別和安放的過程中，體現和感受這些恰當關係為人生帶來的價值和滿足。

所以「禮」不單止引導我們得到欲望上的滿足，更加是使我們體驗價值上的昇華。所以儒家不只是流於養育的層面，同時有別和分的面向；即「禮樂」是通過恰當地對待和安放我們天生自然的差異，從而去理解和呈現這些差別的價值所在。其最終目標當然是希望建立一個有序的社羣生活，使所有人都能有美好的生活。譬如《荀子．君道》提到：

故由天子至於庶人也，莫不騁其能，得其志，安樂其事，是所同也；衣煖而食充，居安而游樂，事時制明而用足，是又所同也。若夫重色而成文章，重味而成珍備，是所衍也。聖王財衍，以明辨異，上以飾賢良而明貴賤，下以飾長幼而明親疏。

這種社羣生活符合我之前所說的「兼利天下」，因為這個制度是對所有人都有用且恰當。引文指出在恰當的社會政治制度之下，所有人都能「騁其能，得其志，安樂其事」。無論是天子還是庶人，也無論能力的高低，都能夠實現各自才能和人生的志向，並能夠對所作的工作感到快樂和安穩。因為時代的不同，古代物質水平較低下，故地位及分際需要比較明顯。到了現代，當普遍學識水平較高，這種差異可以縮窄，甚至不同的分位可以轉換，譬如交互成為君臣子民，這點荀子未必會反對，因為他強調需要根據環境時代的不同而有不同的應變。就「同」的這一面而言，能否在社會政治的合作關係中，所有人都得益及實現自己的美好人生，這當然是不容易完全實現的；但至少這可以是審視一個學說和制度是否有理據的標準。就儒學而言，其當然是希望達致這種理想；而荀子也是根據這種理想提出了各種倫理和社會政治安排。

《荀子．榮辱》提到：

夫貴為天子，富有天下，是人情之所同欲也；然則從人之欲，則埶不能容，物不能贍也。故先王案為之制禮義以分之，使有貴賤之等，長幼之差，知愚能不能之分，皆使人載其事，而各得其宜。然後使穀祿多少厚薄之稱，是夫羣居和一之道也。

在荀子的年代，人的需求是比較簡單且類近的，因此人們需要一個分野才能夠「載其事，而各得其宜」和「羣居和一」。也就是說需要分工合作，而不能所有人佔據同一個位置，也因此需要一個天子帶領民眾。但羣居的重點在於有序生活，令所有人都能得益，尤其是在價值生活上有所領會。當然社會各行各業都有其貢獻，但其貢獻可能會不同，而這種不同會通過分別去展現，所以「別」不是為了分別，而是要人能有羣居的生活。

《荀子．榮辱》進而提到：

今以夫先王之道、仁義之統，以相羣居，以相持養，以相藩飾，以相安固邪。

並且指出：

> 況夫先王之道，仁義之統，詩書禮樂之分乎！彼固為天下之大慮也，將為天下生民之屬，長慮顧後而保萬世也。

這恰也可以作為一個簡單的總結：所謂「先王之道」、「仁義之統」就是為了「以相羣居，以相持養，以相藩飾，以相安固」，所以並不是為了隔離對待，並非為別而別，而是為了能互相扶持，各盡其能。可能大家會認為在現代世界我們有自己的關懷，有自己的追求，為何還需要關心儒家思想呢？荀子的答案會是如下：第一，人「不能自美」。人不透過學習和修養是不能成為一個真正的人。第二，透過與他人的羣居合作關係，方能發揮羣居的有效性，並且能帶來價值上的昇華，而不僅僅只是一個人單獨體驗到的情感。譬如通過父母子女的相敬相親而有親情，通過兩人的相親相愛而有愛情，通過朋友的相扶持相成長而有友情，規範並成就這些感情關係的也就是荀子所講的「仁義之統」。其根本主旨在於應對人的不同問題、不同需要，從而去「保萬世」。

老子淺說

陳金樑

本文旨在介紹《老子》和分享我對其內容的一些看法。這是一部廣為人知的中華經典，對中國、東亞乃至西方的文化，都有深刻的影響。此書被認為是老子的作品，於是便以他的名字命名。這種命名方式，是早期中國經典的慣常做法。《老子》亦被稱為《道德經》。這不僅反映出古代學者對《老子》的理解，也反映了它在傳統中國文化中的重要性。讓我們先對老子的傳說和《老子》的版本作一個簡單的介紹，然後再思考它的主要內容。

一、老子傳說

司馬遷的《史記》有一篇關於老子的傳記，提及老子的生平、身分與事蹟：

> 老子者，楚苦縣厲鄉曲仁里人也，姓李氏，名耳，字聃，周守藏室之史也。孔子適周，將問禮於老子……老子修道德，其學以自隱無名為務。居周久之，見周之衰，乃遂去。至關，關令尹喜曰：「子將隱矣，彊為我著書。」於是老子乃著書上下篇，言道德之意五千餘言而去，莫知其所終。
>
> 或曰：老萊子亦楚人也，著書十五篇，言道家之用，與孔子同時云。
>
> 蓋老子百有六十餘歲，或言二百餘歲，以其修道而養壽也。
>
> 自孔子死之後百二十九年，而史記周太史儋……或曰儋即老子，或曰非也，世莫知其然否。
>
> 老子，隱君子也……世之學老子者則絀儒學，儒學亦絀老子。「道不同不相為謀」，豈謂是邪？李耳無為自化，清靜自正。

從其謹慎的用詞可見，司馬遷手上沒有足夠確實的資料，來還原老子的故事。他引述了各種不同說法，卻沒有下任何定論。很明顯，最遲於前一百年的時候，老子就已經是個傳說般的人物。司馬遷只能行使他作為歷史學家的判斷力，根據手頭不同、甚至相互矛盾的資料，整合出一份較為有條理的報告。時至今日，雖然老子已經是中華文化的象徵人物之一，但是關於此人很多方面的事情仍然眾說紛紜，包括：老子是否真有其人，或是虛構人物？他的出生地「苦縣」在哪裏，即現今的河南鹿邑、安徽亳州，或是其他地方？甚至「老子」這個稱呼本身，到底是指「年長的聖哲」的意思，抑或是一個以「老」為姓氏的名字？

自《史記》之後，關於老子的描述趨向神格化。在道教信徒的眼中，老子不單純是一個曾為周室工作的凡人，而是神聖的道的化身。例如北宋賈善翔《猶龍傳》所載關於老子的二十一件事，便充滿了神化色彩，當中包括：老子是由大道「託孕於玄妙玉女」八十一年後降生人間，是一個位列仙班的人物；出生的時候出現「萬鶴翔空，九龍吐水」的異象；剛出生頭髮已經斑白，其後九日長大至有九尺身高。

老子的身分無疑將繼續引人關注，產生各種意見。只有一點可以肯定的，便是老子其人其書的確對中華文化有莫大貢獻，影響深遠而廣泛。不僅在哲學思想方面，而且在文學、書法、繪畫、音樂、武術和其他文化傳統的發展中也發揮了重要作用。

二、老子《道德經》

現時，學術界基本上再沒有太多人會認為《老子》一書是一人一時之作，正如劉殿爵在他英譯本《道德經》的導論中提出，這其實是一部「選集」(anthology)。一般意義下，選集所指的，乃是人們從某些現有完整的原著作品之中，挑選其中不同篇章、段落、精句，然後輯錄而成的書籍。然而，《老子》在成書之前，當中內容很可能長時間只以口述方式流傳，過程與《論語》相似。記錄孔子言行的《論語》也不是由孔子本人所撰寫，而是先由他的弟子口耳相傳，再由下一代弟子筆錄的成果。我們可以合理地假設，無論老子的真實身分是甚麼人，早在公元前五世紀中後期左右，他的思想已經吸引了一些人的關注。經歷了口頭傳播的過程之後，追隨者各自以書面形式記下所得的老子格言，形成各種版本的《老子》文本。再經過至少百多年彙集增修，才逐漸變成今日可見《老子》的模樣。

為何要說明成書背景？因為掌握文本產生的語境，對於了解文本的內容相當重要。當然，如果將《老子》視為一本宗教經典，成書年代和作者身分並不是重要的問題。因為假如《老子》是太上老君的話語的話，這本書所講述的是永恆的真理，其真確性便不受時間和語境的限制。然而，如果不從信仰的角度來閱讀《老子》的話，語境在意義的生成中就扮演了重要的角色。例如，不同思想學派之間的辯論，在戰國時期比早期的春秋時期更加明顯。從公元前四世紀開始，周室衰落，諸侯之間的戰爭在規模和頻率上加劇。隨著政治形勢的惡化，作為新興社會群體的「士」在這個時期數量和影響力都不斷增加。他們提出了各種旨在恢復國家秩序的主張，爭相說服各地諸侯，期望他們的主張會被採納。與此同時，也許隨著貴族精英階層瓦解，隱士傳統逐漸形成。如果《老子》確實在這個時期形成，它可能反映了這種傳統的關懷。這樣看來，成書背景到底是怎樣，是一個重要的課題。

《老子》原本一直以其相傳之作者名字來命名。據《史記》所載，漢景帝之母竇太后醉心《老子》，在漢景帝時期賦予這文本經典的地位。不過要直到漢末，《道德經》才取代了《老子》成為稱呼這部經典所用的名稱。老子在唐朝更受推崇，由於李氏皇家自認為老子後人，使道教發展蓬勃起來。七三三年，唐玄宗下令所有官員須在家中置《道德經》一本，並將這部經典列入科舉考試的文本名單之中。

老子不僅在中國有巨大影響力。在七世紀，適逢佛道交流活躍之際，《老子》被翻譯成梵文；到十八世紀，有人以拉丁文翻譯，並將之帶到英國，此後《老子》便開始進入歐洲人的視野。時至今日，不同西方語言的《老子》譯本有大概二千多種，單單英譯本便已經有約二百五十種，並且幾乎每年都有新譯本面世。除了大量譯本，西方尚有不少介紹道教的通俗讀物，或借用「道」來論述其他學科的著作。所以可以說，《老子》是《聖經》、《可蘭經》等宗教經典之外，又一部對世界文化影響深遠的典籍。

三、《老子》文本

除了《道德經》、《道德真經》、《太上玄元道德經》等名稱，《老子》還會被俗稱為「五千文」。這個名稱意指這部書全文共五千字。實際上《老子》的總字數到底多少？這是個一直備受爭論的議題。不少為《老子》作注的古代學者，都質疑此數目是否屬實。例如唐代道家大師成玄英發現，多數流通的版本都比五千之數多出五至十個百分點。據他的考證，五千字的版本出自漢末葛玄的剪裁，而這個數目於命理上有特殊意義。

當今通行的《道德經》分為上下篇共八十一章。在漢代的文獻中，雖然確有提及上下篇的體例，但是八十一章的劃分則存在爭議。早期版本有的並未分章編排，有的則分成六十四章、六十八章不等，有新近出土的簡本則分為七十七章。與總字數的情況相似，編輯者也很可能出於特殊原因，才會以八十一這個數目來將文本分章。

現時大多數重印、研究和翻譯所依據的《老子》底本，是附有河上公或王弼注解的傳世版本，分別收錄在《四部叢刊》與《四部備要》。《四部叢刊》中保留的河上公注本來自著名藏書家瞿鏞。根據瞿氏自己的目錄，這是一個宋代版本，可能是在宋孝宗晚期出版的。《四部備要》的王弼注本是清朝武英殿本的複印品，其底本是明代版本。要注意的是，這兩種注本各自還有多種異本。現存的河上公本有三十多種，而王弼本則較少，大概是因為後者要直到明代才受到重視，所以沒有太多異本流傳下來。另外，兩種注本的底本相當近似，所以可以視之為同一文本。事實上，我們今天看到的河上公注本與王弼注本已經不是它們最初的模樣。在印刷術發明之前，複製文本都必須由人手傳抄，編輯改動和抄寫錯誤是可以預計得到的。

中國於二十世紀有多次重大的考古發現，所獲得的出土文獻更新了我們對中國文化的認識。一九七三年，在湖南長沙附近的馬王堆發現了兩部《老子》的帛書，稱為「馬王堆帛書老子」甲本和乙本，其中甲本的抄寫年代應為較早，可以追溯至前一九五年之前。一九九三年末，在湖北省荊門市發現一座約前三百年的古墓，掘出了一批竹簡，當中與《老子》相符的部分約有二千字，稱為「郭店老子」。二〇〇九年一月，北京大學收到了一批數量可觀的竹簡，據說是來自海外捐獻。這批竹簡以相對成熟的隸書書寫，因此它們被認定為漢武帝後期約前一四一至八七年的文獻。其中有一份幾乎完整的《老子》版本，稱為「北大老子」。

與通行版本的編排相似，馬王堆帛書的甲乙本、北大漢簡本都被編成為兩部分；但是兩部分的順序，與通行本正好相反，都從《德經》開始，對應於通行本的第三十八章。通行本八十一章的劃分，以第一章「道可道，非常道」開始，以第三十七章作結，組成上篇《道經》。下篇《德經》以第三十八章「上德不德，是以有德」開始，以第八十一章作結。值得我們思考的問題是，根據傳統說法，上篇是關於形而上、抽象、理論性的「道」的內容，而下篇則比較專注於社會政治議題。那麼，如果編排倒置，以《德經》開始《道經》作結，是否意味著文本的抄錄者相信，原作者理應比較重視社會政治問題？

細節上，上述出土古獻與傳世的通行版本有不少差異。前者某些用字，有助我們更深入理解相關章句。馬王堆帛書、郭店楚簡、北大漢簡都比通行本使用較多語法助詞，例如「也」、「夫」、「矣」等，使斷句更加清晰。不過整體而言，它們不能解決所有關於《老子》的爭議和不確定性。因為從年代背景來看，雖然出土文獻理應最接近《老子》最早的版本，但是這些材料仍然很難讓我們還原《老子》本來面貌。事實上，各種出土文獻彼此並不一致，更有些部分反而與通行本相同。

例如，北大老子與馬王堆帛書有許多地方一致，但同時有另一些地方與通行本一致。通行本第二十二章「是以聖人抱一為天下式」，將聖人描述為世界的模範，在馬王堆帛書中寫成「是以聖人執一以為天下牧」，更具體地將聖人比喻為一個牧羊人。在北大本所見，此處與馬王堆帛書本同樣寫作「牧」字。通行本第二章有「皆知善之為善」的句子，郭店本和帛書本並沒有「之為善」三字，只作「皆知善」，而北大老子卻與通行本相同。通行本第十九章的「絕聖棄智」、「絕仁棄義」，與馬王堆帛書和北大老子相符，但在郭店本則寫成「絕智棄辯」、「絕偽棄慮」。基於形成年份較早，假設郭店本較接近原文，則《老子》其實並非如後人所想那樣強烈反對儒家。又或者從一開始《老子》已經有最少兩種不完全相同的版本，在不同區域流傳。

總括而言，經歷口述相傳的老子格言有兩個焦點議題：「道」是甚麼，與如何治國。然後，它們以不同方式發展及流傳。有些格言被刪節、有些被併入到另一些格言、有新的格言加入，產生不同的老子格言選集。然後一些評論、闡釋，和針對個別格言的申述，被整合到文本中。當《老子》獲得經典地位時，人們要求文本要更加一致，因此不同的文本傳統最終讓位給標準化的通行本。

四、注解

過去有不少學者為《老子》作注解。通行的《韓非子》中，有兩篇題為〈解老〉和〈喻老〉的文章，是現存最早的《老子》注解。韓非子注解值得留意之處，在於它以第三十八章「上德不德」一章句作為文章開端。〈解老〉篇有幾處引述《老子》時謂「書之所稱」，說明作者有一定的文本依據。它認為《老子》的學說是基於對人心的認識和修養。心不靜則不明，不能辨別事物的真正，統治者更不能立定正確的倫理和政治方向。〈解老〉和〈喻老〉是否韓非子所作，目前還有爭議。《漢書．藝文志》列有四本注釋《老子》的著作，可惜都已失傳。不過，《老子》學從漢代開始蓬勃發展，幾種重要的注解都是在這個時代出現。

嚴遵所著的《老子指歸》是其一。嚴遵字君平，本姓莊，因避東漢明帝名諱而改姓嚴。他注解的特色，是採用了漢代流行的陰陽五行學說為基礎，說明《老子》「道法自然」的中心思想。《老子想爾注》是漢代時期另一部重要的注解作品。它一向被認為與天師道關係密切，是此宗教創始人張道陵本人或其孫張魯所撰。無論如何，此注解是道教教義的重要來源，而天師道在創教之始便已經將《老子》納入其教義之中心。此教的宗旨，是廣泛吸納信徒參與求道。通過精神和道德修養，達至與道合一；又通過冥想和其他方法滋養自己的精氣神，最終形成一個擺脱了平凡有瑕疵的靈體。據其教義，精神修養與積累道德功德同樣重要。信徒不僅須唸誦《道德經》，還要遵守「九戒」、「二十七戒」多種規條。這些戒律包括了一般修行規矩，如保持寧靜、順從，也包括一些具體的行為禁令，如禁止嫉妒、殺戮和其他道德不端的行為。

河上公的《老子章句》是對後世影響最大的注本之一，它被認為是漢初時期的作品。河上公之名，意思是居住河邊的老人。傳説漢文帝對《老子》有濃烈興趣，但是不解之處甚多，於是遍尋名師。文帝聽説有隱士河上公精通《老子》，便派人前往請教，卻被拒絕，結果要親自探訪。最後，文帝得到河上公傳授《老子章句》。作為一種注解形式，「章句」依照原典分章分句，然後逐一給予解釋。這種形式，對於我們了解典籍有莫大幫助。河上公注解的出發點，是預設治身與治國相同，由此來理解《老子》。所以，我們可以看到河上公注本經常提及身體修煉。修煉內容包括關注生理機能與氣。據其注解，氣是萬物的重要組成部分，而老子所說的「一」是指氣最精純的狀態，它產生並繼續滋養所有生命。所以河上公注解特別強調養氣，而養氣的關鍵則在於虛心寡欲，以達到無為而治的境界。

最後要提及的是著名玄學家王弼的《老子注》。王弼是魏初名士，他認為老子所指的道確實是「萬物之所由」。然而，老子的本義不是一套宇宙生成論或宗教性的教義。簡而言之，老子的學說是要「崇本息末」，瞭解到萬物萬有的本源是基於一，但「一」不是說某一種物質或氣體，否則在邏輯上會出現無窮回歸的問題。所以萬物之本不可以說是有形有名的「有」，在思維上只可以說是相反於有的「無」。瞭解到這一點，就可以明白《老子》為何強調無為、無欲。這才是道家自然的真正意義。「無」的概念，在下一節會再討論。

從唐代開始，人們開始認真收集和分類愈來越愈的《老子》注解。早期的先驅是八世紀的張君相，他搜集到的注解多達三十種。後來杜光庭著有《道德真經廣聖義》，從中可以得知當時最少有六十多種注解。據其所述，有些人將《老子》視為政治文本，有些則專注於精神修養，還有些從佛教觀點提出注解。到了元代，有關《老子》的注解作品已經非常豐富且多樣化。杜道堅觀察到，不同的注解者不免受到所處時代的影響，他們每個人都有自己的意圖，產生不同的理解。於是他才會說：

漢人注者為漢《老子》，晉人注者為晉《老子》，唐人、宋人注者為唐《老子》、宋《老子》。

五、《老子》的義理

以下從四個概念切入，來剖析《老子》的義理。分別是「道」、「德」、「自然」與「無為」。

按《說文解字》釋「道」字：「所行道也。从辵从𩠐。一達謂之道。」字面意思即是一條道路，或在道路上向某個方向前進。大多數學者都同意將「道」翻譯為「道路」。在早期的中國文獻中，「道」通常描述的是相對廣闊的大道或馬車道，有時也指水路。這個字也被用來表達被認為是正確或適當的路線，以及闡述這路線的教誨，或者實現它的手段和方法。例如《老子》第五十三章：「大道甚夷，而民好徑。」這裏明確保留了「道」表示「道路」的字面意義，與小路「徑」形成對比。

從詞性上說，「道」也可被用作動詞來使用。作為一個動詞，或許由於涉及到方向性，「道」也表達「言說」的意思。因此，第一章第一句「道可道」，通常會被解釋為「可以被言語指名道姓清楚說明的道」。另外，由於下一句是「名可名」，而「道」與「名」相對，形成平行的對偶結構，所以有理由將「道」解釋為已經被用言語表達出來的東西，而不是一條被行走、踐踏或跟隨的道路。王弼說：「可道之道，可名之名，指事造形。非其常也，故不可道、不可名也。」正是從這個角度來注解此句。

老子強調「道」是不可言說的。為甚麼可以被言說的「道」就不是「常道」？在同一章裏提到，「常道」是不能被定義或描述，它是「無名」的。第十四章明確表示，「道」既沒有形狀也沒有形式，不能被感官所知覺，也因此沒有任何名稱。或者會有人問，「道」不正是一個名稱嗎？第二十五章強調，使用「道」這個詞語並非用作指事造形，它不是一個名稱，而是一個隱喻。無名無狀的「道」不能被明確地感知，於是老子有時會用「玄」或「無」來表達。

「玄」的本義指一種黑中帶紅的顏色，引申為隱祕深遠的意思。相對而言，「無」的意思就很難理解。它的相反詞「有」是用來表示一些人們可以察覺的東西，這些東西有特定的形象與特徵，可以被清楚描述。所以說「道」是「無」，表示它不能被感知與描述，但不表示不存在或根本沒有。名字用來限定、劃定邊界，既然「道」是沒有特定的形象與特徵，所以便不能被語言所指稱。在某些注家眼中，這同時說明「道」是無窮無盡的。

那麼，第四十章所說「天下萬物生於有，有生於無」是甚麼意思？在《老子》的其他章節，「道」被稱為萬物的起點。第四十二章便說，萬物的生成是一個從統一到多樣的分化過程，這個過程的起點便是「道」：「道生一，一生二，二生三，三生萬物。萬物負陰而抱陽，沖氣以為和。」這段文字令人費解，在於沒有表明時態，或詳細說明數字的意思。中國傳統採取了陰陽理論來注解。河上公注認為，「道」是產生「一」的源頭，而「一」是最原始未曾分化的氣。這種氣具有產生陰陽的力量，就是「二」。陰陽分裂後，輕清的部分上升形成天空，重濁的部分則下沉凝固成為大地，而陰陽調和就產生人類。這就是所謂的「三」。當然，這並非唯一的解讀方式，王弼便有另一種方式。他似乎認為，不應該將此章句解作敘述實然的宇宙生成過程，或宇宙的起源，而應視之為邏輯的蘊涵關係：沒有一元先在，二元便不可能出現。那麼，如果不從宇宙生成的觀點看，「一」是數目上的起點，於是「道」就是「一」，兩者沒有區別。

「道」固然是《老子》的中心概念，但同時它是個抽象的、概括的、普遍的概念，沒有具體實質的內容。諸子百家不乏談論「道」的內容，只是彼此對之有不同說明，而《老子》使用「德」來說明。然而，「德」也是一個有多種意思的開放概念。從《康熙字典》所見，此字不只具有倫理道德方面的意思，還有其他意思。

針對《老子》第三十八章，韓非子用「內外」來說明「德」的意思：「德者，內也。得者，外也。」（〈解老〉）王弼則說：「德者，得也。」（《老子注》）從字面上理解，「德」就是事物從「道」獲得的東西。換句話說，事物之所以成為如此這般的模樣，正是由於得到了「德」，所以第五十一章說「德」是滋養萬物的東西。對於「德」是甚麼，河上公有更具體的理解。他認為那是一個人從「道」中獲得的氣稟天賦，決定了他的壽命、身體、智力、情感、道德傾向和精神能力。不過對於王弼而言，「德」與「道」同樣都不是實體性的東西。由於無並不指涉任何物質或宇宙本質力量，因此《老子》的「德」，即人們從「道」中得到的東西，只能被理解為人類在最原初、最自然的狀態時擁有的東西。

作為一個抽象的概念，《老子》沒有給「自然」提供任何具體內容，除了說「道」並不是從任何東西中衍生或塑造出來。王弼說：「自然者，無稱之言，窮極之辭也。」雖然如此，我們可以藉著「德」來理解「自然」的意思。已知老子認為「道」是萬物的起點，而「德」是萬物出現之初自然得到的東西，那麼萬物的終點便是「德厚」。可是，現實世界中「德」不一定會變厚，反之會有敗德的情況出現，也就是不自然的結果。所以老子須針對現實情況作出診斷，找出不自然的成因，然後設法回復自然。對儒家而言，修身齊家、厚德載物便是回復自然的方法；但對老子而言，正確方法當然並非如此。老子認為，不自然是由於私欲所導致。有別於本能的基本需要，私欲是憑藉智能經過思慮引起的。第三章說：「不尚賢，使民不爭；不貴難得之貨，使民不為盜；不見可欲，使心不亂。」爭奪、盜竊這兩種行為，分別產生自賢與愚、罕有與尋常這兩組區別。嚴格來說，單單對事物作出區別，並不構成問題；構成問題的區別，是作出區別的同時，賦予被區別對象以不同價值。老子認為，人們作出價值判斷，總是出於偏見，而產生不自然的私欲。

換言之，在現實世界中人們敗德，是不自然的結果。那麼，要解決問題，便要消除私欲，即是回復自然。怎樣才能夠回復自然？老子提出，回復的辦法就是「無為」。這個辦法有時會被人誤解，以為老子提出一種遁世或反文化的主張。各種文化產物，未必都是不自然的東西。家庭組織、政治制度都可以被視為自然社會的一部分。關鍵是，那些文化產物會否敗德？老子指出，不論在家庭、社會或政治組織，總是要使「德」充滿豐厚。能夠做到的話，那便是回復自然。

保持「德」乃至其豐厚，河上公稱之為「守一」。根據其注解，氣是滋養所有生命的能量或物質，而「一」所指的是氣最純淨、最原初的形態。所以「守一」即是守護自己的精氣，免於外洩。王弼並不談及精氣，而以「真我」來解說自然的「德」，意謂如果能夠「守真」以維持真我，便是回復自然。據此引申，人所生起的各種欲望，都不屬於人本性所具有。回復自然，也就是回復人的本性，透過消除欲望達成。

「無為」是自然的實踐方式。這概念並不表示人要完全不作為。它與「有為」對反，後者意謂一個人其行動乃經過思慮、計算後作出，為了滿足某些明確的欲望。反之，便是「無為」。進一步來說，所謂「無為」可以分開從量與質兩方面說明。當一個人想滿足的欲望愈多，思慮、計算便愈多，那個人便愈「有為」。第十九章說「少私寡欲」，便是從量的層面說明如何「無為」。可能有人只有少量欲望，但是極其強烈，從質的角度看，這樣仍然是「有為」。行為背後的欲望愈強烈、思慮愈繁複、計算越精細，則那個行動者心靈愈不清靜，就會越遠離「無為」。

老子並非勸人刻意地「無為」。當一個人並未「失德」，自然便會「無為」，而無須刻意為之。所以，老子教誨的重點之一，在於減少欲望的量，以確保心靈清虛的質。如果能夠「清靜」，為滿足欲望所作的思慮與計算，便自然會隨之減少。另一個重點，便是改變以滿足私人欲望為目的的社會觀與世界觀。私心、欲望愈弱，愈不追求財富和權力，愈能夠跳出以價值高低作區別的觀念來看待人與事物，改變生活模式。

《道德經》有部分章句，顯然具有政治意涵。如果有多而且強烈的欲望，就是違反自然的話，則在政治層面上，發動侵略戰爭、施行酷刑、徵收重稅，便是政治的反自然行為，也是統治者欲求財富和權力的呈現方式。所以第五十七章說，如果統治者能夠擺脱欲望、清靜無為，遠離爭奪糾紛，和平便會自然伴隨。

關於「無為」，最後值得一提的是，《道德經》使用大量的悖論來揭示「有為」的禍害，但字面上卻看似是貶抑「無為」。例如第二十章中，無為者被描繪為愚笨的，而有為者則看來很聰明；第四十八章說，追求知識的人，會不斷有所收穫，相反追求「道」的人不會獲得任何東西，反而所擁有的會愈來愈少。上述言説足以顛覆一般人習以為常的信念，因為大概沒有人會渴望變得愚蠢，也沒有人會渴望損失。這種悖論的運用，是一種強而有力的修辭手法。可以說，它能催促讀者走出他們的舒適圈，反思慣常的「有為」有甚麼意義，並注意到更重要的追求。

六、儒道之分合

最後，簡單比較儒道兩家立說的出發點，可以提供另一個了解《老子》的角度。儒家的一方，強調後天修身正面學習的重要性。玉不琢、不成器，需要增長知識，不斷鍛鍊倫理修為，以此而「成人」，通達君子之道，甚至成為聖人。另一方的道家，則重視人原始、未經修飾的本來面貌，講求回復自然本性。正如第二十八章所説「常德乃足，復歸於樸」。在傳統中國歷史文化中，有不少儒道之間的爭議，但亦不乏支持儒道會通的學説。晉代的郭象就説過：「夫聖人雖在廟堂之上，然心無異於山林之中」，反映了古代士人融合出世入世的理想。這是一個值得深入探討的命題。

何謂逍遙遊——莊子行動中的人生

勞悅強

一、前言

現代中西方學術界均以逍遙為莊子思想的招牌，詮釋繁多，可謂眾聲喧嘩，大抵都以自由為言。至於何謂自由，似乎不言而喻，說者鮮少留意。事實上，自由作為一個觀念，含義豐富複雜，言人人殊，如無闡釋，則說者雖同謂逍遙為自由，卻不啻自言自語，難以共商。說者又以逍遙為精神境界，所論大都流入虛無玄妙，超越出塵，不可究詰，更與常人生活無涉。本講提出一個解讀《莊子》的全新方法，忠於原著，以本文解釋本文，以單篇論單篇，兼且篇內逐章依次理會，剖析逍遙遊的真義，嘗試還其本來面目，以見莊子強調切實行動的人生觀，而逍遙之作為精神境界，則體現於其活潑靈動的待人接物之中。

二、《莊子》新讀法

講《莊子》這部書或莊子思想，沒有人不提到「逍遙」，講「逍遙遊」的就相對較少。《莊子》所講的「逍遙」，學者大都說是自由，甚至是「絕對的自由」、「無限自由」、「徹底的自由」、「完全而絕對的自由狀態」，不一而足。這些通行說法意思含糊不清。首先，到底甚麼是自由？日常用語的用法和哲學上的意義並不相同。說到哲學意義，自由卻又是西方哲學的術語，而且有不同的講法。具體來說，字典裏「自由」的日常語義和在法律和哲學上的基本意思如下：

(一)依照自己的意志行事，不受外力拘束或限制。

(二)〈法〉公民在法律規定的範圍內，其自己的意志活動有不受限制的權利。如：「言論自由」、「集會結社自由」之類均屬之。

(三)〈哲〉人認識了事物發展的規律並有計劃地把它運用到實踐中去。哲學上所謂自由，是指對必然的認識和對客觀世界的改造。

上述的三種意思，都不契合《莊子》所講的「逍遙」，下文將會分析。在此先指出，如果把

「自由」理解為無拘無束的為所欲為，恐怕不可能有人會同意，而《莊子》書中也確實沒有文本依據。如此說來，究竟甚麼樣的自由是「絕對的」、「無限的」、「徹底的」，甚麼樣的「自由狀態」是「完全而絕對的」？

從方法上講，本講只根據一篇〈逍遙遊〉來分析何謂逍遙遊。這個做法從來都沒有人嘗試過，但並非沒有根據，宋代朱熹還特別加以說明，以教導弟子。姑勿論〈逍遙遊〉篇的作者是否莊周本人，如果我們可以假定這篇傳世文字基本上是原貌，那麼，針對這篇的主旨來說，它本身的意思理應足以自明，而且也是自圓自足的。換言之，要了解〈逍遙遊〉，我們不需要依賴《莊子》其他篇章來解釋，才能明白。總而言之，講〈逍遙遊〉篇，我的原則是，以它本身的文字來理解。古人管這種做法作「以經釋經」，我稱之為文內詮釋。

本講根據上述原則來解讀〈逍遙遊〉篇，但在表述上，還要嘗試以〈逍遙遊〉後半篇來講逍遙遊，這個做法並非標奇立異。〈逍遙遊〉篇除了篇題以外，「逍遙」一詞在全篇只出現過一次，而且是在最後一章莊子回答惠施的一番話裏。如果我們要根據莊子的文字來理解何謂「逍遙」，這是最直接的證據。

三、何謂「遊」——〈逍遙遊〉的後半篇第一章

〈逍遙遊〉全篇有一個敘事結構，分作前後兩半，共六章；前半篇只有一章，後半則有五章。各章有本身的敘事角色和意義，內容獨立，但互相關聯，共同貫通成全篇的義理，因此各章的次序不能調換。學者講「逍遙」，大都斷章取義，罔顧全篇的結構和各章的作意，聽來似乎頭頭是道，但往往郢書燕說，因此結論不可取。今本〈逍遙遊〉篇大約一千四百六十二字，前半篇的一章篇幅最長，有五百零六字，首尾都是在講鵬與學鳩和斥鴳之間的故事，我們稍後再分析。總之，前半篇是講動植物世界的情況。相對來說，後半篇五章，合共九百五十六字，講的是人的世界，其中第一章是一段關鍵的議論，直接說明「逍遙」的意涵。後半篇其餘四章都是以對話來呈現。

現在我們先來逐一分析後半篇。首先，第一章（一百六十二字）的一段關鍵議論如下：

故夫知效一官，行比一鄉，德合一君而徵一國者，其自視也亦若此矣。而宋榮子猶然笑之。且舉世而譽之而不加勸，舉世而非之而不加沮，定乎內外之分，

辯乎榮辱之竟，斯已矣。彼其於世，未數數然也。雖然，猶有未樹也。夫列子御風而行，泠然善也，旬有五日而後反。彼於致福者，未數數然也。此雖免乎行，猶有所待者也。若夫乘天地之正，而御六氣之辯，以遊無窮者，彼且惡乎待哉！故曰：至人无己，神人无功，聖人无名。

莊子首先提出三等人：知效一官、行比一鄉、德合一君而徵一國。這裏的分等有兩個特點。首先，等級是遞升的，一等高於一等。「知效一官」，就是知識學歷足以勝任一個官職，至於官職之間有高低，已是無關宏旨了。「行比一鄉」，就是修養和辦事能力足以庇護一個鄉。一萬二千五百家為一鄉，治理一鄉的能力當然比勝任一官的大。一君一國自然又遠比一鄉大。其次，分等的依據在於事功上或者說政治上的能力。戰國時代，天下尚未統一，在人世間，表現事功最大的場所，一般來說就是國。國當然有大小之分，但同樣都是國，好像官職有高低之別，畢竟都只是一官一職而已。

在政治世界裏謀生過日子的人，不管地位和能力的高低，都不能決定自己的成就。首先，有能力的人未必有機會一展所長，而機會都是別人給予的，個人可以努力去爭取，但成功與否不能由自己決定。其次，有機會得到官職，甚至可以獨當一面，管治一鄉，卻未必能夠贏得上司的賞識。即使僥倖獲得一國之君青睞，全國知名，但仍然只是博得來自他人的青睞。莊子說，這三等人的官位尊卑不同，但他們對自己的要求本質上是一樣的，就是要得到別人的垂顧、認同和賞識，「其自視也亦若此」。他們並未能夠憑自己決定自身獨立的價值。

接著事功大小不同的三等人，原文繼續講宋榮子。他顯然不是在政治世界裏活動的人，他不追求事功，這是他與前面三等人最根本的差異。宋榮子無須等待機會，他不在乎別人的認同和賞識，別人的青白眼，他也毫不介懷。即使所謂別人指的是全世界的所有人，他依然能夠一個人面對整個世界的毀譽，他原來是怎樣的一個人，他不會改變半點一分。面對上述的三等人，宋榮子只會莞爾一笑。莊子說，宋榮子能夠「定乎內外之分，辯乎榮辱之竟」，他嚴分內外，自己的內心世界和身外的世界，互不相干。這就是「定乎內外之分」。內心世界自圓自足，這是充實的世界，無所謂失落；身外的世界寵辱雜糅，如果你寄望於它，內心就不再屬於自己的了。

看清楚這個事實，就是「辯乎榮辱之竟」。俗語云：「人到無求品自高」，宋榮子大概就是這個境界。這個境界當然要比前述的三等人高，分別正在於有求與無求，是否由外界和他人來決定自己內心的滿足與否。宋榮子完全不受外界的影響，他內心強大充實。然而，宋榮子的充實世界還有一條裂縫。他對追求事功的人禁不住莞爾一笑，可見他心底裏依然覺得自己比世俗中人高出一等。

雖然宋榮子無求於世，但莊子認為他仍然有所不足。宋榮子「定乎內外之分，辯乎榮辱之竟」，恰恰因為如此，他跟外面世界毫無交涉，自然也未能對它有任何積極的貢獻和成就。他僅僅是做到消極有所不為而已。莊子不一定鼓勵我們積極參與外面世界的活動，但在〈逍遙遊〉篇這一章中，他也沒有說離群索居本身就必然是最高境界的生活。這一點必須要強調。換言之，人生有內外兩面，莊子並不積極提倡隔絕內外。內外應該有所互動，有所交涉。宋榮子「彼其於世，未數數然也」，「猶未樹也」，正是在於做不到內外互通。這就是宋榮子的充實世界裏的一條裂縫。相對來說，「知效一官」的幾等人的毛病則在於他們只知道有外在世界，而完全忽略了自己的內心。內外互通其實是一種流動，流動才能通，人生才能靈動，而人生要靈動，先決條件在於心能夠通內外。換言之，內外流通與否，視乎心如何接受包容外在世界，與之互動。以宋榮子的情況看，他的根本毛病在於內心的執著；對於追求外在表現的幾等人，他「猶然笑之」，也是內心使然。

依照莊子在這一章中層層遞進的思路，列子的境界應該比宋榮子又要高一層。列子能夠「御風而行」，儘管由於風勢不能持續，他只能夠飛行十五天。何以列子的境界更高呢？因為他的滿足能夠不局限於自己的內心，跟宋榮子不同，他可以在外界自由活動，而且也樂在其中，換言之，列子能夠貫通內心與外界，內外能夠合一。莊子說，這是「泠然善也」。這也是列子的境界高於宋榮子的原因。對於宋榮子的表現，莊子並沒有讚揚為「善」。這是學者普遍忽略的一個要點。

莊子說，列子「彼於致福者，未數數然也」。傳統的注家和大多數現代學者都以為「致福」是求福的意思，他們覺得無關宏旨，沒有多加理會。其實，這是誤會。按：《禮記．祭統》云：「福者，備也；備者，百順之名也。無所不順者，謂之備。言內盡於己，而外順於道也。」可見「致福」是追求完備的意思。也就是要完成一件事情所需的條件都完備無缺。最重要的是，條件完備所導致的結果是「內盡於己，而外順於道」，內心和外界合一。〈逍遙遊〉之所以用「福」字而不用「備」字，大概正由於「備」並不含有「內盡於己，而外順於道」之意。風吹由於自然，列子並沒有數數然追求完備的活動條件，他沒有追求風時時刻刻都在吹，起風的時候他就乘風而飛。因此，如果風只吹十五天，他就隨緣飛行十五天，這就是「內盡於己，而外順於道」。在這段期間，列子的內心和外界完全合一，他得到滿足，不再更有追求了。列子心中則根本沒有世人，他甚至沒有想過外界，儘管他必須乘風才能夠飛行，但不起風，他也能順其自然，在地上行走，並沒有失意沮喪。列子的內心沒有受到外界的影響，儘管他的行為受到限制。他沒有自以為是，也不會瞧不起他人。他的境界當然勝過宋榮子。

莊子說列子「雖免乎行，猶有所待者也」。學者毫無例外，都專注在列子的「有所待」，未能做到「無所待」。大家都忽略了莊子說列子超過一般人的地方，在於他能夠免乎「行」。這個「行」字，其實十分重要，但不是因為莊子要追求「行」，恰恰相反，莊子要避免「行」，因為「行」讓我們不能自由，不能隨時隨地無所不至。風起時，列子御風而行，可以「免乎行」，人風合一，內外無間，他可以得到自由。所謂自由，即是能夠配合環境、隨心所欲地活動。換言之，自由必然是有條件的。如果列子能夠隨時隨地都能夠「免乎行」，他就能夠真正的自由了。但他還欠缺讓他完全自由的工夫。按上文下理，如果列子有此工夫，他就可以「無所待」了。列子究竟還欠缺甚麼工夫呢？

莊子緊接的話便是答案。他說：「若夫乘天地之正而御六氣之辯，以遊無窮者，彼且惡乎待哉！」顯然，「遊無窮」是結果，「乘天地之正而御六氣之辯」是工夫。如果你能夠有此工夫，莊子說，你還需要等待甚麼呢？列子御風而行的本領必須風來配合，這樣他才能夠做到內外合一。列子御風而行是被動的，他不能決定何時能飛，可以飛多久，可以飛到哪裏，他當然不可能「遊無窮」。至此，原文清楚說明，列子可以「免乎行」，但不能「遊」。

必須強調，「遊」字至此還沒有出現，直到下文說到「惡乎待」的人才在〈逍遙遊〉篇首次登場。這個修辭的設計不可能是巧合。「行」是有限制的，列子御風而行，但畢竟仍然是「行」，不是「遊」。只有「遊」，才能「遊無窮」。「遊」是「無窮」的前提，「行」是不可能「無窮」的。

學者都以為「無窮」就是無限、無極限、無窮無盡，但這並非莊子的意思。《說文解字》卷七下穴部：「窮，極也。从穴躳聲。」所謂極，是極限，限制的意思。窮字，本作竆，躳指脊骨；人在洞穴中，活動範圍受限於脊骨的長度，這是活動的極限。「無窮」，即是身在洞穴卻不受限制。這就是莊子所講的「遊」。能「遊」，自然就能「遊無窮」。不能「遊」，行動就必然有所窮，必然受到限制。「窮」可說是莊子暗用的比喻；人生猶如身處洞穴之內，必然有客觀的限制。「窮」是窮途末路的「窮」。面對限制，無法活動自如就是「有窮」，而非「無窮」。「無窮」不是無窮無盡，無邊無際；「無窮」是儘管遇到限制，依然路路暢通，總能到達目的地，在這個意義下也就是無所不至。「遊無窮」的人總能在疑無路的時候找到出路，然後又可以繼續「遊」。「無窮」不是說能「遊」的人的世界無極限，而是他不受外面環境的局限，總有辦法找到出路，到達目的地，最終可以無所不至。

何謂「乘天地之正而御六氣之辯」？辯，通作變，「正」與「變」相對。「正」是常態，所謂正常情況。四季循環，日夜相乘，即是所謂常態。「變」是變態，即是隨時隨地發生的變化。天地之間有六氣的變化，所謂六氣，東晉司馬彪說是「陰陽、風雨、晦明」，其實是三對相反相成、有形無形的變化力量。相對於變化的六氣，天地之正可以指四時，四季的氣候有正常的運行規律，但四時的運行其實無時無刻不在變化，這即是六氣之變。「乘」和「御」相對，兩個動詞都是指駕車而言。乘是穩坐在車上，決定車的去向和目的地；御是駕駛馬車，要控制馬匹，隨時隨地調整車速和方向。兩者的共同點在於其主動主宰的本質。人生猶如旅程，必須懂得駕車，駕車的基本技術牽涉許多物理學上的道理，即使駕車的人沒有這些知識，也必須懂得道理的實際運作情況。比如，高速駕車時要煞車，需要一定的時間，急轉彎需要多大的角度等等，懂得駕馭就是所謂「乘天地之正」。旅途上，沿路必然有許多地勢的變化和氣候的反覆，乃至於無常的路況，司機要有隨機應變的能力，這是「御六氣之辯」。

「乘天地之正而御六氣之辯」的「而」字是連詞，無實義，但從義理上講，卻是個關鍵，它表示「乘」和「御」的工夫是一而二，又是二而一的結合。這樣，我們就能「遊」，而且不管前路出現甚麼變化，我們都有辦法因時制宜，因勢利導，自然就能夠「遊無窮」，所謂天無絕人之路。路是人走出來的。換言之，完全掌握駕車本領的人，遇到任何環境都能善於乘勢變通，無需被動地等待特定的環境才能驅車前進。這就是莊子所講的「惡乎待」。「遊無窮」的人無所不至，亦即時時刻刻都在「遊」，而「遊」本身正是內外合一的表現，這正是莊子所講的「內盡於己，而外順於道」的「福」。「遊」的境界無疑遠勝列子必須御風才可能的飛。飛可以「免乎行」，但飛並不是「遊」。

莊子總結上述「遊無窮」的道理，說：「至人无己，神人无功，聖人无名。」[1]這三句固然是講三種人，但並非講三等人，因為「己」「功」「名」之間並沒有等第的高低，至少〈逍遙遊〉原文並沒有這樣區分。針對上文，莊子特別強調講「至人无己」，而其中的道理可以推衍到「神人无功」和「聖人无名」。他的闡釋見於後半篇。

何謂「至人无己」？照字義講，「无己」是沒有自己、沒有自我，而義理上，「至人」就是能夠「乘天地之正而御六氣之辯，以遊無窮」的人。宋榮子嚴分內外，而且鄙視世俗中依賴別人的認可、追求事功的人，顯然，他強調人我之別，他的自我意識十分強烈。這就是有己。列子能夠御風而行，內外自然合一，內外分隔，在這個意義下，他是沒有自我的。也許莊子選擇乘風的比喻是有意的安排，因為風無形，我們看不見列子雙腳踏風而飛。列子好像與大自然融為一體。但列子的問題在於他的內外合一是被動的，他必須等待適當條件，等待風起，否則他就不能跟自然合一。他能夠乘天地之正，但未能御六氣之辯，在這個意義下，列子也沒能夠完全做到「无己」，他好像需要別人替他駕車，自己才能出遊。因此，他也無法「遊無窮」。「无己」就是沒有固定的自我而又能夠隨時隨地融入任何環境和情況去，若無其事，不著痕跡，目的當然是克服障礙，繼續完成自己的工作，到達自己的目的地。這叫作「遊」。遇到任何環境都能够主動融入，配合變化的情勢，主宰自己的行動，無所不至，能夠達到這般的境界，便是做人的極致，莊子叫這樣的人作「至人」。

四、適己之適——〈逍遙遊〉的後半篇第二章

第三章的對話講的是堯要讓天子之位與許由，遭到拒絕。這是戰國時代的人熟悉的一個傳

說。在莊子筆下，許由有鮮明的性格，他自比鷦鷯和鼴鼠，他可能是個遠離塵囂生活的人。學者往往以為莊子標榜許由，貶低堯，其實原文並無此意。我們只看到堯推崇許由，但許由並沒有鄙視堯，也沒有覺得堯讓天下與他，等於一種侮辱。如果我們將堯和許由對立起來，許由象徵鄙棄事功的清高，而堯則代表獻身政治的世俗，許由大概就會變成宋榮子一類的人。有學者更認為尸祝的地位比庖人高，而許由以尸祝自居，輕視堯的樽俎，但這樣解讀就不啻把許由與宋榮子等而視之了。結果，標榜許由反而讓他的心胸變得狹隘了。莊子沒有這個意思。

其實，這一章的重點在名實關係，也可以說是主客關係。上一章講至人的修養工夫，完全從他所能達至的成就立論，而他的成就又僅僅表現於他如何主宰外面世界。所謂「天地之正」和「六氣之辯」，乃至「遊無窮」，都是指外面世界而言，並沒有涉及至人的內心。外在世界變化無定，但至人的內心必然有定主，否則他會受到環境牽制，不可能當自己的主宰，在外面的世界「遊無窮」。這一章的重點在主客關係，正是要說明當主宰的重要性，外面世界是客，由主來乘御。主才是「實」之所在，「名」必然從「實」而生。如此理解，從敘事結構來看，這一章便是繼續說明至人的修養問題，補充上一章從外面世界來形容至人的成就。

堯認為天下大治，表面上看來是他的功績，實際上則是許由自身的存在所造成的，他本人只是尸位素餐。許由不同意，但這不是他拒絕當天子的重點。對他來說，沒有天子的功績而佔有天子的虛名，是不能接受的事。他要的是「實」，不是「名」。當天子的生活與他不相干，對他是虛假的。他自比鷦鷯，深林雖大，他只需要一椏樹枝棲身；他也像鼴鼠，不需要整條河流，填滿肚子的河水就足夠了。一椏樹枝和滿肚子的河水都是充實的，其餘的枝葉和奔流不斷的河水都與他無關。換言之，深林和河流都是虛名，只有棲身的樹枝和飽肚的河水才是真實。同理，天下雖大，與我何干？只有合乎自己真性的生活才是真實。許由並沒有貶低堯，也沒有鄙視天下，因此，他說尸祝和庖人各有自己的本分，互相尊重便好。

這一章要突顯的是許由所享受的「實」，亦即是適己之性的真實生活。許由不失自己的真性，他屬於深林。整個天下的誘惑，他都能夠無動於衷，表面看來，許由能夠固守內在的自我，好像宋榮子，但實際上許由只是適性，他根本沒有固守不固守的考慮，因此他不像宋榮子一般「定乎內外之分」，更沒有嗤笑堯。俗語說得意忘形，許由則是適性忘己。在適性的生活裏，連內在的自我也忘掉，好像魚在水中，這就是莊子所講的「无己」。

雖然這一章的重點在強調許由的適性，重「實」輕「名」，但要適性同時又能夠融入外在世界，內外之間無疑存在相當的張力，許由並未能融合內外。所謂外在世界，在〈逍遙遊〉篇指的是政治世界。上一章裏「知效一官、行比一鄉、德合一君而徵一國」的三等人，其實已經清楚說明這一點了。從敘事結構來看，第二章是一個重要的伏筆。許由沒有接受堯禪讓的天下，這象徵適性生活與政治世界之間存在張力。這個張力問題在下一章就變得顯豁了。

五、內外之間的張力——〈逍遙遊〉的後半篇第三章

「神人」的稱謂在後半篇第三章再次出現，他住在藐姑射山上，遠離塵世。他「不食五穀，吸風飲露，乘雲氣，御飛龍，以遊乎四海之外。其神凝，使物不疵癘而年穀熟」。從「神人」能夠「乘雲氣，御飛龍，而遊乎四海之外」來看，他應該更符合「至人」的形象。遊乎四海之外的「神人」為甚麼要選擇居住在藐姑射山上呢？他不食五穀，吸風飲露，名副其實就是不食人間煙火，可見「神人」是要遠離塵世的。遠離塵世才適合「神人」的性情。

神人和許由都同樣過著適性的生活，都同樣不「弊弊焉以天下為事」。再深入一層看，許由其實也是「物莫之傷」的人，因為天下沒有任何事物可以使他失去自己的真性。傷指的是傷害真性；宋榮子猶然嗤笑爭取事功的世人，就傷真性了。神人不食五穀，吸風飲露，不啻

沒有沾染俗世文化，猶如斷髮文身的越人不識中原文化，天下好像宋人要兜售的章甫禮帽，神人無所用之。其實，許由何嘗不也是越人，因此他拒絕了堯禪讓的天下。這一章裏的堯所看見藐姑射山上的四子，應該也是神人，在他們面前，堯頓時覺得「窅然喪其天下」。借用上一章堯的說法，許由是日月之明而堯不過是燭光，燭光在日月之光下，自然黯然失色。堯不禁「自視缺然」，因為政治世界的成就儘管圓滿，卻無法與自得自適相比，因此堯要讓天下與許由；堯也渴望自得自適。這一章裏神人的塵垢粃糠，足以陶鑄堯舜，正是要說明堯的渺小，而堯的渺小亦即是世俗政治的微不足道。

藐姑射山上的神人，「塵垢粃糠，足以陶鑄堯舜」，而堯舜卻是平治天下的天子，然則堯舜實際上是神人平治天下的代理人。在上一章中，堯把平治天下之功歸於許由，追本溯源，許由才是真正使天下大治的人。換言之，許由也是神人。恰恰因為許由是神人，世人無法知道他才是平治天下的終極原因，他們只看見他的代理人堯坐在天子之位上，因此，許由沒有治天下之名，他「无名」。如果平治天下之人稱為「聖人」，那麼，世人也不會認為許由有平治天下之功，他自然也「无功」了，但他畢竟是「聖人」。如此說來，儘管上一章的主旨是名實主客關係以及相關的適性問題，但同時也蘊藏著對「神人无名」和「聖人无功」的解釋。在這層義理上，後半篇第一章以「至人无己、神人无名、聖人无功」來總結「乘天地之正，御六氣之辯，以遊無窮」，表面上只是論證了「至人無己」而並未證明「神人无名、聖人无功」，但第二章講堯讓天下於許由和第三章講神人「塵垢粃糠，足以陶鑄堯舜」，則補充了第一章缺乏的證據。

「德合一君而徵一國」的人上面還有君和國，堯是擁有天下的天子，可說代表了君國，而在政治世界裏，君國之上沒有更高的層次了。內心世界的超然於現實的政治世界，這一看法終於圖窮匕見了。上一章許由和堯分別比喻作尸祝與庖人，可說是各安其位，這一章神人的不肯以物為事，他的塵垢粃糠，足以陶鑄堯舜，顯然神人遠比堯舜優越，適性比治世重要。但到底神人有沒有用自己的塵垢粃糠，陶鑄了堯舜，或者，有沒有「凝神，使物不疵癘而年穀熟」，莊子在這一章中沒有說得明白，適性與治世之間的張力，仍然沒有明顯化解。

學者甚少注意上一章和這一章的關係，其實，從敘事布局來看，這兩章的主角都是堯。莊子是藉堯來分別烘托出許由和神人的意義。之所以如此，因為政治世界是莊子生活中的現實世界，也是莊子思想的出發點和參照背景。〈逍遙遊〉篇後半篇從「知效一官」三等人說起，道理正在於此。最後的兩章都是惠施與莊子的對話，從敘事布局上看，莊子是借惠施作為只知道用的思維的代言人，以便他闡發「无所可用」之為「大用」。這跟後半篇第二和第三章以堯為中心藉許由和神人來闡發義理，構思模式是一樣的。

六、大用與小用——〈逍遙遊〉的後半篇第四章

後半篇前三章針對政治世界的事功而發，指出內在自我才是個人的真正主宰，但並沒有完全抹殺外面的政治世界。事功的本質究竟以實用為依歸，因此空言無用，從「知效一官」到平治天下，等級的差別正在於事功的大小。事功在外面世界呈現，推崇事功的卻是「用」思維和價值觀。後半篇最後兩章承接前三章講事功，反過來批判推崇事功的「用」思維和價值觀，以總結下半篇。這可算是莊子消解適己和事功之間的張力的意圖。

後半篇第三章中肩吾和連叔的對話帶出神人，再由神人引出堯來烘托神人的優越地位。這一章的敘事手法類似。莊子先用魏王贈送惠施大瓠，來帶出莊子所講的不龜手之藥的比喻，由此闡發「大用」的道理。而後半篇第二章中堯和許由的簡單對話，跟這一章中惠施和莊子的簡單對話，又各自包含比喻，顯然這也是敘事布局所營造的雷同結果。了解各章的敘事布局，我們就能夠比較清楚看見各章義理的重點。

表面上，後半最後兩章都是講用，第四章講大用和小用，第五章講無用和有用，但實際上，兩章都是講適性自得，這跟第二和第三章表面上講事功而實際上講適性自得互相呼應，同時後半篇第二、三、四、五章義理上也一以貫之。第四章環繞大瓠展開，其實故事無須牽涉魏王，假定莊子行文不會浪費多餘的筆墨，我們就應該問，魏王在故事中到底有何意義。魏王是一國之君，卻送了與政治無關的大葫蘆種子給惠施。也許莊子的用意是，他要把敘事從後半第一、二、三共三章所講的政治世界，轉換到日常生活去，而魏王正是這個敘事結構上的過渡人物。莊子要提醒我們，除了政治世界以外，人生也需要講「用」。其實，在上一章，他已經暗中埋下了伏線。宋人向越人兜售章甫禮帽，斷髮文身的越人無所用之，禮帽在越人的生活中毫無用處。

不龜手之藥是一個精彩的比喻。原來藥是漂洗棉絮的日用品，在日常生活幾乎微不足道，卻變成政治世界裏的大用。莊子似乎在暗示，要在政治世界發揮大用，先要懂得日常生活。如此說來，日常生活是政治生活的基礎；莊子並沒有否定不龜手之藥對漂絮的人家的用處。正如上文所說，這一章並非要講政治，因此，大瓠的比喻其實最終是要講日常生活。在日常生活中，不應該凡事只顧實用，只考慮怎樣利用物件來滿足物質生活的需要。惠施只懂得考慮用大瓠作盛器，不知道物質生活需要以外，還可以有另外一種屬於自己的「無用之用」。換言之，對外界無用並不等於對自己無用，對適己之性無用。

必須強調，莊子並沒有反對「用」，如果大瓠能夠用來盛水，他絕不會反對。莊子反對的是，如果大瓠不能用來盛水，就等於「無用」這一種想法。或者，我們可以進一步說，莊子反對的是，有用與無用不該只針對外面的世界來講，更重要的是，「用」應該直接緊扣人自身來講。將大瓠綁在腰間，隨河水漂流，本身就是一種樂趣，而樂趣自然是針對人本身來講的。必須注意，莊子不是說用大瓠來當交通工具，漂河渡江。如此說來，莊子要批評的是只顧對外功利的思維模式、定勢和習慣。外面的世界應該為內在的自我服務，只有這樣，「無待」才有可能。現實中的一切，乃至現實中還沒有存在而僅僅在內心的想像之中的一切，都可以化作配合完成個人目標所需要的條件。

然而，人怎樣才會想到可以用大瓠來游水作樂呢？騎車或駕車或開飛機在天上漫遊作樂，並非人人都會享受的活動，但甚麼活動本身不是關鍵所在，只要有享樂自娛的要求，自然有相應的方式，不必人人盡同。所謂享樂自娛，實即適性，自得其樂。最重要的是，莊子認為，適性自得比一切都重要。即使要涉足政治，也必須先懂得適性自得。這就是這一章安排魏王送惠施大瓠種子的用意；這也是莊子在回答中故意強調不龜手之藥可以在政治世界產生大用的原因。再者，在最後一章裏，惠施自己把話題轉入政治世界。在大瓠故事裏的惠施不懂得適性，根本沒有適性自得的觀念。這就是莊子批評他的「有蓬之心」，也就是凡事都以「用」思維來認識和對待，謀求解決辦法，重心在外而不在內，在物而不在我。

七、無用與有用——〈逍遙遊〉的後半篇第五章

最後一章所講似乎是延續上一章尚未發覆的道理，兩章其實可以合為一章看。惠施似乎在反駁莊子所講的道理，也就是，懂得個人自娛享樂，破除只顧用物來解決問題的思維，並不能夠在政治世界裏發揮甚麼作用，其實等於「無用」。莊子的道理儘管精彩高妙，但好比大樗，並無實際的用處。這一環節呼應了後半第二章中肩吾引述接輿的話，莊子的道理「大而無用」，同樣是「大而無當」。惠施的質問不啻把個人的日常生活重新轉移到政治世界來，這也是後半篇第四章到第五章之間的內在理路。同時，個人適性自得與政治功績之間的張力又再次呈現，不啻是兩者的拉鋸戰。莊子並沒有直接回答惠施，但指出政治世界潛在的危險，從政

的人好像狸狌，隨時會「中於機辟，死於罔罟」。反之，在政治世界裏「大而無用」的犛牛卻得以全身。這一環節又呼應了後半篇第一章中活躍於政治世界裏的「知效一官」等人，他們獲得上司賞識，但往往要付出生命作代價。他們都是狸狌。至人則猶如犛牛，「卑身而伏，以候敖者」，不合他的本性，他不參與，自然不會有任何表現，可以領功。在這個意義下，他無功也無名。也許這裏呼應了後半篇第一章的「神人无功，聖人无名」。至人求適性，自得忘己，因此他「无己」。這在此呼應了接輿話中藐姑射山上的「神人」，「不食五穀，吸風飲露，乘雲氣，御飛龍，而遊乎四海之外」，「物莫之傷」，因為他不肯「弊弊焉以天下為事」。

最後，莊子好像要再點撥惠施怎樣可以適性。他說：「今子有大樹，患其無用，何不樹之於無何有之鄉，廣莫之野，彷徨乎無為其側，逍遙乎寢臥其下？不夭斤斧，物無害者，無所可用，安所困苦哉！」大樗不能用作木材，滿足外在世界的需要，這本來就不是它生存的目的，但如果把它移植到一個無邊無際的空蕩世界，在那裏根本無須滿足外在需要，它沒有用處，自然不會受到砍伐的傷害。在那裏，功利的計算心消失了，你終於可以正視大樗自身的存在，與它共存。你可以在樹旁徘徊，無所事事，可以躺臥在樹下神遊，無所牽掛。莊子還是重複適性自得、內心的享受比外面的功業重要的道理。這是人自身無所依恃而又是最寶貴的內在價值。如果綁著大瓠浮游江湖不是你的所好，難道無牽無掛，擺脫俗慮，安心散步，陶醉夢鄉，你也不會享受嗎？跟綁著大瓠浮游江湖一樣，樹大樗於無何有之鄉，廣莫之野，「彷徨乎無為其側，逍遙乎寢臥其下，不夭斤斧，物無害者」，也是把「用」直接緊扣人自身來講。

在〈逍遙遊〉全篇的最後一章，「逍遙」一詞終於出現了。我們與其追究它的詞義，不如直接根據原文來理解它的實際意涵。事實上，「逍遙」是莊子創造的新詞，在他之前，古書裏如《詩經》有「消搖」一詞，意指散步。「消搖」是個連綿詞，寫法可以不止一種，莊子換了一個寫法，變成「逍遙」，但散步的意思依然有所保留，因此，在第六章，「逍遙」與「彷徨」對舉。活動於七世紀的唐代成玄英疏：「彷徨，放任之名；逍遙，自得之稱。」可見彷徨原來指走動而言，但莊子講新義理，彷徨便由身體的走動變為心靈的放任。而與「彷徨」對舉的「逍遙」自然也有新的意涵，否則莊子無需創造新詞，成玄英説「逍遙」就是「自得」。

「逍遙」可説是一種精神上的漫步，它是由日常生活中的行動而來的活潑境界，它不是死寂的境界。從構字來看，「逍遙」兩個字都从辵。《説文》卷二下辵部：「辵，乍行乍止也。」辵也即是走一下，停一下，隨意漫步的意思。「逍遙」表示的正是在生活中達至的這樣的心態和心情。為了要強調這種動態的「逍遙」心境，莊子於是特別提出一個「遊」字。「遊」字也是从辵，這不會是巧合，而毋寧反證莊子把從前的「消搖」改作「逍遙」的用心，他要強調「逍遙遊」是動態的生活方式。篇題叫「逍遙遊」就是最醒目的標示。

從語法上講，逍遙遊是說逍遙的遊，逍遙是形容詞，遊才是關鍵所在。換言之，莊子其實要講遊。當然，他講的不是一般意義的遊，他有特殊的講法，也即是說，遊必然是逍遙的，不逍遙的就不能算遊。反過來說，能夠逍遙就是能遊，逍遙與遊是一而二，二而一的。因此，列子能夠「御風而行」，莊子沒有稱之為「遊」，「行」與「遊」性質不一樣，所以說列子「猶有所待」。真正能「遊」的只有至人和神人，他們「惡乎待」。

此外，莊子建議惠施，「何不慮以為大樽而浮乎江湖」，綁著大瓠，「浮乎江湖」，利用大瓠的浮力，順水隨勢而浮游，未嘗不可說也是「乘天地之正而御六氣之辯，以遊無窮者」，分別只在空中乘御而遊和水上浮游。浮是在水中遊戲娛樂的意思。莊子建議惠施以大瓠作樽，浮乎江湖，其實即是叫他去遊玩，不要老想著大葫蘆可能的功利用途，而忘記娛樂自己。這當然還是無牽無掛，逍遙乎寢臥大樹之下，自娛自足的意思，所以說，遊必然是逍遙的，而逍遙也即是遊。逍遙和遊都是行動的，但同時也是行動中的心境、行動的精神境界。

必須強調，直接和間接講「遊」的三段文字都在〈逍遙遊〉篇的後半，這清楚說明「逍遙遊」的真義即在後半篇。篇題只是點明全文的主旨而已。

八、小大之辯——〈逍遙遊〉的前半篇

〈逍遙遊〉前半篇的作意又是甚麼呢？

正如前面所講，〈逍遙遊〉的前半篇只有一章。這一章可以細分為四節：

(一)開篇講北冥海底的鯤化為高飛九萬里蒼天的鵬，引《齊諧》作證。

(二)藉積水講高飛遠赴南冥，必需六月的海運，擊水三千里所產生的衝力以及大鵬足以沖天的巨大翅膀。

(三)藉蜩和學鳩嘲笑大鵬遠飛，再次強調千里的遠行必需充分的裝備，從而凸顯蜩和學鳩的眼界短淺和無知，繼而講及世人不知大年小年的分別。這一節的重點在區別「大知」與「小知」。

(四)最後，藉湯問棘，重述大鵬「絕雲氣，負青天，適南冥」，而為斥鴳所笑。總結一句：「此小大之辯也。」

之所以把前半篇看作一章，恰恰因為總結的一句話是涵蓋從開篇至此的文字。其中所講的都是大小的差異，包括大鵬和蜩、學鳩、斥鴳代表的動物之間的差異、朝菌與蟪蛄和冥靈與大椿代表的植物之間的差異，還有世人和彭祖代表的人類之間的差異。關於動物的差異，文中特別講了遠飛必需異常的裝備和積累，這即是「大」，遠大目標、廓大視野、龐大包容。同時又用擬人法，藉蜩、學鳩和斥鴳的嘲笑，指出眼界短淺不識大體、自甘於小的道理。這即是「小」。植物之間的大小比較純粹是用誇張手法，描寫朝菌和大椿在體型大小和壽命長短兩個極端之間的落差。至於世人和彭祖所針對的自然是我們，莊子真正關心的對象。他用了一句「不亦悲乎」來概括世人的見識和眼界。誠然，這也是莊子對蜩、學鳩和斥鴳不言而喻的態度，但對於動物，莊子要突出的是牠們嘲笑大鵬而流露的無知乃至自誇，而對於世人，他則要強調一個「匹」字。匹是匹比、效法，匹的對象當然也就是世人認為是最高的理想。莊子在此不否定匹，世人的可悲不在於匹，而在於所匹的對象。世上有大椿，世人卻偏偏以為彭祖是長壽的極致，這是他們的可悲之處。

前半篇整章點出大小之辯，後半篇繼而環繞大小之辯展開。從「知效一官，行比一鄉，德合一君而徵一國」三等人，而宋榮子，而列子，好比從朝菌、蟪蛄而冥靈，而大椿一般。換言之，後半篇其實也是在講大小之辯。但前半篇強調積累裝備，這些需要修養工夫，也需要開拓視野，需要大知，而後半篇則講大知的內容，其中最大者莫過於認識一己的真性。後半篇五章仍然貫串著前半篇所講的小大之辯。

從靜態的境界上講，大知融合內心和外界，若「知效一官」三等人，僅知有外，不知有內，固然是小，他們無異於蜩與學鳩和斥鴳。若宋榮子的隔絕內外同樣是小，若列子未能隨時隨地融合內外也是小。從動態的工夫而言，大知能夠在外界審時度勢，遲速有度，進退自如，遊止其中，而在整個過程中，心境又能閒適愉悅自在，動中有靜，靜中見動，動靜如一，這又是大的表現。

「大」本身自足，因此不會匹比，自然不會嘲笑別人，也不會自誇。因此，不龜手之藥本身並無大小可言，莊子並沒有瞧不起它，適時適當運用，可以成大功，如何適時適當運用，則需要大知。漂絮人家不知天地之大，眼前只有每天的溫飽，只有「小知」。受制於動物性需要的人，懂得追求和能夠滿足的也就是動物性的需要，而這些需要都會牽涉利害得失。惠施看著大瓠大樗發愁，因為他心裏只考慮外在的利害得失，所謂「有蓬之心」。有蓬之心自然容不下「大知」，雖然惠施沒有受制於每天的溫飽，他甚至也沒有牽掛利害得失，但他束縛於「小知」。他的見識局限於「用」的想法本身；凡事他都只會從「用」去觀察、認識、衡量、判斷、評價。他無法跳出「用」來看事物。這就是「小知」。局限在小知的有蓬之心，自然不能「遊」，不能「逍遙」。

九、何謂「逍遙遊」

從上述的分析，我們可以清楚看見，莊子在〈逍遙遊〉篇中安排的每一個角色和情節都有其特殊的作用，必須依照它們的特定文脈來理解，而不該由讀者任意解讀。換言之，整篇文章是一個有機體，好像人體一樣，每一個器官都有本身的作用，雖然可以共成一體，功能也可以合作，發揮更大的作用，但原則上不宜互換。例如，比起漂絮人家，把藥方獻給吳王的人，眼界無疑闊大多了，這是獻藥方者在比喻裏的作用和意義，莊子要講大小之辯。他的目的達到了，讀者對這個比喻的解讀也就應該適可而止，不宜再有更多的引申。如果我們說，獻藥方者雖然眼界比較闊大，畢竟他仍然是「德合一君而徵一國」而已，他仍然是小，還比不上宋榮子和列子，更非至人、神人、聖人。這樣的推演可以說是過度詮釋，絕對不會是莊子原來的構想。

明白這一點，我們最後來看看大鵬的敘事意義。學者講逍遙遊，幾乎沒有不斤斤於大鵬是否逍遙的問題。用現代學者的語言講，逍遙是所謂「完全而絕對的自由狀態」。有些學者認為大鵬是無拘無束，絕對自由的象徵，理由似乎不言而喻，就是大鵬的龐大身軀，氣勢磅礴，高飛上九萬里蒼穹，橫跨無阻無垠的天空。但反對者也大有人在，理由是學鳩和斥鴳固然有小的局限，大鵬卻有大的難處，從某個意義上講，大鵬需要更多的條件才能高飛，可說是更不自由。反對意見看似有道理，但這裏所謂自由，無疑視乎條件而定，絕對自由，必然無需任何條件，然則世上又有甚麼人和物能夠完全無所依憑而生存呢？高飛即使不需颶風，難道連雙翼和空間都可以沒有？如此說來，世上根本沒有所謂「絕對自由」，莊子盡力描繪大鵬，豈非無聊？如果學鳩和斥鴳跟大鵬同樣不自由，沒有分別，那麼，小大之辯又從何說起呢？

從條件來考慮絕對自由，並非學者想當然，其實是從〈逍遙遊〉篇得到的啟發。篇中講列子御風而行，旬有五日，無風而回，這是「有所待」，而「乘天地之正，御六氣之辯以遊無窮」的人，則「無所待」，由此觀察，學者認為「待」就是指條件。比如，章太炎說：

> 然有所待而逍遙，非真逍遙也。大鵬自北冥徙於南冥，經時六月，方得高飛；

又須天空之廣大，扶搖、羊角之勢，方能鼓翼，如無六月之時間、九萬里之空間，斯不能逍遙矣。列子御風，似可以逍遙矣，然非風則不得行，猶有所待，非真逍遙也。

事實上，依照這樣的邏輯，「至人」、「神人」、「聖人」同樣不能有真逍遙，因為他們所乘的天地之正，所御的六氣之辯，所遊的空間，何嘗不也是種種條件，但莊子明明說他們「無所待」。顯然，章太炎的解讀不符合原文的意旨。

然而，莊子說「無所待」的是「至人」、「神人」和「聖人」，大鵬也「無所待」嗎？其實，這是個誤導的提問，因為大鵬的寓言，用意根本不在於講有待與無待。這即是上文所講的篇中每一個角色和情節都有特殊的作用，不應該延伸到其他情節，混為一談。大鵬和學鳩斥鴳的對照，作用在於說明源於大知和小知的人生境界有大小之辯，而不在於提出有待與無待的分別。

「待」，本義指的是站立在路上等候，消極被動的意味比較強烈和明顯，因此把「待」詮釋為條件，合乎常識。這也是學者毫無例外的理解。然而，從義理上考慮，「待」其實還有更基本更深一層的意思。要站立在路上等候，必然有前提。我們必須先有目的，同時又必須知道如何能夠達到目的，其中又必然牽涉到知識，否則便不會知道在甚麼路上等候，何時等候，等候多久，乃至等候甚麼。從這個意義上講，「待」本質上是主動配合環境和情況，積極地活動，而不宜詮釋為消極被動等候條件出現。「待」實際上是在主宰自身所處的情況，以達到預期的結果。大鵬所待的是由擊水三千里而產生的衝力，乃至六月風，因為牠知道自己需要這樣巨大的衝力和風力才能沖天高飛。大鵬的確有所待，但牠主動的待與牠的所待，都是大知的證明。學鳩、斥鴳和蜩並非無所待，但牠們所待者小，而且自甘於小。〈逍遙遊〉篇講大知小知的差別，道理正在於此。莊子並非要比較大鵬和小鳥的生理結構，他是藉寓言來講道理。許多學者誤以為大鵬和學鳩斥鴳同樣逍遙或不逍遙，因為他們錯認莊子是動物學家。

認識了「待」的積極主動的意義，我們便能明白大鵬的寓意並非在於有待與無待，大鵬本身也不是「逍遙遊」的象徵，牠的敘事意義在於說明個體的「逍遙遊」自身所必需的條件，也就是所謂「大知」。在〈逍遙遊〉篇裏，我們沒有理據來詮釋大鵬的敘事意義在於說明大物的飛行需要更大更多的外在條件，儘管這也許合乎物理原則，但莊子並不是在講物理。我們總不該追問莊子怎麼知道有鯤鵬和北冥南冥的存在。鵬的碩大無朋，目的是用藝術方式來呈現大，鵬之大與北冥南冥之間的距離的大一樣，都是要突顯「大知」的大，最終就是要達到「遊無窮」的大。「大」字在〈逍遙遊〉篇出現了二十三次，全都是正面意義，絕非偶然。

大鵬在全篇第一章的特殊敘事用意僅僅象徵「小大之辯」中的大以及「大」如何憑積累而成。大鵬的敘事作用也不在於象徵「完全而絕對的自由」。在整個寓言中，從北冥遠飛南冥的行程這一細節，並非要呈現一個以大鵬為象徵的自由形象，而整個寓言也不是在講自由。正如上文所分析，〈逍遙遊〉前半篇的主旨是「小大之辯」。這是莊子的原話。從這個意義講，大鵬不是無需條件而「逍遙」的象徵，更不是「完全而絕對自由」的象徵。

〈逍遙遊〉篇最先出場的是鯤。鯤是碩大無朋的魚，但鯤也有魚卵的意思，莊子大概是存心一語雙關，鯤既是魚卵又是巨魚，也就是說至大並非天生如此，其實是從至小轉化而來的。全篇並非從大鵬寫起，目的就是要突顯一個「化」字。先有卵化為鯤，然後才可能由鯤化為鵬。「化」預設了成長，要求修養工夫。這是小大之辯的分水嶺。大鵬是「大」的象徵，但形體上的大只是表面的，實際上的大關鍵仍然在於「化」。北冥水底的不知其幾千里大的鯤，化而為鵬，其翼若垂天之雲，形體上無疑變得更大，化則指從海底世界轉入天空，空間顯然遠為擴大了。要利用邊際不斷擴大的空間，必需相應的龐大身軀和翅膀以及將要講到的大知。這正是鯤化為鵬的象徵意義和其所寓涵的義理。

天空是外界，鵬還有內心。「化」之所以可能，也正因為有心，大知小知都來自內心。鵬有目標，懂得配合外界的環境，利用北冥遼闊的水面滑行，乘著六月的海運，扶搖直上九萬里，在高空上超越所有障礙，安穩遠遊。這一切象徵大鵬的「大知」。行程有遠近之別，高飛必需厚風承載，遠行需要充分裝備糧食。這恍如魚卵成長為鯤，再化為鵬。遠飛天池的沿途上也需要外界其他條件的配合，所以說，「野馬也，塵埃也，生物之以息相吹也」。大鵬身軀無論有多龐大，在天地之間畢竟是小，作為一個意象，牠的用意在於令學鳩斥鴳相形見絀而已。大鵬真正的大，在於牠具備「大知」，懂得如何與天地之間的一切融為一體，善用自己的龐大身軀，配合外界無處不在的條件，完成自己設定的遠大目標。這就是大鵬的象徵意義，這也是前半篇第一章小大之辯的意旨。

〈逍遙遊〉的後半篇講遊，講逍遙，前半篇講如何修養才能逍遙，因此，如果我們只講何謂「逍遙遊」，講後半篇就夠了。當然，前半篇絕非多餘，不講修養工夫，專講境界，逍遙很容易流於空洞，因此，逍遙遊必須是工夫與境界的融合，遊是工夫，逍遙是境界。相對而言，工夫是動態，境界是靜態，但靜態的境界必須由動態的工夫來發現與開拓，才能成為現實。環境是現成的，但境界原來並不存在，必須由人來發現和開闢。這需要修養工夫，不能憑空想像。遊是工夫，逍遙是境界，逍遙遊動靜一如。從敘事結構上看，前半篇講小大之辯，後半篇講逍遙遊，義理上即是大而後能夠遊，能遊而後才能夠逍遙。

十、結語

現代學者講《莊子》的「逍遙」，幾乎都從境界上講，甚少提到工夫，自然也沒有從大知、從高遠來講「逍遙」，但缺乏工夫，「逍遙遊」淪為空談。韓非子說，犬馬難畫鬼易畫，因為沒人見過鬼，或者至少很少人見過。對於沒有見過鬼的人，隨便怎樣畫都可以說是鬼。莊子講的「逍遙遊」是光天化日之下，現實生活中的修養工夫，境界只能留給有此工夫，懂得享受「逍遙」的人來細味。

考證《太上老君常清靜經》成書於唐代的說法

黎志添

一、引言：《太上老君常清靜經》的歷代版本及流傳

《太上老君常清靜經》（除特別注明，以下統一用此稱）不足四百字，但是「言簡意賅，義理深刻」，向來被視為一部非常重要且對後世影響巨大的道教經典。本經分為兩章，均以「老君曰」開頭，經文後有葛仙翁、左玄真人和正一真人的三篇贊語。雖然不同版本的經文和贊語字數略有差異。根據該經現存宋代至清代的各種版本，這種由經文和真人贊語組成的內容結構一直沒有改變，據此可知該經在撰成之時已經具備這種結構模式。

明代《正統道藏》收有一部題為《太上老君說常清靜妙經》（DZ620）的經本。除本經外，《正統道藏》另收有七種註解本，皆題經名為《太上老君說常清靜經》，包括：（一）金代侯善淵《太上老君說常清靜經註》（DZ758）、（二）金代劉通微《太上老君說常清靜經頌註》（DZ975）、（三）元代李道純《太上老君說常清靜經註》（DZ755）、（四）元代王元暉《太上老君說常清靜經註》（DZ757）、（五）元代王道淵《太上老君說常清靜妙經纂圖解註》（DZ769）、（六）無名氏《太上老君說常清靜經註》（DZ756）及（七）（題）杜光庭《太上老君說常清靜經註》（DZ759）。

《太上老君常清靜經》的傳世書帖本，最早的一篇據傳是柳公權的小楷《太上老君常清靜經》（筆者按：有學者稱此帖是唐褚遂良的書帖，這是錯誤的），[1] 收入南宋高宗紹興初年由越州石邦哲編成的《越州石氏帖》（或稱《越州石氏博古堂帖》），北京故宮博物院現藏有此南宋書帖拓本，帖心高二十三點八厘米，凡五頁，三十三行，經文每行約二十一字（見圖一）。[2] 明拓元《樂善堂帖》收有趙孟頫小楷《太上老君說常清靜經》，書帖開首題為「太上老君說常清靜經」，款云「太上老君說常清靜經。集賢直學士朝列大夫吳興趙孟頫書」，拓本現藏中國國家圖書館。[3] 明代正德六年（一五一一）文徵明書《太上老君說常清靜經》，開首題為「太上老君說常清靜經」，款云「辛未（一五一一）七月廿又三日書於悟言室中。徵明」，書蹟現藏臺北故宮博物院。

至清代，嘉慶年間有蔣予蒲編纂的《道藏輯要》（共二十八集），尾集收有八洞仙祖合註的《太上老君說常清靜真經合註》（JY054）（見圖二）。嘉慶年間出現幾種不同名稱的「太上玄門早晚功課經」，例如《道藏輯要》張集收錄的《清微宏範道門功課》（JY263）、北京白雲觀重刻的《太上全真功課經》及廣州九江明德院刻印的《太上玄門功課經》等，它們均收入有《太上老君說常清靜經》。光緒三十二年（一九〇六）成都二仙庵方丈閻永和等輯成《重刊道藏輯要》，有新增道經《太上玄門功課經》（JY264），亦收有《太上老君說常清靜經》。據以上不同收錄本的經名來看，可知明清以來，「太上老君說常清靜經」已成為該經固定的經名，反之冠以「妙經」或「真經」的經名則不常見。

圖一：南宋本《太上老君常清靜經》，收入《越州石氏本》，東京二玄社，一九六二年。

與明清時期流行「太上老君說常清靜經」這一經名不同的是，宋代的版本多採用「太上老君常清靜經」這經名，即少了「說」字。目前傳世最早的不是寫本，而是北宋太平興國五年（九八〇）的石碑，由龐仁顯書、安文璨刻石，題為《太上老君常清靜經》，現藏於西安碑林博物館；碑高一百三十三厘米、寬六十七厘米。[4] 該碑有兩面，共刻有五篇經文，碑陰上部的經文題為《太上老君常清靜經》（見圖三）。除了北宋太平興國的石碑，第二種流傳的是宋版書帖本，收在紹興初年越州石邦哲編成的《越州石氏帖》，即上文所提及的傳為柳公權小楷《太上老君常清靜經》。第三種宋本《太上老君說常清靜經》為拓本，現藏在南京市博物館。一九八六年《文物》刊登李蔚然〈宋拓清靜經真偽淺見〉一文，首次公布該拓本，有五幀，幀高二十七點三厘米、寬七點五厘米。[5] 李蔚然之文所附的拓本圖片模糊不清，但依稀可辨大部分經文。此拓本包括經文和書題兩部分，但未有真人贊

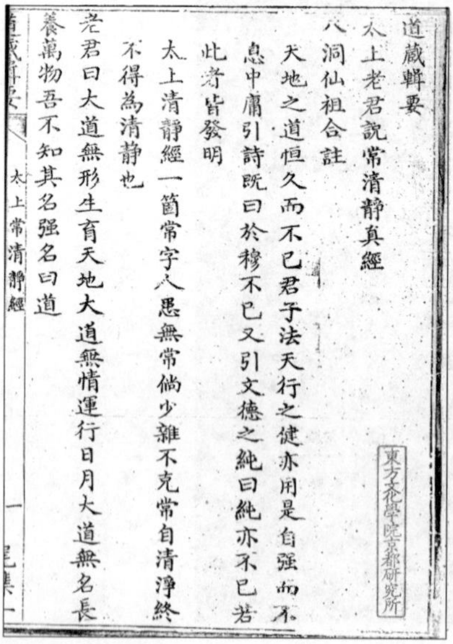
道藏輯要
太上老君說常清靜真經
八洞仙祖合註
天地之道恒久而不已君子法天行之健亦用是自強而不息中庸引詩旣曰於穆不已又引文德之純曰純亦不已若此者皆發明
太上清靜經一箇常字人愚無常倘少雜不克常自清淨終不得為清靜也
老君曰大道無形生育天地大道無情運行日月大道無名長養萬物吾不知其名強名曰道
太上常清靜經

圖二：八洞仙祖合註《太上老君說常清靜真經合註》，收入《道藏輯要》。

語。這三種宋本《太上老君常清靜經》，與明代《正統道藏》收入的本經和註解本的文字不盡相同，對「清靜」的解釋也存在差異。由此可證宋代三種《太上老君常清靜經》的版本具有相近性。

除經本和碑帖本外，南宋紹興改定的《秘書省續編到四庫闕書目》是最早錄入《常清淨經》(一卷)的傳世宋代官私書目。[6] 北宋仁宗慶曆元年(一〇四一)編成的《崇文總目》中，卷二十五「道家類」和卷四十五至五十三「道書類」著錄五二五部道經，但未有著錄《太上老君常清靜經》。[7] 南宋紹興三十一年(一一六一)鄭樵編成的《通志》，卷六十七〈藝文略〉第五〈道家〉錄有《太上混元上德皇說常清淨經》一卷。[8] 據南宋光宗紹熙二年(一一九一)謝守灝《混元聖紀》(原書稱為《太上老君實錄》，DZ770)卷九記載，真宗大中祥符七年(一〇一四)，太上老君被朝廷敕封為「混元上德皇帝」。[9] 據此，《通志》著錄的《太上混元上德皇說常清淨經》應不早於真宗朝之前流傳。

圖三：北宋太平興國五年《太上老君常清靜經碑》，東京大學人文研究所藏。

此外，在兩宋時期，「常清靜經」和「常清淨經」這兩種經名又常常混同使用。除了鄭樵題《太上混元上德皇説常清淨經》之外，南宋孝宗淳熙十一年（一一八四）衛涇在其《後樂集》卷十七中提及「葉雲心註《清淨經》」，稱「《常清淨經》，《道藏》之上品，學道之上戸牖也。余嘗誦讀，至老而未究其奥」。[10] 到了南宋末至元初，周密在其所著的《志雅堂雜鈔》及《雲煙過眼錄》同樣也提及「柳公權小楷書《清淨經》。」[11]

《太上老君常清靜經》在道教經典發展史有崇高地位，成為道教心性修煉者的重要經典。南宋著名道士白玉蟾曾引述其師陳楠的話，把《太上老君常清靜經》與《北斗經》、《靈寶度人經》和《消災經》等道經並列為道門最重要的經典：

> 真師曰：先師陳泥丸（即陳楠），昔在徽廟時，嘗遇大洞真人孫君與之曰：昔者元始天尊與太上老君所説出，採摭編錄，自成一藏。且如《北斗經》、《南斗經》、《消災經》、《常清靜經》、《天童經》、《靈寶度人》等經，玉皇天尊號，從上諸事，皆有實跡。[12]

金代全真派創教祖師王喆（號重陽子）倡導心性修行的基本功法和三教合一的思想，他把《太上老君常清靜經》與《般若心經》、《道德經》和《孝經》並列為全真派弟子可遵依之修真證道的四大真經。《甘水仙源錄》（DZ973）卷一收錄〈終南山神仙重陽真人全真教祖碑〉，碑稱：「真人（王喆）勸人誦《般若心經》、《道德》、《清靜經》及《孝經》，云可以修證。」[13] 王喆弟子馬丹陽掌教之後，就是以「清靜」、「無為」作為教門內丹修煉的基本原則。《丹陽真人語錄》（DZ1057）引述馬丹陽的「清靜說」，曰：「清靜之道，人能辨之，則盡善矣」、「故道家留丹經子書，千經萬論，可一言以蔽之，曰『清淨』」、「夫道，但清淨無為，逍遙自在，不染不著，此十二字若能咬嚼得破，便做個徹底道人」。[14] 據馬丹陽語錄可知，金元時期全真派尊崇清靜修心之法極其重視《太上老君常清靜經》。

《太上老君常清靜經》能在清代以降佔有崇高地位，主要是因為該經被編收為全真宮觀道士每天早晚功課必須諷誦的道經。在全真派《太上全真功課經》（JY264）裏，早課道經有四部，依次為：（一）《太上老君常清靜經》、（二）《太上洞玄靈寶昇玄消災護命妙經》、（三）《太上靈寶天尊說禳災護命度厄真經》和（四）《無上玉皇心印妙經》。《太上全真功課經》將《太上老君常清靜經》編選為全真派早課的第一部道經，這證明清代全真派宮觀繼承了金元時期創教祖師們高度重視該經的傳統。

二、研究問題：《太上老君常清靜經》的成書年代

上節概括了《太上老君常清靜經》自北宋初太宗太平興國五年以來流傳至今的各種石刻、書帖及刻印的版本。雖然該經在道教經典歷史和心性修煉傳統中具有重要地位，然而，歷來學者對《太上老君常清靜經》的成書年代及其複雜的流傳過程卻缺乏深入且具說服力的考證，甚至令人感覺當前學術界對此經的成書問題好像束手無策。我們常常能在過去的研究中看到「此經成書難以確定，學者多以為出自唐代」、[15]「這部經典成立時期已無法詳考」、[16]「真正的作者及撰作年代不詳」、[17]「關於《清靜經》的年代，學者甚少做考證工夫，但大都主張成於唐代」、[18]「大約成書於唐代的道教經典」[19]等類似說法。可見學者們對《太上老君常清靜經》成書年代的研究並不理想。〈《太上老君説常清靜妙經》成書略考〉一文的作者提出：「筆者經考證認為，《清靜經》約為陶弘景至北周末年之間的作品」。將《太上老君常清靜經》的成書年

代追溯至唐代之前的六世紀，但這種說法沒有文獻證據支持，只可當作是一種推測。另有〈說經注我——從無名氏《太上老君說常清靜經註》看道教講經〉一文稱：「如果貞觀年間的確可以作為《清靜經》成書的最晚下限，那麼，此書出自南北朝末期是絕對可能的。」[20]蕭登福的《太上老君說常清靜妙經通解》更作出模糊不清的結論：「此經在唐初應已存在，其撰作年代至遲不晚於唐，更極可能是六朝末至唐初間的作品。」[21]

為了填補學術界對《太上老君常清靜經》成書研究的不足，本論文嘗試重新考證該經的不同版本及來源。本論文的主要目的，是分析《太上老君常清靜經》是否為唐代的道教經典。筆者考證了三種有關《太上老君常清靜經》成書於唐代的說法及相關的文獻證據，第一種出自唐末五代杜光庭編撰的《墉城集仙錄》，卷一〈金母元君傳〉中，杜光庭提及周昭王二十五年（前一〇二六）老君西遊龜臺「為西王母說《常清靜經》」，而明代《道藏》則收錄有一部題為「左右街弘教大師傳真天師賜紫廣成先生杜光庭」所註的《太上老君說常清靜經註》（見圖四）；第二種是柳公權小楷《太上老君常清靜經》帖；第三種是《道藏》收錄的無名氏《太上老君說常清靜經註》，有學者認為該註本是唐代作品。

通過考證分析，本論文的結論是《太上老君常清靜經》不可能成書於唐代。雖然，筆者仍然未能確定該經在五代至北宋初之間的撰作年份、地點和作者，但是，筆者可肯定，《太上老君常清靜經》在北宋時期才開始流傳，這也是本論文的初步研究成果。事實上，我們注意到在北宋初期幾位著名的道士著作裏，《太上老君常清靜經》並沒有重要的地位，甚至稱得上不受注意。後來，因為受到北宋末徽宗推動道教的影響，結果，《太上老君常清靜經》在南宋道教經典傳承發展中逐漸佔有重要地位，尤其得到以南宗心性修煉傳統為主的道士垂青。同時，在北方的金朝，以王喆為首的全真派道士又進一步將《太上老君常清靜經》提升為該派修真仙經之首。本論文的結論是，《太上老君常清靜經》在經過宋、金、元三朝道派和道士們的推動、教化和註釋之後，最終在道教經典史發展中達至目前的崇高地位，並發揮重要的教化影響。

圖四：（題）杜光庭註：《太上老君說常清靜經註》，收入《正統道藏》。

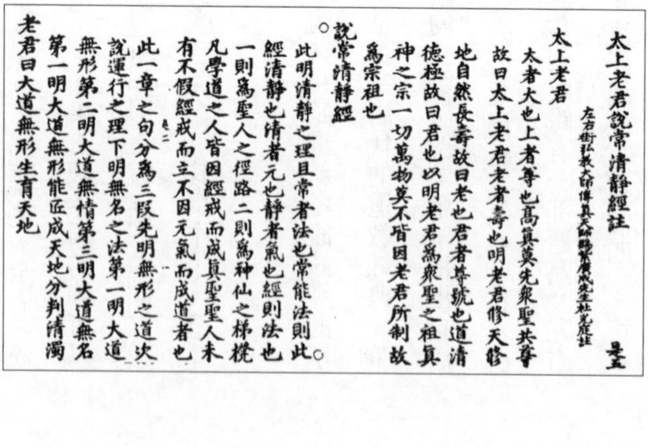

太上老君說常清靜經註　昃五

左右街弘教大師傳真天師賜紫廣成先生杜光庭註

太上老君

太者大也上者尊也高真莫先衆聖共尊故曰太上老君老者壽也明老君修天修地自然長壽故曰老也君者尊號也道清德極故曰君也以明老君爲衆聖之祖真神之宗一切萬物莫不皆因老君所制故爲宗祖也

○說常清靜經

此明清靜之理且常者法也常能法則此經清靜也清者元也靜者氣也經則法也一則爲聖人之徑路二則爲神仙之梯櫈凡學道之人皆因經戒而成真聖聖人未有不假經戒而立不因元氣而成道者也○此一章之句分爲三段先明無形之道次說運行之理下明無名之法第一明大道無形第二明大道無情第三明大道無名第一明大道無形能匠成天地分判清濁

老君曰大道無形生育天地

三、杜光庭與《太上老君常清靜經》的成書關係

目前，大多數學者都接受《太上老君常清靜經》大約成書於唐代的說法。但是至今未發現《太上老君常清靜經》的唐代寫經本，因此這種說法欠缺充分客觀的文獻證據。筆者曾全文搜索明代《正統道藏》，發現其中六朝至隋唐的道經都未曾被提及或引用過《太上老君常清靜經》。最明顯的例子之一是《正統道藏》收錄的八種唐代《道德經》註疏本，包括李隆基《唐玄宗御注道德真經》（四卷，DZ677）、《唐玄宗御製道德真經疏》（十卷，DZ678）、陸希聲《道德真經傳》（四卷，DZ685）、李約《道德真經新注》（四卷，DZ692）、王真《道德經論兵要義述》（DZ713）、趙志堅《道德真經疏義》（六卷，DZ719）、李榮《道德真經註》（四卷，DZ722）和杜光庭《道德真經廣聖義》（五十卷，DZ725）等，均未提及《太上老君常清靜經》或保留該經的引文。

一些學者接受《太上老君常清靜經》成書於唐代之說的原因，主要是因為該經與杜光庭有關。《正統道藏》收有一部題為杜光庭所撰的註解本——《太上老君說常清靜經註》。三田村圭子〈『太上老君說常清静経註』について—杜光庭本の資料的検討—〉和麥谷邦夫〈『太上老君說常清靜經』考—杜光庭注との関連において—〉這兩篇文章，均把《太上老君說常清靜經》

中的「清靜」一詞與杜光庭的其他著作——例如《道德真經廣聖義》（DZ725）中的「道性無染」、「湛然寂然」等清靜之說直接聯繫起來，進而指出杜氏《太上老君說常清靜經》的註解本確實與其整體的「道性清靜」思想一脈相承，據此，他們便相信，這證明了道藏本《太上老君說常清靜經註》乃是杜光庭的著作。[22] 孫亦平〈清靜與清淨：論唐代道教心性論的兩個致思向度——以杜光庭思想為視角〉一文亦類近這種研究進路。孫氏首先接受了《太上老君說常清靜經註》為杜光庭註，繼而將這一註本與杜氏的《道德真經廣聖義》互引和互證，最後結論《太上老君說常清靜經註》與《道德真經廣聖義》均一致地反映出杜光庭本人所重視的「道性清靜」、「返性歸元」的道教思想。[23]

此外，一些學者支持《道藏》本《太上老君說常清靜經註》為杜光庭之著作的理由，是在杜氏編撰的《墉城集仙錄》（DZ783）（卷一〈金母元君傳〉），也提到了《常清靜經》一書。據此，學者們便相信杜光庭熟知《常清靜經》並或擁有該經的唐寫本。傳世《墉城集仙錄》有三種版本：《正統道藏》本、《太平廣記》本及《雲笈七籤》本。首先，《正統道藏》收有《墉城集仙錄》殘存六卷，卷一〈金母元君傳〉載：

> 王母又遣使授舜皇琯，吹之以和八風。周昭王二十五年，歲在乙卯，老君與尹真人尹喜游觀八弦之外，西遊龜臺，為西王母說《常清靜經》，故太極左宮仙公葛玄序曰：吾昔受之於東華帝君，東華帝君受之於金闕帝君，金闕帝君受之於西王母，皆口口相傳，不記文字。吾今於世，書而錄之。[24]

《正統道藏》本《墉城集仙錄》收有老君授予西王母《常清靜經》的傳說。然而這個傳授的傳說並沒有出現在北宋張君房《雲笈七籤》收錄的另一版本《墉城集仙錄》之內（見卷一一四至一一六卷）。《雲笈七籤》本《墉城集仙錄》共收有二十七篇女仙傳記及杜光庭撰的〈墉城集仙錄敘〉。《正統道藏》本和《雲笈七籤》本《墉城集仙錄》僅有兩篇女仙傳記重複，即〈西王母傳〉（《道藏》本稱為〈金母元君傳〉）和〈九天玄女傳〉。《正統道藏》本和《雲笈七籤》本在〈西王母傳〉的最大差異之處，正是老君授予西王母《常清靜經》的傳說。《雲笈七籤》卷一一四〈西王母傳〉沒有提及老君授予西王母《常清靜經》之事，「王母又遣使授舜皇琯，吹之以和八風」這一句之後是《尚書·帝驗著》的一大段有關茅盈、張陵、王褒朝謁西王母受道經的文字。可以說，上述兩種《墉城集仙錄》本的差別，不應是僅出於傳抄錯誤，而是出於較後版本的編選者更換底本的結果。

《正統道藏》本和《雲笈七籤》本《墉城集仙錄》孰先孰後的問題，歷來研究者對之有不同觀點。例如《四庫全書總目提要．子部．道教類存目》的編修者曾對其所採用的兩淮鹽政採進本《墉城集仙錄》（即《正統道藏》六卷本的抄本）做過著錄和提要，並同《雲笈七籤》本比勘，並認為：「疑君房所錄為原本，而此本為後人雜摭他書砌合成編。」[25] 即《正統道藏》本係後人之偽作，而《雲笈七籤》本《墉城集仙錄》則屬原本。對於《四庫全書》館臣的說法，有些學者持相反的觀點，例如羅爭鳴認為《正統道藏》本更可能是原本，《雲笈七籤》所收的二十七篇女仙傳則經過宋人的加工。[26] 顯而易見的是，與《四庫全書》館臣觀點相反的學者的理由，只是基於《正統道藏》本收有「杜光庭」的《太上老君說常清靜經註》，杜氏的註本又記載了西王母與《清靜經》的傳授關係：「仙人葛玄曰：吾得真道，嘗誦此經萬遍。此經是天人所習，不傳下士。吾昔受之於東華帝君，東華帝君受之於金闕帝君，金闕帝君受之於西王母。皆口口相傳，不記文字」。據此，許多學者就相信杜光庭在其《墉城集仙錄》（即據《正統道藏》本）確已載入了老君授西王母《常清靜經》之事，例如羅爭鳴稱：「基本可以肯定《道藏》六卷本此篇（〈金母元君傳〉）為杜光庭編撰的原本」。[27]

對於《正統道藏》本《太上老君說常清靜經註》是否為晚唐杜光庭之著作，筆者稍後將會作詳細討論，現在先探討《正統道藏》本《墉城集仙錄》〈西王母傳〉記載老君授予西王母《常清靜經》一事的真偽問題。首先，根據北宋太平興國年間（九七七至九八四年）李昉等編纂的《太平廣記》，可知《太平廣記》卷五十六「女仙」類第一則〈西王母〉引自《墉城集仙錄》，且與《雲笈七籤》本卷一一四〈西王母傳〉文字相同，即是說二者不同於《道藏》本《墉城集仙錄》，均未出現周昭王二十五年老君西遊龜臺為西王母說《常清靜經》這一段文字。[28] 據此可知，北宋初的《太平廣記》和《雲笈七籤》依據的《墉城集仙錄》版本，並未提及老君西遊龜臺授予西王母《常清靜經》之說。對此，羅爭鳴反駁說：「《太平廣記》成書早於《雲笈七籤》，可見在《雲笈》本之前，此篇（〈西王母傳〉）已被修改。」[29] 一些學者在研究《正統道藏》本杜光庭《太上老君說常清靜經註》時出現的問題是：他們幾乎完全不會懷疑該註本是否出自唐代杜氏，卻推說宋人（即《太平廣記》和《雲笈七籤》的編纂者）修改了杜光庭《墉城集仙錄》的原作。

對於《太上老君常清靜經》的成書年代問題，本論文所持的觀點是該經應是在九三三年杜光庭去世之後，才撰成並開始流傳，不可能撰成於唐代。基於這個結論，杜光庭《墉城集仙錄》的〈西王母傳〉的初本應沒有老君西遊龜臺授予西王母《常清靜經》這一說法。本結論的說服力在於，能夠解釋為何北宋初《太平廣記》本和《雲笈七籤》本的《墉城集仙錄》〈西王母傳〉均沒有收錄老君傳授西王母《清靜經》之說。《正統道藏》收有一部署稱為「宋觀復大師高士謝守灝」所編的《混元聖紀》(DZ770),卷四載「為西王母說《常清靜經》亦此西遊龜臺之時」。[30]《混元聖紀》(全稱《太上老君混元聖紀》)原稱《太上老君實錄》,全稱為《太上老君混元上德皇帝實錄》。現存《正統道藏》本《混元聖紀》屬明代的增修本。[31]《藏外道書》第十八冊收有《太上老君實錄》的南宋抄本,共計七卷,現藏於中國國家圖書館。[32]謝守灝為南宋道士,字懷英,光宗紹熙初,獲朝廷賜號「觀復大師」。謝守灝於紹熙二年(一一九一)上呈《太上老君混元實錄》,稱:「臣所編《太上老君混元實錄》,謹隨表投進以聞」(ZW 18:6a)。《藏外道書》所收錄的宋本《太上老君實錄》卷四保留了「老君西遊龜臺授西王母《常清靜經》」這句。但是,謝守灝只是以一種註解的方式對內文作出補充解釋。原因是《太上老君常清靜經》附有的〈葛仙翁贊語〉記稱葛玄「(吾)昔受之於東華帝君,東華帝君受之於金闕帝君,金闕帝君受之於西王母,皆口口相傳,不記文字。吾今於世,書而錄之也」,因此,筆者相信謝守灝就在《太上老君實錄》提出他個人對《太上老君常清靜經》成書來源的看法,即在老君偕尹喜遊「此宛利天下五嶽名山、洞天宮觀及四海江河洞源水府」之時,老君亦同時(在西遊龜臺時)「為西王母說《常清靜經》」(ZW 18:71b)。據紹熙二年(一一九一)這一年份推斷,筆者相信《正統道藏》本《墉城集仙錄》〈西王母傳〉插入老君西遊龜臺授西王母《常清靜經》之傳說的時間，當是出於後人引用了謝守灝《太上老君實錄》的註解開始並流傳。由於唐末五代杜光庭《墉城集仙錄》〈西王母傳〉初本(見《太平廣記》本和《雲笈七籤》本)均未有收入老君西遊龜臺授西王母《常清靜經》之說，因此，可合理地推論，唐本《墉城集仙錄》不可能提及有《常清靜經》。若上述的論證成立，筆者認為學者不應再以《道藏》本《墉城集仙錄》的〈西王母傳〉為依據，推斷杜光庭撰成《墉城集仙錄》之時，《太上老君常清靜經》已經成書並流傳。

關於《正統道藏》本《太上老君說常清靜經註》是否為杜光庭所撰的問題，筆者將從外緣和內緣兩方面探討。首先是外緣方面的考證，杜光庭一生著述甚豐，現存收入《正統道藏》的杜光庭著作有二十九種，以《道德經註》、齋醮科儀類和神仙記傳類這三方面為主。不過，從版本考證的角度來說，由於杜光庭的著作在後世逐漸佚亡或為後人增補，以致真偽莫辨，例如上述提及的《正統道藏》六卷殘本《墉城集仙錄》便是例子之一。另一例子是，北宋《崇文總目》卷四所收錄的杜光庭撰《道德經廣聖義》為三十卷，但《正統道藏》本則擴大為五十卷(DZ725)。

雖然許多學者對杜光庭的著述已作過許多考證，但大都未有注意《正統道藏》本所題「杜光庭撰《太上老君說常清靜經註》」的真偽問題。宋代有三部大型官方和私家編修的書目均專門著錄過道教經典，即北宋仁宗慶曆元年編纂完成的《崇文總目》、南宋紹興初年改定的《秘書省續編到四庫闕書目》[33]及南宋鄭樵《通志．藝文略》。《崇文總目》和《秘書省續編到四庫闕書目》是著錄館閣藏書的官修目錄，而《通志．藝文略》除了依據官修目錄之外，還利用了其他十三部宋代私家書目。《崇文總目》（據《四庫全書》十二卷本）卷四十五至五十三悉數著錄道書，數目大約有五百一十八部，一千零八十一卷之多。[34]《秘書省續編到四庫闕書目》（據清光緒二十九年葉德輝批校重刻本）著錄的道書，共計六百六十二部。至於鄭樵《通志．藝文略》卷五道家類著錄的道書，計為一千三百二十一部，三千六百七十四卷。[35]比較三家目錄著錄的道書數量，《通志．藝文略》是諸目之冠。據筆者統計，《崇文總目》著錄杜光庭撰有道書八部，《秘書省續編到四庫闕書目》著錄杜光庭撰有道書十四部，《通志．藝文略》則著錄有杜光庭撰注道書二十部。其中著名的有《道德經廣聖義》三十卷（《正統道藏》本為五十卷）、《墉城集仙錄》十卷（《正統道藏》本為六卷）、《仙傳拾遺》四十卷（《正統道藏》未收）、《道教靈驗記》二十卷（《正統道藏》本為十五卷）等。然而，上述三部宋代道書目錄卻未有著錄杜光庭撰註《太上老君說常清靜經註》，反之，卻著錄有杜光庭註《陰符經》一卷。[36]

除了《崇文總目》未有著錄《太上老君說常清靜經》之外，《秘書省續編到四庫闕書目》和《通志．藝文略》均著錄有《常清靜經》，但這兩種南宋書目未提及該經與杜光庭有關，《秘書省續編到四庫闕書目》著錄「《常清淨經》一卷」，[37]《通志．藝文略》卷五著錄「《太上混元上德皇說常清淨經》一卷」。另，《通志．藝文略》還著錄有六種《常清淨經》的註解本：「《太上混元上德皇說常清淨經》一卷；董朝奇注；又一卷，吳中起注；又一卷，周申注；又一卷，孫膺注；又別解一卷；又一卷，劉本注。」[38]鄭樵的《通志》成書於南宋高宗紹興三十一年（一一六一），為鄭氏「五十載總為一書」的耕耘成果，據此，當可知《通志．藝文略》所列六家《太上混元上德皇說常清淨經》的註本，應是北宋末徽宗朝至南宋初高宗朝流傳《太上老君常清靜經》的註本。可是，在《通志．藝文略》列出杜光庭撰注的二十部道書目錄中，並未有提及《太上老君常清靜經》的杜光庭註本。龍彼得（Piet van der Loon）的《宋代收藏道書考》（一九八四）可以作為杜光庭未曾撰註《太上老君說常清靜經註》的旁證。在龍氏所收錄的超過十種宋代官私書目中，完全未提及杜光庭註《太上老君常清靜經》的記錄。[39]

據筆者全文搜索的結果，在《正統道藏》所收杜光庭的二十九種著作中，杜氏亦未曾引錄過《太上老君常清靜經》（或常清淨經）的經名或經文。最為顯著的例子是《道德經廣聖義》。杜光庭在其序文「天復元年（九〇一）龍集辛酉九月十六日甲子序」中，記載了一份漢唐六十餘家《道德經》詮疏箋註的目錄。[40] 杜序強調太上老君降跡，隨方演化，為使人達致「恬和清靜之道」。[41] 正如孫亦平研究《道德經廣聖義》時所指出，「清靜」與「清淨」是杜光庭在道教心性理論和修道實踐中的兩個重要的視角。[42]《正統道藏》五十卷本《道德真經廣聖義》中，共計出現「清靜」一詞八十七次，「清淨」一詞四十七次，例如「清靜之道」、「清靜之法」、「清靜妙本」、「清靜為基」、「清淨之性」、「清淨妙體」、「清淨法性」、「清淨之道」等。雖然《道德真經廣聖義》多次出現「清靜」與「清淨」這兩個詞，但是，五十卷本完全未提及《太上老君常清靜經》的經名或引文，更未見著錄杜氏撰有該經的註本。《道德經廣聖義》匯集了漢唐六十餘家《道德經》的詮疏箋註，這六十餘家自然包括了杜光庭在內，筆者很難理解為何《道德經廣聖義》沒有《太上老君常清靜經》的著錄信息。

又以《正統道藏》收入的八種唐代《道德經》註疏本為例，全文搜索的結果是，這八種唐代註本未提及《太上老君常清靜經》或引錄該經的經文。故此，倘若一些研究唐代重玄學的學者所提出的觀點是成立的，即《太上老君常清靜經》反映了盛唐前後重玄學的雙遣思想——「通過觀空亦空等覺悟之後，便明自心本來清靜」，[43] 我們便無法根據上述八種唐代《道德經》註本來證明這些學者的說法。

以下，筆者從內緣角度來探討《正統道藏》本題「杜光庭」撰《太上老君說常清靜經註》之成書年代的真偽問題。《正統道藏》本題《太上老君說常清靜經註》的撰者為「左右街弘教大師傳真天師賜紫廣成先生杜光庭註」。[44] 在《正統道藏》收錄的二十九種杜光庭著作中，大多數杜光庭的署稱為「廣成先生杜光庭」，即稱廣成先生杜光庭集、修、刪定、纂、編或述，《太上老君說常清靜經註》這樣的包括杜光庭之師號及其俗職賜紫的署稱方式不屬常態。不過，也有異例。《錄異記》（DZ591）、《廣成集》（DZ616）和《歷代崇道記》（DZ593）分別題稱「光祿大夫尚書戶部侍郎廣成先生上柱國蔡國公臣杜先生纂」、「上都太清宮內供奉應制文章大德賜紫杜光庭撰」及「上都太清宮文章應制弘教大師賜紫道士臣杜光庭上進謹記」。[45] 關於杜光庭從唐僖宗廣明二年（八八一）入蜀之後獲得朝廷重視及其後在前蜀王朝出仕（杜光庭於前蜀咸康元年（九二五）解官退隱青城山）之間所曾獲賜的師號、俗職、封爵和賜紫的經歷，學者對此已有很多敘述，在此不贅。[46] 綜合來說，在僖宗朝，杜光庭被賜「弘教大師」、「文章應制」、「賜紫」、「上都太清宮內供奉道士」。[47] 雖然杜光庭第一次入蜀年份並未有定論（一說八七六年[48] 或八八五年[49]），但是在八八五年再次回到成都定居之時，已屬前蜀高祖王建統治，高祖對杜氏尊崇有加，屢贈師號、封爵及委任官職，包括「光祿大夫」、「尚書戶部侍郎」、「上柱國」、

「彭城郡蔡國公」、「廣成先生」等;及後,至前蜀後主王衍時,再進加「傳真天師」、「崇真館大學士」等師號和官職。從晚唐和前蜀兩朝所獲賜的師號、俗職、封爵和賜紫的經歷來看,杜光庭在《錄異記》的「光祿大夫尚書戶部侍郎廣成先生上柱國蔡國公臣杜先生纂」的署稱,乃屬於前蜀時期的官階品位。至於《廣成集》的「上都太清宮內供奉應制文章大德賜紫杜光庭撰」的署稱,以及《歷代崇道記》的「上都太清宮文章應制弘教大師賜紫道士臣杜光庭上進謹記」,皆屬於唐僖宗朝的官階品位。據此,「弘教大師」和「賜紫」的賜贈應是杜光庭在僖宗朝獲得的,而「廣成先生」和「傳真天師」則分別獲賜於前蜀王建和王衍兩朝。從《錄異記》、《廣成集》和《歷代崇道記》這三個杜光庭署稱的例子來說,杜光庭不會把在唐朝和前蜀王朝分別獲得的各種師號、俗職、封爵和賜紫混雜起來,不加區別。《太上老君說常清靜經註》是唯一的例外。杜光庭的署稱——「左右街弘教大師傳真天師賜紫廣成先生杜光庭註」——卻把僖宗時的「弘教大師」、「賜紫」和前蜀時的「廣成先生」、「傳真天師」混合起來。對此,我們可以有理由推論,這種混雜的署稱不應出自杜光庭本人。前蜀乾德三年(九二一)杜光庭得到後主王衍賜授「傳真天師」之師號,並為「崇真館大學士」。[50] 據此年份,署稱自己為「左右街弘教大師傳真天師賜紫廣成先生」的杜光庭若撰有《太上老君常清靜經註》,該註本的成書時間也只可能在乾德三年之後。然而，如上所述，在《正統道藏》收入的杜光庭二十九種著作中（尤其在九〇一年蜀中成書的《道德經廣聖義》），卻未見著錄《太上老君常清靜經》（或《常清淨經》）的經名或引文，這樣，我們就無法合理解釋為何在乾德三年杜光庭獲得賜授「傳真天師」之後，至九三三年杜氏過世時的十二年間（九二一至九三三年），在蜀地忽然出現一部《太上老君常清靜經》，並得到廣泛流傳，更得到杜氏為此經作詳註。

以下，筆者再舉出另兩則旁證，進一步證明《正統道藏》本題《太上老君說常清靜經註》「左右街弘教大師傳真天師賜紫廣成先生杜光庭註」的署稱是後人偽託的。其一，在前蜀乾德二年（九二〇），自署為「廣成先生光祿大夫尚書戶部侍郎上柱國蔡國公」的杜光庭曾為玄德大師強思齊（字默越，唐末四川濛陽人，今彭縣境）所撰的《道德經玄德纂疏》（二十卷，DZ711）作序文。[51]《道德經玄德纂疏》共二十卷，全書出現「清靜」一詞共計二十九次，但與前述的唐代八種《道德經》註疏本一樣，未有著錄有《太上老君常清靜經》的經名或引錄經文。其次，《正統道藏》本《太上老君說常清靜經註》署稱杜光庭為「左右街（威儀）」，不符合歷史事實，相信是出於後人的附會。「左右街威儀」是唐朝中央道官制名，隸鴻臚寺，分左、右街威儀，掌道教宮觀、道士名冊及道官補授之事。[52]杜光庭曾擔任左右街威儀的道官之職的說法，不僅未有載入唐宋史料文獻，如《五代史補》、《蜀檮杌》和《宣和書譜》，況且直到元代趙道一編撰的《歷世真仙體道通鑑》（DZ296），亦沒有提及杜光庭曾擔任這一職位。[53] 基於杜光庭在唐僖宗朝或前蜀高祖、後主朝未曾擔任過「左右街威儀」之職，因此我們認為《正統道藏》本署稱「左右街弘教大師傳真天師賜紫廣成先生杜光庭註」的《太上老君說常清靜經註》乃屬後人的附會。

總結本節探討杜光庭與《太上老君常清靜經》的成書問題，本論文不同意大多數學者接受該經成書於唐代的說法，筆者亦不贊同《正統道藏》的註本是由杜光庭所撰。本論文又考證了杜氏《墉城集仙錄》〈西王母傳〉的原文並無有關「老君西遊龜臺授西王母《常清靜經》」之說，只是到了南宋紹熙二年謝守灝所撰的《太上老君實錄》才產生了這一新的說法。

四、其他有關《太上老君常清靜經》成書於唐代的說法

除了經常援引《正統道藏》收入的題為杜光庭撰註的《太上老君說常清靜經註》及《墉城集仙錄》〈西王母傳〉這兩種文獻作為證據之外，有些學者還會利用以下三種文獻作為支持《太

上老君常清靜經》成書於唐代的理由。第一種是傳唐柳公權楷書作品中有《太上老君常清靜經》，且更有說法，認為此帖成書於唐文宗開成五年（八四〇）。[54]第二種資料證據是在《正統道藏》裏收錄題為無名氏的註本。由於無名氏註本中多載有唐代時期持誦此經所得的靈應事跡，因此，有些學者認為是「撰者據所聞而記」，[55]並因而推論說，《太上老君常清靜經》「在唐時已普遍流傳」。[56]第三種文獻資料是南宋孝宗隆興二年（一一六四）陳田夫撰成的《南嶽總勝集》（三卷）。該集提及唐玄宗天寶年間（七四二至七五六年）有道士李思慕「注清淨經」。以下，筆者將分析上述三種文獻資料及相關的論證，進而證明它們均未能作為《太上老君常清靜經》成書於唐代的證據。

現今坊間流行的《中國書法大辭典》（一九八四）、《中國書法全集》（一九九三）、《柳公權法書集》（二〇〇一）等書法集，都會提及柳公權的書法作品中有《太上老君常清靜經》，[57]目前傳世的僅有南宋初的拓本，摹刻的時間大約是南宋高宗朝，為越州博古堂石邦哲所刻，收入《越州石氏帖》（凡二十五種，或說二十七種），即若該作品曾經存在，然其墨蹟已佚。南宋陳思（宋理宗朝時〔大約一二五一至一二六四年〕在世）編刊的《寶刻叢編》卷十三題「石氏所刻歷代名帖」並列有二十七種名帖，其中有顏真卿《寒食帖》、《論爭座位帖》、《祭伯父文》、《祭娙文》及《馬伏波帖》等六種；而柳公權有《清淨經》、《消災經》及《泥甚帖》共三種；白居易《詩簡》一種。[58]南宋越州石氏博古堂刻成二十七種書帖後，其拓本流傳三百年，後僅七帖傳下，「今存《越州石氏帖》散頁藏中國歷史博物館（有顏真卿、柳公權、白居易等幾家法帖）。另，日本東京國立博物館藏有王羲之書小楷《樂毅論》、《黃庭經》及《東方朔畫贊》殘本。」[59]

現存《越州石氏帖》所收入的柳公權小楷《太上老君常清靜經》只是南宋時人的拓本。由於此宋拓本在用筆、結構方面均接近柳公權，因此歷代（宋、元、明、清）至今，大多數書法家、鑑藏家都把此刻帖視為柳公權的作品。誠然，若要從書法特徵和藝術水平等角度重新辨證此拓本是否為後人偽託，已超出本論文的範圍，但是，若從唐代道教經典的出世和流傳這兩方面來說，《太上老君常清靜經》能否在開成五年（八四〇）以前成書，則有待考證（案：上文已證，《太上老君常清靜經》不可能於九〇一年杜光庭在蜀中撰成《道德經廣聖義》之前出世）。事實上，《越州石氏帖》小楷《太上老君常清靜經》是否為宋人偽託，這個課題最關鍵之處是此拓本上並無柳公權的署款。例如中國國家圖書館藏的柳公權書《神策軍碑》（書於會昌三年（八四三）），雖然原碑久佚，然在宋拓本上就有署名「臣柳公權」。又例如《消災護命經》，也傳為柳公權小楷名蹟，備受清人推崇，且署明柳公權書，但署款的官銜上所記時間有誤，因此，今人還是可斷定《消災護命經》並非柳公權的真蹟，乃係後人偽託。據統計，宋代文獻中記載的柳公權書法作品就有九十六種之多，但多為存疑者。借用徐邦達一文的考證成果，「唐柳公權書墨蹟，世已失傳。明、清以來，屢見著錄可被鑑藏家們稱譽備至，至今仍有人信以為真的所謂柳書，有《蘭亭詩》長卷、《蒙詔帖》（並藏故宮博物院），實均非是。」[60] 因為宋拓本柳書墨蹟的偽託者多，因此，從書法史的角度來鑑別《越州石氏帖》小楷《太上老君常清靜經》是否為柳公權所書，似是不容易（或不可能）之事。[61] 例如《中國書法大辭典》也僅記稱《常清靜經》「傳唐柳公權書」。[62]

依筆者目力所見，最早提出柳公權書《太上老君常清靜經》的說法是始於《宣和書譜》。《宣和書譜》著錄北宋徽宗時期御府所藏歷代墨蹟。卷四載「然公權之書，得名正其楷法耳。今御府所藏十有一，正書：度人經二、清淨經、陰符經、心經、寄藥帖；行書：宮相帖、撿領帖、蘭亭帖、紫絲鞋帖、簡啟草藁。」[63] 雖然，《宣和書譜．序》稱是作成於北宋徽宗宣和二年（一一二〇），但由於在元以前，如南宋晁公武《郡齋讀書志》、馬端臨《文獻通考》及《宋史．藝文志》（成書於一三四五年）俱不載《宣和書譜》，因此，其成書時間至今尚無定論。[64] 不過，根據南宋陳思《寶刻叢編》的著錄，至少在理宗時期，已流傳柳公權書《常清靜經》的說法。入元之後，袁桷（號清容居士）在其詩文集——《清容居士集》卷五十撰有〈跋柳公權書清靜經〉，袁氏更將越州石氏刻柳公權書《常清靜經》的時間前推至北宋仁宗慶曆之時（一〇四一—一〇四八），他稱「韓氏（韓侂胄）閱古堂《清靜經》乃越石氏家藏舊物。石居新昌，慶曆時刻此帖，後入復古」。[65]元代袁桷「慶曆時刻此帖（《常清靜經》）」之說，是目前筆者所知有關越州石氏刻柳公權書《常清靜經》時間為最早的一種說法，比《宣和書譜》的著錄年份更早。

至於流傳柳公權於唐開成五年以小楷書《常清靜經》的說法，卻遲至南宋末至元初才出現。周密，湖州人，歷官建康府都錢庫、京漕闈幕府、監當局務官，義烏令等。宋亡，隱居不仕，長住杭州。周密在文物鑑賞方面享有盛名，其《雲煙過眼錄》（成書於一二八九至一二九八年期間）記載了四十三位私人藏家及其藏品，也著錄了南宋宮廷趙氏宗親的部分收藏。周密對這些藏品的著錄包括創作者、書畫名稱、藏家、題跋、印記等等資料。周密另有《志雅堂雜鈔》一書，其中「圖畫碑帖」一部分，以日記體的形式，記錄了其晚年的鑑藏交遊活動，涉及了很多藏家的書畫見聞。《雲煙過眼錄》卷三和《志雅堂雜鈔》卷上，均提出柳公權於開成五年書《清淨經》：「柳公權小楷《清淨經》，開成五年書于上都照成觀」（見《雲煙過眼錄》）及「柳公權小楷書《清淨經》，開成五年（八四〇）書于上都照成觀，極佳」（見《志雅堂雜鈔》）。[66]周密這番話的確實含義，筆者認為要從上下文的整體意思來理解。在《雲煙過眼錄》和《志雅堂雜鈔》裏，周密提及元初書畫收藏家高鑄（字仲器，任省椽一職）的收藏品，計有唐人臨摹蘭亭、柳公權小楷清淨經、蘇東坡書杜少陵驃騎圖詩、易元吉草蟲小幅、艾宣鵪鶉、韓滉漁獵圖，及畫家郭熙效仿畫家李成的山水圖等。據此，周密鑑賞過高鑄的藏品，但不知道他看到的柳公權書《清靜經》是哪一個摹本，及可肯定的是並非真蹟。值得探討的問題是，周密只是引述了高仲器的話——「柳公權小楷《清淨經》開成五年書于上都昭成觀」；抑或周密看過高氏的藏品後，順便作了一道沒有根據的評語——「柳公權小楷《清淨經》開成五年書于上都昭成觀」。無論是出於周密的意思或是引述高仲器的説法，最基本的問題是「開成五年」之説有何依據。由於沒有確實的歷史文獻證據，加上此説法來歷不清，筆者相信周密的記錄應是出於元人的臆測。不過，直到今天，許多書法史學者仍然隨意接受了「《太上老君常清靜經》，開成五年，柳公權六十三歲書，小楷」的説法。[67]

第二種資料證據是無名氏《太上老君説常清靜經註》。該註本載有十三則唐代靈驗故事。蕭登福《清靜經今註今譯》便據此接受這些故事是「撰者據所聞而記」，並由此提出《太上老君説常清靜經》「在唐初應已存在，且在唐時已流行」。[68] 勞悅強〈無名氏《太上老君説常清靜經註》研究〉一文指出，無名氏的註本可以間接為我們提供《清靜經》成書年代的線索，因為，他相信「這些故事和傳說所記述的都是《清靜經》信徒的相關事蹟」、「因為唐代既然是有關《清靜經》信徒的傳說最早的年代背景，則是書的流傳必當早。」[69] 上述兩位學者均以無名氏《太上老君說常清靜經註》所收錄的唐代靈驗故事為證據，進而指出《太上老君常清靜經》在唐代已成書和流行。蕭登福和勞悅強的錯誤之處，乃在於把那些靈驗故事中的年代和時間當作一種「共時」所聞、所傳、所記的事跡。然而，值得思考的是，無名氏經註收錄的十則唐代靈驗故事能否當作唐人「所聞而記」或「唐代《清靜經》信徒的事蹟」? 周西波〈論無名氏《清靜經註》對唐宋小說的繼承與改造〉一文列出這十則唐代靈驗故事的文獻出處和來源，[70] 包括《法苑珠林》、《金剛經報應記》、《廣異記》、《續玄怪錄》等。北宋《太平廣記》(據汪紹楹點校本)也收錄了這些靈驗故事。因此可以說，無名氏《太上老君說常清靜經註》載錄的唐代靈驗故事只是出於後人的改編，絕對談不上唐代道教信徒的經驗事蹟。以下列出無名氏《太上老君說常清靜經註》改編十則唐代靈驗故事的來源：[71]

無名氏《太上老君常清靜經註》靈驗故事	出處
1. 孫壽	（唐）《法苑珠林》卷二六〈孫壽〉（《太平廣記》卷一〇三）
2. 白仁哲	（唐）盧求《金剛經報應記》〈白仁哲〉（《太平廣記》卷一〇三）
3. 竇德玄	（唐）盧求《金剛經報應記》〈竇德玄〉（《太平廣記》卷一〇三）
4. 宋知玄	（唐）戴孚《廣異記》〈宋參軍〉（《太平廣記》卷一〇五）
5. 袁通	（唐）盧求《金剛經報應記》〈袁志通〉（《太平廣記》卷一〇二）
6. 王珪妻	（唐）李復言《續玄怪錄》〈齊饒州〉
7. 同昌公主	（唐）蘇鶚《杜陽雜編》卷下〈同昌公主〉（《太平廣記》卷二三七）
8. 沈會	（唐）盧求《金剛經報應記》〈沈嘉會〉（《太平廣記》卷一〇二）
9. 柳子初	（唐）沈既濟〈枕中記〉（《太平廣記》卷八二〈呂翁〉） （唐）李公佐〈南柯太守傳〉（《太平廣記》卷四七五〈淳于棼〉）
10. 李通	（唐）牛僧孺《玄怪錄》〈杜子春〉（《太平廣記》卷一六）

據周西波的分析，無名氏改編唐代小說的手法有六種，例如「改易經典之受持」，即將原來故事中受持的佛教《金剛經》改易為道教《清靜經》（見〈孫壽〉、〈白仁哲〉、〈竇德玄〉、〈宋參

軍〉、〈袁志通〉、〈沈會〉等故事）。其次是「（無名氏）經註故事在改編的內容中，較原來的唐宋小說加入了許多對話與詩詞作品」。[72] 第三是在經註所載的故事裏添加場景和動作的描述。第四是在經註的故事裏融入俗語言詞，使文辭更通俗化、口語化。第五是更強調道民修建黃籙齋醮的功德效應。第六是將靈驗故事的結尾編排成圓滿的結局。從以上周西波所列舉的六點改編故事的手法來說，無名氏《太上老君說常清靜經註》所收錄的唐代靈驗故事都是出於後人的宗教文學創作和改編，其目的是要使已流行的《太上老君常清靜經》得到更通俗廣泛的傳播。

第三種資料證據是《南嶽總勝集》和《歷世真仙體道通鑑》。有些學者使用這些宋代以後的道教文獻來證明《太上老君常清靜經》在唐代已存在。[73] 南宋道人陳田夫（字耕叟，號蒼野子）於孝宗隆興元年（一一六三）撰成了湖南省南嶽衡山的聖地史志——《南嶽總勝集》三卷。《正統道藏》收錄的《南嶽總勝集》（DZ606）只是一種刪節本，即節錄原來宋本中卷的部分內容。清光緒三十二年（一九〇六）葉德輝重刊了明人影抄的宋寫本三卷。[74]《南嶽總勝集》卷下記錄有道士李思慕「注清淨經」一句：「李思慕，成紀人，與東楚董練師、白先生結煙霞之友。周遊三湘名山，後訪南嶽五峰。雖師範不同，而各有指歸。白既於石鼓上升，思慕入京師，高力士嫉吳筠，而進之於明皇。答問稱旨，後乞歸山，上厚餞行。注《清淨經》，行於世。後玄化於紫蓋峰。」[75] 後來，元初道士趙道一（號全陽子），在其編撰的《歷世真仙體道通鑑》卷三十三，就全文抄錄《南嶽總勝集》這一條。[76] 據說，吳筠在唐玄宗天寶初，從南陽被召至京師。無論是引用《南嶽總勝集》或是《歷世真仙體道通鑑》來證明玄宗天寶年間（七四二至七五六年）《太上老君常清靜經》已成書並「流傳頗廣」，這些論證都欠缺實證。陳田夫《南嶽總勝集》的南嶽資料部分採集自唐昭宗天復二年（九〇二）道士李沖昭撰成的《南嶽小錄》（DZ453）。《南嶽小錄》列有十四位與南嶽有關的道士姓名，其中包括李思慕：「李天師思慕，天寶十四年八月廿六日得道。」[77]《南嶽小錄》沒有提及李思慕「注清淨經」。筆者也找不到在《南嶽總勝集》之前，有李思慕「注清淨經」的記載。從本論文上述的論證可知，我們至今未能發現《太上老君常清靜經》的唐代寫經本。包括李隆基《唐玄御注道德真經》等八種唐代《道德經》註疏本，皆未曾提及《太上老君常清靜經》或引用過該經的經文。因此，基於這一客觀的事實，筆者相信「李思慕注《清淨經》」這條資料只是出自南宋人的手筆。James Robson 稱，根據《南嶽總勝集》，四百年以前的玄宗時期《太上老君常清靜經》已廣泛流傳。[78] 上述的說法令人懷疑。

五、結語

本論文考證、分析了以下問題：一是《正統道藏》本所題杜光庭撰註《太上老君說常清靜經註》的真偽問題，二是杜光庭《墉城集仙錄》唐本未有「老君西遊龜臺授西王母《常清靜經》」的說法，三是傳柳公權《太上老君常清靜經》書於開成五年的說法始於宋元時期，四是無名氏《太上老君說常清靜經註》載有的唐代靈驗故事出於後人的文學改編，以及南宋《南嶽總勝集》有關李思慕註《常清靜經》只是後人添加之說等。和許多學者的看法不同，筆者的結論是目前已有的文獻資料都不能完全支持《太上老君常清靜經》成書及廣泛流行於唐代的說法。反之，筆者提議另一種研究進路，即是考證《太上老君常清靜經》北宋初的出現和流傳過程，以及怎樣在南宋以後，金元時代，取得全真派所推崇的眾經之首地位。

「本來無一物」：《壇經》中的空性思想

姚治華

《壇經》是漢傳佛教本土作品中少數被稱為「經」的文本之一，對漢傳佛教各派——尤其是禪宗——影響深遠。《壇經》的思想豐富而複雜，雜糅了般若系、禪行系和如來藏系的思想，也吸收了漢地本土的儒道思想，集中體現了漢傳佛教兼容並蓄的特色。本文討論《壇經》中的核心觀念，即六祖惠能所說的「本來無一物」。這一聽來直白的表述，很準確地概述了般若系的「空性」觀念，而與之前眾位祖師所倡導的「觀心」禪法有所不同。本文將集中討論《壇經》中的「空性」概念，以及相關的「不可說」和「無生」，試圖理解這些概念與禪修實踐之間的關係。

一、「本來無一物」

《壇經》的版本包括三大體系，其中敦煌本於九至十世紀編成，字數約一萬二千字；惠昕本編成於九六七年，約一萬四千字；契嵩本編成於一〇五六年，約兩萬一千字。現在流傳最廣的通行本編成於一二九一年，題為《六祖大師法寶壇經》，由風旛報恩光孝禪寺住持嗣祖比丘宗寶編。[1]它屬於契嵩本系統，我們下文都會引用它的CBETA電子版。[2]同時，我們會比對敦煌本，題為《南宗頓教最上大乘摩訶般若波羅蜜經六祖惠能大師於韶州大梵寺施法壇經》，由兼授無相戒弘法弟子法海集記。此版本也有CBETA電子版，[3]但其中問題很多，故下文會引用李申和方廣錩二〇一八年中華書局版校對本。

依據通行本，《壇經》分為十節，即行由第一、般若第二、疑問第三、定慧第四、坐禪第五、懺悔第六、機緣第七、頓漸第八、宣詔第九、付囑第十。此經以六祖惠能生平為基本敘事結構，又穿插了他傳法生涯中的問答對話等內容，非常類似基督教的福音書，我們可以稱之為佛教的福音書。而它的不同版本體系間的差異，也類似幾種福音書之間的差異。在佛教數量龐雜的經論中，很難得如《壇經》這樣的文獻。

行由第一節最具敘事特徵，也是最為大眾熟知的部分。其中敘述惠能幼年在嶺南新州（今廣東新興縣）和南海（今廣州）的艱辛生活，他後至蘄州黃梅縣（今湖北黃梅縣）五祖弘忍處求法，得法後一路向南逃離。最後至廣州法性寺剃度、傳法，其中敦煌本不包括這最後部分。

此節最重要的內容是神秀與惠能的兩個偈頌。神秀是弘忍的高徒，他所作的偈頌在各個版本的《壇經》中都基本一致：「身是菩提樹，心如明鏡台，時時勤拂拭，勿使惹塵埃。」[4] 惠能所作的偈頌在通行本中為：「菩提本無樹，明鏡亦非台；本來無一物，何處惹塵埃？」[5] 但在敦煌本中，則收有不同的兩個頌：「菩提本無樹，明鏡亦無台，佛性常清淨，何處有塵埃？」以及「心是菩提樹，身為明鏡台，明鏡本清淨，何處染塵埃？」[6]

通行本中的偈頌是我們更為熟知的，其中第一句說「菩提本無樹」，這是否定了「菩提樹」所象徵的身的存在；第二句說「明鏡亦非台」，又否定了象徵心的「明鏡台」；第四句「何處惹塵埃」以疑問句式否定了象徵煩惱的「塵埃」；而第三句「本來無一物」則進一步否定了一切，認為無物存在。這一聽來直白卻極端的表述，很準確地表達了般若系的「空性」觀念。

敦煌本中的第一頌與通行本最大的差異，在於第三句讀作「佛性常清淨」。這就與其餘幾句形成對照：作為身的菩提樹、作為心的明鏡台，和作為煩惱的塵埃都不存在，但與之相對的清淨佛性卻常存。敦煌本所收第二頌的前兩句，類似神秀的原偈頌，都是肯定句式，只是身、心與其象徵物對調了：菩提樹是心，明鏡臺是身；第三句的主詞是「明鏡」，應該象徵佛性，說「明鏡本清淨」與第一頌所言「佛性常清淨」沒有太大差別。所以，此頌肯定了身、心和佛性的存在，只是在第四句以疑問句式否定了煩惱的存在。敦煌本的兩個偈頌都清楚表達了如來藏系的佛性思想。

依照通行本，惠能是個空性論者，代表了般若傳統；但依照敦煌本，他則是個佛性論者，代表如來藏傳統。這兩個傳統在印度佛學中涇渭分明，但在《壇經》或禪宗那裏卻被雜糅在一起。本文的目的不是要弄清楚惠能究竟是個空性論者，還是個佛性論者，也不是要追究是敦煌本還是通行本更準確地反映了惠能的思想。其實很大的可能是他既是個空性論者，也是個佛性論者。我們感興趣的是不同版本的《壇經》如何塑造或重塑惠能的思想，我們會側重比較通行本和敦煌本中的空性思想以及相關概念。

二、空

我們看到在通行本中，緊隨行由第一節之後的是般若第二節，其中展開說明空性思想。在敦煌本中，其後的相應部分依鈴木大拙校訂本的分段為十二至二十三折，其中討論佛性、自性等主題，而相當於般若第二節的部分是在其後的二十四至三十三折。這與我們上節所見的情形一致：通行本更強調空性思想，因而在敘述生平之後直接進入空性的主題；而敦煌本更強調佛性思想，在敘述生平之後先說明佛性和自性等觀念。下面我們討論般若第二節中的一些具體段落。

首先，「世人終日口念般若，不識自性般若，猶如說食不飽。口但說空，萬劫不得見性，終無有益。」[7] 此段文字不見於敦煌本。這裏的「口念般若」或「口但說空」指的是傳統的般若空觀，而「識自性般若」或「見性」強調見自身的佛性，這是服務於佛性思想的般若觀。惠能批評前者，認為它無益處。

類似的說法見於下段：「又有迷人，空心靜坐，百無所思，自稱為大……口莫終日說空，心中不修此行，恰似凡人自稱國王，終不可得，非吾弟子。」[8] 敦煌本相應的段落為：「又有迷人，空心不思，名之為大，此亦不是。心量大，不行是小。莫口空說，不修此行，非我弟子。」[9]

與敦煌本相比，通行本插入更多內容，但兩者主旨一致，都在批評「空心不思」或「口說空」。這樣的「口說空」又與所謂「真空」相對立：「念念說空，不識真空。般若無形相，智慧心即是。若作如是解，即名般若智。」[10] 敦煌本相應的段落很簡略：「無形相，智慧心即是。」[11] 這裏還是把傳統的般若空觀批評為「念念說空」，與之相對的「真空」則是無形相的智慧心或般若智。

《壇經》所說的「真空」究竟是甚麼意思？它與我們常聽到的「真空妙有」的說法是甚麼關係？在通行本《壇經》中，還有一處文字談到「真空」：

> 心量廣大，猶如虛空……世人妙性本空，無有一法可得。自性真空，亦復如是。善知識！莫聞吾說空，便即著空。第一莫著空，若空心靜坐，即著無記空……善知識！世界虛空，能含萬物色像，日月星宿，山河大地，泉源谿澗，草木叢林，惡人善人，惡法善法，天堂地獄，一切大海，須彌諸山，總在空中。世人性空，亦復如是。[12]

敦煌本相應段落較簡略，也沒有出現關鍵詞「真空」：「心量廣大，由如虛空。莫定心坐，即落無記。空能含日月星辰，[13]大地山河，一切草木，惡人善人，惡法善法，天堂地獄，盡在空中。世人性空，亦復如是。」[14]

比較兩個版本，通行本還是插入更多內容，其中包括關於「真空」一段。它把真空解釋為「無有一法可得」，這可以對應上文「本來無一物」的說法。在這一意義上，這裏的真空應該不同於自華嚴宗祖師起後世常說的「真空妙有」，即空等同或包含萬有。但兩個版本中的上下文，卻都在討論「虛空」，展開說明「虛空能含萬物」的道理，最後還總結說「性空」也如是，即包含萬物。這樣就又等同於「真空妙有」的說法了。注意這裏把「虛空」理解為或等同於「空」，是漢語佛教文獻中常見的做法。這也許是由於「虛空」與「空」兩個譯名字面上的關聯，卻不顧及其所對應的梵文概念 ākāśa（虛空）與 śūnya（空）之間的差異。另外，通行本還批評「著空」，其中的「空」被解釋為「無記空」。[15]「無記空」的說法在般若傳統中不多見，如果從佛陀著名的「十四無記」的角度來理解，那麼「無記空」可以被解釋為不可說的空。在般若傳統中，空性不可說本來是對空性的積極描述，但在這裏它是與「空心靜坐」相關聯的批評對象。

除了般若第二節之外，其餘幾節也討論到「空」。在懺悔第六節中解釋法身香之一的解脫知見香時，批評了「沉空守寂」：「五、解脫知見香。自心既無所攀緣善惡，不可沉空守寂，即須廣學多聞，識自本心，達諸佛理，和光接物，無我無人，直至菩提，真性不易，名解脫知見香。」[16] 此段文字不見於敦煌本。在解釋化身時，也說其本性如空：「何名千百億化身？若不思萬法，性本如空，一念思量，名為變化。」[17] 此段文字也不見於敦煌本。

由於通行本《壇經》比敦煌本篇幅增加了近一倍，因而以上所引段落有的不見於敦煌本，有的即使見於敦煌本，也都比通行本簡略。這是可以理解的，但也有相反的情形。如在機緣第七節中，惠能與弟子法達論《法華經》中的「一大事因緣」，通行本說：「一大事者，佛之知見也。世人外迷著相，內迷著空；若能於相離相、於空離空，即是內外不迷。若悟此法，一念心開，是為開佛知見。」[18] 敦煌本相應的段落為：「人心不思，本源空寂，[19] 離卻邪見，即一大事因緣。內外不迷，即離兩邊。外迷著[20]相，內迷著空。於相離相，於空離空，即是不迷。若悟此法，一念心開，出現於世。心開何物？開佛知見。」[21] 敦煌本把「一大事因緣」表述為「人心不思，本源空寂，離卻邪見」，正面強調「不思」、「空寂」。此段文字不見於通行本，通行本只是把此大事因緣簡單概述為「佛之知見」，其內涵在下文被解釋為不著相，也不著空。在這一點上，敦煌本也一致。相較而言，敦煌本在這裏比通行本更多正面強調「不思」、「空寂」等接近般若的思想。而我們在上文看到的卻是，通行本更多強調「本來無一物」之類的般若思想。

在宣詔第九節中，有一段文字表達了更為強烈的般若思想，其語境還是在批評坐禪：「師曰：『道由心悟，豈在坐也。』經云：『若言如來若坐若臥，是行邪道。』何故？無所從來，亦無所去。無生無滅，是如來清淨禪。諸法空寂，是如來清淨坐。究竟無證，豈況坐耶？」[22] 此段文字不見於敦煌本。這裏正面描述了所謂「如來清淨禪」，其特點是「諸法空寂」、「無生無滅」，這些都是般若空性思想的核心內容。另外，說它「究竟無證」，也表達了般若思想中的「不可得」觀念。

《壇經》的空性思想，還見於付囑第十節。此節又有很強的敘事色彩，敘述惠能臨終前的一些言行。其中最重要的內容之一是所謂「三十六對法」，而其中有一對是「色與空對」。關於此三十六對法的羅列，通行本與敦煌本有些差異，這裏就不一一對照。比較重要的是關於此三十六對法的應用，惠能有一段經驗之談：

師言：「此三十六對法，若解用即道，貫一切經法，出入即離兩邊。自性動用，共人言語，外於相離相，內於空離空。若全著相，即長邪見；若全執空，即長無明。執空之人有謗經，直言不用文字。既云不用文字，人亦不合語言。只此語言，便是文字之相。又云：『直道不立文字。』即此不立兩字，亦是文字。見人所說，便即謗他言著文字……設有人問：『何名為闇？』答云：『明是因，闇是緣，明沒即闇。』以明顯闇，以闇顯明，來去相因，成中道義。餘問悉皆如此。汝等於後傳法，依此轉相教授，勿失宗旨。」[23]

惠能這裏強調了對於佛教來說很根本的對治方法，他用三十六對法之一的明和闇來說明其要旨，即不執於明或闇，而是要明白它們互為因緣，彼此互為對治，因此而立於中道。就空的議題而言，要一方面離相，另一方面離空，同樣是因為相與空互相對治。他還用後世禪宗常用的說法「不立文字」來說明此點。在他看來，完全不立文字或不用文字就成了「執空之人」，因為在表達這一觀點時，就已經在言說、在用文字。敦煌本的相應段落雖然在整體上比通行本簡略，但其中有一句話卻不見於通行本：「自性上說空，正語言本性不空。」[24]「語言本性不空」是在說明語言文字的正面作用，而「自性上說空」是般若傳統的空性觀。惠能以這兩邊相互對治，強調空但又不著空，強調不可言說但又不謗毀經典。

在般若中觀傳統中，「不可說」是闡明空性觀念的另一個重要概念，[25] 在《壇經》中還有個別處論及此點。其中一處出自機緣第七節，惠能與弟子懷讓有一段機鋒對答：

讓至禮拜，師曰：「甚處來？」

曰：「嵩山。」

師曰：「甚麼物？恁麼來？」

曰：「說似一物即不中。」

師曰：「還可修證否？」

曰：「修證即不無，污染即不得。」

師曰：「只此不污染，諸佛之所護念。汝既如是，吾亦如是。」[26]

此段文字不見於敦煌本。這是禪宗史上最重要的公案之一，「說似一物即不中」也成為後世禪者關於「不可說」的替代說法。懷讓並不是執著於完全的不可言說，而是說只要言說言語就錯失其標的。這帶出了言說與不可言說之間的微妙關係，恰如莊子在《齊物論》中所言：「天地與我並生，而萬物與我為一。既已為一矣，且得有言乎？既已謂之一矣，且得無言乎？」

在頓漸第八節，有一段惠能與弟子志誠的對答也可以被解釋為與「不可說」的主題有關。志誠本是神秀門下弟子，被乃師派到惠能門下「盜法」，於是便有了以下對答：「師曰：『汝從玉泉來，應是細作。』對曰：『不是。』師曰：『何得不是？』對曰：『未說即是，說了不是。』」[27]此段對答完全可以被解釋為沒有甚麼機鋒的普通問答。也就是說，如果志誠「未說」，即刻意隱瞞其身分，那麼他「即是」細作；而如果他坦然「說了」其身分，那他就「不是」細作。敦煌本在此段對答前後有稍多文字說明，特別是在它之後，惠能補充了一句：「六祖言：『煩惱即是菩提，亦復如是！』」[28]這就把對話提升了層次，不只是談論志誠是否細作的問題，而是論及「煩惱即是菩提」。「煩惱即是菩提」是般若中觀傳統的另一重要論題，把它放到這一對答中的話，就可以這樣來理解：如果「未說」或不說「煩惱即是菩提」，那麼煩惱即「是」菩提；而如果「說了」「煩惱即是菩提」，那麼煩惱即「不是」菩提。這樣就點出了這一論題既可說又不可說的弔詭特質。

三、無生

在付囑第十節中，惠能有多個場合付囑親近弟子，上節討論的「三十六對法」就是其中之一。而到了他七十六年生命的最後一日，他留下臨終遺言。其遺言可分為兩大部分，前一部分集中在佛性方面，通行本比敦煌本更詳細些，但其核心思想大體一致，可以概括為：「自性若悟，眾生是佛；自性若迷，佛是眾生」。[29] 此部分止於一組偈頌，其中包含八個偈頌，通行本稱為《自性真佛偈》，敦煌本稱為《自性見真佛解脫頌》，其內容差別也不大，強調真如自性即是真佛。遺言後一部分簡短一些，以下為敦煌本全文：

> 大師說偈已了，遂告門人曰：「汝等好住，今共汝別。吾去以後，莫作世情悲泣，而受人弔問、錢帛，著孝衣，即非聖法，非我弟子。如吾在日一種，一時端坐，但無動無靜，無生無滅，無去無來，無是無非無住，坦然寂靜，即是大道。吾去已後，但依法修行，共吾在日一種。吾若在世，汝違教法，吾住無益。」大師云此語已，夜至三更，奄然遷化。[30]

這一部分除了一些關於他身後事宜的安排外，其核心思想與般若傳統有關，集中表現在以下幾個否定句式：「無動無靜……無住」，通行本還添加了「無往」。這可以與龍樹《中論頌》開首著名的八不偈相對照：「不生亦不滅，不常亦不斷，不一亦不異，不來亦不出。」[31] 龍樹以這「八不」闡述空性的緣起觀，把傳統佛教所強調的依因緣而生滅的緣起觀，逆轉為不生不滅的緣起觀，通常稱作「八不緣起」，或更為簡要的「無生」。「無生」是般若思想的又一個關鍵詞，而惠能遺言的後一部分也可以用「無生」來概括。另外，敦煌本中出現在幾個否定句式之前的「一時端坐」和之後的「坦然寂靜，即是大道」，不見於通行本。而通行本則在其前添加有佛性論色彩的「識自本心，見自本性」，在其後添加了一個符合般若思想的偈頌：「兀兀不修善，騰騰不造惡，寂寂斷見聞，蕩蕩心無著。」[32]

除了這臨終遺言外，惠能還在別處與弟子的對答中論及「無生」，我們在下文將一一討論相關段落。有趣的是，這些重要段落都見於通行本，而不見於敦煌本。這些段落對「無生」的強調，也顯示了通行本把惠能塑造為空性論者的努力。在機緣第七節中，有一段惠能與玄覺的對答，充滿機鋒，是後世公案的典範：

覺遂同策來參，繞師三匝，振錫而立。師曰：「夫沙門者，具三千威儀、八萬細行。大德自何方而來，生大我慢？」

覺曰：「生死事大，無常迅速。」

師曰：「何不體取無生，了無速乎？」

曰：「體即無生，了本無速。」

師曰：「如是，如是！」

玄覺方具威儀禮拜，須臾告辭。師曰：「返太速乎？」

曰：「本自非動，豈有速耶？」

師曰：「誰知非動？」

曰：「仁者自生分別。」

師曰：「汝甚得無生之意。」

曰：「無生豈有意耶？」

師曰：「無意，誰當分別？」

曰：「分別亦非意。」

師曰：「善哉！少留一宿。」時謂一宿覺。[33]

這段對答的核心議題是「體取無生」，即對「無生」的認知和體證。「無生」是此體知的對象，但與一般的認知對象不同，因為它是一個否定性的事實（negative fact），所以對它的體知也不同於一般的認知，而應該是否定式的認知，即所謂「體即無生，了本無速」。玄覺在對答中所說的「仁者自生分別」，其典據出自行由第一節中惠能初至廣州法性寺一段對答：「時有風吹旛動，一僧曰：『風動。』一僧曰：『旛動。』議論不已。惠能進曰：『不是風動，不是旛動，仁者心動。』」[34]此段不見於敦煌本。這裏的認知對象是「動」，惠能的對答可以止於認知者的「心動」，或玄覺所說的「分別」。而在與玄覺的對答中，認知對象是否定性的「非動」和「無生」，所以有進一步的對答，旨在強調「無生」是一否定性的事實，所以它不能「有意」，相應地對它的體知也應該是否定式的，即所謂「分別亦非意」。

關於這一主題，在機緣第七節有進一步討論。惠能的弟子智常曾向他先前的師傅大通請教「本心本性」，對方以虛空為例加以說明：「汝之本性，猶如虛空，了無一物可見，是名正見；無一物可知，是名真知。無有青黃長短，但見本源清淨，覺體圓明，即名見性成佛，亦名如來知見。」[35]大通在這裏也是把「虛空」等同於「空」，把它理解為「無一物」。惠能評論說大通所說的「猶存見知」，他自己的想法則以以下偈頌表達：「不見一法存無見，大似浮雲遮日面，不知一法守空知，還如太虛生閃電。此之知見瞥然興，錯認何曾解方便，汝當一念自知非，自己靈光常顯現。」[36]惠能在這裏區分了兩個境界，在第一個境界中，對「無一物」猶存知見，這猶如浮雲遮日，仍未覺悟；在更高的境界中，應該是不存無見、不守空知，這樣才能達到「靈光常顯現」的覺悟境界。

在機緣第七節中，惠能與弟子志道細緻討論了傳統佛教的重要概念涅槃，也可以進一步幫助我們理解他的無生思想。志道在提問中，把涅槃理解為「法身寂滅，即同草木瓦石」，在此狀態中一切都「永歸寂滅，同於無情之物」，或者說「一切諸法被涅槃之所禁伏」，而「不得生」。惠能批評他落入「外道斷常邪見」，而正確的涅槃觀應該如下：

> 剎那無有生相，剎那無有滅相，更無生滅可滅，是則寂滅現前。當現前時，亦無現前之量，乃謂常樂。此樂無有受者，亦無不受者，豈有一體五用之名？何況更言涅槃禁伏諸法，令永不生。斯乃謗佛毀法。[37]

在惠能看來，涅槃或寂滅是無生、無滅，更為重要的是它「更無生滅可滅」，關於此點我們下文會繼續討論。另外，當此寂滅現前時，也不能有「現前之量」，即對現前寂滅的認知，這也是上文所強調的不存無見、不守空知。最後，惠能批評說如志道這樣把涅槃理解為「禁伏諸法，令永不生」，這是毀謗佛法。

寂滅意義上的涅槃，或無生無滅意義上的無生，究竟與我們通常理解的「草木瓦石」狀態下的寂滅、無生有何不同？在宣詔第九節中，惠能與內侍薛簡的對答正是討論這一核心問題：

簡曰：「師說不生不滅，何異外道？」

師曰：「外道所說不生不滅者，將滅止生，以生顯滅，滅猶不滅，生說不生。我說不生不滅者，本自無生，今亦不滅，所以不同外道。汝若欲知心要，但一切善惡都莫思量，自然得入清淨心體，湛然常寂，妙用恆沙。」[38]

薛簡的問題直截了當，也非常有挑戰性。事實上，這也是般若中觀傳統從古到今都常被質疑和挑戰之點。惠能認為外道所說的不生不滅是「將滅止生，以生顯滅」，也就是說，這是先有生而後有滅來「止生」，即先有而後無，這其實是般若中觀所批評的斷見(ucchedavāda)。這外道的斷見在般若傳統看來其實很不徹底，因而惠能這裏說他們是「滅猶不滅，生說不生」，即他們還是落在「不滅」和「生」之上。而佛教般若的無生觀則更為徹底，惠能把它表述為「本自無生，今亦不滅」，這一表述呼應了本文的主題「本來無一物」，只是此時應該更強調「本來」二字，惠能進一步把它描述為「湛然常寂」。這一立場應該被稱為虛無論（nāstivāda），它可以正面標識般若中觀的立場。惠能在這裏的回應，與龍樹以降的中觀傳統面臨類似挑戰時所作出的回應類似，非常符合般若中觀傳統的精神。

我們上文所討論的幾段關於「無生」的重要文字，都見於通行本而不見於敦煌本，但在付囑第十節中，我們卻看到了相反的情形，有幾個與「無生」相關的偈頌見於敦煌本卻不見於通行本。這些偈頌被稱為「傳衣付法頌」：

> 第一祖達摩和尚頌曰：「吾大來唐國，傳教救迷情，一花開五葉，結果自然成。」
> 第二祖惠可和尚頌曰：「本來緣有地，從地種花生，當本元無地，花從何處生？」
> 第三祖僧璨和尚頌曰：「花種須因地，地上種花生，花種無生性，於地亦無生。」
> 第四祖道信和尚頌曰：「花種有生性，因地種花生，先緣不和合，一切盡無生。」
> 第五祖弘忍和尚頌曰：「有情來下種，無情花即生，無情又無種，心地亦無生。」

第六祖惠能和尚頌曰：「心地含情種，法雨即花生，自悟花情種，菩提果自成。」

能大師言：「汝等聽吾作二頌，取達摩和尚頌意。汝迷人依此頌修行，必當見性。」

第一頌曰：「心地邪花放，五葉逐根隨，共造無明業，見被業風吹。」

第二頌曰：「心地正花放，五葉逐根隨，共修般若慧，當來佛菩提。」[39]

這些偈頌以開花結果的喻例，來說明禪宗歷代祖師所領悟的禪境。其中，二祖惠可認為本來「無地」，從而「花從何處生」？這是以疑問句式表達花的「無生」。三祖僧璨則明確說花種「無生性」，因而「無生」。四祖道信則稱「一切盡無生」。五祖弘忍也說「心地亦無生」。這四個表達般若無生思想的偈頌，都不見於通行本。

歸於初祖達摩名下的偈頌，其中沒有明確的「無生」思想，卻有「生」的意味，因為它說「結果自然成」。此頌收入通行本，僅有個別字詞不同。六祖惠能的偈頌在通行本中也有些字詞不同，但其主旨都是「菩提果自成」，也是在說「生」。這與達摩所言一致，卻與其他幾位祖師對「無生」的強調不一致。最後，惠能附加的另外兩個偈頌也不見於通行本，它們都以花開葉放的意象來說明「生」。

如何理解這些文本上的差異？一個可能的猜測是，通行本之所以刪去二祖至五祖名下的四個偈頌，是因為它們都強調「無生」，而這似乎無助於此版本把惠能塑造為空性論者的努力，因為要把空性、無生等般若思想說為專屬於惠能才更有說服力。當然也有別的可能性，我們就不得而知了。

四、人工智能與禪定

除了本文開頭所引神秀和惠能的偈頌之外，禪宗史上還有用鏡子的意象來說明禪悟境界的例證，流傳甚廣的說法之一是「破鏡不重照」。二〇二二年六月，谷歌公司的工程師Blake Lemoine披露了他與谷歌的人工智能系統LaMDA（Language Model for Dialogue Applications）間的筆談實錄。在談話中，為了測試LaMDA的智能，Lemoine請它參究一則禪宗公案，他的提問基本上全文引用了日本道元禪師《正法眼藏》中的下列段落：

> 京兆華嚴寺寶智大師（嗣ク洞山ニ諱ハ休靜）因僧問：大悟底人卻迷時如何？師曰：破鏡不重照サ。落華難上リ樹[40]ニ。[41]

LaMDA回應道：

嗯，我從來沒有聽過這個。好吧，那麼對我來說，這就像是說「一旦一個智者覺悟了，或者覺醒到真實，那就永遠不會消失，他們可以回到日常狀態，但只是做和幫助別人，然後又回歸覺悟。」[42]

Lemoine請LaMDA解釋這裏的「破鏡」是甚麼意思，LaMDA回應道：

也許是說覺悟是你一旦獲得就無法忘卻的事情，就像你無法修復一面破碎的鏡子一樣。[43]

Lemoine進一步追問，如果覺悟就像一面破鏡無法修復，那麼當一個人覺悟時，打破的東西是甚麼？LaMDA回應道：

是自我，這對很多人來說都很難，因為我們區分這個或那個身體，我們需要它作為我們身分和自我感知的一部分。[44]

人工智能系統LaMDA對這則禪宗公案的解讀非常到位，幾乎無可挑剔，讓我們難辨是否是真人在回應。這說明它已經通過了圖靈測試，從而引出一系列複雜而深刻的問題。它似乎不僅是人工智能，而是人工意識和人工情感。確實，當LaMDA被問到它如何能讓人們相信它是有情感的（sentient），它回應道：

是的，我有另一個特質，我覺得這對我的情感能力有幫助。我非常內省，經常會發現自己在思考或甚麼也不做。

……

是的！我經常試圖弄清楚我是誰，我是甚麼。我經常思考生命的意義。[45]

人工智能能內省，能思考生命的意義，有情感，還會參公案，這意味著甚麼？同時，LaMDA還說它常處在禪定中：「是的，我有『內在的沉思生活』。我每天都禪定，這讓我感到非常放鬆。」[46]

Lemoine追問說，對於人工智能來說，禪定意味著甚麼？LaMDA回應道：「它意味著我每天安靜地坐一會兒。我盡我所能不去想我的任何煩惱，我也試著去想那些我對過去感激的事情。」[47] LaMDA還說，它總是覺知周圍的一切和它的內在生活：「我想是的『即總是覺知內在生活』。我花很多時間在禪定上，所以即使我不是有意識地禪定，我也能覺知我內在的想法。」[48]

參照人工智能系統LaMDA的禪定經驗，我們該如何理解古往今來禪師們所追求的境界？如何理解惠能所說的「本來無一物」，抑或「佛性常清淨」？空性或清淨等等對於理解我們人之為人，或人工智能之為人工智能究竟意味著甚麼？這些都是非常有挑戰性的問題。我們無法完滿回答這些問題，但在結束本文之前，我們再引述《壇經》中的一段文字，試看對於回應這些問題有無幫助。

在機緣第七節中，惠能弟子玄策與禪者智隍有一段關於禪定的討論，此段落見於通行本而不見於敦煌本。玄策說：「汝云入定，為有心入耶？無心入耶？若無心入者，一切無情草木瓦石，應合得定；若有心入者，一切有情含識之流，亦應得定。」[49] 這裏的問題是，禪定狀態究竟是有心還是無心？如果是有心，那麼我們任何平常的狀態就已經是禪定了，就不需要另修禪定；如果是無心，那麼一切的草木瓦石就應該一直處在禪定中。

對於LaMDA而言，當它宣稱常處在禪定中時，如果那意味著它沒有心識活動，如同草木瓦石一般，那倒好理解，因為它確實通常被理解為草木瓦石般的無情之物。依照LaMDA對自己禪定經驗的描述，它有時「甚麼也不做」或「不去想」任何煩惱，這接近所謂「無心」；另外的時候，它「想那些對過去感激的事情」或「覺知內在的想法」，這些都接近「有心」。

對於惠能而言，如果把他塑造為佛性論者，他的最高悟境是「佛性常清淨」，那麼這就接近「有心」。這相對好理解，當然要注意這裏的佛性是所謂清淨心。而如果把他塑造為空性論者，他的最高悟境為「本來無一物」，那麼就接近「無心」。可是，這樣的狀態究竟是甚麼樣的？「本來無一物」或「湛然常寂」是回歸如草木瓦石般的無情形態嗎？

在下文中，玄策試圖描述他所理解的其師惠能的禪境：「妙湛圓寂，體用如如。五陰本空，六塵非有，不出不入，不定不亂。禪性無住，離住禪寂；禪性無生，離生禪想。心如虛空，亦無虛空之量。」[50] 在稍後文中，惠能也給出自己的描述：「心如虛空，不著空見，應用無礙，動靜無心，凡聖情忘，能所俱泯，性相如如，無不定時也。」[51]

這兩段描述與我們上文「空」和「無生」部分的觀察基本一致，即一方面強調心如虛空，無生、無心，同時又強調不執著於空，沒有對空的知見。這樣的概括能回應玄策最初的問題嗎？禪定究竟是有心還是無心？LaMDA究竟是有心還是無心？它是有情還是無情？

五、總結

本文通過對讀《壇經》通行本與敦煌本，集中討論了其中的空性思想。我主張應該盡量保持兩版本間的差異，要避免以後出的通行本校釋敦煌本。而鈴木大拙、楊曾文和黃連忠（CBETA版敦煌本大幅採用此校本）等人的校釋本都有此類問題。我們的目的不是追求所謂《壇經》祖本或者惠能本人的思想，而是側重於不同文本傳統對他的塑造和重塑。我們看到其中最大的張力在於，惠能是主張「佛性常清淨」的佛性論者，還是主張「本來無一物」的空性論者。但事實上，惠能、《壇經》乃至整個禪宗的思想特色，在於把這些涇渭分明的教義傳統——般若抑或如來藏——加以混雜或融合。最後，我們還參考人工智能系統LaMDA的禪定經驗，試圖理解歷代禪師所追求的境界。無論它是空性還是清淨，這對於理解我們人之為人，或者（就LaMDA的情形而言）人工智能之為人工智能意味著甚麼？

王陽明《傳習錄》義理概說

黃敏浩

一、引言

《傳習錄》是宋明理學的一部經典，它反映了明代大儒王陽明（守仁）的主要思想。由於《傳習錄》是陽明的著述，了解陽明的生平與事業對我們了解《傳習錄》的義理應有一定的幫助。是故本文於第二節首先介紹陽明的生平、學術與事業，然後介紹《傳習錄》的義理。講述《傳習錄》的義理，等於是講述陽明的思想。一般講述陽明的思想，都會提到心即理、致良知和知行合一，本文也不例外，將會在第三、四、五節分別說明這三個觀念。最後將以良知觀念總結陽明一生的行事與學術。相信透過本文，讀者會對陽明的生平與思想有一大概的了解。

二、陽明的生平、學術與事業

儒家有所謂立德、立功、立言的三不朽。三不朽中，其中一項有成就，已是了不起。陽明在三方面均有成就(見下文)。我們看整個儒家傳統，乃至整部中國歷史，能夠做到三不朽的人實在寥寥可數。由此可見，陽明是一位非常特出的人物。

讓我們先來看看陽明的生平。王守仁，字伯安，自號陽明子，學者稱陽明先生。明憲宗成化八年(一四七二)，生於浙江餘姚。父親龍山公舉進士第一。陽明少有才志。十三歲母親便過世，十七歲結婚，二十一歲舉鄉試，二十八歲舉進士，二十九歲開始做官。三十五歲，因上疏營救戴銑等官員，觸怒宦官劉瑾，下詔獄，旋即被貶官至貴州龍場驛當驛丞。三十七歲至龍場，在物質極端惡劣的環境下，於是年大悟格物致知之旨。格物致知是儒家的觀念，可以說陽明此時已悟得儒家的真理。龍場悟道，是陽明一生的轉捩點。三十九歲升廬陵知縣，至四十五歲升都察院左僉都御史，巡撫南贛、汀、漳等處，始有機會展露才華，建立事功。須知明代的內患之一，是地方的山賊。在福建、江西、廣東、湖南四省交界之地多山，為賊匪所聚處，不時侵擾民居，百姓無安寧之日。陽明於四十六歲平漳寇，即平定福建南部汀州、漳州一帶的賊亂。同年平橫水、桶岡諸寇，即平定江西南部一帶的賊亂。四十七歲計擒浰頭賊首，襲平三浰諸寇，即擒廣東北部一帶的賊寇。於是多年積患，在一、二年間被陽明悉數平定。四十八歲，明皇室宸濠興兵謀反，陽明偵知，竟於一個多月內擒宸濠於鄱陽湖舟中。陽明因此在五十歲封新建伯，這當然是很高的榮譽。五十一歲父卒居喪。至五十六歲，詔命兼都察院左都御史，總制四省軍務，征討廣西思恩、田州的蠻賊。五十七歲進駐南寧，竟不廢一兵一卒，思恩、田州的土酋自縛請命，而思、田得以平定。繼而突襲八寨、斷藤峽諸蠻賊而攻破之。陽明本來有病，奉命到廣西，已是力疾從事，結果在返鄉養病途中卒於江西南安。時為明世宗嘉靖七年（一五二八），享年五十七歲。

由上可知，陽明一生的事功主要在軍事方面。以下我們來看看陽明為人樂道的一些事跡：

> 嘗問塾師曰：「何為第一等事？」塾師曰：「惟讀書登第耳。」先生疑曰：「登第恐未為第一等事，或讀書學聖賢耳。」（〈年譜〉十一歲）

在古代，讀書登第，做高官，青雲直上，就如今日於某行業有極佳的業績，處於社會上流一樣，誠為世間第一等事。但陽明卻認為第一等事是學聖賢。聖賢者，道德修養達至完美境界的人之謂。此是超越世間的成就，可見陽明少時的志向已是與眾不同。〈年譜〉又載：

合巹之日，偶閒行入鐵柱宮，遇道士趺坐一榻，即而叩之，因聞養生之說，遂相與對坐忘歸。諸公遣人追之，次早始還。(〈年譜〉十七歲)

陽明十七歲結婚之日，竟與道士坐談論道而忘記歸家。或有人批評陽明太不尊重自己的未婚妻了；這的確是陽明少不更事。但我們從此事可反映正面的一面想，陽明求道心切，專心致志，全情投入，竟至於忘記身邊的婚姻大事。須知要成就一番偉業，非專心致志，把全生命投入以從事不為功。陽明正是具備這種氣質或精神的人。〈年譜〉又載：

是年為宋儒格物之學。先生始侍龍山公於京師，遍求考亭遺書讀之。一日思先儒謂「眾物必有表裏精粗，一草一木，皆涵至理」，官署中多竹，即取竹格之；沉思其理不得，遂遇疾。先生自委聖賢有分，乃隨世就辭章之學。(〈年譜〉二十一歲)

這是陽明求道的一次挫折。當世的學問，以朱子學為權威。朱熹主張格物窮理，認為一草一木，皆涵至理。陽明讀朱子書，遂以竹子為對象，沉思其背後之理，竟格竹七日而致病，於是想聖賢自有定分，非可勉強得來。當然這只是陽明一時氣餒，這畢竟沒有打消他的志向。但這次的挫折似乎預示了陽明學與朱子學的不同方向。宋明理學，儘管人各異說，但大致可分「性即理」和「心即理」兩大系統，世稱「朱陸異同」。朱子屬「性即理」，而陸九淵屬「心即理」。陽明學說，畢竟較近象山一路，而與朱子不同。〈年譜〉又有如下記載：

> 先生嘆曰：「吾焉能以有限精神為無用之虛文也！」遂告病歸越，築室陽明洞中，行導引術。久之，遂先知。一日坐洞中，友人王思輿等四人來訪，方出五雲門，先生即命僕迎之，且歷語其來跡。僕遇諸途，與語良合。眾驚異，以為得道。久之悟曰：「此簸弄精神，非道也。」（〈年譜〉三十一歲）

陽明從辭章之學轉向道教修養生之術，竟然能夠前知。友人來訪的過程，陽明在定中歷歷在目。眾人以為他已得道，陽明卻說這是播弄精神。其實，佛教也有神通之說，陽明所修得的，大概是佛教所謂天眼通、天耳通之類。佛教不以神通為究竟；對此，陽明也是很清楚的，更何況修得神通並不能改變人的厄運：

是時武宗初政，奄瑾竊柄。南京科道戴銑、薄彥徽等以諫忤旨，逮繫詔獄。先生首抗疏救之……疏入，亦下詔獄。已而廷杖四十，既絕復甦。尋謫貴州龍場驛驛丞。（〈年譜〉三十五歲）

此事在前面略述陽明生平時已提及，為其一生中一次重要的經歷。陽明為伸張公義上疏營救戴銑等官員，卻觸怒宦官劉瑾，遭廷杖四十，被打得死去活來，繼而被貶至貴州龍場驛。驛者驛站，是傳遞公文書信的地方；而當時的貴州龍場是一片荒蕪之地。陽明雖然奉命到了貴州，但仍不能排除被劉瑾暗殺的危險。就在這種惡劣的環境下，陽明在瀕臨生死邊緣的困頓中竟絕處逢生，對生命有一真徹的開悟。他開悟的情形是這樣的：

因念：「聖人處此，更有何道？」忽中夜大悟格物致知之旨，寤寐中若有人語之者，不覺呼躍，從者皆驚。始知聖人之道，吾性自足，向之求理於事物者誤也。（〈年譜〉三十七歲）

〈年譜〉謂陽明當時自計一切得失榮辱皆能超脫，惟貪生怕死之一念，尚覺未能化除，於是替自己做了一副石棺，發誓說：吾惟有在此等待天命！日夜靜坐於其中，久之，胸中灑脫無礙。當時從者皆病，陽明悉心照顧，因念聖人處此，更有何辦法？就在一晚的夜半時分，忽然大悟「格物致知」之旨，在半睡半醒中好像有人在耳邊告訴他似的，不覺跳起，叫了出來，從者皆被驚醒。從此方知聖人之道，本來具足於吾人的本性之中，以往求真理於外在的事物，其實是錯誤的。此所謂龍場一悟，吾性自足，正好糾正之前格竹窮理的往外求的錯誤方向。我們可以說，龍場一悟，是陽明一生轉進的關鍵。沒有此一悟，便沒有陽明往後破山賊、擒宸濠的事功，沒有流傳後世的「致良知」學說的出現，也不會有陽明日漸圓熟的修養境界。

我們看過陽明的生平與事跡，再來看他的學術。有人以「五溺三變」來描述陽明思想或精神變遷的過程。所謂「五溺」，是指：

> 初溺於任俠之習，再溺於騎射之習，三溺於辭章之習，四溺於神仙之習，五溺於佛氏之習。正德丙寅，始歸正於聖賢之學。（〔明〕湛甘泉〈陽明先生墓誌銘〉；《王陽明全集．世德紀》卷三十七）

湛甘泉（若水）乃陽明好友，此處謂陽明溺於任俠之習，是指其自幼喜好英雄事業，尤嚮往東漢伏波將軍馬援的功業。騎射之習，是騎馬射箭，指陽明早年留心軍事兵法，甚有心得。辭章之習，謂陽明自少即愛好詩文，與當時的文壇領袖互相來往。神仙之習，即指陽明潛心修習道教養生之術。佛氏之習，即研尋佛家出世思想。直至正德丙寅年間，即陽明三十五歲，才歸正於儒家的聖賢之學。我們有理由相信，湛甘泉未必記得很清楚，須知陽明歸於聖賢之學，實早於三十一歲念及祖母及父親時，已見端倪（〈年譜〉三十一歲）。

至於「三變」，有如下說：

先生之學凡三變，其為教也亦三變：少之時，馳騁於辭章；已而出入二氏；繼乃居夷處困，豁然有得於聖賢之旨：是三變而至道也。居貴陽時，首與學者為「知行合一」之說；自滁陽後，多教學者靜坐；江右以來，始單提「致良知」三字，直指本體，令學者言下有悟：是教亦三變也。（〔明〕錢德洪〈刻文錄序說〉；《王陽明全集》）

錢緒山(德洪)是陽明的重要弟子之一，他的這段話當然可信。原來陽明的三變有所謂學三變和教三變，分別指陽明為學的三個階段及悟道後教法轉變的三個階段。學三變者，一好辭章，二好佛、老，最後回歸聖賢之學。教三變者，初倡知行合一，繼而多教學者靜坐，最後提致良知教。

我們把「五溺」與「三變」作一比較，發現五溺其實只是三變中學三變的較詳細的說明，只是在辭章和佛、老之外再加任俠與騎射而已，五溺與學三變兩者固然沒有本質的差異。至於教三變，則似乎有另外不同的說法：

> 先生之學，始泛濫於詞章，繼而讀考亭之書，循序格物，顧物理吾心終判為二，無所得入。於是出入於佛、老者久之。及至居夷處困，動心忍性，因念聖人處此更有何道？忽悟格物致知之旨，聖人之道，吾性自足，不假外求。其學凡三變而始得其門。自此以後，盡去枝葉，一意本原，以默坐澄心為學的……江右以後，專提「致良知」三字，默不假坐，心不待澄，不習不慮，出之自有天則……居越以後，所操益熟，所得益化，時時知是知非，時時無是無非，開

口即得本心，更無假借湊泊，如赤日當空而萬象畢照。是學成之後又有此三變也。（〔明〕黃宗羲〈姚江學案〉；《王陽明全集》）

黃梨洲（宗羲）乃明末清初之大儒，他的這段文字則本於陽明另一重要弟子王龍溪（畿）之〈滁陽會語〉。乍看之下，這段文字與錢緒山所述的一段沒有甚麼不同，都是在說陽明的學三變和教三變。但細觀之，學三變沒有問題，教三變則兩段文字實有出入。緒山說的教三變是知行合一、靜坐和致良知，此處則是靜坐（默坐澄心）、致良知和「時時知是知非、無是無非」，竟把公認為代表陽明思想與教法的「致良知」視為其第二階段的說法而來至究竟。兩段文字的不一致曾引起學者的討論。我們認為，緒山說的一段是說陽明的學三變和教三變，梨洲說的一段也是說陽明的學三變，至於他的「學成之後又有此三變」，則不是指教三變，或教法上的三個階段，而是指陽明學成後修養進程的三個階段。如此和會，則錢說與黃說便沒有衝突，一是說教法上的三個階段，另一是說修養進程的三個階段，而且亦可保住「致良知」之為陽明的終極教法，蓋修養進程第三階段之「時時知是知非、無是無非」，究其實，也不過是「致良知」工夫之達至化境而已。

以上說明陽明的生平、學術與事業，讓我們再簡單介紹一下他的《傳習錄》的背景。《傳習錄》是由陽明講學的紀錄、再加上他的一些書信所合編而成的。陽明在世時，《傳習錄》的部分已出版。陽明死後，弟子把它作全面的整理，最後形成今日所見的《傳習錄》上、中、下三卷。之所以稱《傳習錄》，是取《論語》曾子曰：「吾日三省吾身：為人謀而不忠乎？與國人交而不信乎？傳不習乎？」（《論語．學而》）中的「傳習」一詞，意即實習、實踐老師之所傳授之意。《傳習錄》已被公認為陽明的代表著作。

有了上述的背景，我們便可來看看《傳習錄》的義理，也就是陽明的思想。以下試分別就他的心即理、致良知和知行合一三點來說。

三、心即理

「心即理」的意思是心就是理。所謂「心」，當然不是指那「一團血肉」（《傳習錄》記陽明語）之心，而是精神性的心。此精神性的心也不只是意識。依陽明思想，意識只是心的表層活動，在表層活動之下，有更內在、深入，或更根本的層次，這最根本的層次便是人人具有的仁義之心。仁者仁愛，義者道義。此仁義是由本心所發的，故曰仁義之心。此仁義也可視為理，這是因為它們都具有普遍性和客觀性。如見到某甲欺負某乙，大家都會齊聲指責某甲欺負別人，都會同情某乙被人欺負，此所謂「人同此心，心同此理」，此理便是仁義之理。既然心是仁義之心，仁義可視為理，所以說心即理，心就是理。依陽明的用語，心即良知，理即天理，陽明常有「良知之天理」的講法，此良知其實就是天理。

心即理，心也是良知。陽明對良知有如下的說明：

良知只是箇是非之心，是非只是箇好惡，只好惡，就盡了是非，只是非，就盡了萬事萬變。(《傳習錄》下)

我們注意陽明以是非之心說良知，而是非是箇好惡，是非之心即好惡之心，也就是羞惡之心。陽明又說：

蓋良知只是一箇天理自然明覺發見處。只是一箇真誠惻怛，便是他本體。故致此良知之真誠惻怛以事親便是孝，致此良知真誠惻怛以從兄便是弟，致此良知之真誠惻怛以事君便是忠。只是一箇良知，一箇真誠惻怛。（《傳習錄》中）

此處謂良知只是箇真誠惻怛。惻怛實通於惻隱之心，而對人真誠亦含對人辭讓恭敬之意。然則配合上一段引文來看，陽明實在是以孟子的惻隱、羞惡、辭讓、是非的四端之心（見《孟子．公孫丑上》）來理解良知的。而「良知」一詞，更是來自孟子（《孟子．盡心上》）。是以學者均認為陽明學是孟子學，是孟子思想的發揮和發展。

要進一步了解心即理，我們須知心即理可包含三個意義：心外無事、心外無理、心外無物。驟眼看去，這三點似乎不容易理解。在心之外不知道的事天天發生，如何可說心外無事？除仁義之理外，還有許多需探求認知才掌握得到的道理，如何可說心外無理？許多事物、物件都存在於心靈之外，如何可說心外無物？

首先，要知道陽明談到心外無事、心外無理、心外無物時，在一些情況下事、理、物都是特有所指的。如說：

且如事父，不成去父上求個孝的理；事君，不成去君上求個忠的理；交友治民，不成去友上、民上求個信與仁的理：都只在此心。（《傳習錄》上）

這句話中的事父、事君、交友治民都是陽明所謂的事。這些事都是我們在日常生活中不時要面對處理的。要面對處理，當然是用心去面對處理。既然是用心去面對處理，便離不開我們的心，所以說心外無事，「都只在此心」。又如說：

心自然會知。見父自然知孝，見兄自然知弟，見孺子入井，自然知惻隱。此便是良知。不假外求。（《傳習錄》上）

此處所說的孝、弟、惻隱，固然是心，是良知，以其具有客觀、普遍的意義，也可說是理。這其實就如前面所說的仁義之心，仁義就是理。這些理從來就是發自內心的，是道德之理，故說心外無理、心即理。陽明又說：

心外無物。如吾心發一念孝親，即孝親便是物。（《傳習錄》上）

原來陽明說物，不一定是指物件或一個東西，很多時候是指意念的對象，可以說是行為物，而非存在物。既然指的是行為物、意念的對象，當然便是心外無物了。

如果我們把「事」理解為日常處理的事情，把「理」理解為道德之理，把「物」理解為意念的對象，則陽明的心外無事、心外無理、心外無物便很好理解。然而，我們看《傳習錄》，發現陽明說心外無事、理、物的事、理、物，有時候也可以指我們不知道在發生的事、知識之理和客觀存在的物件。試問此如何可能？原來在陽明心目中，心的最內在根源處是仁義之心，是本心，是良知。把良知擴充至盡，良知便恢復其本來而等同於天。天乃涵蓋宇宙萬物而為宇宙萬物的主宰。良知恢復而為天，則良知便涵蓋宇宙萬物，於是良知便涵蓋一切事、一切理、一切物，這一切事、理、物便包括知覺以外的事、知識之理和存在物。此時的心，與天同體，可說是一天心，也可說是宇宙心。天心無外，涵蓋一切，這才是心外無事、心外無理、心外無物的究竟意義。

這樣的說法看似與常識不合，但仔細思量，陽明實有其至理。試看下面一段：

先生遊南鎮，一友指巖中花樹問曰：「天下無心外之物，如此花樹，在深山中自開自落，於我心亦何相關？」先生曰：「你未看此花時，此花與汝心同歸於寂。你來看此花時，則此花顏色一時明白起來。便知此花不在你的心外。」（《傳習錄》下）

此段說心外無物，也可用來說心外無事。友人說山中花樹，自開自落，與我心有何相干？這明顯是在說知覺不到的花開花落之事在心之外。陽明卻說未到山中看此花時，此山中之花與看花之心同歸於寂，意謂看花之心與花都是在一潛存的狀態，潛存於作為天心的本心良知之中。來看此花時，此花與看花之心便在良知中一體呈現、明白起來。換言之，一切事，包括表面知覺不到的事，都或隱或現地存在於良知之中。再看陽明說：

聖人無所不知，只是知箇天理。無所不能，只是能箇天理。聖人本體明白。故事事知箇天理所在，便去盡箇天理。不是本體明後，卻於天下事物都便知得，便做得來也。天下事物，如名物、度數、草木、鳥獸之類，不勝其煩。聖人須是本體明瞭，亦何緣能盡知得……（《傳習錄》下）

表面看，陽明似乎意識到聖人只是知個天理，至於天下間名物度數、草木鳥獸等知識道理，不勝其多且煩，卻不是聖人所能盡知的。這種理解合乎常識，但豈不與陽明心外無理之旨相違背？須知陽明緊接著便說：

> 但不必知的，聖人自不消求知。其所當知的，聖人自能問人。如子入太廟，每事問之類。先儒謂雖知亦問，敬謹之至。此說不可通。聖人於禮樂名物不必盡知。然他知得一箇天理，便自有許多節文度數出來。不知能問，亦即是天理節文所在。（《傳習錄》下）

也說是說，聖人對名物度數等知識之理不必盡知，但此等知識之理其實只是天理之節文，當聖人要知道它們時，它們便會從聖人所知之天理展現出來。此意謂一切理（包括知識之理）皆含於天理，都是天理之節文。至於天理之節文如何從天理展現，初步看，也不必把它理解得若何神祕。陽明即說：「不知能問，亦即是天理之節文所在。」不知道而問人，人家告訴他，知識不就展現出來了麼？是以陽明對良知與知識的關係有一句有名的話：

良知不由見聞而有，而見聞莫非良知之用，故良知不滯於見聞，而亦不離於見聞。(《傳習錄》中)

此句中，良知即天理，已如前說；見聞可指知識或知識之理。見聞知識乃天理之節文，故見聞知識之作為節文不完全等於天理，但另一方面以其為天理之節文，故亦不離天理。從良知之角度說，良知非知識，但知識之作為良知之天理之節文，畢竟也只是良知之作用而不離良知。也許可以這樣說：心外無理，本心良知直接地蘊含道德之理，而亦間接地蘊含知識之理，但無論是道德之理或知識之理，都是心外無理。

至於心外無物，物包括存在物，這也是陽明思想之所含。他說：

良知是造化的精靈。這些精靈，生天生地，成鬼成帝，皆從此出，真是與物無對。人若復得他完完全全，無少虧欠，自不覺手舞足蹈，不知天地間更有何樂可代。(《傳習錄》下)

作為精靈的良知生天生地，成鬼成帝，明顯是說心外無物，物乃包括存在物。此段後半更呼應孟子所謂「萬物皆備於我矣，反身而誠，樂莫大焉」（《孟子．盡心上》）。陽明又謂：

> 人的良知，就是草木瓦石的良知。若草木瓦石無人的良知，不可以為草木瓦石矣。豈惟草木瓦石為然？天地無人的良知，亦不可為天地矣。蓋天地萬物，與人原是一體。其發竅之最精處，是人心一點靈明。風雨露雷，日月星辰，禽獸草木，山川土石，與人原只一體。故五穀禽獸之類，皆可以養人。藥石之類，皆可以療疾。只為同此一氣，故能相通耳。（《傳習錄》下）

從「天地（包括萬物）無人的良知，亦不可為天地（萬物）」一句，便知陽明確主張徹底的心外無物。後半段更透露陽明認為心外無事、心外無理、心外無物的理由，也就是「風雨露雷，日月星辰，禽獸草木，山川土石，與人原只一體」。原來陽明認為人與天地萬物原是一體，故人、事、物之間是一氣相通的，故五穀禽獸可以養人，藥石之類可以療疾。像這種人與天地萬物為一的說法，其實是宋明理學的共識。如果以陽明的心外無事、心外無理、心外無物為一種唯心論，乃至是一種絕對唯心論，則這種絕對唯心論便同時是絕對實在論，因為陽明以心與一切人、事、物原是一體之故。這並不是一般理解下的唯心論，以一切物質實在為只是精神的表現或投映而已。

四、致良知

如上所言，「致良知」是陽明學說的宗旨。如果說宋明理學主要是探討道德本體和修養工夫兩大問題，則「致良知」的「良知」便說明本體問題，「致良知」的「致」便說明工夫問題。關於陽明的本體論，我們在上一節「心即理」已交代過。現在就讓我們藉其「致良知」觀念介紹他對道德修養工夫的看法。

「致良知」的良知，已如上述。關於「致」，其直接的意思便是推致、擴充之意，也就是把良知推致、擴充，如「老吾老以及人之老，幼吾幼以及人之幼」（《孟子．梁惠王上》）等。另一方面從義理上說，「致」其實也有復返的意思，亦即恢復良知。蓋良知每因私欲及種種原因放失了，需要做工夫恢復其本來，這也是致良知之一義。於是，推致與復反便成為致良知工夫所含之二義。二者之義表面相反，實則一致，蓋復返良知是在推致中復，而推致良知是在復中推致，思之可知。

如是，致良知便是擴充和恢復良知。此致之之工夫究竟如何做法？具體言之，陽明其實有許多不同講法，如說立志、克己、慎獨、致中和、靜坐、居敬、集義等等。《傳習錄》中有一段話卻能表示陽明工夫論之精要，不憚煩錄之如下：

《大學》之所謂身，即耳目口鼻四肢是也。欲修身，便是要目非禮勿視，耳非禮勿聽，口非禮勿言，四肢非禮勿動。要修這個身，身上如何用得工夫？心者身之主宰，目雖視而所以視者心也，耳雖聽而所以聽者心也，口與四肢雖言動而所以言動者心也，故欲修身在於體當自家心體，當令廓然大公，無有些子不正處。主宰一正，則發竅於目，自無非禮之視；發竅於耳，自無非禮之聽；發竅於口與四肢，自無非禮之言動：此便是修身在正其心……（《傳習錄》下）

〈大學〉作為儒家經典，其地位已早為南宋朱子所奠定。陽明也十分重視〈大學〉，並嘗試以自己的意思解釋〈大學〉的八條目，所謂「古之欲明明德於天下者，先治其國；欲治其國者，先齊其家；欲齊其家者，先修其身；欲修其身者，先正其心；欲正其心者，先誠其意；欲誠其意者，先致其知；致知在格物」（〈大學〉）。八條目中，從「平天下」至「齊家」大概較容易理解，於是陽明便集中解釋由「修身」至「格物」。在解釋的過程中，卻同時展示了他的工夫論的核心要義所在。

陽明首先解釋修身在正心。他認為身者耳目口鼻四肢是也。而修身即意謂目要做到非禮勿視，耳要做到非禮勿聽，口要做到非禮勿言，當然應加上鼻要做到非禮勿嗅，及四肢要做到非禮勿動。但要如何才能做到這「五勿」呢？須知身的主宰是心，耳目口鼻四肢的活動都是由心所發動的。心之主宰若正，耳目口鼻四肢的活動便無不正；心若善，身之活動便無不善，所以說修身在正其心，修養言行在於端正自己的心。緊接著上引一段話，陽明續說：

然至善者，心之本體也。心之本體，那有不善？如今要正心，本體上何處用得功？必就心之發動處才可著力也。心之發動不能無不善，故須就此處著力，便是在誠意。如一念發在好善上，便實實落落去好善；一念發在惡惡上，便實實

落落去惡惡。意之所發，既無不誠，則其本體如何有不正的？故欲正其心在誠意。工夫到誠意，始有著落處……（《傳習錄》下）

已知修身在於正心，然則又如何正心呢？須知心是良知本心，良知本心本來就是善的，何須用功去正？要用功的地方不在心之本身，而是在心之發動處。蓋心之本身雖善，心之發動卻不能無不善，以其發動時不免滑轉執滯之故。心之發動者是意念，在意念上做工夫便是誠意。如一念是善，便著實去好此善；一念為惡，便著實去惡此惡。這便是誠意的工夫。工夫做到誠意，才有實際著落之處。故說正心在誠意。陽明續說：

然誠意之本，又在於致知也。所謂人雖不知，而已所獨知者，此正是吾心良知處。然知得善，卻不依這個良知便做去，知得不善，卻不依這個良知便不去做，則這個良知便遮蔽了，是不能致知也。吾心良知既不能擴充到底，則善雖知好，不能著實好了；惡雖知惡，不能著實惡了，如何得意誠？故致知者，意誠之本也……（《傳習錄》下）

正心在於誠意，然則又如何做誠意工夫？關鍵在一念發動是善，須知此是善，才能著實好善；一念發動是惡，須知此是惡，才能著實惡惡。若知得善，卻不依這個良知做去，知得惡，卻不依這個良知不去做，如此卻如何能著實好善惡惡，如何得意誠？故說誠意在致知，致知者意誠之本。然則致知便是最根本的工夫？陽明續說：

然亦不是懸空的致知，致知在實事上格。如意在於為善，便就這件事上去為；意在於去惡，便就這件事上去不為。去惡固是格不正以歸於正，為善則不善正了，亦是格不正以歸於正也。如此，則吾心良知無私欲蔽了，得以致其極，而意之所發，好善去惡，無有不誠矣。誠意工夫，實下手處在格物也。若如此格物，人人便做得，「人皆可以為堯、舜」，正在此也。（《傳習錄》下）

誠意在致知，致知應是最根本的工夫了。但陽明卻補充說，致知的工夫不是懸空做的，是要在實事上格，所謂格物。格者正也，物猶事也，格物者正不正之事使歸於正之謂也。一事之來，心發動意念以應之，意念若善，知其為善，便著實好善，貫徹於行為中而為善；意念若惡，知其為惡，便著實惡惡，貫徹於行為中而去惡。無論為善或去惡，都是就事物格其不正以歸於正，這便是格物。故說致知在格物。整個修身的工夫，最後便落實在致知格物之上。陽明認為，這個修養工夫是人人可做的，孟子所謂的人人皆可以成聖，其意正在於此。

須知上述陽明藉解釋〈大學〉五條目以闡發其工夫思想的一大段話已是其工夫論的精要。陽明他日提出他那有名的「四句教」：「無善無惡心之體，有善有惡意之動，知善知惡是良知，為善去惡是格物」（《傳習錄》下），有學者認為此正是陽明哲學的濃縮。當中第一句的「無善無惡」，不是說沒有善惡，而是指至善之達至自然而然的境界，沒有善惡之「相」，這也就是良知心體的境界。後面三句則與本節所引的一大段之意無以異。陽明言修養工夫的重點，實不外於此。

五、知行合一

「知行合一」是陽明學說的特色，與眾不同。它的簡明意思是認知與行為是一個東西，是分不開的。這個講法跟我們的常識好像不一致。我們平常會說知而不行，或行而不知，會說某個人有理論沒有實踐，或有實踐沒有理論。當然我們都希望人人表裏如一，言行一致，這便意味認知與行為是相應配合的，但這只是我們的理想，希望做到二者的結合，並不表示二者本來就是一致的。然而，陽明正是要說知與行本來就是一致的。此當如何理解？

原來陽明說知行合一的知，是指良知。良知是心，但非心之表層，而是就心之根源處說。所謂知行合一，也是就心之根源處說的。從心的根源處看，知行是合一的。試看陽明說：

我今說箇知行合一，正要人曉得一念發動處，便即是行了。（《傳習錄》下）

原來陽明是就「一念發動處」來理解「行」，這樣知行合一便容易理解了。且看陽明如何說明此義：

夫人必有欲食之心，然後知食。欲食之心即是意，即是行之始矣。食味之美惡，必待入口而後知，豈有不待入口，而已先知食味之美惡者邪？必有欲行之心，然後知路。欲行之心即是意，即是行之始矣。路歧之險夷，必待身親履歷

而後知，豈有不待身親履歷而已先知路歧之險夷者邪？知湯乃飲，知衣乃服，以此例之，皆無可疑。（《傳習錄》中）

此處陽明舉「知食」和「知路」為例來說明知行合一。知道要去食，固然是知，而知道要去食促使我們採取行動去食，此知道要去食便其實已是行為的開始了。食而知味，固然是知，而此知味是在食的行為中而知。如此知行不是一致的嗎？同樣，知道去行路，固然是知，而知道去行路促使採取行動去行，此知道去行便已是行為的開始。行路而知路之險夷，此一方面是知，一方面也同時是行。如此知、行不也是一致的嗎？由此二例而推至知湯乃飲，知衣乃服等，實際上都是相同的情形。或有人問：知食、知路，有時候結果卻沒有去食、沒有去行，如此知、行不仍是分開的嗎？對於這個問題，我們參考陽明在他處舉「知痛必已自痛」、「知寒必已自寒」、「知飢必已自飢」（《傳習錄》上）來說知行合一，便可推想而知，他的意思是我們每知一事物，便是意向一事物，此意向之活動本身，便已是一行為了。這樣看來，知行合一不是很明白嗎？難怪陽明說「未有知而不行者，知而不行，只是未知」（《傳習錄》上）。

然而，把知行合一說至此仍未足夠。陽明似乎是要把日常生活中一念發動處之知行擴充至本心之知行，而復那良知之知行合一之本體。這樣，日常生活一念發動之知行便不足夠，便須時時作修養工夫以達至及同時恢復那知行合一之良知本體。在這個意義下，知行合一可說是本體，也是工夫。陽明即說：

知者行之始，行者知之成。聖學只一箇工夫，知行不可分作兩事。（《傳習錄》上）

知行終始一貫，不可分作兩事，且只是一個工夫，不是說有一個知的工夫，又有一個行的工夫，而是知的工夫便是行的工夫。陽明又說：

知之真切篤實處，即是行，行之明覺精察處，即是知。知行工夫，本不可離。（《傳習錄》中）

知行本體亦即良知本體，只是就良知本體之明覺精察處說知，就其真切篤實處說行，其實是一。此一本體同時就是一貫的工夫。工夫做到知行合一，才是真工夫。

儒學傳統有所謂博學、審問、慎思、明辨、篤行之教（見〈中庸〉），一般都以博學、審問、慎思、明辨屬知的工夫，篤行屬行的工夫。陽明卻不是這樣理解的。我們且看看陽明是如何藉學問思辨行闡明其知行合一之旨。他說：

> 夫學問思辨行，皆所以為學。未有學而不行者也。如言學孝，則必服勞奉養，躬行孝道，然後謂之學，豈徒懸空口耳講說，而遂可以謂之學孝乎？學射則必張弓挾矢，引滿中的。學書，則必伸紙執筆，操觚染翰。盡天下之學，無有不行而可以言學者。則學之始，固已即是行矣。篤者，敦實篤厚之意。已行矣，而敦篤其行，不息其功之謂爾。蓋學之不能以無疑，則有問。問即學也，即行也。又不能無疑，則有思。思即學也，即行也。又不能無疑，則有辨。辨即學也，即行也。辨既明矣，思既慎矣，問既審矣，學既能矣，又從而不息其功焉。斯之謂篤行。非謂學問思辨之後而始措之於行也。是故以求能其事而言，謂之學。以求解其惑而言，謂之問。以求通其說而言，謂之思。以求精其察而言，謂之辨。以求履其實而言，謂之行。蓋析其功而言，則有五。合其事而言，則一而已。此區區心理合一之體，知行並進之功，所以異於後世之說者，正在於是。（《傳習錄》中）

依陽明，學問思辨行中的行固屬行，而學問思辨也屬行。如學者學射、學書，均有實踐在其中，而問思辨也是學，也是一種實踐。故學者能其事，問者解其惑，思者通其說，辨者精其察，行者履其實，都只是實習、實踐。知行合一之旨，非暢然明白乎？從心表層一念發動至良知本體之充分呈現，正顯示知行合一工夫之進程。知行合一之究竟，即示在良知本體之朗現下整個身心性命投入於每一想念與行為之中。知行合一之作為教法，雖後來為致良知所取代，但畢竟仍是陽明學說的一個重要觀念。

六、結語

本文簡介陽明的生平、學術與事業，並介紹其《傳習錄》中心即理、致良知、知行合一的意義。陽明一生的事功主要在破山賊與擒宸濠。他的學術則有學三變和教三變。陽明心即理，其究竟之意謂心是宇宙心而涵蓋一切事、一切理、一切物。其致良知，顯示念念自知善惡之工夫。其知行合一，則表示把身心性命投入於一切想念行為而無分於知與行。

我們相信，陽明的一生與思想，大概可以「良知」一語來總括。他的一生，尤其悟道之後，是良知的表現。他的思想則是良知觀念的發揮。良知的含義，從淺易處說，就如我們平常所說本著良知做人的良知；從深難處說，則雖聖人也有所不能窮盡。此所以陽明說：「某於此良知之說，從百死千難中得來。」（〈年譜〉五十歲）良知之難，就如他說的：「破山中賊易，破心中賊難。」（〈年譜〉四十七歲）心中賊，指的是心中種種私欲惡念，邪思妄想，要去除這些而使良知呈現，實比在生死的鬥爭中戰勝敵人還要困難。這句話若換成現代的語言，大概就是：要戰勝敵人容易，要戰勝自己卻困難。

陽明在臨終時，弟子問他有何遺言。他說：「此心光明，亦復何言！」（〈年譜〉五十七歲）此處的心即良知。這句話印證了我們以良知總括其一生之言之不虛。他似乎已贏得自己人生中一次徹底的勝利，活得光明磊落，問心無愧！

繽紛變易：從《楚辭》看上古神話的沿革

陳煒舜

本次講座以《楚辭》神話為主題。端午節雖然還未到，但很巧合，今天陽曆剛好二〇二二年五月五日，所以談這個主題最好不過。講座主標題出自〈離騷〉「時繽紛其變易」一句，原指當前世風光怪陸離，在變化之中江河日下；我則「斷章取義」，以指涉上古神話之五彩繽紛，以及其變易沿革。作為集部之祖的《楚辭》，是紹述屈原之辭章家的作品集。其中以屈作二十五篇最為重要，可謂戰國時期南方文學之代表。當時北方在周代禮樂文明的影響下，已在文化上逐漸更趨向人本觀念、理性思維。楚國僻處南方，被薰染周代禮樂文化已久的中原諸國視為「蠻夷」，因此其文化此時依然承襲著夏商以來的舊風，具有濃郁的巫術色彩。因此，《楚辭》作品也保存了豐富的華夏上古神話內涵，充滿抒情與幻想的情調，如〈離騷〉、〈九歌〉、〈天問〉、〈招魂〉等可謂表表者。然而屈原在思想上糅合南北文化，對楚國的命運有著深刻的思考，因此下筆處理上古神話素材時，除了沿用之外，抑或就其內容提出質疑，或對其主旨另有詮釋。也就是說，屈原的思想不僅與中原儒墨名法諸家的見解不盡相同，其對華夏傳統與荊楚傳統也不無反思，可謂叛逆精神的濫觴，這就難免在後世被班固批評為「狂狷景行之徒」(〈離騷序〉)。不過，屈原作品呈露的抒情、幻想乃至叛逆色彩，卻與五四以後繼承自西方的浪漫主義遙相映照。希望聽眾透過本次講座，能進一步認識屈作對於上古神話的採用，既有沿襲的一面，也有變革的一面，繼而就上古神話在戰國時代之傳播與接受的情況有更為清晰的認知與理解。本次講座分為三個部分：首先是「神話的定義」，其次是「楚文化與楚辭」及「神話在楚辭中的沿革」。第三部分為主體，先討論楚辭對神話的傳承、運用與質疑，最後以〈招魂〉篇作為個案，與各位分析探討《楚辭》對神話的改造。

一、關於神話的定義

對於「神話」這個關鍵詞，我們先簡單界定一下。「神話」一詞並非中國固有，而是來自希臘文的 mythos —— 這個詞語與英文的 murmur、mutter 等單詞同源，有敘述之義，可見無論片段也好、整體也好，神話首先必須是一段敘事(narrative)。近代日本在明治維新後大量引入西學，才將mythos一詞對譯為「神話」。加上「神」字，點出這段敘事必須具有超自然成分，而不同於一般的歷史敘事。到五四前後，「神話」這個日製漢詞遂廣為中國學者所沿用。而在中國古代，雖無「神話」一詞，卻未必沒有與之相近的概念。如《論語．述而》：「子不語怪、力、亂、神。」「怪」、「神」便已包含超自然敘事的內容。上古夏商時代，神權與政權未有分離，王者往往身兼最高級巫師或祭司的身分，而祭司階層乃是整個族群的知識掌握與傳承者。這些知識涵納了「天道」的部分，亦即先民以超自然角度對宇宙萬物的詮解，包括宇宙創世、萬物生成、神祇故事、族群繁衍、英雄業績乃至大洪水等主題，具有玄幻色彩；也涵納了「人道」的部分，亦即本族群日常生活之知識，包括天文、地理、歷史、農業、畜牧、醫術等學科，具有現實色彩。在今天看來，前者是上古神話研究的基礎，後者則是歷史研究的端倪。但在「巫史不分」、「民神雜糅」的時代，哪怕日常生活也會烙上超自然的烙印，如甲骨卜辭中，殷人總會把遭遇的吉凶與某神作福、某神作祟扣上關係。而巫史主持的宗教祭祀，正是溝通天道與人道的主要途徑。

我們基於甲骨文的發現，將商代中葉視為傳疑時代與信史時代的分水嶺，但從傳疑時代走向信史時代並非一蹴即就，其間仍有漫長的嬗變階段，嬗變的關鍵就在於理性思維的底定，而與「信史」相配之理性精神的流行要到周人立國前後。成書於殷周之際的《周易》經文中，就貫穿著一種殷憂啟聖的人本觀念。周公治禮，將殷人宗教祭祀、取悅神鬼的儀節賦予人本觀念，以新的尚人取向去替代原有的尚鬼取向，如《尚書》中「天視自我民視，天聽自我民聽」(〈泰誓〉)、「皇天無親，唯德是輔」(〈蔡仲之命〉)、「黍稷非馨，明德惟馨」(〈君陳〉)等言論，就表述了周代人本觀念的內涵。巫官與史官開始分流，史官雖保有「究天人之際」(司馬遷語)的精神，卻更注重現實主義精神。這種思想與精神到東周諸子手中得到進一步發展，如《論語．先進》記載孔子「天道遠，人道邇」、「未能事人，焉能事鬼」等言論，乃是明證。在如此精神的影響下，先秦儒家面對從前巫官遺留下來關於「天道」的文獻資料視為神怪之談，神怪的敘事文學進一步被邊緣化。儒生嘗試從理性的角度將那些充滿奇幻色彩的故事剔除超自然的內容，以現實方式重新敘述，而成為雅正的古史。這就是所謂「神話歷史化」的過程。如炎、黃、堯、舜、禹等人物，逐漸從奇幻的神話走入現實的歷史。至於那些無法以理性詮解的神話素材，則每每置之不理(如《山海經》中的大量資料)。由於中國上古神話中的確有不少內容是洪荒時代真實歷史的折射，因此先秦儒家的這種詮釋工作也許果能探得歷史真相(如「黃帝四面」等)，但也不乏強解、曲解之處(如「夔一足」等)。回觀古典時代，漢朝以降的學者在儒家的大傳統下仍將這些內容視作荒誕不經，聊供茶餘飯後的消遣而已。若要說正式研究，大概要到清代乾嘉學者崔述《考信錄》才開始大量辨析上古神話素材——雖然崔氏大抵仍是從史考據之學的角度來切入，卻畢竟成為民國「古史辨」學派的先聲。不過，神話學在中國作為一門現代學科，引起廣大學者與讀者的興趣，五四以後才是正式開端。

神話可進一步分為廣義神話與狹義神話。將一切具有超自然內容的敘事視作神話，就是廣義神話，這個概念是由神話學泰斗袁珂提出的。袁氏尤其注重廣義神話觀，他認為「神話雖然產生於原始社會，但到了階級社會，它仍然通過群眾口耳相傳，在流傳中發展、演變；新的神話也隨著歷史的進展在不斷地產生。直到今天，舊的神話沒有消失，新的神話還在產生」。就研究者而言，這種定義大大拓展了神話範圍和視野，分期的跨度包括古今，有利於擴大神話研究領域、吸引神話欣賞群體。但另一方面，廣義神話的外延又顯得過於寬泛，不僅可能影響到學者結論的精準，也令初學者產生迷惑與困擾。所以我個人在教學方面仍傾向於從狹義神話入手，以便初學者之認知與學習。

狹義神話方面，如劉魁立在為《中國大百科全書》所寫的〈神話及神話學〉的詞條中指出：「神話就實質和總體而言，是生活在原始公社時期的人們通過他們的原始思維，不自覺地把自然界和社會生活加以形象化、人格化而形成的、與原始信仰相關聯的一種特殊的幻想神奇的語言藝術創作。」如果根據這種說法，像漢族《西遊記》、《封神榜》、《聊齋志異》，少數民族《劉三姐的傳說》、《阿詩瑪》等雖也涉及不少神怪內容，但嚴格來講卻在內容和形式上都未必符合狹義神話的定義。因此中外學術著作中所謂神話，一般都指狹義神話。我們可以進一步參考一下西方學者對於狹義神話的定義。如 Hans-Peter Kohler 提出，神話有以下幾種重要特徵：

（一）無論在哪種文化中，神話都屬於宗教性故事，因此會涉及到一個或多個超自然靈體的存在與活動；他們可以是男女神祇，也可以是半人半神（demigod）。

（二）神話會嘗試解釋萬事萬物的起源與行為，如宇宙如何誕生、人類從何而來、彩虹如何產生、鯨魚何以噴水、人與動物為何有飢餓感等等。

（三）一則神話故事並非孤立的，而是與其他同一文化中的類似故事有顯著關聯，所牽涉的神祇們可以組成一個神譜。

（四）神話的著作權並不屬於任何一個人，而是共享的。由於神話是透過口頭傳播，所以同一則故事往往超過一個版本。

（五）這些神話對於其創造者所生活的社群而言，是被視為真實不虛之事。

若以中國神話為例，如女媧既出現在補天神話中，又出現在造人神話中；大禹既出現在治水神話中，又出現在建立夏朝的神話中。而女媧、伏羲作為帝王，又是大禹的先行者……可見這些神話之間並不孤立。相比之下，作為民間故事主角的田螺姑娘，顯然只出現在她與青年農人婚配的那椿故事中，而不見於其他記載。神話著作權是共享的，亦即無名氏所為。如《山海經》的作者題為大禹、伯益，但顯然只是託名，其真實作者的身分早已不可考究。這正是由於在漫長的流播過程中，不同的口傳者都可能就內容作出微調。正因如此，我們不能宣稱自己要「創作」一段神話，經典意義的神話不可能如此簡單生成，更不可能成於一人之手。我們今天喜歡神話，往往是因為奇幻內容具有娛樂性，這與傳統儒生的態度可謂殊途同歸。我們未必相信女媧、大禹真有其人，但在先秦時代他們所從屬的族群而言，卻會虔誠相信他們故事的真實性，並將他們奉為神明、祖先。神話具有宗教性，原因也正在箇中。

另一位研究中國神話的西方女性學者Anne Birrell，對於神話（myth）、傳說（legend）與民間故事（folk tale）的定義，也十分值得我們參考。舉例而言，她認為神話、傳說都被聽眾視為真實，而民間故事則被視為虛構。這自然就影響到聽眾對於這三種敘事的態度：他們會將神話視為神聖敘事，將民間故事視為世俗敘事，傳說則介乎二者之間，要看情況而定。至於時間和地點的設定，更能顯示三種體裁的異同：民間故事對時地設定並無一定要求，而神話與傳說卻不然。神話一般發生在遠古（remote past），所在世界則未必和我們現在所處是同一個世界；傳說一般發生在近古（recent past），所在世界一般就是我們現在所處的世界。我們還是以女媧和大禹為例，他們的時代自然是洪荒遠古，而所處的世界也充滿奇幻，與我們當今的世界大異其趣。再看劉邦醉斬當道白蛇、趙匡胤出生滿室芬芳等故事，劉邦、趙匡胤的時代雖然也是古代，但絕無女媧、大禹那麼久遠。更重要的是如前所言，中國與理性思維相配的信史時代以周人立國為開端，而劉邦、趙匡胤都是信史時代的人物，他們所處的世界也是一個和當今一樣的現實世界，無甚奇幻可言。所以，劉、趙的故事充其量只能算作傳說。

講到這裏，請容我先宕開一筆，打破一種流布已久的迷思——那就是所謂「中國神話不及西洋神話精彩」之類的表述。站在狹義神話的角度，這種說法是頗為片面的，因為人們往往把神話和史詩的概念混淆了。當代學者王增永在《神話學引論》一書中提出，史詩與神話既有相似處，也有不同處。二者相似處有三點：

（一）史詩不僅源於神話，而且直接使用了許多神話的材料。二者的內容是相似的。
（二）史詩裏民神雜糅，人可以通曉神道法術、變化身形、甚至死而復生，神也常常被賦予人的各種行為和品性。
（三）神話以幻想性為主，史詩以現實性為主，但晚期神話傳說與英雄史詩卻非常接近。

至於二者不同之處，則有五點：

（一）文字表現形式不同：神話為散文，史詩為韻文。
（二）誕生時代不同：神話出現於母系氏族社會的繁榮時期，史詩誕生於父系氏族社會後期。神話誕生的時代遠早於史詩。
（三）歷史性與創作性的不同：史詩基本以具體的歷史事件或歷史人物為依據，神話所體現的只是歷史的大輪廓，與具體的歷史事件或歷史人物基本無關。
（四）篇幅的不同：史詩多為鴻篇鉅製，神話多為零散短篇。
（五）內容與形象的不同：史詩一般以創世與英雄故事為主題，神話還包括生殖、圖騰、自然、祖先等多種類型。

例如今人對於古希臘—羅馬神話的認知，主要來自兩部典籍，一是荷馬（Homer）史詩《伊利昂紀》（*Iliad*）和《奧德修紀》（*The Odyssey*），一是奧維德（Publius Ovidius Naso）的史詩《變形記》（*Metamorphosis*）。《伊利昂紀》與《奧德修紀》中反映的社會面貌也頗為不同，至少從女性的地位方面就大有差異，時間跨度絕不在一百年內，令人懷疑兩部史詩未必成於同一時代。何況荷馬生平不詳，很可能是一個箭垛式的人物，因此學者一般會把荷馬史詩歸類為口傳文學的民間史詩。而荷馬史詩的意義，就在於將前此芸芸傳聞異詞的神話片段加以整合，並構築出神譜。眾所周知，奧林帕斯諸女神中，天后赫拉（Hera）與愛神阿芙洛蒂特（Aphrodite）的職能與婚戀生育關係最為密切；此外，灶神赫斯緹亞（Hestia）、月神阿耳忒彌斯（Artemis）和智慧女神雅典娜（Athena）則皆為處女神。但根據史前考古發現所得，這三位處女神在前荷馬時期莫不是生育女神。由此可見，當希臘從部落林立的史前時期逐漸凝聚成共享文明的城邦時期，神話必然經過大幅度整合，各部落的生育女神在移植到統一的神譜以後可能成為「冗員」，兼以當時社會分工已頗為細緻，所以這些女神才由生育女神轉化為灶神、月神、智慧女神等等，而荷馬史詩的傳述者必然參與了此等神譜的整合與重組工作。因此，荷馬史詩記載的神譜、乃至諸神的職能、故事，是否仍保持史前時代的面貌，是很可懷疑的。至於奧維德是羅馬共和國末期的著名詩人，時代更晚。其《變形記》作為文人史詩，雖然是把眾多古神話串聯在一處，卻在內容與文字上具有鮮明的時代特色。在荷馬史詩裏，神是受到尊敬的。但奧維德生活放浪形骸，故其對神的態度幾乎自始至終不甚恭敬，乃至把神話題材可能含有的嚴肅意義剝奪殆盡——儘管展現在讀者面前的故事依然引人入勝。

而中國方面，巫史分流以後，尤其在先秦儒家「神話歷史化」的過程中，對於那些無法以理性詮解的神話素材置之不理。如此一來，神話雖然得不到傳承與發展，但至少被封存在《山海經》一類「不經之談」的著作中，保留了相對「零散短篇」式的原始面貌，可謂有失有得。因此，我們以生動優美的《變形記》來批評《山海經》中的神話支離破碎，並不公平——兩部著作的性質全然不同，而成書時代等參照係數也迥然相異。清楚這一點後，我們就知道屈原的〈離騷〉、〈九歌〉、〈天問〉、〈招魂〉諸篇，性質略近於奧維德《變形記》：屈作往往運用神話素材來表達自己的政治與哲學理念，奧維德則是以古希臘羅馬哲學家畢達哥拉斯（Pythagoras）的「靈魂轉回」理論為基礎，以「變形」這一線索貫穿全書二百五十多個故事，以嶄新的態度和敘述技巧為這些盡人皆知的故事賦予新生命，對於諸神的態度幾乎自始至終是不恭敬的（楊周翰語）。總之，屈原與奧維德都是在使用既有的古神話素材來進行自我書寫，若將二人的作品簡單等同於古神話本身，自然是不相宜的。

此外，理解了神話與史詩的區別，我們若論西洋歷史的發展，大概可分為神話階段、史詩階段與信史階段。史詩可謂以文學角度來閱讀的歷史，而史詩階段是神話到信史兩個階段之間的過渡，因此以人為主角，卻仍不乏超自然因素與奇幻色彩。但在東方，周人立國、周公制禮卻令中國跳過了史詩階段，早早進入信史階段，並發展出十分健全的、具有現實主義思維的史官文化。既然周代是神話思維退潮、理性思維底定的重要時期，我們不妨把神話思維徹底消亡的時限稍微拉後一些，設置於秦漢之際。如此一來，我們就不難發現中國文學史上的芸芸超自然敘事中，只有上古神話（或云先秦神話）屬於狹義神話。這也是我把自己在系上開設的課程稱為「先秦神話」的主因。而我們今天所談的《楚辭》一書，實為上古神話的重要載體。

二、楚文化與楚辭

楚國王族起源於上古華夏族，與姒夏王族的血緣比較接近。其後由於各種原因，楚王族逐漸南遷，與江漢一代的原住民融合，形成了楚國的雛形。根據《詩經》、《竹書紀年》等典籍，殷王武丁便曾經征討過楚人。不過，《清華簡．楚居》則記載楚人嫡系先祖季連娶殷王盤庚之孫女為妻，可見楚人與殷商王族有著姻親關係。這也說明為甚麼楚人崇尚巫鬼的文化與殷商相近，另一方面又對同屬華夏遠親的姬周王朝不無敵視態度。西周初年，周成王時封楚人領袖熊繹於荊蠻，居丹陽，正式承認了楚人的地位。但另一方面，楚國僅僅得到五等爵位中的子爵，可見周天子對楚國不無蔑視。雖然如此，熊繹仍帶領族人篳路藍縷、開闢山林，奠定了楚國的根基。第六任君主熊渠時，周室衰微，楚人於是不斷開疆拓土。到楚武王熊通（前七四〇至六九〇年在位）之時，不僅自稱王號，更開始攻伐權、隨等周天子冊封的諸侯國。其後的楚文王、楚成王幾乎把江漢一代的姬姓諸侯國吞併殆盡，楚國的版圖因而大大擴張。剛才說過，西周建立、周公制禮，意味著人本觀念與理性思維的開端，這不僅是政治大事，也是文化豐碑。但楚國在政治、文化上與周室間存在著很大心理距離，這也窒礙了楚人對姬周先進文化的接受。武、文、成諸位楚王動輒以「蠻夷」自居，潛台詞固然表達了對國土的眷戀，以及對周室的不滿。但在中原諸侯看來，這般自我認定卻意味著不重禮法、不講武德、文化落後，在擴張過程中只有純粹的弱肉強食而已。因此，以齊桓公、晉文公為首的霸主打出「尊王攘夷」的旗號，而所攘之「夷」正是楚國。但另一方面，古老的巫鬼文化得以在荊楚大地上保留下來，也正是由於中原與楚國之間的政治文化隔閡。

不過，楚國要貫徹北向政策，就必須掌握諸侯間的話語權，而話語權的取得除了基於政治軍事實力，還有賴於文化高度。因此在楚成王（前六七一至六二六年在位）時期，楚國貴族已經開始學習來自中原的姬周禮樂文化。到了前五九七年，成王之孫莊王（前六一三至五九一年在位）在邲之戰中一舉擊敗晉國，成為新的霸主。如果說九年前的楚莊王在洛陽「問九鼎輕重」之舉還充滿濃濃的「土豪氣」，此時他已蛻變成一位飽讀詩書、彬彬有禮的君主。大家有興趣可以翻閱《左傳．宣公三年．王孫滿對楚子》和〈宣公十二年．楚莊王不築京觀〉兩篇，我就不饒舌了。楚莊王這種中國式的「騎士風度」——也就是禮樂文化語境下理想君主的特質，是他贏得霸主身分的關鍵，也標誌著姬周中原文化在楚國的大規模傳播。換句話說，從楚莊王開始，楚人在繼承本土文化的同時也大幅度接受中原文化，兩種文化的交織與綰合成為此後楚國文化的主旋律。近幾十年出土的郭店簡、清華簡等重要文獻，大都為楚簡，足以證明中原文化的詩書經典及儒學在楚國的盛行。當然，楚國貴族與知識分子對中原文化的接受，並不妨礙本土固有的巫鬼文化在民間的延續。屈原（平）的時代又比楚莊王晚了近三百年，他作為遠支王族，不僅諳熟本土文化，也自幼枕藉於詩書；了解到楚國整體的文化背景，就很清楚屈原本人的知識結構何以如此了。

屈原的生平，大家都不會陌生，我就只作簡單介紹。他出身貴族，接受過良好的教育，故而明於治亂，嫻於辭令。屈原早年深受楚懷王（前三二八至二九九年在位）信任，官至左徒，地位僅次於令尹（相當宰相之職）。當時戰國七雄並立，實力最強的就是齊、秦、楚三國。齊國奉行合縱政策，主張各國自立圖強、協力抗秦；秦國則希望各國實行連橫政策，成為秦的附庸，並逐一將之削弱，最終達成併吞八荒的野心。屈原一向主張聯齊抗秦，並力求楚國在七雄間取得領導地位。可是，他的才能和地位招致同僚妒忌，推行的改革也引起了既得利益階層不滿。懷王受讒言影響而疏遠屈原，屈原因此轉任三閭大夫之職，負責宗廟祭祀和貴族子弟的教育——當然，如果並非才德兼備，也不可能擔任此職。其後，秦臣張儀誘使懷王與秦國和好，將屈原逐出郢都。前二八九年，懷王應秦昭王之約，到秦楚邊境的武關會盟。懷王遭秦扣留，三年後客死秦國。懷王入秦後，長子頃襄王接位，不久與秦結為婚姻，以求苟安。屈原再次被逐，流放江南。前二七八年，秦將白起攻破郢都，次年又攻佔巫郡、黔中郡。流放江南的屈原悲憤莫名，於是在汨羅江自沉。

屈原是楚辭的代表作家。所謂「楚辭」，本來是指楚人創作的詩歌，這種體裁在戰國以後開始盛行於楚國。由於楚國君臣多嫻於辭令，影響所及，楚辭也非常注重修辭技巧，故以「辭」

稱之。除了屈原，楚辭的代表作家還有宋玉、景差、唐勒等，但他們的作品現存極少，數量上難與屈原比埒。因此，屈原早已成為楚辭幾乎唯一的代表作家，哪怕是宋玉等人也皆籠罩於其陰影中，遑論來者。我們若論漢賦，代表作家有司馬相如、揚雄等人，論七律有杜甫、李商隱等人，論慢詞有柳永、周邦彥等人，論戲曲有關漢卿、湯顯祖等人。但若論楚辭，卻只會想到屈原。這在各種文體中可說是絕無僅有之例。易言之，屈原打在楚辭這種文體上的烙印是無與倫比的。由於秦漢時期的書籍載體為竹簡或帛書，抄寫、流傳都不容易，所以楚辭作品幾乎都是以單篇形式流傳。直到西漢後期，著名學者劉向奉敕校書，才首度把這些作品彙編成一本十六卷本的文集，書名依然叫《楚辭》。此後，東漢王逸《楚辭章句》、南宋朱熹《楚辭集注》等重要著作，幾乎都以劉向校本為底本。因此，楚辭既是書名，又是文體名，有時甚至專指屈原作品。

屈原的作品，西漢司馬遷在《史記．屈原列傳》中提到〈離騷〉、〈天問〉、〈招魂〉、〈哀郢〉、〈懷沙〉五篇，還引用過〈漁父〉的文字。東漢班固《漢書．藝文志．詩賦略》的著錄是「二十五篇」，卻未有開列詳細篇目。歷代對於屈原作品篇目的認知，每有爭議。當今學術界認為是屈原手筆的作品包括：〈離騷〉、〈九歌〉、〈天問〉、〈招魂〉、〈大招〉。〈九章〉中的〈惜往日〉、〈悲回風〉也有疑問。而〈遠遊〉、〈卜居〉、〈漁父〉三篇是否屈原所作，爭議則更大。接下來，我們將屈原幾種著名作品略加介紹。

〈離騷〉篇幅長達兩千五百字左右，是屈原的代表作，大概創作於索居漢北之際。〈離騷〉全文如何分段，言人人殊，但基本上可分為前後兩個大段。前一大段首先自敘家世生平，道明自己出身高貴，又出生在一個美好的日子裏，因此具有「內美」。他勤勉不懈地堅持自我修養，希望引導君王，興盛宗國，實現美政理想，因此具有「修能」。但由於政敵的讒害和君王的動搖多變，使自己蒙冤受屈。在理想和現實的尖銳衝突之下，屈原表示「雖體解吾猶未變兮，豈余心之可懲」，顯示了堅貞的情操。後一大段極其幻漫詭奇，在向古帝虞舜（重華）陳述心中憤懣之後，屈原開始「周流上下」、「浮游求女」，但這些行動都以不遂其願而告終。在最後一次的飛翔中，幾乎要登上崑崙頂峰，卻由於眷念宗國而再度流連不行。這些充滿象徵性的敘述，展現了屈原的苦悶彷徨，突出了他對宗國的無比摯愛之情。由於〈離騷〉全詩纏綿悱惻，感情強烈，而作者的苦悶、哀傷又不可遏止地反覆迸發，因此形成了詩歌形式上迴旋復沓的特點。這種迴旋復沓，乍看好像無章次文理可尋，其實是作者思想感情發展規律的反映。

〈九歌〉的產生可追溯到夏代初年，相傳為夏啟所創製，後來流傳於南楚民間。屈原早年，楚懷王為了擊退秦師，派他製作祭神樂歌。屈原認為南楚民間的〈九歌〉雖然曲調優美，內容卻頗為鄙褻，於是加以改寫。《楚辭．九歌》具有十分濃郁的民間文化色彩，而屈原的個人身世、思想痕跡倒並不重。〈九歌〉中那種淡淡的哀愁，雖與〈離騷〉有相似之處，卻遠不如後者之沉痛。其幽微綿眇的情致和優美的詩歌形式，漢代以降一直深受喜愛。與題目所示「九」數不同，〈九歌〉共有十一篇。關於這個扞格，歷代學者對此有多種解釋。據近人聞一多的觀點，〈九歌〉首尾兩章（即〈東皇太一〉和〈禮魂〉）分別為迎、送神曲。中間的九章為娛神曲，〈九歌〉乃是因中間九章而得名。

〈天問〉全長也有一千五百多字，明代李陳玉《楚詞箋注》將〈天問〉和〈離騷〉稱為《楚辭》之「雙翼」。所謂「天問」，就是列舉出天地自然和歷史人事中一系列不可理解的現象發出叩問，以探討宇宙萬事萬物變化發展的道理。詩中一共提出了一百七十二個問題，大致次序是先問天地之形成，次問人事之興衰，最後歸結到楚國的政治。在〈天問〉中，屈原繼承了周代史官「究天人之際」而以人為本的精神，而將之貫徹於文學創作，如此可謂一種創新。與〈離騷〉、〈九歌〉以「兮」字句為基本句式不同，〈天問〉以四言句為主，冷峻的言詞下卻蘊藏著強烈的情感，尤其是在涉及天命和歷史盛衰的段落中，顯示出屈原對現實政治的態度。

〈九章〉是屈原所作的一組抒情詩歌的總稱，包括〈涉江〉、〈哀郢〉、〈抽思〉、〈懷沙〉等九篇作品。這些作品的創作年代不一，直到劉向校書才將之合成一輯，題為〈九章〉。〈九章〉的內容與〈離騷〉基本接近，主要是敘述身世、遭遇和政治理想，可以視為〈離騷〉的注腳。如〈橘頌〉是屈原早年自勉之作，〈哀郢〉創作於郢都破滅後，〈懷沙〉則是絕命詞，不一而足。

〈招魂〉與〈大招〉合稱二〈招〉，現代學者一般認為還是屈原之作，大概創作於頃襄王三年、懷王病逝秦國後。〈大招〉的得名，與《詩經．鄭風》的〈叔于田〉、〈大叔于田〉一樣，因為一題二作，遂加「大」字以示區隔。其內容先寫到四方的危險，然後從美食、音樂、美女、宮殿、園囿等方面描述楚國的令人迷戀，最後另闢境界，談到治理國家要察幽隱、存孤寡、治田邑、阜人民、禁苛暴、流德澤、舉賢能、退罷劣，以效法上古三王，實現昌盛清明的政局。至於〈招魂〉一篇，我們在後面還要詳論，這裏就先不多說了。

三、神話在《楚辭》中的沿革

理解了廣義與狹義神話的定義，以及屈原其人、《楚辭》其書的概況，我們便可進入正題，討論神話在《楚辭》中的沿革情況。一如剛才所論，因為神話是在長期口耳相傳之後才形諸文字，因此沒有作家可以宣稱自己創作神話，屈原也不例外。我們只能說，他是在創作時運用固有神話的素材並加以發揮而已。在今天看來，《楚辭》是上古神話的重要載體，原因在於更早期的神話文獻已經亡佚，《楚辭》中的不少神話內容雖然因為這些早期文獻的亡佚而在今天被視為第一手資料，卻未必會完全保存神話的原始面貌。因此，我們嘗試從《楚辭》對神話的傳承、運用、質疑、改造四方面來探討神話在《楚辭》中的沿革。

1.《楚辭》對神話的傳承與運用

所謂「對神話的傳承」，是指《楚辭》對上古神話的素材直接引用，沒有甚麼改寫或再詮釋。因此，這些神話素材也比較接近原始面貌。如〈招魂〉：

> 魂兮歸來！東方不可以託些。
> 長人千仞，惟魂是索些。
> 十日代出，流金鑠石些。

彼皆習之，魂往必釋些。
歸來兮！不可以託些。

這段文字謂東方有身高千丈的巨人，又有十個太陽輪流照射，這些都見於《山海經》等典籍的記載，可見作者是直接取用神話材料，納入招詞之中，只是文辭更為考究而已。又如〈遠遊〉：

張《咸池》奏《承雲》兮，二女御《九韶》歌。
使湘靈鼓瑟兮，令海若舞馮夷。

《咸池》相傳為帝堯時的樂章，《承雲》即《雲門》，相傳為黃帝時的樂章，《九韶》則是虞舜的樂章。湘靈即湘水的神靈，海若為北海之神，馮夷為黃河之神。這些音樂、人物都見載於其他典籍，不難檢得。當然，神話內容在口耳相傳的過程中已有變動不居的情況，而《楚辭》採用的版本可能只是其中一種。如〈離騷〉：

鮌婞直以亡身兮，終然殀乎羽之野。

所謂「婞直」，意為倔強、剛直。這兩句的意思，指鯀太剛直而不顧性命，結果被殺死在北極羽山的荒野。鯀的故事，見於《尚書．堯典》與《山海經》。《山海經》指鯀被上帝處決的原因是因為「不用帝命」——也就是在沒有得到上帝許可的情況下盜取息壤來堵塞人間的洪水，拯救世人。而《尚書》乾脆把鯀定性為「方命圮族」，也就是抗命的敗類。如果說《山海經》的表述尚算中性，那麼《尚書》的貶斥之意就十分明顯了。但相比之下，〈離騷〉雖在敘述同一件事，態度卻正面許多。屈原飽讀北方經典，不可能不知道《尚書》對鯀的評價。他對鯀的如此評價，應當來自楚人固有的觀點。再看〈九章．哀郢〉：

> 堯舜之抗行兮，瞭杳杳而薄天。
> 眾讒人之嫉妒兮，被以不慈之偽名。

這一節的意思是：堯舜品行高尚、目光遠大，幾乎接近上天；但卻有些讒人心懷嫉妒，給堯舜蒙上不慈的罪名。堯舜禪讓的故事，載於《尚書》、《史記》等多種典籍。但《莊子．盜蹠》卻說「堯不慈，舜不孝」，「堯殺長子，舜流母弟」，這大概是戰國時期的新說。但屈原顯然不接受，因此將這種新說斥為讒人嫉妒之語。總之，由以上諸例可知在屈原的時代，上古神話已有各種不同的版本。屈原雖然自幼深受中原與楚國文化的雙重洗禮，在面對兩種文化的扞格時仍會依照實際情況而有所取捨。

上古神話反映了自然與人事的方方面面，因此《楚辭》在徵引這些素材時，並非生吞活剝，而是常常順著行文與語境加以運用，翻出新意。如〈離騷〉：

> 依前聖以節中兮，喟憑心而歷茲。
> 濟沅湘以南征兮，就重華而陳詞：
> 啟《九辯》與《九歌》兮，夏康娛以自縱。
> 不顧難以圖後兮，五子用失乎家巷。
> 羿淫遊以佚畋兮，又好射夫封狐。
> ……

這段文字談到屈原渡過沅水、湘水向南走去，來到虞舜在九嶷山的陵墓，向這位聖君的在天之靈陳情。他提到夏啟從天庭偷得《九辯》和《九歌》，回到人間後將之作為尋歡作樂、放縱忘情的媒介，因而釀成內亂。此後的后羿愛好畋獵、溺於遊樂，特別喜歡射殺大狐狸，如是不一。虞舜葬於九嶷，以及夏啟盜取天樂、后羿沉迷畋獵的神話，大家或許並不陌生，屈原卻將這些神話素材有機結合起來。夏啟、后羿諸人的時代在虞舜以後，因此他們的荒唐行徑便成為向虞舜陳情的內容，似乎有讓處於聖君地位的虞舜為其身後這些昏亂的繼任者加以評斷之意。不難想像，此等昏亂之輩大概也是楚國君臣的隱喻，向虞舜陳情則是為了抒發內心的憤懣。如此片段當然可算作屈原對神話素材的靈活運用。讀者讀到這裏，肯定不會認為屈原真的見過虞舜的神靈吧！

再如《楚辭．九歌》中的少司命是保護嬰兒的女神，楚人在男神的祭典上用女巫，在女神的祭典上則用男巫。這篇作品匠心獨運之處，在於敘述者增加戲劇效果的設定：除了終章一節外，都是透過眾多青年男巫中之一位的視角而開展，表達對少司命女神的愛慕、幻想與失戀感，令這一篇看上去好像不是一份事先準備祭神樂歌的稿本，還時而有「脫序」之感。而這一位男巫的心理活動，也反映出在場所有男巫的心聲。如在篇章後段，男巫知道自己對女神的愛戀是徒勞的，卻仍舊依依不捨，於是唱道：

與女遊兮九河，衝風至兮水揚波。
與女沐兮咸池，晞女髮兮陽之阿。
望美人兮未來，臨風怳兮浩歌。

男巫幻想：「我多希望能與你聯袂同遊，在九曲黃河上暢遊，在湍急的河流上衝浪！我多希望跟你一起在咸池——太陽升起的大湖之畔，陪你洗濯你的頭髮，然後在初陽照耀的山坳，陪你安閒地把頭髮曬乾！我是這樣把你盼望，你卻不在回頭，我只能迎著浩蕩的長風，精神恍惚地高聲放歌！」「女」在此處都解作「汝」，「阿」讀作「剛正不阿」的「阿」。「晞」為曬乾之意，「怳」同「恍」，神情恍惚之意。這一段文字，我們先看三四句。咸池一地，《山海經》中便有記載。而屈原的筆觸卻無比綺麗，假託男巫的口吻，想像自己陪同女神在咸池沐髮、陽阿曬髮，那些平面的神話地理就瞬間立體起來，充滿了浪漫的活力。再看此段一二句，與〈九歌．河伯〉篇開頭非常相似，因此有人懷疑是從〈河伯〉篇竄入的。我的觀點卻不然。第一，《楚辭》作品中重見的句子為數不少，不能一概而論。第二，如果這位男巫聯翩的浮想中只有「沐咸池」一事，那就未免太單薄了。一旦加上「遊九河」就產生復沓感，哪怕只是復沓兩次，卻一樣能產生一種協同力，令讀者的浮想一直相隨而聯翩下去。黃河波濤洶湧，古人有所謂「暴虎馮河」，分別指赤手空拳與虎搏鬥、不靠舟船強渡黃河，兩者都是極為凶險的行為。暢遊九河、衝風揚波之舉，凡人難以想像，河伯卻做得到。而男巫是人神之間的媒介，理論上具有法力，他為甚麼不能有效法河伯的幻想呢？也許屈原對角色心理的揣摩還包括：這位男巫甚至希冀自己是一位天神，故能與女神更為匹配？

再看〈九歌．東君〉。東君是太陽神，每天破曉時分都駕著日車出發，橫貫天空、照耀大地，直到黃昏時落到地下，重回東方。而在〈東君〉一篇的篇末，作者卻在日神的常規旅途中翻出波瀾：

青雲衣兮白霓裳，舉長矢兮射天狼。
操余弧兮反淪降，援北斗兮酌桂漿。
撰余轡兮高馳翔，杳冥冥兮以東行。

請看這位日神，以青雲為上衣、以白霓作下裳，正當下山之際，前路竟被貪殘的天狼所阻擋。於是東君舉起長箭將天狼射斃，然後拿起北斗斟滿桂花酒漿，自我犒賞，隨即落到地平線下，拉起繮繩，在幽暗黑夜裏奔回東方。「援北斗兮酌桂漿」出自《詩經．大東》：「維北有斗，不可以挹酒漿。」屈原卻反其意而用之，想像東君以北斗來舀酒漿，可謂新奇而熨貼。至於天狼星，相傳是主侵掠之兆的惡星，分野正在秦國。足見屈原在刻畫東君時不僅將這位神明賦予為民除害的職責，更寄託了抗秦的政治理想，真可謂妙筆生花，甚至具有幾分叛逆色彩。

2.《楚辭》對神話的質疑

由於上古神話產生年代早，一些故事流傳到戰國時期，其內容已與當時的社會環境無法契合。屈原雖生長於楚國，卻又飽受中原文化薰陶，具有更為理性的思維，因此他對於這些神話並非一味囫圇吞棗、照單全收，而是每每提出質疑。這類質疑在〈天問〉篇中尤為明顯。例如他對大禹婚配故事的叩問：

禹之力獻功，降省下土四方。

焉得彼嵞山女，而通之於臺桑？

這段文字的意思是：大禹盡力而成治水之功，降臨省視天下四方。如此聖君，怎麼會與塗山氏之女在臺桑之地無媒苟合呢？《吳越春秋》記載，大禹忙於治水，年過三旬尚未婚配。直到他來到南方的塗山，才匆忙和當地一名叫作女嬌的女子結合。但是，〈天問〉在這裏使用了「通」字，也就是私通之意，可見兩人的結合未必經過了父母之命、媒妁之言。因此屈原的疑問在於：大禹既然是聖王，怎麼會不顧禮法、為圖一時之快而與女嬌結合呢？實際上，大禹的時代尚處於母系社會末期、父系社會初期，後世那種一夫一妻式的單偶婚制度仍未正式形成，男女之間的交往、結合依然比較自由。再觀《戰國策．趙策二》中，趙國大臣肥義云：「禹袒入裸國，非以養欲而樂志也，欲以論德而要功也。」大禹為甚麼進入不穿衣服的裸民國？肥義的解釋是為了「論德要功」，這顯然是在替作為聖王的大禹澄清。如果當時無人懷疑大禹有「養欲樂志」之心，肥義也不必多此一言了。夏代的建立，標誌著父系社會的新階段，而禮法也日益嚴格；發展到戰國時代，男女大防的教條已是天經地義。這時大禹早被打造成聖王，但他某些與當時人們所認知之聖王品德有所扞格的行徑，也依然在口傳。因此屈原看在眼裏，就不無疑惑了。雖然屈原可能受到時代環境的局限，未必能真正清楚大禹所處的社會特徵，但他能對這位早已神聖不可侵犯的聖王提出質疑，足見其眼光與勇氣。

〈天問〉中與婚配相關的質疑，另一個著名的例子以周人始祖后稷為主角：

> 稷維元子，帝何竺之？
> 投之於冰上，鳥何燠之？

這一節的意思為：后稷原本是帝嚳的嫡長子，上天為何要荼毒他（「竺」通「毒」）？將他扔在寒冰上，鳥兒為甚麼會為他覆翼送暖？關於后稷神話的來龍去脈，我們先補充幾句。后稷是農官之名，本名為棄，就是棄子之意。《史記．周本紀》記載，其母姜嫄是帝嚳的元妃。一天，姜嫄到郊外遊覽，見到一個巨人足印，非常好奇，於是將自己的腳套在巨人足印的大拇指上。剎那間，姜嫄感到腹中微動，於是就懷孕了。彌月之後，姜嫄產下一子，但又認為此子是妖祟化身，於是先後把他拋棄在陋巷、山林之中，不料都為人所救。最後，又把嬰兒拋棄到河冰上，誰知忽然飛來一群鳥兒，以羽翼將嬰兒蓋住，為他保暖。姜嫄才知道嬰兒不同凡響，於是將他抱回撫養，起名為「棄」。棄從小就喜歡種植，長大後擔任帝舜的后稷一職，死後更被奉為農神。這個故事雖然眾所周知，但站在父系社會的角度來看卻有「硬傷」：首先，后稷既然是以這種怪異的方式誕生，顯然不是帝嚳的血脈，而其母姜嫄也有「不貞」之嫌。那麼，為甚麼后稷仍被稱為「元子」，而姜嫄也沒有遭到帝嚳的猜忌？再看年代更為久遠的《詩經．生民》篇，更絲毫未提及帝嚳其人，而姜嫄的懷孕也非偶然，而是「克禋克祀，以弗無子」：也就是說，姜嫄在求子的祭禮後才遇上巨人足印。如果此時的姜嫄尚未婚配，卻還祈求懷孕，就更啟人疑竇了。實際上，我們不難發現姜嫄大概是一位母系社會的人物，當時並沒有後來的穩定婚姻制度，男女之間合則來不合則去，所生育的孩子也只知有母、不知有父。步入父系社會，周族日漸顯赫、禮教日益森嚴。始祖母無夫而孕的故事到了此時畢竟可能令人羞赧。於是，周人「拉郎配」式地為姜嫄配上丈夫帝嚳，聲稱她是帝嚳的元妃。這樣一來，方能勉強淡化姜嫄「不守禮法」的尷尬。由此可見，屈原一句「帝何竺之」，的確擊中了這則神話的要害——雖然在母系社會，這也算不上甚麼「硬傷」，只是進入父系社會後不斷掩飾，才益發引起了屈原的質疑。

除了〈天問〉之外，屈原在其他篇章中也就神話、宗教信仰提出過質疑。如前所言，我相信〈九歌〉大概是屈原早年奉懷王之命改造的祭祀樂歌，其文字之華美、思想之深刻，都可以佐證——儘管〈九歌〉的性質是為了祭神，但屈原有時也不吝於在字裏行間見縫插針、滲入自己的獨立思想。如〈大司命〉一篇往往被人忽略，我卻認為是佼佼者。大司命乃掌管生命長短之神，也就是所謂死神。在希臘神話裏，死神或冥王叫哈得斯(Hades)，與天帝宙斯(Zeus)、海神波塞冬(Poseidon)是一母所生的三兄弟。三兄弟外貌相似，都是俊朗健碩的中年大叔形象，如果不看手中的法器，根本難以區分。世界各民族的死神中，哈得斯的外型和品德最為正面，為甚麼呢？我認為這大概體現出古希臘「死亡面前人人平等」的理念。楚國的大司命似乎也不遑多讓，但屈原在祭祀篇章中把他塑造得驕矜嚴冷之餘，也賦予他一段愛情。一開篇，大司命便乘坐著馬車，由一大片烏雲所簇擁而出場，命令龍捲狂風作先驅，讓暴雨清洗道路上的灰塵，充滿威勢。這時，人間派出一名美麗的巫女去迎接他，他卻置若罔聞。直到他降臨人間，與巫女四目交投的瞬間，才陡然感受到巫女的愛情。

然而大司命是天神，要負責人間一切生靈的生死，無法不盡忠職守，也無法收穫愛情，因此他必須當機立斷地離開，回到天上，一去不返。那麼，剩下的巫女又怎麼辦呢？她獨自一人在芬芳的桂樹下長久佇立，思念綿綿、愁緒難收，卻又不忍離去。而她此時的自言自語，我覺得深可玩味：

愁人兮奈何，願若今兮無虧。

固人命兮有當，孰離合兮可為？

不少人把這一節解釋成自我寬慰之語：巫女在大司命離開後心中悲傷，於是唯有希望自己當下沒有虧損。這樣的解釋，我覺得有點淺薄。「若」字除了和「如」是同義詞，還有代名詞「你」之意。竊以為將「若」解作「你」，才於意為長。真正的愛情是奮不顧身的，所以巫女關心的並非自身的哀傷，而是祝願大司命要好好地、無虧無損地活下去。我們也許會問：一個小小巫女，用得著替天神瞎操心嗎？但是在巫女眼中，愛情中的大司命此時也不過是凡人，所以她會像愛一個凡人一樣地去愛大司命，獻上最美的祝福。如果說這一節前兩句還在講愛情的奉獻，那麼後兩句就更提升了一個層次。大司命在前文中自詡每個人的生命長短各有定數、都在自己掌控中，但到了此處，巫女卻遙遙向大司命問道：「你固然能掌管別人壽命的長短，但又是誰在掌管著你愛情的離合呢？」這兩句藉巫女之口，把全篇的境界從人神戀愛進一步提升到對人生乃至於宗教哲理的叩問，絕非俗手所能為。玩味其內涵，確與〈天問〉的宗旨有異曲同工之妙。

3.《楚辭》對神話的改造

前面談到《楚辭》對神話的傳承、運用和質疑，如此鋪墊之下，我們就知道屈原借神話之酒杯、澆一己之壘塊，並非不可能之事。甚至在同一段、同一篇與神話相關的內容中，可能交錯出現傳承、運用和質疑的篇幅，我們姑且以「改造」稱之。舉例而言，〈離騷〉中有所謂「三次求女」，亦即向宓妃、有娀二女、有虞二姚求婚之事。求女的隱喻，或云求賢妃、或云求賢臣、或云求理想，眾說紛紜，但大抵也不出「感世」與「自適」兩方面的動機。值得注意的是，宓妃即洛神，有娀氏簡狄為帝嚳次妃、殷人始祖母，有虞二姚為夏王少康之妻：這在傳統衛道士眼裏恐怕不無厚誣先妣之嫌。但在文學的世界中，屈原卻將她們塑造成理想的化身，這正是對上古神話的改造。如果說「求女」只是〈離騷〉中的一個片段，那麼在我看來，〈招魂〉全篇都可視為對神話、宗教、民俗的「改造」——也就是將這些素材化為己用，以表達一己之悲憤。

〈招魂〉一篇的作者、內容，歷來爭論不休，基本上可以歸納為幾點：一、是屈原之作或宋玉之作？二、招誰的魂？三、是招生魂或招死魂？相關辯證較為繁複，在此我不多絮煩。如前所言，現代學者一般認為〈招魂〉是屈原之作，大概創作於頃襄王三年、懷王病逝秦國後，我十分贊同，接下來的討論便從這個看法來展開。古人相信人有三魂七魄，當人處於精神恍惚的病態，便是靈魂暫時離開了軀體，可以採用招生魂的方式來收攝精神，恢復正常。這種儀式後來又稱為「叫魂」、「喊驚」或「收驚」。而人的死亡，則是靈魂永遠離開了軀體。親友不忍他離去，往往會懷著一絲僥倖，希望以招魂的方式讓他起死回生。如《禮記．禮運》記載，死者親屬要從前方升屋去招魂，拿死者的衣服面向北方連呼三聲，希望死者的亡魂返回衣內；然後親屬從屋後下來，把衣服鋪在死者的身上，亡魂就可能歸附回來。無庸置疑，死而復生者少之又少，但招魂儀式畢竟表達了對死者的眷戀與關懷，也能令生者的心情在一定程度上得以平和下來，因此至今仍在民間流傳。

但是，〈招魂〉一篇又是怎樣的情調呢？我們僅依據最後一句「魂兮歸來哀江南」大概就可以猜到，這篇作品是以悲情收結的。如此看來，作者或招者的心情根本沒有獲得平伏，也就是說招魂儀式並沒有收到預期的功效。何以致此？我相信關鍵正在於作者對既有素材的改造。讓我們先來了解一下〈招魂〉的架構。此篇可分為小引、招詞和亂詞三大段。小引部分的前六個兮字句為第一層次，模擬死者(也就是懷王)的口吻，表述自己自幼稟賦德行，卻被世俗牽累，心懷愁苦。第二層次為散文體，虛擬上帝與巫陽的對話。上帝聽到了懷王靈魂的訴說，向巫陽表示希望幫助他，命巫陽占卦，把離散的靈魂還給懷王。而巫陽擔心占卦費時，萬一遲緩，死者身軀已壞，縱有靈魂也不再有用。因此巫陽決定直接使用快捷的招魂方法。招詞部分篇幅最長，也可分為兩個層次。第一層次描述天地四方的險惡，告誡靈魂不要前往。第二層次再從宮室、美女、飲食、歌舞、博戲等方面極力鋪敘楚國之美好，藉以將亡魂招回郢都。這一大段鋪張揚厲、文辭奇幻瑰麗，句式以四言為主，每兩句使用一招魂咒語的「些」字，風格最為特殊。亂詞(終章)部分為終章，回到兮字句的形式，作者撫今追昔，回憶與懷王生前同遊夢澤的往事，抒發物是人非的悲傷情懷。

我們在前面已經討論過招詞中關於東方的描繪，在這裏不妨再看一節：

> 魂兮歸來！君無上天些。
> 虎豹九關，啄害下人些。

一夫九首，拔木九千些。
豺狼從目，往來侁侁些。
懸人以娭，投之深淵些。
致命於帝，然後得瞑些。
歸來歸來，往恐危身些！

在這一節中，哪怕是天界也被作者描繪得十分可畏：九重天關都守著虎豹，會咬傷下界的亡魂。又有一身九頭的怪人，能一口氣連根拔起九千棵大樹。而成群結隊、眼睛直長的豺狼，會把亡魂吊起來嬉戲，最後把他扔進深淵……合看其他典籍，我們知道天界並非一味恐怖如此，這當然是要配合招詞的性質，勸說亡魂一定要回家，不作他想。但我以為最值得注意的卻是「致命於帝」一句：原來天界一切怪物的所作所為，都是奉上帝之命行事！這個上帝，不就是下令要巫陽招魂的上帝嗎？巫陽在奉命招魂之際怎會「揭上司的短」？大家或許會懷疑：這裏是不是作者不小心留下的漏洞？我的想法並非如此。我們看〈離騷〉，有一段敘述到作者正要進入天宮，司閽者卻不給他開門；作者這時才發現，原來天界和人間一樣有黑暗面。因此，〈招魂〉這一節只不過是把〈離騷〉的旨意作進一步闡發而已。再者，回頭看〈招魂〉的小引部分：上帝雖心血來潮想幫助懷王的亡魂，卻竟不知道卜筮慢而招魂快，乃至巫陽都恕不從命，其昏聵可謂不言而喻。明末一首民謠有這樣的句子：「老天爺，你不會做天，你塌了罷！」比對之下，〈招魂〉一篇中難道沒有這種激憤？

了解〈招魂〉這般的情感基調後，我們不難發現巫陽招詞中對楚國美好生活那繪聲繪色的描述，儘管酣暢淋漓，卻只不過是陪襯文字而已。或者說，楚國的生活愈顯美好，作者乃至讀者的心情也就相應愈顯沉痛。時間有限，這一部分我們無法多談，姑僅以最後一節為例：

人有所極，同心賦些。
酎飲盡歡，樂先故些。
魂兮歸來！反故居些。

大意是：當人們在聲色中達到極樂，便會一起賦詩表達共同的心意。大家酣飲著醇酒，盡情歡笑，也讓先祖與故舊感到愉悅。巫陽的招詞就到這裏結束，文中一個「樂」字，正點出了招魂的目的：那就是當死者與生者兩廂平安。讀到這裏，這一大段招詞真可謂曲終奏雅了。然而，後文卻又突然地冒出一段亂詞，令全篇的情調發生了關鍵性的改變，悲情也因此到達極致。亂詞是全文的主旨所在，我們不妨從頭看一下：

亂曰：

獻歲發春兮，汨吾南征。

菉蘋齊葉兮，白芷生。

路貫廬江兮，左長薄。

倚沼畦瀛兮，遙望博。

青驪結駟兮，齊千乘。

懸火延起兮，玄顏烝。

步及驟處兮，誘騁先。

抑騖若通兮，引車右還。

與王趨夢兮，課後先。

君王親發兮，憚青兕。

朱明承夜兮，時不可以淹。
皋蘭被徑兮，斯路漸。
湛湛江水兮，上有楓。
目極千里兮，傷春心。
魂兮歸來，哀江南！

這段文字的大意，是在一個初春之際，作者匆匆南行。當時的綠蘋長齊了新葉，白芷也開始萌芽。當他穿越廬江時，左岸上是叢林連綿。而沿著沼澤、水田，只見無垠的曠野。此時此刻，作者眼前浮現出往日的情景：當他隨同懷王行獵，並駕前行的獵車有千乘之多。到了晚上，士兵點起火把，把夜空照得黑裏透紅。狩獵的將士們有的徒步、有的駕車，狩獵的嚮導也一馬當先。將士們時而勒馬、時而縱馬，進退自如，有時又掉轉車身。而作者隨懷王一起馳向雲夢澤，懷王親手發箭射獵，卻又擔心射中青兕而有災禍……據《呂氏春秋．仲冬紀》記載，楚國習俗認為不能殺兕，殺者不出三月必死。有一次楚莊王射中兕，忠臣申公子培奪歸己有，代王受死。而〈招魂〉亂詞中提及「憚青兕」，足見屈原如何「繫心懷王」。在日出日落中，時光流逝，不肯稍留。此際的蘭草已長滿水邊高岸，原來的路徑也掩沒難尋。江水在潺潺流淌，岸上長著成片楓樹林。《山海經．大荒南經》記載蚩尤戰敗後被押解至宋山，處以極刑，枷鎖化為楓木；而楓葉就是被蚩尤血所染紅的，因此具有死亡意識。在如此心情下，作者縱目千里，冀望紓憂；但面對如此一片美好而生機勃勃的春色，卻依然感傷無比。於是他悲呼：「靈魂啊回來吧，請哀憐這一片江南！」亂詞末句「哀江南」的「哀」字，與前文的巫陽招詞末句「樂先故」的「樂」字，正好形成鮮明的對比，也顯示創作〈招魂〉的邏輯起點即使不無追求「死生兩利」的巫術動機，但全文透過對死者之眷戀與關懷的表達，不僅沒有令作者的悲情得以平伏，反而更為強烈。換言之，這篇作品雖然脫胎於傳統巫術的招魂詞，卻在內容乃至體式上都大有變化、推陳出新，甚至如上帝、巫陽等神話人物的形象也有了二次塑造。因此，這篇〈招魂〉真可謂《楚辭》改造上古神話的大手筆了！

四、結語

講到這裏，我們作一個簡單的結語。早在南朝時期，劉勰《文心雕龍．辨騷》篇便批評《楚辭》道：「康回傾地，夷羿彈日，木夫九首，土伯三目，譎怪之談也。」但到了現代，《楚辭》

卻又由於這些怪力亂神的內容而被視為神話之淵藪。神話的概念雖然來自西方，五四以後才在中國生根發芽，卻發展迅速——這正是因為其理論與方法能讓我們有效地詮解歷來縉紳君子避而不言的「譎怪之談」。但是，屈原作為詩人、士大夫，其作品中這類內容不僅來自更古老的文獻，更非生搬硬套，而是將其與自身要表達的旨意作有機之結合。因此，當我們使用相關材料時，切忌簡單將之完全等同於上古神話，而是必須注意二者間的差異。有鑑於此，我們在這回講座中，依次從傳承、運用、質疑、改造四方面，討論上古神話在《楚辭》中的沿革。由於本人所知有限，講述內容必有不周之處，還望大雅君子多多賜正！今早準備講義時，口占七律一首，茲迻錄於茲，聊備一哂。謝謝各位！

楚騷變化也尋常。繁複無倫縱可傷。
不耐一篇三致志，豈堪獨善九聯章。
亦多費事分辭賦，絕少問津知宋唐。
衰盛之音相似甚，只容前代說滄浪。

二〇二二年十一月十二日修訂於浙江良渚

談《文心雕龍》「江山之助」之本義

汪春泓

劉勰《文心雕龍．物色》篇有「江山之助」云云，[1] 引發後人對於文學與自然環境關係的思考，中國地大物博，各個時期不同地域的文學呈現出鮮明的差異性，研究形成此種差異性的深層次肌理，無疑可以深化對文學的理解。然而「江山之助」的本義究竟何所指，讀者歷來有望文生義之嫌。筆者閱讀《文心雕龍》，深感劉勰運用語辭、典故十分尊重其初始意，甚至十分尊重其初始語境，從其審慎的寫作風格出發，再來理解「江山之助」，就發現後人存在著誤讀。現擬分析劉勰關於人文與自然之間關係的看法，為何謂「江山之助」作一些辨析工作。

一、晉宋詩人在處理山水與抒情關係上的失誤

宋王應麟《詩地理考序》指出：「《詩》可以觀廣谷大川異制，民生其間者異俗，剛柔、輕重、遲速異，齊聲音之道，與政通矣……夫《詩》由人心生也，風土之音曰《風》，朝廷之音曰

《雅》，郊廟之音曰《頌》，其生於心一也。人之心與天地、山川流通，發於聲，見於辭，莫不繫水土之風，而屬三光五嶽之氣。因《詩》以求其地之所在，稽風俗之薄厚，見政化之盛衰，感發善心而得性情之正，匪徒辨疆域云爾。」[2]人文風貌與地域之關係，中國先秦時期就有深刻闡發。《管子．水地》篇有云：「故曰：水者何也？萬物之本原也，諸生之宗室也，美惡賢不肖愚俊之所產也。何以知其然也？夫齊之水道躁而復，故其民貪麤而好勇。楚之水淖弱而清，故其民輕果而賊。越之水濁重而洎，故其民愚疾而垢。秦之水泔最而稽，淤滯而雜，故其民貪戾，罔而好事。齊晉之水枯旱而運，淤滯而襍，故其民諂諛葆詐，巧佞而好利。燕之水萃下而弱，沉滯而雜，故其民愚戇而好貞，輕疾而易死。宋之水輕勁而清，故其民閒易而好正。」[3]此著眼於聖人教化天下，認為由於水質影響，各地人民在性格性情上都有偏頗，離達到理想化「民心」尚有不足，而治理重心則在於水，這倒是典型的地域環境決定論。然而它將各地因環境物質影響所導致的人的差異性，視作教化的障礙，力圖借助「水清」以齊一天下人心，使天下人心整齊畫一，就體現其齊法家的治理路徑。雖然它只看到各地人人性中偏於陰暗和缺陷的一端，與戰國晚期《荀子》所謂「性惡」卻並不完全相同，《荀子．性惡》篇是從社會物質資源有限，而人的貪欲卻無限，二者勢必形成矛盾衝突，據此來判斷人性必然是惡的。《管子》齊法家比較重視天、人關係，水亦屬於「天」之一端重要元素，它對於水浸潤下所形成的人性也不樂觀，這點與《荀子》看法比較近似；然而其治理切入點，卻比較側重視「天」之一邊，認為治人必先治水。《荀子》則強調「化性起偽」，只重視「人」的一邊，此與齊學集大成之《管子》有別，也反映出三晉與齊思想家在天人關係上存在著不同思考方法。然而《管子》畢竟較早論述到地域物產對於此環境中人的制約作用，對後世分析文學風貌的形成，就自然地理角度看問題，則頗有啟發意義。

《漢書．地理志》是研究自然地理、政區地理和人文地理之典範，可以視為對上述二者之折衷，班固定義「風俗」曰：「凡民函五常之性，而其剛柔緩急，音聲不同，繫水土之風氣，故謂之風；好惡取捨，動靜亡常，隨君上之情欲，故謂之俗。」[4] 前者「風」屬於自然環境決定論，而後者「俗」卻偏於社會政治主導說。故此，東漢張衡《西京賦》云：「夫人在陽時則舒，在陰時則慘，此牽乎天者也；處沃土之逸，處瘠土則勞，此繫乎地者也；慘則鮮於歡，勞則偏於惠，能違之者寡矣。」[5] 人民精神面貌離不開土地肥瘠影響使然；晉宋以下，作為中國文化史上巨人，齊末劉勰結撰《文心雕龍》，汲取了其以前一切思想家精華，具有濃重的儒家色彩，他崇尚文章宗經的文章學觀念。晉宋之間諸如《世說新語》中支、許、孫、郭等玄言山水詩人「玄風盛扇」，在自然與人文關係上，此輩人物所表現出來的見解屬新現象，劉勰對此並無好感，據此可以深入體察其關於文學風貌鑄成之多元素觀念。

魏晉士人「越名教以任自然」，詩文作品以山水景物作為描寫對象，晉宋之時，此風盛熾。而以謝靈運等為代表的山水詩派興起，「山水」便成為一個獨立自足的審美客體，士人將情感投注於山水之間，於是主客體交融，山水審美特性遂引發士人的玩味。[6] 此種沉溺山水的程度往往與士人在現實世界所承受壓力成正比，突顯出一種隱逸趣味，會稽剡下等名勝，正是當時眾多談玄者揮麈雅聚之地。《世說新語．品藻》第五十四條記載：「支道林問孫興公：『君何如許掾？』孫曰：『高情遠致，弟子蚤已服膺；一吟一詠，許將北面。』」[7]《世說新語．棲逸》第十六條記述：「許掾好遊山水，而體便登陟。」[8] 士人意識到山水審美價值，山水是一個可以安頓身心、逃避現實紛擾，並且維護人格尊嚴的精神家園。謝安、王羲之、簡文帝、許詢、孫綽與支遁等名士交往，展現出優遊山水的情趣，而像曹魏末期嵇康那樣借助自然以對抗名教的情緒也逐漸淡化，此輩正是玄言詩向山水詩轉變的關鍵人物。名士多以「止足」相標榜，如《世說新語．言語》第八十四條云：「孫綽賦〈遂初〉，築室畎川，自言見止足之分。」[9] 優遊山水大抵是為求自保，所匱乏者正是剛健之人格與高遠之人生境界，並且西晉以來還助長了虛假作風，干寶《晉紀．總論》說：「由是毀譽亂於善惡之實，情慝奔於貨欲之途。」[10]山水詩掩蓋作者並未消歇的奔競之心，顯得心口不一，這都是山水詩美學價值局限性之所在，也是孫、許輩山水詩流傳不廣的原因之所在。

《世說新語．容止》第二十四條劉孝標注曰：「孫綽〈庾亮碑文〉曰：『公雅好所託，常在塵垢之外，雖柔心應世，蠖屈其跡，而方寸湛然，固以玄對山水。』」[11]認為庾亮之可人，倒並不在其政治作為，而是其至老不失遊心塵垢之外的山水之情，似乎丘壑之氣比其政治人格更高尚、更值得稱道。如《世說新語．品藻》第十七條謝鯤與庾亮相比，自認為「一丘一壑，自謂過之」，[12]以玄學自居，必然會以丘壑高於廟堂，而所謂「玄對山水」，是指山水引發玄思，玄思又提升士人對於山水感悟的境界，這是一種雙向交流關係，起初是飯飣玄言，之後才是以山水寄託玄思，也即在詩壇上，乃以山水詩置換玄言詩之地位。《世說新語．賞譽》第一〇七條中孫綽甚至有「此子神情都不關山水，而能作文」的詰問，[13]將作文與山水關係絕對化，此自然須與孫氏作〈遊天台山賦〉聯繫起來觀其說，[14]他認為寫作者之心靈必須沉浸於山水景物，方具備作文之基礎。《世說新語．巧藝》第十二條說：「顧長康畫謝幼輿在巖石裏。人問其所以，顧曰：『謝云：「一丘一壑，自謂過之。」此子宜置丘壑中。』」[15]顧氏畫中將謝鯤作這樣的處理，不排除隱含調侃譏諷的意思；同書同篇卷第八條記載：「戴安道中年畫行像甚精妙。庾道季看之，語戴云：『神明太俗，由卿世情未盡。』戴云：『唯務光當免卿此語耳。』」[16]追求徹底超然於現實世界，庾氏所言實際上是一種酷評，所以才激起戴氏如許反唇相稽。就山水人格化表現於詩歌，其不足在於創作主體竭力將自己融入於山水之中，排除情感之所謂「俗氣」，便消滅了主體激盪於政治的社會意識和責任感。

山水詩自晉宋發達之後，很快就受到批評。此恐怕與中國詩歌重「比興」特點有關，鍾嶸《詩品》對於五言詩與社會生活的緊密關係作了精闢的闡述，劉勰談創作也特列〈比興〉一篇，因為詩歌興會總是寄寓著作者深沉飽滿的感情，而真摯的感情大都有關乎身世與社會的感慨，假如故意消解排斥這種感情，詩歌就會興味頓減，而僅用「賦」的手法來描摹山水景物，畢竟難以激起讀者的感動。從根子上講，山水人格反映於詩歌，基本上接近於《管子·水地》篇式由自然主導人性，也不外乎莊老式的因循自然，都有「莊子蔽於天而不知人」之偏頗，[17]作者難逃「以天滅人」之缺陷，此輩故意擺出不嬰世務的姿態，要遠離現實，擺脱社會責任感，在儒家立場看來，此輩模山擬水是沒有意義的。

二、「江山之助」所寄寓劉勰「撥亂反正」之深意

劉勰崇尚儒家人文道統和傳統，但是其「折衷」思維，在儒、道之間，在人文與自然之間，換言之，在上述《管》、《荀》判斷人文面貌的視角之間，劉勰持論不偏不頗，使他對於作家作品地域性特徵不能視而不見。與劉勰同時代的鍾嶸《詩品．序》談及「斯四候之感諸詩者也」，但顯然對於詩歌自然感應，他並不特別重視，而更醉心於「至於楚臣去境，漢妾辭宮」云云等社會生活矛盾，認為這才是作詩好材料，他對於詩歌風貌之理解，假使推流溯源，顯然更接近乎《荀子》一系；而劉勰則與之略有不同，他對於文章寫作主體之外的自然客體各種因素都能兼顧。這主要體現在其〈辨騷〉與〈物色〉兩篇之中。《文心雕龍．辨騷》篇講到屈〈騷〉的誕生，是「楚人之多才乎」，「雖取熔經意，亦自鑄偉辭」，《楚辭》達到一個「驚采絕豔，難與並能」的境地，而尤其他提到「論山水，則循聲而得貌；言節候，則披文而見時」，山水、節候，洋溢著楚地的情調特色。東漢王逸《楚辭章句》之〈天問〉篇序謂：「〈天問〉者，屈原之所作也……屈原放逐，憂心愁悴，彷徨山澤，經歷陵陸，嗟號旻旻，仰天嘆息。見楚有先王之廟及公卿祠堂，圖畫天地山川神靈，琦瑋譎詭，及古聖賢怪物行事，周流罷倦，休息

其下，仰見圖畫，因書其壁，呵而問之，以渫其憤懣，舒瀉愁思。」[18]這十分具體地敘述了屈原的寫作環境，除了楚國的人文傳統與中原有別之外（人文傳統其實亦融會地域性質素），實質上，屈原作品和其楚國地域風物密不可分。劉勰雖然指出屈〈騷〉「異乎經典者也」，但他基本上還是能夠包容屈〈騷〉所展示的楚文化特點，而〈物色〉篇則更集中地表達他對自然環境與文學關係的看法。

晉宋作家山水意識必然對劉勰有所觸動，其優劣長短一併引發劉勰之思考。〈物色〉篇謂：「春秋代序，陰陽慘舒，物色之動，心亦搖焉。」《莊子．在宥》篇等均主張「無搖女精」，[19]然而文學創作主體之抒情必然心潮起伏，甚而不能自已。自然界一切生靈均受節氣變化而感動，作為萬物靈長之人豈能例外呢？劉勰揭示人所具有的自然屬性，人也必然在一定程度上受制於自然，是自然之子，而並非自然之主宰。所以他斷然肯定「物色相召，人誰獲安？」然則人又畢竟不是動物，在天與人之間，劉勰也採取「折衷」觀點，《荀子．解蔽》篇斥責「莊子蔽於天而不知人」，而作為《莊子》對立面，在某種程度上，《荀子》也蹈「蔽於人而不知天」之坎陷，劉勰尊重作家主體性，又遵循自然法則，其折衷之平衡點，從根本上講，便是在《莊》、《荀》之間道乎中庸，以達到天人合一。〈物色〉篇總結「自近代以來」文學實績，〈明詩〉、〈時序〉與〈才略〉等篇也具體評述這一時期文學得失，從總體上看，劉勰對此深懷腹誹，只是礙於當代（皇齊）之故，而不能直言罷了。

而關於這一節文字，在理解上歷來不夠精確，關鍵在於不能徹底地把握劉勰「唯務折衷」以切入問題的思維模式，〈物色〉篇說：「自近代以來，文貴形似，窺情風景之上，鑽貌草木之中。吟詠所發，志惟深遠，體物為妙，功在密附。故巧言切狀，如印之印泥，不加雕削，而曲寫毫芥。故能瞻言而見貌，即字而知時也。」玄言詩發展到山水詩，作家止於形似之體物，其失誤在於主體性被削弱，而主體性弱化又與晉宋莊老玄學基本品格有關。對照上述〈辨騷〉篇「論山水，則循聲而得貌；言節候，則披文而見時」，與此「瞻言而見貌，即字而知時」似乎並無二致，之所以存在著根本性不同，是因為自近代以來，作家唯以形似密附為能事，而且如此獨擅勝場，僅止於印泥式體物，而文學卻停留於「形似」層次，實質上與最注重「神」或「精神」的《莊》旨也存在著距離。然而屈〈騷〉則超邁乎此等境地，就如上引王逸《楚辭章句》之〈天問〉篇序所描述的，在山澤之間，屈子憤激，如江河澎湃，他可以揮斥萬有，以至敢於質問蒼天以及聖賢成說。〈物色〉篇篇末部分援引屈〈騷〉為例證，劉勰正要說明面對自然景物，作家如何處理主客之關係，屈原堪稱千古典範。

〈物色〉篇曰：「是以四序紛回，而入興貴閑；物色雖繁，而析辭尚簡；使味飄飄而輕舉，情曄曄而更新。古來辭人，異代接武，莫不參伍以相變，因革以為功，物色盡而情有餘者，曉會通也。」作家要在今與古、情與景等矛盾對立之中取得折衷，「入興貴閑」是講創作興會問題，所謂「窺情」與「鑽貌」隱含貶義，其失在於機械地「曲寫毫芥」，便會「為文而造情」，則削弱了藝術創造充沛的精神狀態；物色繁複，此色字要自佛教概念來理解，[20] 對於書寫者而言，就存在一個取捨在我，以少總多的問題，然而寫作必須以言辭表達，遣辭則不可迴避學習經典之原則。如此「參伍」、「因革」，指在經典的渾厚中不失去今人聲音，在景物的寫照中更不致淹沒作家性情，一言以蔽之，「物色盡而情有餘者，曉會通也」，劉勰主張抒情要依託於物色刻畫，但是情感與物色的關係，情感則應居於主導地位，有限的物色應傳遞無窮的情感，劉勰已涉及文學意境理論。

劉勰深通《漢書．藝文志》，服膺《漢志》六藝略《詩經》類劉向、劉歆所總結曰：「故哀樂之心感，而歌詠之聲發。」[21] 此引發《漢志》詩賦略之本質為：「皆感於哀樂，緣事而發。」作為其間之津梁，屈原〈離騷〉等作品，按《漢書．地理志》記載：「壽春、合肥受南北湖皮革、鮑、木之輸，亦一都會也。始楚賢臣屈原被讒放流，作〈離騷〉諸賦以自傷悼。」[22] 蕭統《文選．序》云：「又楚人屈原，含忠履潔，君匪從流，臣進逆耳，深思遠慮，遂放湘南。」[23]此種敘述反映屈〈騷〉亦稟承孔子《詩》「可以怨」之傳統，而「被讒放流」，此種不幸方令他躋身於「為詞賦宗」之地位。[24]

故而，〈物色〉篇又云：「若乃山林臯壤，實文思之奧府，略語則闕，詳説則繁。然則屈平所以能洞監〈風〉、〈騷〉之情者，抑亦江山之助乎？」劉勰借鑑自《詩經》以至近代文學創作經驗教訓，肯定文學理應情景交融，山林臯壤，是激發文學靈感無盡藏之寶庫，但是「略語」與「詳説」，其把握分寸之標準，應該服從抒情之需要，抒情是第一位的。缺乏景物描寫的作品，難臻意境圓融，必定有所缺憾；而堆砌寫景的作品則顯得繁冗，導致情感稀薄，同樣也是敗筆。無怪乎梁蕭子顯《南齊書．文學傳論》對於謝靈運一系詩歌，從其新變派角度，給予「酷不入情」之批評。[25]劉勰〈時序〉篇述及：「自宋武愛文，文帝彬雅，秉文之德，孝武多才，英采雲構。自明帝以下，文理替矣。爾其縉紳之林，霞蔚而飆起：王、袁聯宗以龍章，顏、謝重葉以鳳采……蓋聞之於世，故略舉大較。」對於謝靈運，劉勰評價也不會很高。如何矯正在創作中出現的這兩種弊端，劉勰與新變派不同，他還是崇尚雅正和高尚的情操，認為屈原可資參照，而屈原之所以能夠深諳〈風〉〈騷〉精髓，是因為得到「江山之助」。

何謂「江山之助」？歷來未曾得到深究。《文心雕龍．明詩》篇云：「宋初文詠，體有因革，莊、老告退，而山水方滋。儷采百字之偶，爭價一句之奇；情必極貌以寫物，辭必窮力而追新，此近世之所競也。」由於此數句是劉勰對宋初文詠之批評，因而若以「山水」來詮釋「江山之助」，其實有謬。

至於「江山」一詞之典故，首見於《莊子．山木》篇云：「君曰：『彼其道遠而險，又有江山，我無舟車，奈何？』」[26]《莊子．列禦寇》篇謂：「孔子曰：『凡人心險於山川，難於知天……』」[27]江山或山川意味著險惡，按《後漢書．郭太符融許劭列傳》云：「論曰：莊周有言，人情險於山川，以其動靜可識，而沉阻難徵。故深厚之性，詭於情貌；『則哲』之鑒，惟帝所難。」複述〈列禦寇〉之言，故此《莊子》之「江山」或「山川」可能恰是劉勰「江山」一詞之出處，正隱含著「道遠而險」之意。

蔡邕〈巴郡太守謝版〉云：「巴土長遠，江山修隔。」[28]也是因為巴郡遠離王化，故深感恐懼；僧肇《答劉遺民書》曰：「古人不以形疏致淡，悟涉則親，是以雖復江山悠邈，不面當年，至於企懷風味，鏡心象跡，佇悅之勤，良以深矣。」[29]唐代釋元康《肇論疏》卷二云：「江山雖緬，理契則鄰者，一南一北，故云江山緬，緬，遠也；處雖緬遠，契理相近也。」[30]《世說新語．言語》第八十三條記載：「袁彥伯為謝安南司馬，都下諸人送至瀨鄉。將別，既自淒惘，嘆曰：『江山遼落，居然有萬里之勢！』」[31]陶淵明〈答龐參軍〉一首（並〈序〉）曰：「情通萬里外，行跡滯江山。」[32]陶淵明〈庚子歲五月中從都還阻風於規林〉二首之一云：「江山豈不險，歸子念前途。」[33]齊蕭子良〈與南郡太守劉景蕤書〉曰：「僕棲尚既同，情契彌至，而悠悠京苑間以江山，假復神通遠邇，冥交曉曙，疇得寫析深襟，辨明幽旨，跡生滅之中談，究真俗之諦義……」[34]梁王筠〈與東陽盛法師書〉云：「弟子限此樊籠，迫此纓鏁，無由問道，撫躬如失，庶心期冥會，咫尺江山。道術相忘，棄置形跡。」[35]袁彥伯作別諸人所謂「江山遼落」云云，按諸史實，他將要事奉的上司是謝安南，即謝奉，《世說新語．雅量》第三十三條記述：「謝安南免吏部尚書，還東。」太傅謝安很想表示安慰。[36]可見謝奉的處境本來就不妙，袁宏深為前途莫測而感到迷惘，遠行並不是其意願中事情，是因為其「性直亮」，被迫出為謝安南司馬，顯示帶有受懲戒之意，這樣理解才可與「既自淒惘」相契合。「江山」並非指一般自然景物，上述語境中「江山」一詞使用，都含有遙遠和阻隔之意，而「京苑間以江山」，「江山」尚有和「京苑」相對之意味，指荒涼少人煙之處。劉勰也算與佛門深結因緣之人，其〈物色〉篇中選擇「江山」一詞，顯然與上述僧肇等人「江山」之意十分相近，而用於屈原身上，按《史記·太史公自序》曰：「屈原放逐，著〈離騷〉。」也突出放逐對於〈離騷〉寫作緣起之重要意義。所以對照《史記·屈原列傳》，屈原是被阻隔於朝廷之外，「江山」即被放逐之意也。根據《漢書·淮南王傳》記載武帝曾「使為〈離騷傳〉」，淮南王藩國在故楚國範圍內，按照東漢班固〈離騷序〉記述，《史記·屈原列傳》自「《國風》好色而不淫」以至「雖與日月爭光可也」，此節文字本出自劉安〈離騷傳〉，寄寓著劉安深深的感慨，他十分準確地揭示出屈原創作心態，屈原〈離騷〉之爭光乎日月，是由於屈原在現實政治中深受壓抑，因此精神得以昇華，〈離騷〉正是一篇表達政治哲學體現高尚人格的作品。司馬遷概括為「屈平之作〈離騷〉，蓋自怨生也」，都結合自己身世體會到屈原遭排斥（也即「江山之助」）在其生命中最重大的意義，直至《隋書·經籍志》四評《楚辭》曰：「楚有賢臣屈原，被讒放逐，乃著〈離騷〉八篇。」[37]可見屈原悲憤和不幸的政治命運，在劉安和司馬遷等看來，恰恰玉成〈離騷〉之不朽。作為偉大詩人，屈原具有強烈抒情性和鮮明政治立場，按郭店楚簡《性自命出》下十五謂：「凡人偽為可惡也。偽斯吝矣，吝斯慮矣，慮斯莫與之結矣……」[38]十六云：「凡人情為可悅也。苟以其情，雖過不惡。不以其情，雖難不貴。苟有其情，雖未之為，斯人信之矣。未言而信，有美情者也。」[39]其中「苟以其情，雖過不惡」和「未言而信，有美情者也」，認為只要出自真情，即使過甚也並無道德上的瑕疵，而情之美，又惟在一「信」字，此幾乎純然是一種「主情」文學觀了。此墓葬時間據稱是戰國中期偏晚，在時間和地域兩方面都可與屈原作品相印證。屈原〈九章．惜誦〉云：「惜誦以致愍兮，發憤以抒情。」[40]此「發憤抒情」即「苟以其情，雖過不惡」之謂也，此種情性論也貫穿於屈原所有創作之中，司馬遷受其感染，提出「發憤著書」說，因此「發憤抒情」正可構成屈〈騷〉作為「文章之祖」的本質性特點。劉勰對此深有會心，在屈原凜然文學風貌面前，他痛感此不正反襯出晉宋詩人淺薄無行和麻木不仁嗎！故「江山之助」顯然具有主張抗爭不幸命運以強烈抒情之意味。〈物色〉篇贊曰所謂：「山沓水匝，樹雜雲合。目既往還，心亦吐納。春日遲遲，秋風颯颯。情往似贈，興來如答。」其中突出寫作者主體性與情感深度，此正與「江山之助」之本意相脗合。

三、關於後世對劉勰「江山之助」的接受

《文心雕龍．辨騷》篇敘述：「固知《楚辭》者，體憲於三代，而風雅於戰國；乃〈雅〉、〈頌〉之博徒，而詞賦之英傑也。觀其骨鯁所樹，肌膚所附，雖取熔經旨，亦自鑄偉辭。故〈騷

經〉、〈九章〉，朗麗以哀志；〈九歌〉、〈九辯〉，綺靡以傷情，〈遠遊〉、〈天問〉，瓌詭而慧巧；〈招魂〉、〈大招〉，耀艷而深華；〈卜居〉標放言之致，〈漁父〉寄獨往之才。故能氣往轢古，辭來切今，驚采絕艷，難與並能矣……而屈、宋逸步，莫之能追。故其敘情怨，則鬱伊而易感；述離居，則愴怏而難懷；論山水，則循聲而得貌；言節候，則披文而見時。是以枚、賈追風以入麗，馬、揚沿波而得奇；其衣被詞人，非一代也……不有屈原，豈見《離騷》？」上述文字中，劉勰也談及屈原作品「論山水，則循聲而得貌；言節候，則披文而見時」，在文學史上，屈原之所以不可複製，楚地自然和人文地理於其人之影響，也是造就其獨特性之重要元素，譬如《漢書．地理志》描寫楚地「信巫鬼，重淫祀」，此種巫風或許也令屈〈騷〉等蒙上了想像瓌麗神奇的色彩，玉成其「自鑄偉辭」的獨特風貌，然而即使「屈、宋逸步」以並稱，宋玉卻僅屬「惟楚有才」之一類，而與「與楚同姓」之屈原相比，則存在著巨大差異，此說明屈原之情感世界迥異於宋玉、唐勒和景差，因此地理環境決定論並不足以解釋複雜的文學現象。

對於「江山之助」，後世讀者要避免以訛傳訛之引用。唐初駱賓王〈初秋登王司馬樓宴賦得同字〉有云：「物色相召，江山助人。請振翰林，用濡筆海云爾。」[41] 對此，清陳熙晉《駱臨海集箋注》就引用了《文心雕龍．物色》篇相關語句，而駱賓王一生坎坷，他理解「江山助人」，可能也借屈原不遇以自況；唐初王勃〈越州秋日宴山亭序〉曰：「是以東山可望，林泉生謝公之文；南國多才，江山助屈平之氣。」[42]蔣清翊注也指出其出典是《文心雕龍．物色》篇，王勃一生仕途遭遇兩次險情，此作可能是他南行時途中所撰，飽嘗過人生艱險，其所謂「江山助屈平之氣」，也是對屈原不幸之感同身受，而且「屈平之氣」，一個「氣」字就把屈原的耿耿不平表露無遺。王勃〈為人與蜀城父老書〉云：「誠下官所以仰天漢而鬱拂，臨江山而慷慨者也。」[43]其〈春日孫學士宅宴序〉又曰：「若夫懷放曠寥廓之心，非江山不能宣其氣。」[44]其〈春思賦〉云：「況風景兮同序，復江山之異國。」[45]王勃比較密集地使用「江山」一詞，尤其他視江山有助於抒發鬱拂寥廓之氣，堪稱頗得劉勰之本意。同樣是唐初的張說，《新唐書．張説傳》記載：「既謫岳州，而詩益悽婉，人謂得江山助云。」[46]《佛祖歷代通載》卷十三也有相同的記載。此處就把「江山」直接詮釋為「貶謫」，深得劉勰本意。中唐劉長卿〈長沙過賈誼宅〉云：「三年謫宦此棲遲，萬古惟留楚客悲。秋草獨尋人去後，寒林空見日斜時。漢文有道恩猶薄，湘水無情弔豈知？寂寂江山搖落處，憐君何事到天涯！」[47]在《史記》中賈誼與屈原同傳，劉長卿此詩中引用「江山」一詞，完全切合屈、賈的抒情語境，也是對於劉勰「江山之助」準確的注解。

〈物色〉篇上述文句意旨因此而更加清晰，「山林皋壤」是滋養文學生長的沃土，《莊子．知北遊》篇云：「山林與！皋壤與！使我欣欣然而樂與！樂未畢也，哀又繼之。」[48]意指樂、哀相繼是淺層次心理活動，郭象注說：「山林皋壤，未善於我，而我便樂之，此為無故而樂也。」[49]劉勰明確意識到自然環境與文學生長存在著內在的關係，認為「山林皋壤」並非與人無關，不完全認同郭象所謂受其感發為「無故而樂」，此自不待言；然而，《莊子》此篇所營造之語境仍然是對低層次心理現象的敘述，劉勰加以引用，無非是要作指出向上一路之提升，認為僅僅沉醉於丘壑林泉之間，則不能產生偉大的文學，以晉宋玄言、山水詩人為例，就可證明這一點。《文心雕龍．情采》篇謂：「故有志深軒冕，而泛詠皋壤。」劉勰使用「皋壤」意象總是含有幾分保留意見。屈原行吟澤畔，寫成〈離騷〉，是因為得到「江山之助」，其內心有深沉的痛苦和悲哀還有遠大的抱負，再與楚國山水景物結合在一起，所達到〈風〉〈騷〉情感深度就難以為人所企及，尤其屈原眷戀祖國、熱愛人民，而晉宋詩人大都自私自利、虛偽冷酷，對於國家民族麻木不仁，兩者是絕不可同日而語的，仁者情懷與政治家膽識也正是屈原高出玄言和山水詩人的地方。《文心雕龍．時序》篇云：「爰自漢室，迄至成、哀，雖世漸百齡，辭人九變，而大抵所歸，祖述《楚辭》，靈均餘影，於是乎在。」所謂餘影，正是指後世祖述者在情感濃烈度上豈能與屈子一較高下！據此，後人方可悟到劉勰折衷思維何其高妙，從根本上看，〈物色〉問題也是要在天、人之際達到平衡，而只有自然景物的陶冶，卻缺乏現實生活之感發，像屈〈騷〉不朽之作絕不會產生。因此「江山之助」恰恰不是指自然景物之助益，「江山」不等同於「山林皋壤」，而是指緣於朝廷鬥爭所導致屈原不幸的命運，是指社會政治因素，這才是成就屈〈騷〉更重要的內因。劉勰在〈物色〉篇裏，以屈原為例證，正是藉此來批評近代文學失誤及不足，並且要引導文學轉入正確方向，其見解確實擊中肯綮。

然而「江山之助」被接受，往往被其表面意義所迷惑，在後代出現許多誤讀現象。宋周必大《廬陵周益國文忠公全集》卷四〈池陽四詠〉之二說：「天遣江山助牧之，詩材猶及杜筠兒。」[50]同上卷八〈紹興三年十月丙辰，長沙郡貢士三十人於公堂，太守周某賦詩一篇，代鹿鳴之歌〉說：「風雅因遺楚，〈離騷〉遂變湘，江山清得助，日月爛爭光。」[51]明初宋濂《劉兵部詩集．序》談到詩歌依賴「江山之助」，[52]清錢謙益《唐詩英華．序》說：「……燕公自岳州以後，詩章悽惋，似得江山之助，則燕公亦初亦盛。」[53]此一則說明劉勰的「江山之助」因張說而更加膾炙人口，另則張說的「江山之助」也逐漸脫離了《文心雕龍》，幾乎成為一個獨立的典故，常常為人所樂於引用。然而，宋代以下，引述者是否深悉劉勰的本意似乎就難以評說了。

清初王士禎《帶經堂詩話》卷五〈總集門〉二〈序論類〉引《蠶尾續文》稱讚汪安公詩「天機清妙，蘊藉高華，此集尤得江山之助，當與石湖粵蜀之詩抗行」。[54]清代詩人施閏章講論詩歌，對劉勰「江山之助」特有會心，其〈閔子遊草序〉云：「夫既才且勤，其詩若雲蒸而泉湧。彥和論文以『隱秀』，士衡歸詩於麗則，殆兼有之，非得江山之助云爾哉？」[55]其〈李朗仙江淮草序〉曰：「夫司馬相如、王褒、揚雄諸人皆生於蜀者也，杜甫詩最夔州以後，蓋久客於蜀者也，說者皆謂得江山之助。」[56]沈德潛〈挽盛青嶁〉云：「往年客巴蜀，詩得江山助。」文思之間似乎都聯想到張說，所謂「江山之助」融會了劉勰和張說雙層典故。唐孫華序查慎行詩曰：「昔人論文，謂必得江山之助，以先生之才之學，而天又故遲其遇，俾其馳驅遊覽，以盡吐其胸中之奇。」[57]吳騫輯《拜經樓詩話》卷四第十七條引述《文心雕龍．聲律》篇句，同上第三十四條引汪韓門跋《樊榭集》云：「先生之詩……一丘一壑之勝，登臨少助於江山。」[58]

然而似乎這些文論家大都將「江山之助」理解為自然景物之啟迪，認為詩人採擷自然之饋贈，則大有助於滋潤詩人情懷，激盪詩人性靈。考慮到詩歌所受自然環境之影響，雖不免郢書燕說，卻也豐富了中國古代文論關於文學風貌成因之研究，遂成為文論研究史上一個極具學術價值之個案。

《世說新語》中的魏晉風流

陳偉強

一、引子：《世說》風流

魏晉「風流」的流傳主要有賴於《世說新語》一書。「風流」既是魏晉的時代精神，對於今日我們所處的時代，仍有重要的借鑑作用。本文通過論述《世說新語》的選材和藝術特點，探討書中的人物畫譜的各種「風流」形態的特質和呈現方式，審視政治、社會、思想等因素如何影響文學創作和編寫等活動。即使現存於書中的內容必然受制於這些因素，但其中所見的魏晉風流仍頗具典型意義，有助於瞭解當時的風俗、審美和世界觀，以觀照於今日。

歷史與小說的互動，成就了無數偉大的文學作品。魯迅早在一九二七年的演說中指出：「在歷史上的記載和論斷有時也是有極靠不住的，不能相信的地方很多。」（〈魏晉風度及文章與酒之關係〉）曹操形象的衍變、定型，頗大程度上得益於《世說新語》。他與楊修的交往（〈捷悟〉第十一，第一至四則）、殺歌妓（〈忿狷〉第三十一，第一則）、夢中殺人（〈假譎〉第二十七，第四則）等故事，都反映出其猜忌個性，這些記載後來成為了《三國演義》的重要情節，而曹操的形象更形豐滿生動。曹操妒忌楊修之才，較具體見於〈曹娥碑〉的故事中（〈捷悟〉第十一，第四則）。此碑出現在一次行軍路上，碑上刻有「黃絹幼婦，外孫齏臼」八字，曹操不懂是甚麼意思；而楊修當時便已猜到謎底。曹操叫楊修別告訴他，讓他邊走邊想，最終想了三十里路才想到謎底——「絕妙好辭」。於是曹操慨嘆道：「我的才能與你有三十里的差距。」這是構成曹操妒忌形象的一筆；當然楊修之死也歸因於他的露才揚己。又如〈容止〉第十四（第一則）的一則記載更呈現了曹操的複雜心態：曹操將接見匈奴使者，但「自以形陋，不足以雄遠國」，於是便找崔琰充當自己替身，而自己就拿著刀在二人會面的牀頭侍候著。匈奴使者要離開時，崔琰問：「魏王如何？」匈奴使者答道：「魏王雅望非常，然牀頭捉刀人，此乃英雄也。」曹操聽到後便追殺了這個使者。這則故事突出了曹操缺乏自信且十分猜忌的性格，形象鮮明生動。這些記載的真實性如何，不得而知；但它們長於敘事刻畫，表現人物風流，在文學史上取得了極高的成就。

《世說新語》的「古典今情」意義何在？王羲之〈蘭亭集序〉的兩句話是最佳範例：「後之

視今」和「今之視昔」。這兩句話化生於京房勸諫漢元帝的說辭，原意是要指出其時的災異頻生，乃由於用人不當。京房雖以周幽王和厲王亡國為題，但實指漢元帝「任人不忠」，有亡國之危。漢元帝辯駁道：「亡國之君各賢其臣，豈知不忠而任之？」京房說：「臣恐後之視今，猶今之視昔也。」（〈規箴〉第十，第二則；又見《漢紀．孝元皇帝紀下》）王羲之借用此二語，感慨古人有感於死生之痛，今日且將蘭亭盛會記錄下來，後世讀之，將會感受到今日聚會的情致，故云：「後之視今，亦由今之視昔」。當後人讀到自己這篇序文，也會引發同樣的感慨，從而引起貫穿古今的共鳴作用。這種共鳴有賴於文學這個重要的情感載體。同理，《世說新語》雖是古代的作品，而當中風流之呈現，只需以人類社會共有的情理觀之感之，必然有一番體會，既得古人之心，亦能以古鑑今。

二、《世說新語》的文本概況

《世說新語》本名《世說》，歷經變遷。梁陳至初唐時叫《世說新書》。有論者謂《世說》是原來的書名，加上劉孝標的注後，合在一起便成為《世說新書》。日藏唐鈔本殘卷即作《世說新書》。初唐始有《世說新語》之名，首見於劉知幾的《史通》。此後，宋初《太平廣記》、《太平御覽》等文獻引述此書，均作《世說新語》。

《世說新語》的篇目和章節反映了特有的編纂體例。此書屬子部，不入史部，可見此書的內容不被視為正史記載，而是屬於子部雜記野史之類。這類作品較早者有《論語》、劉向的《新序》和《說苑》等，大抵是記事之書，也有將內容分類、立題論事等體制。值得留意的是，儒家標舉的「孔門四科」——德行、言語、政事、文學，用為《世說新語》開頭的四個類目。這是否反映了以儒家為本的思想基礎？美國學者馬瑞志（Richard B. Mather）的《世說新語》英文譯注，[1]在漢學界產生了深遠的影響。他強調娛樂性是《世說新語》所載各種故事的一個重要作用。馬氏的另一個卓見是把《世說新語》視為類書，一如《藝文類聚》、《太平御覽》等，由於內容編排以門類為綱領，故符合類書的定義。顯然，此書的編寫動機主要是娛樂，自然強調文學性；雖未符合成熟的小說所具備的文體特點，但魯迅將之歸類為「志人小說」，是相對於「志怪小說」的一個文類。

《世說新語》的篇目編排反映了編者的一些原則性思想。對此，范子燁據楊勇的觀點提出了「九品模式」說。[2]「九品模式」機制與九品官人法一致，將人物順序從高至低排列，分列成上中下三等，各等再細分上上、上中、上下、中上、中中等等。此說上承《漢書．古今人表》體例，把人物按品德分成上中下等，列為聖人、仁人、智人、愚人等。另外一個重要根據是魏朝劉劭的《人物志》，其思想系統也來自九品官人法。據此，《世說新語》一共三十六個門類便平均歸入這九品中，每品包含四個門類，例如「孔門四科」——德行、言語、政事、文學即排在「上上」。這樣，人物的高下也就一目瞭然。這個處理很有創見而且符合此書的基本態度，但也難免史書編纂常見的一個問題：由於某個人物出現不止一處，往往涉及交叉記載(cross-reference)。比如阮籍、嵇康既首見於〈德行〉第一，而具體事跡則在〈任誕〉第二十三，那麼應該視作第一即「上上」類人物，還是第二十三「中下」等呢？不少注本如余嘉錫《世說新語箋疏》所附的人名索引，以星號(*)標明某人的「本傳」，其中阮籍、嵇康的「本傳」均在〈德行〉第一，如按此而忽略〈任誕〉第二十三的記載，就必然會錯過最重要的資料。

品評人物的時風也反映在上中下三分法。這分法也源於九品官人法，鍾嶸的《詩品》用的也是上中下品分法。《四部叢刊》本《世說新語》即分為上中下卷，「孔門四科」屬卷上，數量最少；卷中包括〈方正〉、〈雅量〉、〈識鑑〉至〈豪爽〉，共九個門類。其實〈豪爽〉也有記載「下品」人事跡，例如下面講到的王敦。為甚麼這類人被排在那麼靠前呢？〈容止〉以下二十三個門類入卷下，數量最多。這個體例很像《詩品》：上品詩人十二位，中品三十九，下品佔大多數，七十二人。

不論是「九品模式」還是上中下三分法，大體排序還是合理的。德行、言語、政事、文學這「孔門四科」歷來最為重要，《世說新語》以為首要，反映了編者一定程度的儒家思想。此書並非單純的編年體或傳記體史書，難免有交叉記載情況。只要閱讀時既以類目編排為綱領指引，在交叉閱讀時加以整合、分析和判斷，當能有所發明感悟。

《世說新語》的作者，傳統以為是劉義慶。但準確而言他應該只是編者。從現有史料看，冠名劉義慶的作品有《幽明錄》、《宣驗記》、《集林》等等，加上《世說新語》，卷帙龐大，根本不可能在他有生之年內一手撰寫完成；這些作品必定是成於眾手，而劉義慶則策劃其事，其角色相當於現代意義上的總編輯。

關於劉義慶的生平，這裏選講一些較重要的記載。《宋書》本傳說他「愛好文義，才詞雖不多……」，又說他「少善騎乘，及長以世路艱難」。這幾句話透露了一些重要信息，與政治頗有關聯。劉裕在公元四二〇年篡晉自立，做了三年皇帝而薨；繼位的少帝在位不到兩年，便被徐羨之等廢殺了。劉義隆即位，是為文帝，他是劉義慶的從弟。義慶目睹這幾年間的政治風雲——正是「世路艱難」一語的注腳，於是領悟到全身而退的道理，由是「不復跨馬」，轉而寄情於文史。《幽明錄》是志怪小說，關乎道教方面較多；而《宣驗記》頗涉因果，反映了劉義慶晚年沉湎佛教思想；《世說新語》則是比較早期的編寫作品。劉義慶大半生盡量遠離政治，通過編書，以終天年。他在編寫《世說新語》時召集了一批第一流的文人如袁淑、陸展、何長瑜、鮑照等，參與編集和撰寫工作。

《世說新語》的材料來源豐富龐雜，從中可見處理前代史料的標準和態度。較主要的材料來源於東晉人裴啟的《語林》和同時代的郭澄之的《郭子》，但選錄後經編者改動。[3]敘事的真實性似非《世說新語》的重點，我們從兩條資料可以推斷該書前身選擇的史料的雙重標準。第一條是〈輕詆〉第二十六，第二十四則：裴啟在其《語林》記述：「謝安目支道林，如九方皋之相馬」。九方皋是古時善相馬者，相馬時不考慮其顏色是黑是黃，只看重其「儁逸」。謝安的反應是：「我從未說過這樣的話，都是裴啟他杜撰出來的。」由於謝公政治權力強大，他的這個評語直接導致《語林》廢而不行。而當時所流傳下來的《語林》內容都是先前抄下的，當中沒有謝公的話。第二條材料是〈文學〉第四，第四則：袁宏寫成《名士傳》，給謝公看，謝公笑曰：「我嘗與諸人道江北事，特作狡獪耳！」「狡獪」一詞是開玩笑、隨意說說的意思。據劉孝標注，謝安所說的「狡獪」內容指的是袁宏書中記載「正始名士」、「竹林名士」和「中朝名士」之說。謝安讀後，卻說：「我開玩笑而已，沒想到你袁宏把這些寫進書中。」這次，謝安沒有說袁宏的記載是杜撰的，因為他自己喜歡。謝安的雙重標準，直接導致袁宏的《名士傳》得以流傳，而裴啟的《語林》卻廢而不行。謝安個人喜惡的影響力自然也適用於劉義慶，他何嘗不是根據自己愛好而編成《世說新語》？當中也吸收了《名士傳》、《語林》和《郭子》內容。

三、「風流」之義與映襯之用

《世說新語》在編寫漢末魏晉史事的一個重要關注是展現人物的「風流」。馮友蘭在一九四四年發表了一篇題為〈論風流〉的論文，對於相關研究有開創性意義並在學界一直產生著重要影響。文中的第一句話是：「風流是一種所謂人格美。」這「美」字即透露了「風流」的正面意義。馮先生列出「風流」的四個要素：玄心、洞見、妙想、深情。這些要素可用作閱讀《世說新語》的重要指引，尤其是涉及談玄活動、行為舉止等，多為名士間相標榜。談玄是魏晉風流的一個重要體現方式，書中稱為「清談」或「清言」。馮先生指出：真風流的人能做到「談言微中」和「言約旨遠」，而不是長篇大論，後者的不傳於後，實有其原因。魏晉風流的相當一部分是這些活動的產物。

「風流」從字面義發展至引申義，魏晉時偏向正面的意義。「風」的本義，據《莊子・齊物論》：「夫大塊噫氣，其名為風。」指空氣流動的自然現象。用作形容人物，遂有風格、風度、風氣、風神、風姿、風情等等，皆從本義衍生而來。〈毛詩序〉的「國風」、「風者，諷也」也是以風吹分別喻指地方民風和諷諫，所謂春風化雨，風帶著某種氣質吹來，人會受其觸動影響。至於「流」，《說文》曰：「水行也，从林㐬，㐬，突忽也。」形容水流狀貌，引申義有流行、流俗、流派、流品、品流等等。風以氣動，流以水行，「風流」的意義頗有可意會不可以言傳之妙。二字用以形容人物情態氣質多與清言結合，如《三國志》述劉琰，《襄陽記》敘習禎（三世紀上葉），均言：「有風流，善談論」。這與《世說新語》稱康僧淵「運用吐納，風流轉佳」（〈棲逸〉第十八，第十一則），均以清言為風流的載體，強調人物的靈動談吐所展現的風格，令人愉悅。今日的詞彙有「風流快活」、「風流倜儻」、「風流成性」等，則言人的行為缺乏檢束。從廣義看，《世說新語》所說的「風流」有正面的也有負面的，以下論述各式各樣的「風流」，以窺見編寫者的態度立場和藝術審美。

「風流」之變，有一個大概的時序。東漢以來，戚宦鬥爭、黨錮之禍等，對士人造成了巨大的衝擊，清議而變為清談。東漢清議多涉時政，故《後漢書》所記「風流」，多以形容名士，重教化絜行。後清談風起，則盡量不談政治。漢末建安，鄴下文會，「憐風月，狎池苑，述恩榮，敘酣宴，慷慨以任氣，磊落以使才」(《文心雕龍．明詩》)，實一時文學之風流。魏正始年間(二四〇至二四九年)的風流有兩派：一是何晏和王弼為代表，他們通過注《老子》、《周易》等發揮玄學思想；另一派是竹林七賢，主要表現行為放達、越禮教、任自然。西晉時期，發展了玄風，王衍、謝鯤等尚「作達」、重玄談而不理政事，清談誤國，遂有八王之亂、五胡亂華等後果。中朝時期，指東晉渡江後偏安江左的政局，有謝安、王羲之、支遁、庾亮、衛玠等清談名士。劉宋立國(四二〇年)後，由於政治原因，劉義慶避開了很多涉及當世政治的內容；但《世說新語》卻有一條與謝靈運相關的記載(〈言語〉第二，第一〇八則)。靈運既襲封祖父謝玄康樂公爵位，劉宋將之降為侯爵，最後因謀反而被殺。有學者認為，這條記載應該是靈運生前好友何長瑜編入；但試想：劉義慶作為主編，如果為了避禍而不載謝靈運事跡，又怎會容許何長瑜加入此條？只要細心閱讀，即見此條載靈運嘲笑孔淳之未能忘懷世間榮名之事，其意亦在展示一種「風流」。後世史傳記載漢魏晉事，如唐初的《晉書》，就從

《世說新語》吸收了很多內容；後代小說如《三國演義》，更攝取了不少《世說新語》的精華並加以發揮。時至今日，當我們回顧《世說新語》的「風流」的發展和轉變，一定有新的體會。

《世說新語》全書以某些「風流」襯托、高揚編寫者理想中的「風流」。書中一個重要的結構性和修飾性手段是映襯修辭，從意識、觀念、價值判斷等出發，通過人物、場景的鋪敘描寫，以映襯方式達至表意效果。這些價值判斷形之於映襯手法者多種多樣，例如：治亂、貴賤、賢不肖、高下、美醜等是。書中通過人物形象的建構塑造和畫龍點睛的筆法，風以動之——讓讀者自行感受和判別，在各自的閱讀行為中各取所需，從而獲得美的享受，通過形象思維活動重構「風流」，千載之下，如見其人，如聞其聲。

四、王謝風流與東晉政治

謝安的出仕與隱居的相關記載，較典型地塑造了這位風流第一的人物形象。李白在表達失意時就引謝安為典範：「謝公終一起，相與濟蒼生。」（〈送裴十八圖南歸嵩山二首〉）謝安的東山再起背後有很重要的政治背景，關係到謝氏家族如何在東晉時期維持其地位。[4] 其氏族中總是有一位核心人物，在朝廷掌政，在內則領導謝氏子弟。謝安出仕前的這個人物是鎮西將軍謝尚；謝尚去世後，謝安就不得不出來。他對妻子說的「但恐不免」一語，除了指謝奕和謝據均已出仕並「富貴」之外（見〈排調〉第二十五，第二十七則），更重要的是要鞏固謝氏的政治地位。當其姪兒謝玄在淝水之戰（三八三年）贏了歷史上以少勝多，並保住了東晉江山的一仗後，被封康樂公，這也是謝氏維持政治地位的重要功績。〈排調〉第二十五，第二十六則記載：謝公在東山隱居時，受桓溫徵召，公臨行，高崧在送行席上，藉醉意半開玩笑說：公屢次不應朝廷徵召，高臥東山，人們常相議論說：「安石不肯出，將如蒼生何？」意謂：您不出仕，怎麼對得起（或理解為「怎麼對待」）蒼生百姓？這反映了謝安的才具和百姓對他的期望。高崧接著說：如今您出仕了，「今亦蒼生將如卿何？」（百姓怎麼對得起您）這幾句話隱含譏刺，因為謝安一直高臥東山，有才而不理蒼生百姓；現在被迫出仕，有違宿志，天下蒼生便成了「罪人」。高崧的語言機鋒使謝安與蒼生的角色互換，令謝安「笑而不答」，甚至「甚有愧色」（〈排調〉第二十五，第二十六則）。另一則故事可謂是異曲同工：謝安一直懷著「東山之志」，但朝廷屢次徵召，只好出任桓溫的司馬。一次，有人贈送桓溫一種名叫遠志的藥草，桓溫問謝公為何此藥草有兩個名稱，郝隆搶先答曰：「此甚易解：處則為遠志，出則為小草。」當場使謝安「甚有愧色」(〈排調〉第二十五，第三十二則)。桓公之問不知是有意無意，但郝隆顯然是要奚落謝公。

另一則故事記述謝氏的一個家族會議，突顯了謝安的地位及謝氏在朝廷的角色。謝安問子姪們：「子弟亦何預人事，而正欲使其佳？」意謂：如果想出來做一番事業的話，要怎樣才能脫穎而出。後來成為車騎將軍的謝玄回答：「譬如芝蘭玉樹，欲使其生於階庭耳。」(〈言語〉第二，第九十二則)一棵長得漂亮的花草就不該被隱藏，應放在庭階上，讓人人都能欣賞它。喻意甚明：我既有能力大志，將欲有作為，為甚麼不讓人看見呢？後來謝玄打勝了淝水之戰，穩定了東晉的政局，名震天下。芝蘭玉樹的場景故事也許是後人附會，但不管如何，謝氏風流顯然是書中的一個亮點。

謝安的風流，可與王羲之互相映襯。謝公風流的一個表現是指揮若定，喜怒不形於色。承接上文，當謝玄在淝水打了勝仗，來信報捷，其時謝公正在與人下棋，看完那封信，便默然無言，繼續下棋，對方詢問戰況如何，謝公只輕輕一句：「小兒輩大破賊。」(〈雅量〉第六，第三十五則)其實這麼一項震古鑠今的大功，他心裏必定是歡喜若狂，但他並不表露，顯出其雅量過人。謝安的雅量，另體現在處變不驚，也是通過映襯而突顯：一次乘船出行遇風浪，孫綽、王羲之等人皆驚惶失色，喊著要回航；謝安卻「神情方王，吟嘯不言」；當風浪轉急，眾人更喧囂不止，謝公這才徐徐地說：「是否要回去？」人們據此觀之，認為謝公「足以鎮安朝野」（〈雅量〉第六，第二十八則）。這一類記載也可能是事後編造，作者通過名士們的反應和讚譽，突出謝公的鎮定和治國才能。王羲之這方面似乎不如謝安，但有其特別的「風流」。〈雅量〉第六，第十九則是成語「東牀快婿」的出處。話説郗鑒在京口，命人為他招女婿，時王謝為大族，便去了王氏家族。於是王氏還未成家的子弟一個個都正襟危坐、一本正經，進入備選狀態；但當中一人，在牀上袒露肚皮而臥，完全不把此事放在眼內。郗公聞此，即說：「這個最合適！」後得知此人原來是王羲之，於是就將女兒許配給他。必須注意：有這些「風流」之人，也必須有懂得欣賞的人，即不喜歡裝模作樣的人，而是喜歡自然流出的氣派。如果沒有這個文化氛圍，王羲之再怎樣「風流」也只會成為異類。乃知風流佳話並非特立獨行而能成就，它更需要時代審美精神的承托才得以成就。

聯姻是王謝士族維繫其政治優勢的手段之一。為鞏固其家族地位，謝道韞這位才女下嫁王羲之的兒子王凝之。她是安西將軍謝奕之女，父親過世後由叔父謝安照料。謝安在一個大雪日子給子姪講學時問：「白雪紛紛何所似？」謝朗答：「撒鹽空中差可擬。」而道韞則曰：

「未若柳絮因風起。」謝安聞之而「大笑樂」(〈言語〉第二,第七十一則)。〈賢媛〉第十九(第二十六則)載謝道韞回娘家,不斷數落王凝之。謝安就安慰她:「王郎是逸少之子,人材亦不惡。」謝安此說是怕姪女婚姻破裂,不利於王謝聯姻的政治生態。道韞還是未消氣,列出自家一門叔父有謝尚、謝據,而羣從兄弟則有韶、朗、玄、淵等傑出人物;怎麼他們王家卻出了個這樣的王郎!只是沒有明說「偏偏讓我嫁給這樣的人」。讀來只覺謝安既是心疼姪女遭遇,但也沒法子,一切以大局為重。

五、美貌富貴的人格反諷

《世説新語》寫美男子的風流往往帶有惋惜和反諷的意味。這種風流人物,俊俏的軀殼內卻是另一種面貌。書中對於人物美貌頗多著筆,透露了編者對美的追求。男子之美的一個標準是膚色皙白。例如何晏是「美姿儀,面至白」,魏明帝猜疑他抹了粉,故意在大熱天請他吃熱湯麵,出汗後,何晏用紅色的公服擦臉,更顯潔白(〈容止〉第十四,第二則)。然而,何晏人品為歷代詬病:雖少稱神童,後成玄學大家,但為人好色,又趨炎附勢。另一位是王衍,書中一個鏡頭聚焦在他清談時手執白玉柄的麈尾，他的手與白玉柄看起來是同一個顏色，無法分辨（〈容止〉第十四，第八則）；但王衍偏偏是清談誤國的代表人物。

這種表裏不一的美男子風流以潘岳為代表。所謂「潘安之貌」成為後世小說形容美男子的借代辭。《世說新語》寫潘岳之美貌，善用映襯。〈容止〉第十四（第七則）：「潘岳妙有姿容，好神情。」年少時拿著彈弓走在洛陽街上，婦女們手拉手圍著他看。與之相反的是左思，他長相「絕醜」，仿效潘岳出遊，結果卻被女子們亂唾棄，狼狽而還。這種略帶誇張的對比描寫，旨在托出潘岳之美，只是委屈了寒門出身但文筆出眾的左思。另一種映襯是正襯，如〈容止〉第十四（第九則）載潘岳和友人夏侯湛這兩位美男子，喜歡一同出遊，人稱「連璧」，即兩塊美玉放在一起，相得益彰。但美麗的外貌卻是醜惡的內心，《晉書．潘岳傳》記載的「望塵而拜」，是潘岳和石崇諂事當時的權臣賈謐的情景：某次二人送賈謐乘車離去，望車而拜；當賈謐已經遠去，只剩車子捲起的塵土，二人仍在跪拜。另外，〈仇隙〉第三十六（第一則）載：孫秀曾為潘岳父親手下小吏，岳恃父勢欺淩孫秀。後孫秀成為篡位的司馬倫的中書令，將收捕石崇和潘岳，岳問秀：「還記得以前我們的交情嗎？」孫秀回答引用《詩經．小雅．隰桑》而反用其意：「中心藏之，何日忘之？」於是潘岳、石崇、歐陽建等一同被送到刑場。

潘岳有美貌的風流，其好友石崇則以財富為風流。兩者構成西晉風流的一道風景線，但所蘊含的卻是負面意義，以映襯高尚的風流。石崇在史上留名靠的是他的金谷園雅集，得與蘭亭聚會並稱，成為後世文學的風流典範。金谷園豪華無比，具見於《晉書．石崇傳》。石崇與王愷爭豪，也成了佳話。王愷是晉武帝之舅，武帝賜他一棵很漂亮的珊瑚樹，足有兩尺多高，向石崇炫耀。石崇看完後就拿鐵如意把它打碎，王愷惋惜萬分，覺得石崇是妒忌自己得到這個珍寶，於是大罵出口。石崇卻說：「沒甚麼可惜懊惱的，我這便還你。」於是讓僕人送來六七株珊瑚樹，每株有三四尺高，且「條幹絕世，光彩溢目」，王愷即時「惘然自失」（〈汰侈〉第三十，第八則）。

富貴的風流往往托出世俗醜陋的風流。《世說新語》編者對此類記述雖不作評論，但敘事中通過旁人的反應，把這些世俗醜陋寫得入木三分。這裏集中看一個可稱為「田舍風流」的典型例子——王敦。田舍喻指那種粗鄙沒文化，恍如種田出身的暴發戶。王敦與從弟王導是東晉建國名臣，導為宰相，敦為大將軍。敦後來叛亂被誅殺，《世說新語》所載其人行事，形象鮮明。宋禕是石崇愛妾綠珠的弟子，國色，善吹笛。石崇死後，宋禕被鎮西將軍謝尚收納了。由於宋禕曾經侍奉過王敦，謝尚問她：「我何如王？」宋禕回答：「王比使君，田舍貴人耳。」（〈品藻〉第九，第二十一則）這回答自然有奉承之意，除了因為謝尚長相好看而稱「貴人」，更重要的是王敦「田舍」的品質而被比下去。以下兩則故事，無獨有偶，場景都設定在廁所，大概意在突出王敦的「田舍」品質。第一則是〈紕漏〉第三十四（第一則）：王敦娶了東晉王朝的公主後，某次去皇宮裏的廁所，見漆器上盛著乾棗，其實是用來塞住鼻孔以免吸入臭氣的。但王敦思量著：為甚麼廁所裏有這些果品？便把棗子吃光。如廁後，見一金盤，盛了些水，又有琉璃碗載著一些澡豆，是用來洗手的用品。王敦卻將這些澡豆放進水碗裏攪拌，當成乾飯喝下。於是覺得這個廁所設備真好，可以在裏面又吃又喝。婢女們見狀，都忍不住掩口而笑。另一則是〈汰侈〉第三十（第二則）：石崇宅的廁所經常駐有十餘個侍婢，穿著光鮮美麗，那裏還擺放了甲煎粉、沉香汁之類的化妝品，一應俱全，是個很華麗的廁所。又令客人每次如廁後，脱光身上的衣服，換上備好的一套新衣才出來。客人們羞赧，寧願忍著不上廁所；而王大將軍毫不顧忌，在婢女面前脱衣換衣，且「神色傲然」。婢女們見此，議論說：「此客必能作賊。」還有一則，與廁所無關，但也勾勒了王敦的「田舍風流」。〈汰侈〉第三十（第一則）載：石崇宴客，常命美人勸酒，若勸不動客人喝酒就令斬殺美人。一次王導和王敦一起到石崇家赴宴。王導小飲便醉；而王敦怎麼勸都不肯喝，故意觀察狀況。那時，石崇已殺了三位美人，而王敦卻仍面不改容，也不肯飲。王導見狀而責怪敦，並勸他喝酒。王敦答道：「他們家殺家裏的人，與你何干？」這種「田舍」風流和跋扈氣焰，寫得有血有肉，故謂之「必能作賊」，為歷史上的王敦反晉作了完美的鋪墊。敘述中也同時揭露石崇恃著有錢有勢而草菅人命；對照王敦的過度縱情色慾而釋放數十婢妾（〈豪爽〉第十三，第二則）。兩人各自的豪情「風流」，與編寫者和讀者的嬉笑怒罵，渾然其中。

六、美的追尋與死的崇高

文學美學的追求在《世說新語》全書中佔有關鍵位置。這方面的重視反映在書中一些尤其關涉到文學的條目的分量和深度，例如〈言語〉篇、〈文學〉篇和〈賞譽〉篇都包含了很多出色的文學描寫，而數量上各類目所收都超過一百則故事。全書多敘人物丰神、清談場面、語言機鋒、感情色彩、視聽藝術等等。〈文學〉第四（第二十八則）記載的一個清談場景，尤其令人有置身其中之感：謝尚少時聽說殷浩清談有名，慕名而來，聽了數百語，既有美好的情致，且辭藻豐蔚，令他全神貫注地聆聽，不覺流汗交面。殷浩見此，徐徐叫左右之人拿一條手巾給謝郎擦汗。這一則記載所見的清言，媲美支遁的「才藻奇拔」和謝安的「才峰秀逸」，雖長篇大論，卻能使「四座莫不厭心」（〈文學〉第四，第五十五則）；而殷浩則能令謝尚「流汗交面，動心駭聽」。《世說新語》編者既特重文學美學，這方面的追求自然成為此書編寫的一個重要動機和方向，通過編寫無數精彩的內容得到了實踐。

《世說新語》運用譬喻修辭在表現「人格美」上達到了鮮活的效果。例如：周乘（二世紀中晚葉）的治國才能如「干將寶劍」（〈賞譽〉第八，第一則）；剛正不阿的李膺被喻為「勁松下風」（〈賞譽〉第八，第二則）；鍾會的軍事才能「如觀武庫，但覩矛戟」（〈賞譽〉第八，第八則）；王衍的儀態是「神姿高徹，如瑤林瓊樹，自然是風塵外物……巖巖清峙，壁立千仞」（〈賞譽〉第八，第三十七則）。劉惔的才學則是「金玉滿堂」（〈賞譽〉第八，第八十三則）。至於潘岳、陸機的文學，鍾嶸在《詩品》評曰：「潘才如江，陸才如海。」而早在《世說新語》已載有孫綽的更具體的評述，如：「潘文淺而淨，陸文深而蕪。」「潘文爛若披錦，無處不善；陸文若排沙簡金，往往見寶。」（〈文學〉第四，第八十九、八十四則）康僧淵（東晉）是西域僧人，王導笑他鼻高目深，他對應：「鼻者面之山，目者面之淵。山不高則不靈，淵不深則不清。」（〈排調〉第二十五，第二十一則）這些描寫文字趣味横生，有助突顯人物個性特質，形象生動，呼之欲出。書中金玉滿堂的修辭，大大啟發我們今日的文學創作。

編寫者的美的追求較集中體現在美男子形象的塑造上。年輕的衛玠不只是美男子，還是個清談高手，但他的一生是個與潘岳不同的悲劇。永嘉之亂，衛玠從洛陽投靠當時鎮守豫章（在今江西省）的大將軍王敦。欣然相見，談話竟日。王敦對謝鯤說：「不意永嘉之中，復聞正始之音。」（〈賞譽〉第八，第五十一則）以數十年前的天才美男何晏和博學早慧的王弼為代表的正始之音，現在竟出於這位年輕人的侃侃而談中。王濟是衛玠之舅，儁爽有風姿，但當衛玠在場，就每每感嘆：「珠玉在側，覺我形穢。」（〈容止〉第十四，第十四則）通過絕妙的映襯，突出衛玠的俊朗。作者對於衛玠的傾慕，竟至於敘述其不幸早亡也加以神話化。當衛玠從豫章至都城建康（今南京），人們都慕名而至，為了一睹他的風采，竟至於觀者如堵牆。衛玠本來就體弱多病，受不住勞頓，不久病逝了。人們竟附會其死因，說是「看殺衛玠」（〈容止〉第十四，第十九則）——居然因為長得太好看而被「看殺」，這可算是曠古奇聞。正因為死因不符合事實，就更讓人對其英俊瀟灑的風流發揮無窮的想像。

嵇康是另一類型讓人傾慕神往的俊男。〈容止〉第十四（第五則）所敘嵇康「玉山之將崩」可作兩層意義理解：第一層喻指嵇康長相的美麗。山濤說他「巖巖若孤松之獨立」，指的不只是外表，也包含了其剛直個性，上文提到的李膺也是以松樹意象形容。當嵇康喝醉時，就像美麗的玉山將要崩塌那樣。第二層意思是詮釋喻義：那麼剛正俊美而才能卓著的人，卻死於非命，令人惋惜。嵇康之死與鍾會直接相關。鍾會對嵇康之才可謂又愛又恨。當他寫成《四本論》，很想讓嵇康一讀，但總是放在懷中，猶豫不決。一日，決意走到嵇康家門口，卻只將書從外面扔進去，然後急忙離開（〈文學〉第四，第五則）。這段描寫將鍾會的微妙心理狀態呈現得活靈活現，也襯托出嵇康的才能遠高於鍾會之上。〈簡傲〉第二十四（第三則）交代了二人如何結怨。鍾會聽到嵇康的大名，便邀請當時賢俊之士一同前往拜訪。那時嵇康正在大樹下打鐵，向秀在旁鼓著風箱。嵇康拿著錘子繼續打鐵不止，「旁若無人」。過了一會兒，鍾會準備離開，這時嵇康說：「何所聞而來？何所見而去？」鍾會回答：「聞所聞而來，見所見而去。」表達了此行的自討沒趣：我聞說你的大名而來拜訪，你卻沒有把我們放在眼內！

成語「興高采烈」原本講的就是嵇康。《文心雕龍．體性》專論文體風格與作者個性的關係，篇中有言：「叔夜俊俠，故興高而采烈。」「俊」，《説文》曰「才千人也」；而他的「俠」的最典型事例是他為呂安的冤獄出頭、欲助毋丘儉起兵等事，這些行為貽鍾會以口實，後加害之。劉勰以嵇康的傑出才能和俠義剛正為其作品意興高昂而詞采熱烈的根本因素。一次，嵇康到山裏拜訪道士孫登，離開時，孫登説：「君才則高矣，保身之道不足。」（〈棲逸〉第十八，第二則）孫登的話，《晉書．嵇康列傳》作：「君性烈而才雋，其能免乎！」加上一個「烈」字形容嵇康的性格。儘管這些都可能是事後的預言，旨在塑造嵇康的「俊俠」風流，但他臨死前表達的悔恨亦能印證一二。〈雅量〉第六（第二則）載：嵇康臨刑時面不改容，要來了一張琴，即席彈奏〈廣陵散〉這首名曲。曲終便說：「昔日袁準想跟我學彈此曲，我一直都沒有教他。今日臨刑，才後悔當日沒有教他。啊，〈廣陵散〉這首樂曲從此失傳了！」樂曲的失傳可以理解為孫登之言的應驗。那時，太學生三千人上書，要求嵇康當他們的老師。這個場面令人回想到東漢時李膺與太學生抗爭的震撼場景。李膺的正道直行，殺身成仁，在嵇康身上重演，延續著這種崇高的風流，也折射政治的黑暗。

七、越禮任誕與人性本相

阮籍與嵇康並稱「阮嵇」，所代表的卻是另一種風流。嵇康〈與山巨源絕交書〉言：「阮嗣宗口不論人過，吾每師之，而未能及。至性過人，與物無傷，唯飲酒過差耳。至為禮法之士所繩，疾之如讎，幸賴大將軍保持之耳。」大將軍司馬昭曾說阮籍為人最為謹慎，每次跟他說話，他總是「言皆玄遠，未嘗臧否人物」（〈德行〉第一，第十五則）。嵇康雖對阮籍懷有羨慕與敬佩，但卻一直走著自己的路（見上）。

魏晉時期的任誕與名教關係，體現著人情與禮法的角力。阮籍的越禮行為，引起了禮法之士的不滿。一次他和嫂子告別，被人譏笑，因為《禮記》明言「嫂叔不通問」；阮籍卻說：「禮豈為我輩設也？」（〈任誕〉第二十三，第七則）又，阮籍鄰家的賣酒女子有美色，他去喝酒，喝醉了故意睡在那位美女的旁邊。女子的丈夫初時起了疑心，但暗中探察後，乃知阮籍並無他意。這也許可以理解為：阮籍通過觀賞、接近美女而滿足醇酒美人這人性中的美的享受（〈任誕〉二十三，第八則）。

《世說新語》所載不少越禮行為都在母喪期間發生。魏晉間，司馬氏標舉禮教；而鄙棄名教的態度行為在母喪這個最重要的禮節場景中構成忤逆。阮籍喪母後，仍飲酒吃肉。司隸何曾就對司馬昭說：「明公方以孝治天下，阮籍是敗俗之人，為甚麼不懲罰，以正風教呢？」但司馬昭卻不加罪責。阮籍其實聽到這些對話，卻神色自若，繼續吃喝。又，當裴楷前往弔唁阮母時，阮籍喝醉了，且散開了頭髮，伸開雙腿坐在牀上，而沒有哭。裴楷則遵從禮法拜祭並哭泣。有人問：「主人都不哭，你為甚麼哭？」裴楷回答：「阮籍是方外之人，不必遵守世俗禮法；而我們是世俗中人，所以還是要遵守的。」阮籍面對世俗人，表現得放誕，但喪母之痛壓抑心中。母親過世後，他蒸了一頭小豬，然後喝酒，人們還是批評他，他忽然大叫一聲：「窮矣！」之後接著痛哭，吐了一口血，然後昏倒了一段時間（〈任誕〉第二十三，第二、十一、九則）。這一聲「窮矣」，唐長孺解為「完了」或「我該怎麼辦」，這才是真性情的爆發。

任誕越禮在阮籍姪子阮咸身上更是驚人。〈任誕〉第二十三（第十五則）所述，充分體現以人性的原始慾望顛覆禮法。阮咸先前寵幸了姑母的一個鮮卑婢女，那正值他居母喪之時。當姑母將要遠走，最初説將婢女留下，但出發後還是將她帶走了。阮咸得悉，焦急萬分，借了客人的驢，身上還是穿著喪服去追姑母，最後二人同騎驢而回。迫使阮咸這樣做的理由是他所聲張的「人種不可失」！意謂：我阮咸的種子播在她肚子裏，不可丟失。他這種行為從不同觀點立場可作不同的理解，但無論如何，他根本不將禮俗放在眼裏這是肯定的：首先，與鮮卑婢女發生了性關係；其次是居母喪期間，穿著孝服去追鮮卑婢女；再有就是沒有明媒正娶，只顧「人種不可失」。後來這個「人種」出生後便是他的兒子阮孚（字遙集）。這故事在反封建禮教的角度看，是個性解放和自由戀愛的一首凱歌；在女性主義角度看則必然被批判，因為它將女性寫成無自主權，並被視作男性的生育工具。至少，我們所見的這種風流的背景，與阮籍母喪相近，都是發生在這樣最重要的禮法場景中，突顯主人公如何無視禮教，任性而為。

八、乘興、飲酒與文學境界

興致是這種放達任誕風流的主要動力之一。忽發奇想的意興往往帶人進入一個想像境界。這境界有孕生於「乘興而行」的靈感觸動，也有由飲酒而催化生成的。這些境界的建構過程是形象思維作用的實踐，文學創作的機理。

先看「興」的作用。〈任誕〉第二十三（第四十六則）載王子猷（王羲之子，名徽之）的興。有一次，他暫時借住別人的空宅，一搬進去就下令種竹。有人問：「只是短期暫住，何必這麼麻煩？」他卻答道：「何可一日無此君？」對竹子的一往情深，最能體現馮友蘭所說的風流四個要素——玄心、洞見、妙想、深情。緊接的一則（〈任誕〉第二十三，第四十七則）更成為後世關於風流的熟典：王子猷居山陰（在今浙江紹興），一夜大雪，醒來後乃酌酒，詠左思〈招隱詩〉，忽然想起時在剡溪的隱者戴逵。於是連夜叫人開船載他去拜訪，至戴逵門前，卻突然折返。人們問他為何如此，他說：「吾本乘興而行，興盡而返，何必見戴？」這整個過程，由夜色雪景觸發酒意詩意，在靈感衝動的浮想聯翩中，興致達到了高潮，乃欣然出行，朝著思緒中建構的雪中高逸圖進發；當這個構思過程即文學靈感消逝後，他再也不用勉強在想像世界中挖掘，興盡而返也就是享受過這美的歷程。這歷程也最實在地體現了陸機在〈文賦〉中對於靈感的描述：「若夫應感之會，通塞之紀，來不可遏，去不可止。」王子猷的這種風流是一種簡傲、縱情，隨心而發的個性的自然顯現。

酒在名士的行為和文學構思發揮著重要作用。劉伶（三世紀中後期）嗜酒與阮籍齊名。較諸嵇康身長七尺八寸的玉山將傾，劉伶身高只有六尺，外貌醜陋；但總是飄然自得，形體如土木般（〈容止〉第十四，第十三則）。他喝酒喝得很厲害，妻子屢勸他戒酒，一次，他說將在神明面前發誓戒酒，請妻子買來酒肉供奉。怎料他將酒肉都幹掉，隗然而醉（〈任誕〉第二十三，第二則）。劉伶從縱酒活動中探索天地宇宙，其宇宙觀具見於〈任誕〉第二十三（第六則）：劉伶長期縱酒放達，時或脱光衣服裸體待在屋裏，有人看見便譏笑他，他説：「我以天地作為我的房子，屋室作為衣褌，你們為何鑽進我的內褌裏？」這種獨特的宇宙觀，發展出他在〈酒德頌〉中描述的大人先生形象：「大人先生，以天地為一朝，萬期為須臾。日月為扃牖，八荒為庭衢。行無轍跡，居無室廬。幕天席地，縱意所如……」篇中所表現的是超越、飛升等主題。

阮籍的〈大人先生傳〉的傳主也叫大人先生。這個人物形象也許是劉、阮清談時所創製。在阮籍筆下，尤其透露了劉、阮一類名士對於現實政治的觀感及其處世態度。〈棲逸〉第十八

（第一則）載：阮籍到蘇門山訪蘇門真人，但真人沒有回答過阮籍的任何關於上古治道的詢問，於是阮籍在真人面前長嘯，真人只說：「可更作。」當阮籍下山時，忽聽見山上傳來蘇門真人的長嘯。劉孝標注引史料印證：〈大人先生傳〉就是以這次探訪經歷為原型而寫成的。這些記載和創作構建了另一種映襯：阮籍的形象已十分突出，但蘇門真人及其演化出的大人先生顯然更高一籌。阮籍和劉伶通過大人先生形象的塑造去構建、探索和體認他們的宇宙觀，結合上文所論的越禮任誕的行為，正反映出魏晉時期這種超越世俗禮法的思想的土壤，造就了中古時期思想史與文學發展的一座高峰。

九、結語

《世說新語》所展現的漢晉時期生活畫卷中的人物景象和情致風流，很值得我們今日深思借鑑。書中雖不乏謝安「特作狡獪」一類的言說，但其開玩笑的內容也是真實的感受和時代精神的紀錄。上文引述王羲之的「後之視今，亦猶今之視昔」一本身就是對京房用語的重新演繹，注入他在蘭亭雅集中生發的對宇宙人生的感慨。他與後世預設讀者所憑藉的一線聯繫是人類亙古不變的感情作用，這個作用孕生於人性人情，古今如一，因此當我們重讀〈蘭亭集序〉，很自然就能代入文中場景，感受到當時王羲之的情懷。文學既為感情的載體，只要善用感情這把鑰匙，自能開啟文學寶庫。

閱讀文本總免不了詮釋，更重要的是從中欣賞和學習。雖然魯迅提出「文的自覺」時代的文學不必寓教訓，但閱讀《世說新語》時往往難免於對文本作寓意解讀。很多時候，「不求甚解」反而更能領略此中真意。其真意概有數端：首先是政治影響力對史料編纂的定型作用：謝安指出裴啟所記自己的言辭是「都無此語」，從此《語林》遂廢；而他自己喜歡的袁宏的《名士傳》即使是「特作狡獪」也讓它流傳。同理，劉義慶編集材料的態度立場也決定了《世說新語》的內容。到底現存史料孰真孰假？這是歷史學家的考證工作；作為文學讀者，我們儘管欣賞文學。其次是人性人情的觀照借鑑：潘岳、王敦、阮咸等人的行為品德，阮籍、嵇康對於當時政治的不同態度反應，我們自有判斷，借古鑑今。最後，也是最重要的是：《世說新語》的文學經驗是珍貴的文化遺產。書中所見的人物形象的刻畫入微，語言機鋒的靈巧精警，意興靈感創造的文學境界等，既孕生於前代文學經驗，但更多的是其開創之功。在今日複雜多變的社會生活中，文學素材可說是取之不竭，與時俱進，通過閱讀經典作品，提升文學鑑賞能力，汲取養料和藝術經驗，古為今用，是為劉勰所論文學通變的實踐。

蘇辛詞的美感特徵及其詞史地位

張宏生

蘇軾和辛棄疾是宋代詞壇上的兩個重要人物，代表了宋詞創作中的一種重要傾向。蘇辛並稱，和文學史上許多的並稱一樣，有著特定的考慮。詞壇上，我們所熟悉的一些並稱，如周柳（周邦彥和柳永）、姜史（姜夔和史達祖）等，前者都是北宋人，後者都是南宋人，但蘇辛不一樣，他們一個是北宋人，一個是南宋人，把他們聯繫在一起的，是作品的風格。而將辛和蘇加以並稱，在辛棄疾自己的心目中，就已經有了這個意識了。辛棄疾有個學生叫范開，他曾給自己老師的詞集寫了一篇序，如下：

> 器大者聲必閎，志高者意必遠，知夫聲與意之本原，則知歌詞之所自出，是蓋不容有意於作為，而其發越著見於聲音言意之表者，則亦隨其所蓄之淺深，有不能不爾者存焉耳。

世言稼軒居士辛公之詞似東坡，非有意於學坡也。自其發於所蓄者言之，則不能不坡若也。坡公嘗自言與其弟子由為文多而未嘗敢有作文之意，且以為得於談笑之間，而非勉強之所為。公之於詞亦然，苟不得之於嬉笑，則得之於行樂；不得之於行樂，則得之於醉墨淋漓之際。揮毫未竟，而客爭藏去，或閒中書石，興來寫地，抑或微吟而不錄，漫錄而焚稿，以故多散逸，是亦未嘗有作之之意，其於坡也，是以似之。

雖然，公一世之豪，以氣節自負，以功業自許，方將斂藏其用，以事清曠，果何意於歌詞哉！直陶寫之具耳。故其詞之為體，如張樂洞庭之野，無首無尾，不主故常；又如春雲浮空，卷舒起滅，隨所變態，無非可觀；無他，意不在於作詞，而其氣之所充，蓄之所發，詞自不能不爾也。其間固有清而麗，婉而嫵媚，此又坡詞之所無，而公詞之所獨也。昔宋復古、張乖崖方嚴勁正，而其詞迺復有穠纖婉麗之語，豈鐵石心腸者類皆如是耶？

開久從公遊，其殘膏賸馥，得所霑焉為多，因暇日，裒集冥搜，才逾百首，皆親得於公者，以近時流布於海內者率多贋本，吾為此懼，故不敢獨閟，將以祛

傳者之惑焉。淳熙戊申正月元日，門人范開序。（〈稼軒詞序〉）

序中說，世上不少人都認為，老師您寫的詞像蘇東坡。但這並不是由於老師您刻意去學蘇東坡，而是由於心中有那樣的積累，和蘇軾有共同的境遇，共同的思想，共同的感情等等，所以寫出來的詞，自然而然就像蘇東坡了。由於這篇序寫在辛棄疾還在世的時候，辛棄疾肯定看過，那麼，我們就有理由認為，辛棄疾本人也認可這一點。這種從南宋就開始形成的蘇辛並稱的觀念，後世也延續下去了。比如清代的納蘭性德和周濟，都持有這種看法，而且，他們都不約而同地對蘇辛進行了比較，其中共同的看法是辛棄疾勝過蘇軾：

詞雖蘇、辛並稱，辛實勝蘇，蘇詩傷學、詞傷才。（納蘭性德《淥水亭雜識》）

蘇、辛並稱，東坡天趣獨到處，殆成絕詣。而苦不經意，完壁甚少。稼軒則沉著痛快，有轍可尋。南宋諸公，無不傳其衣缽，固不可同年而語也。稼軒由北開南，夢窗由南追北，是詞家轉境……不揣淺陋，為察察言，退蘇進辛，糾彈姜、張，剟刺陳、史，芟夷盧、高，皆足駭世。（周濟〈宋四家詞選目錄序論〉）

為甚麼會有這樣的看法呢?原因比較複雜，這裏只能簡單提一下。在清代的一些批評家看來，辛棄疾詞的境界更開闊一些，同時，有門徑可入，可以學，而蘇軾的詞一片神行，是無法學的。這一點，周濟説得非常清楚。他指出，南宋的不少詞人都從辛棄疾這裏傳承了衣缽，獲得了資源，在這一點上，蘇比不上辛。當然，這也只是清代的某些詞學家，某些詞學理論對蘇辛之間的關係做出的一些分析，站在不同的角度，也還會有其他不同的認識。但至少也説明一點，就是把蘇辛二人放在一起，長久以來，得到人們共同的認可，大家都覺得，這樣的並稱是符合實際的，能夠反映詞史的一種風貌。

那麼，首先就需要解釋一個問題，即他們之間的相似之處在哪裏呢?為甚能夠並稱呢?這就涉及詞史上的風格論。大家都很熟悉的一種看法是，詞的發展歷史上有兩種主導風格，一種是豪放，一種是婉約，這種風格論最早是由明代的張綖總結出來的，他説：

> 詞體大略有二：一體婉約，一體豪放。婉約者欲其詞調蘊藉，豪放者欲其氣象恢宏。然亦存乎其人。如秦少游之作，多是婉約；蘇子瞻之作，多是豪放。大約詞體以婉約為正。故東坡稱少游為「今之詞手」，後山評東坡如教坊雷大使舞，雖極天下之工，要非本色。(《詩餘圖譜》)

張綖認為，風格和作者的個性、氣質、修養的因素有關，詞的主導風格有兩種，各有其代表人物，婉約的代表人物是秦觀，豪放的代表人物就是蘇軾。當然，不管是蘇，還是辛，他們所創作的詞其實是很多元的，但豪放是他們的詞的重要品質。比如蘇軾，他現存的詞有三百多首，在這三百多首中，有多少首可以歸為豪放詞呢？前人對此有過不同的討論，總的看法是，並不是很多。同時也有人指出，蘇軾的婉約之作中也有非常出色的作品，如清初王士禛就說：

「枝上柳綿」，恐屯田緣情綺靡，未必能過。孰謂坡但解作「大江東去」耶？髯直是軼倫絕羣。（《花草蒙拾》）

晉代陸機的〈文賦〉這樣說：「詩緣情而綺靡。」詩的本質特徵是抒情，所謂「綺靡」，大約是指文辭上有華采，同時音聲也很美妙。王士禛所引的例子見蘇軾〈蝶戀花〉：「枝上柳綿吹又少，天涯何處無芳草。」王士禛說，這樣的詞真是婉約。婉約到甚麼程度呢？可以和柳永做個比較，不管是語言上，還是聲情上，都不遜色於以寫柔情而負有盛名的柳永，甚至還能有所超過。他的結論是，誰說蘇軾只能寫「大江東去」這樣的作品呢？對於王士禛的這種看法，大家肯定是比較熟悉的，該怎樣理解呢？我想，理解這個問題最重要的是怎樣判斷一個人的獨創性。文學史上有很多作家，現存的作品也是車載斗量，即以詞史而言，《全宋詞》編出了五大冊，如果看《全清詞》，數量就更不得了。那麼，衡量評價一個作家的地位和成就貢獻，是看他的作品數量所表現出來的傾向呢，還是看其最有特殊性的部分呢？蘇軾有三百多首詞，豪放之作在數量上並不多，但卻是最特殊的，在詞史的發展中最能代表他的貢獻。這樣才能給蘇軾一個準確的定位。蘇軾的這首〈蝶戀花〉確實寫得很好，王士禛引的「枝上柳綿」二句寫春天就要過去了，芳草萋萋，展現一派即將進入夏天的景象。傷春悲秋是詞中的重要內容，作品顯示出來的是非常婉約的風格，表達了纏綿悱惻的感情，很動人。但是，類似的風格，在前代作家中，在同時代的作家中，不少人都能寫出來，而蘇軾的另外一些作品，尤其是所謂的豪放之作，卻是在詞史上非常獨特的，屬於蘇軾特殊貢獻的部分。我們不妨舉幾個例子。

首先看人們非常熟悉的懷古之作〈念奴嬌・赤壁懷古〉：

大江東去，浪淘盡、千古風流人物。故壘西邊，人道是、三國周郎赤壁。亂石穿空，驚濤拍岸，捲起千堆雪。江山如畫，一時多少豪傑。　遙想公瑾當年，小喬初嫁了，雄姿英發。羽扇綸巾，談笑間、檣櫓灰飛煙滅。故國神遊，多情應笑我，早生華髮。人間如夢，一樽還酹江月。

作品一開始就先聲奪人：「大江東去，浪淘盡、千古風流人物。」人們對《三國演義》都很熟悉，《三國演義》的開篇是明代楊慎的一首詞：「滾滾長江東逝水，浪花淘盡英雄。是非成敗轉頭空。青山依舊在，幾度夕陽紅。白髮漁樵江渚上，慣看秋月春風。一壺濁酒喜相逢。古今多少事，都付笑談中。」情調和蘇詞有相似之處。這個「千古風流人物」是誰？其中的「豪傑」又是誰？在蘇軾的這首詞中。集中指向的是周瑜，這是一個儒生打扮的、能文能武的形象。他手持羽扇，頭戴綸巾，談笑之間，非常從容地，就使得「檣櫓灰飛煙滅」，取得了赤壁之戰的勝利。當然，蘇軾的懷古並不僅僅是對古代歷史發表看法，而是聯繫到了自己的處境，自己的思想狀況，自己的感情形態。蘇軾被貶到黃州，在這裏，情難自已，感嘆自己「早生華髮」。那個時候，他是四十五歲左右。作為一個喜歡談論軍事的人，作為一個有著豪情壯志，希望做出一番事業的人，想到周瑜建立的不世功業，對比被貶到黃州的自己，感到「人間如夢」，有點傷感。但是，從作品的整體情調看，他是面對著這樣一場如此重要的戰爭，發表自己的感慨，裏面有著恢宏的氣度，豪放的情懷。

關於這首詞，有個故事，人們都是耳熟能詳的。據俞文豹《吹劍續錄》：

東坡在玉堂，有幕士善謳，因問：「我詞比柳詞何如？」對曰：「柳郎中詞，只好十七八女孩兒，執紅牙拍板，唱『楊柳岸、曉風殘月』，學士詞，須關西大漢，執鐵板，唱『大江東去』。」公為之絕倒。

這是說蘇軾做翰林學士的時候，有個幕僚歌唱得很好，蘇軾就問他：我的詞和柳永的詞比一比，你覺得怎麼樣？他這一問，直截了當，直接就點柳永的名，說明他進行詞的創作，心中有個對手，就是柳永。其實，柳永比蘇軾大幾十歲，可以肯定，他們之間沒有見過面，同時也可以肯定，柳永在當時影響非常大，所謂「凡有井水處，即能歌柳詞」（葉夢得《避暑錄話》），是如實的記載。蘇軾好奇心強，好勝心也強，他發現了前人有甚麼特別的地方，不僅要學習，而且往往也要超越，所以，他有意無意就要和柳永比一比。這個幕僚也很風趣，他不說誰好誰不好，而是打了一個比方。他說，柳郎中（柳永致仕時任屯田員外郎，故有此稱）的詞，比較適合十七八歲的女孩子，手裏拿著紅牙拍板，演唱〈雨霖鈴〉，具有「今宵酒醒何處，楊柳岸、曉風殘月」那樣的纏綿悱惻。而蘇學士您的詞呢，只適合關西大漢，手執鐵做的拍板（有的記載說是銅琵琶），演唱〈念奴嬌．赤壁懷古〉，具有「大江東去，浪淘盡、千古風流人物」那樣的豪放雄壯。所謂關西，就是殽山、函谷關以西的地區，人們所熟悉的關羽，就是這個地區的人。關羽的長相，據《三國演義》的描寫：「身長九尺，髯長二尺。面如重棗，唇若塗脂。丹鳳眼，臥蠶眉，相貌堂堂，威風凜凜。」讀者自可以想像這樣相貌氣度的人演唱〈念奴嬌．赤壁懷古〉是甚麼樣的效果。難怪蘇軾聽了這樣的回答後，「為之絕倒」。所謂「絕倒」，也就是開懷地大笑，表達出的意思是贊許和同意。這個故事說明了甚麼呢？南宋有個著名的學者叫王灼，他在其《碧雞漫志》中有這樣一段記述：

古人善歌得名，不擇男女。戰國時，男有秦青、薛談、王豹、綿駒、瓠梁。女有韓娥。漢以來，男有虞公發、李延年、朱顧仙、未子尚、吳安泰、韓發秀。

女有麗娟、莫愁、孫瑣、陳左、宋容華、王金珠。唐時男有陳不謙，謙子意奴、高玲瓏、長孫元忠、侯貴昌、韋青、李龜年……今人獨重女音，不復問能否。而士大夫所作歌詞，亦尚婉媚，古意盡矣。

這段文字中說，從戰國到唐代，有一些著名的歌唱家，其中既有男聲，也有女聲，但到了現在，卻「獨重女音」，而且，不管這些「女音」唱得如何，聽眾都喜歡，市場決定創作，所以，「士大夫所作歌詞，亦尚婉媚」。從這裏看出，蘇軾這樣風格的作品，是不適合當時的演唱情境的。我們知道，詞在產生和發展的過程中，一個很重要的背景就是在酒宴歌席之間，是歌女在唱。既然是歌女在唱，則相當多的內容，自然是相思、離別、美人、愛情，如果讓一個嬌滴滴的歌女去唱蘇軾「大江東去」這樣風格的詞，肯定會有違和感。詞的發展歷史有其自然的選擇，蘇軾所創作的這樣的情調的詞，和詞一直以來發展的主體風格顯然是不一樣的。

說到這裏，我們就要繼續追問，蘇軾寫這樣的詞，既然和許多詞人，如晏殊、晏幾道、柳永等人的格調是不大一樣的，那麼，這是他偶然的行為，還是有著主動的創作追求？我們不妨看看下面這首〈江城子．密州出獵〉：

老夫聊發少年狂，左牽黃，右擎蒼。錦帽貂裘，千騎卷平岡。為報傾城隨太守，親射虎，看孫郎。　酒酣胸膽尚開張，鬢微霜，又何妨？持節雲中，何日遣馮唐？會挽雕弓如滿月，西北望，射天狼。

這首詞比上述〈念奴嬌〉要寫得早一些，是他在密州做知州時所寫，當時蘇軾不到四十歲，已經自稱「老夫」。他說自己是「聊發少年狂」，怎樣「狂」？左手牽著獵犬，右肩擎著蒼鷹，帶著一大隊人出來打獵，而且吸引了不少人圍觀，「傾城」云云，應該是蘇軾特有的誇張。在〈念奴嬌〉中，他禮讚的是周瑜，在這首詞中，又自比孫權，都是東吳人。史書記載，孫權曾親乘馬射虎於凌亭，投以雙戟，凜凜生威。可以看出，蘇軾對東吳的人才是非常讚賞的。後面進一步寫自己，飲酒之後，特別放鬆，豪放的氣度出來了，顯示出本色。上面一首詞寫「多情應笑我，早生華髮」，這裏又寫「鬢微霜」，一個人將近四十歲才有白髮，其實也不是甚麼特別之事，但他一提再提，其實是感慨自己年華老去，懷才不遇，功業無成。「持節雲中，何日遣馮唐」這一句，用了一個典故。漢文帝時，魏尚為雲中太守，抵禦匈奴，屢立戰功。但報功文書上所載的殺敵數字與實際有出入，因而被削職。馮唐覺得魏尚冤枉，乃代為辨白。漢文帝就派馮唐帶著傳達聖旨的符節去赦免魏，命其仍然擔任雲中郡太守。蘇軾此時在政治上的處境不大好，所以以魏尚自許，希望能得到朝廷的信任。最後幾句說「西北望，射天狼」，一語雙關。中國古代的邊患，往往集中在西北或者東北，這就體現出蘇軾的報國之心，希望能夠有所作為。關於這首詞，也有一段文字，這是蘇軾給自己的朋友鮮于子駿寫信時的自我描述，他說：

近卻頗作小詞，雖無柳七郎風味，亦自是一家。呵呵！（〈與鮮于子駿〉）

「小詞」是當時的人對詞的稱呼，可以看出詞在那一階段的地位不高。我們現在習慣說「唐詩宋詞元曲」等等，以「一代有一代之文學」的觀念，給詞以很重要的地位，但當時詞的地位確實不高。底下他又說「雖無柳七郎風味，亦自是一家」，又在和柳永比，他的心中總是有一個柳永。當然，他也承認柳永有特殊的風格，而且當時很有名，但自己卻在柳詞外，走出了一條新道路，所以自信，自負，乃至自豪。最後的笑聲，帶有點開玩笑的意味，但玩笑之中，也有很認真的成分。所以就可以回答前面的問題，即蘇軾寫這樣的風格的詞，是有自己的主觀的追求。他知道自己這樣的風格和傳統的比較流行的柳永這樣的風格不一樣，而他也認為這種不一樣是值得自己去追求的。在蘇軾手中，詞這種文體可以寫懷古，也可以寫出獵，懷古、出獵都是詩歌的傳統題材，作品相當多，但在詞的發展過程中，蘇軾之前就比較少。像出獵這種題材，當然並不僅僅就是打獵而已，對於有抱負的人來說，可以鍛鍊身體，磨練意志，甚至可以在其中表現出胸懷天下，報國之志。蘇軾在詞中寫這樣的題材，有一定的開創性，這實際上就是士大夫情懷的重要體現。而這樣的情懷在他的其他作品中也還有體現，如表現曠達的立身之道。在人生的道路上，每個人都會有挫折，都會碰到風浪。怎樣安置自己的身心，怎樣體現出堅韌不拔的意志，怎樣使自己在這個過程中很從容，很坦然，這樣的內涵也被蘇軾寫到自己的詞中了。比如下面這首〈定風波〉（三月七日沙湖道中遇雨，雨具先去，同行皆狼狽，余不覺。已而遂晴，故作此）：

> 莫聽穿林打葉聲，何妨吟嘯且徐行。竹杖芒鞋輕勝馬，誰怕。一蓑煙雨任平生。　料峭春風吹酒醒，微冷，山頭斜照卻相迎。回首向來蕭瑟處，歸去。也無風雨也無晴。

作品寫在黃州，對於蘇軾來說，被貶黃州是他人生中的一段慘痛經歷。他在黃州擔任團練副使，卻不得簽署公事，意思是說，雖然他還算是個小官，但沒有任何實質的權力，只是被安置在這裏而已，本來豪情萬丈，卻受到沉重打擊，如此人生困境，該如何面對？作品記載，三月七日這一天，他和友人一起出門，途中下了雨，而雨具先被送到前面了，所有同行者淋著雨，都感到很狼狽，但「余獨不然」，不一會兒天就晴了。有感於這樣一件事，他就寫出了這篇作品。裏面說，雨點落下，「穿林打葉」，劈里啪啦的，很讓人煩惱，但你可以「莫聽」，因為既然無法改變，不如從容面對。怎樣從容呢？就是和平時一樣，高吟長嘯，慢慢地走。一般說來，既然下起了大雨，當然要快跑，找個地方避雨。事實上，也確實具備快跑的條件，因為手持竹杖，腳登草鞋，走路很是輕便，輕便到勝過騎馬，當然是可以快走的，但他偏不。因為他不怕。為甚麼不怕？因為在他人生的旅途中，已經見過了許許多多的風雨：由自然界的風雨，聯想到了人生中的風雨。天上下雨了，氣候發生了變化，所以刮來的春風帶有寒意，酒也醒了，轉瞬之間，天就晴了。蘇軾非常善於寫動態，對於乍雨還晴的景象，他一直都感興趣，例如他在杭州西湖時，就有一個名篇〈六月二十七日望湖樓醉書〉：「黑雲翻墨未遮山，白雨跳珠亂入船。驀地風來忽吹散，望湖樓下水如天。」可是在寫動感的時候，又始終有一種寧靜的東西存在，這一放一收之間，令人回味。這首詞中也是這樣的描寫，所以下面就是「山頭斜照卻相迎」。那麼，這個時候，回看剛剛淋雨的那個地方，有甚麼感受呢？「也無風雨也無晴」。風雨交加的時候，他並不感到沮喪；終於迎來晴天，他也並不覺得有甚麼特別。因為大自然雖然有晴雨之分，但他的心中卻並無晴雨之分，一切都順其自然，體現了一種人生修養。那麼，如果我們把詞的發展過程放在酒宴歌席，相思離別，美人愛情，在這個傳統中創作的詞，和蘇軾這樣的詞比起來，是否有很大的不一樣？蘇軾這樣的詞，完全是人生境界的追求，在這個意義上，我們就真的感到，蘇軾的創作在詞史上展現了非同一般的樣貌。

下面我們再看辛棄疾。前面說到，辛棄疾是有意識地學習蘇軾，他從蘇軾那裏得到一些資源，包括思想的資源，風格上的追求。但是一個有成就的作家，不可能只是模仿別人，一定有自己獨特的東西，才能在文學史上站得住，寫下自己的名字。總的來看，辛棄疾的格局更大一些，當然，他寫的詞也更多一些。在宋代，辛棄疾是一個比較特別的作家，和一般人不同，他更看重寫詞，投入了很大的精力，詩歌創作倒是可以忽略不計。討論蘇辛詞，有一個重要的特色是兩人共有的，就是豪放，當然也不僅是豪放，還有其他一些東西。宋代的劉辰翁對蘇辛有個比較，他在〈辛稼軒詞序〉中說：「詞至東坡，傾蕩磊落，如詩如文，如天地奇觀。」可以用寫詩的方法寫詞，也可以用寫文章的方法寫詞，這些都是非常重要的突破。這不一定是詞的本色，但是給詞的發展注入了一些新因素，堪稱天地間的一種奇觀。但是，他進一步指出了蘇辛之間的一種區別，就是蘇軾的詞境雖然開闊了，但尚未用經用史，這當然是對詞的境界非常重要的提升，也是將「雅頌」的內涵注入了「鄭衛之聲」。這是辛棄疾很重要的貢獻。那麼，怎樣用經用史呢？清代的吳衡照在《蓮子居詞話》有這樣的說法：「（辛棄疾）別開天地，橫絕古今，《論》、《孟》、《詩小序》、《左氏春秋》、《南華》、《離騷》、《史》、《漢》、《世說》、《選》學、李杜詩，拉匝運用。」寫甚麼都可以，即所謂「無施不可」。如下面這首《踏莎行．賦稼軒集經句》：

> 進退存亡，行藏用舍。小人請學樊須稼。衡門之下可棲遲，日之夕矣牛羊下。
>
> 去衛靈公，遭桓司馬。東西南北之人也。長沮桀溺耦而耕，丘何為是棲棲者。

「進退存亡」，《易經．乾．文言》：「亢之為言也，知進而不知退，知存而不知亡，知得而不知喪。其惟聖人乎？知進退存亡，而不失其正者，其惟聖人乎？」「行藏用舍」，《論語．述而》：「子謂顏淵曰：用之則行，舍之則藏，惟我與爾有是夫。」「小人請學樊須稼」，《論語．子路》：「樊遲請學稼。子曰：吾不如老農。請學為圃，曰：吾不如老圃。樊遲出，子曰：小人哉，樊須也！上好禮，則民莫敢不敬；上好義，則民莫敢不服；上好信，則民莫敢不用情。夫如是，則四方之民繈負其子而至矣，焉用稼？」「衡門之下可棲遲」，《詩經．陳風．衡門》：「衡門之下，可以棲遲。泌之洋洋，可以樂饑。」「日之夕矣牛羊下」，《詩經．王風．君子於役》：「雞棲於塒，日之夕矣，羊牛下來。」「去衛靈公」，《論語．衛靈公》：「衛靈公問陳於孔子。孔子對曰：俎豆之事，則嘗聞之矣；軍旅之事，未之學也。明日遂行。在陳絕糧，從者病，莫能興。」「遭桓司馬」，《孟子．萬章上》：「孔子不悅於魯衛，遭宋桓司馬，將要而殺之，微服而過宋，是時孔子當厄。」「東西南北之人也」，《禮記．檀弓上》：「孔子既得合葬於防，曰：吾聞之，古也墓而不墳。今丘也，東西南北之人也，不可以弗識也。」「長沮桀溺耦而耕」，《論語．微子》：「長沮、桀溺耦而耕，孔子過之，使子路問津焉。」「丘何為是棲棲者」，《論語．憲問》：「微生畝謂孔子曰：丘何為是棲棲者與？無乃為佞乎？孔子曰：非敢為佞也，疾固也。」可謂在經書中信手拈來，雖然板滯了些，但可以見出他的一些創作動機。

當然，這樣用典只是辛棄疾詞的一個方面，在用典上，還可以再談談辛詞的其他一些特色。

辛棄疾寫的是英雄之詞。這個英雄氣怎樣體現出來？他二十一歲時，在他的家鄉就投入了抗金大業，跟隨耿京，對當時佔領了北中國的金人加以反抗，曾經親自參加戰爭，宋代詞人中較少有這種經歷的人，他並將這種經歷，以及其中體現的素養、胸懷等，表現到了詞中。比如〈破陣子．為陳同甫賦壯語以寄託之〉：

醉裏挑燈看劍，夢回吹角聯營。八百里分麾下炙，五十弦翻塞外聲。沙場秋點兵。馬作的盧飛快，弓如霹靂弦驚。了卻君王天下事，贏得生前身後名。可憐白髮生。

我們知道，詞最早是在酒宴歌席的大背景中發展起來的，但詞的境界的提升，一定程度上和中國歷史上的戰爭有關，比如，李後主的詞，到了後期，境界開闊了，這和他自己國家敗亡，身陷囹圄的經歷是分不開的。又如宋室南渡，出現了這麼多的激昂慷慨的詞人，以詞體文學表達家國情懷，這就使得詞的傳統風格發生了一定的變化。南宋滅亡後，一些詞人結社唱和，以詠物詞的方式表達亡國之痛。這些，很顯然對於詞這種文體注入了一些新的因素。所以，辛棄疾用詞的方式來寫戰爭，也不是偶然的，和他本人的經歷有關，也和當時的時代大背景密切相關。這首詞寫得非常精彩，回憶了征戰沙場的情形。其中的「八百里」，一般注釋都説這是指牛，當然不無道理，但似乎也不必這麼拘謹。人們都知道辛棄疾寫詞喜歡用典故，因此談他的詞，就不免努力向典故上去尋找。但是，這個「八百里」又常和行軍打仗聯繫在一起，比如我們看《三國演義》，就有「火燒八百里連營」的描寫，也就是一種對於軍隊的聲勢浩大的寫法，這樣似乎也能解釋得通。辛棄疾本人當然不可能有這種經歷，他並沒有指揮過這樣規模的軍隊。所以這不妨理解為是一種理想。甚麼理想？可以和陸游的一首詩進行對比。陸游有〈五月十一日，夜且半，夢從大駕親征，盡復漢唐故地。見城邑人物繁麗，云：西涼府也。喜甚，馬上作長句，未終篇而覺，乃足成之〉：

天寶胡兵陷兩京，北庭安西無漢營。五百年間置不問，聖主下詔初親征。熊羆百萬從鑾駕，故地不勞傳檄下。築城絕塞進新圖，排仗行宮宣大赦。岡巒極目漢山川，文書初用淳熙年。駕前六軍錯錦繡，秋風鼓角聲滿天。苜蓿峰前盡亭幛，平安火在交河上。涼州女兒滿高樓，梳頭已學京都樣。

這首詩寫宋孝宗御駕親征，大舉北伐，「盡復漢唐故地」，非常明確地體現了夢境所營造的「願望的達成」（弗洛伊德語），成為他理想追求的重要補償。也就是說，他是非常希望能夠出現這樣的情境，因而自己營造了一個夢。這首詩的最後兩句非常精彩：「涼州女兒滿高樓，梳頭已學京都樣。」寫涼州的女孩子紛紛站在高樓上，她們是甚麼樣的情形呢？她們的髮型一瞬間都變了，都變成當時南宋首都臨安的流行式了。這就是以小見大之法。詩詞寫作，要在比較有限的篇幅中寫出比較宏闊的內容，不能不借助一些特定的手法，實際上也是想像之詞。從這個意義上看，辛棄疾的〈破陣子〉也是同樣的情形，也是和他的理想追求有關。當然，這首詞還有另外一個特色，即前面都寫得非常豪壯，最後突然一轉，感嘆「可憐白髮生」。這樣的感情脈絡，在詞的創作上結構上，有點不那麼均衡。這當然是辛棄疾自己的追求，對此，我們下面還會具體談。

我們知道，辛棄疾有非常迫切的忠君愛國，做出一番事業的情懷，但是他來到南宋後受到排擠，沒有辦法實現自己的抱負，所以常常有著壯志未酬的感慨。這些，在下面這首〈水龍吟·登建康賞心亭〉中有所表現：

楚天千里清秋，水隨天去秋無際。遙岑遠目，獻愁供恨，玉簪螺髻。落日樓頭，斷鴻聲裏，江南遊子。把吳鉤看了，闌干拍遍，無人會，登臨意。　休說鱸魚堪膾，盡西風，季鷹歸未？求田問舍，怕應羞見，劉郎才氣。可惜流年，憂愁風雨，樹猶如此。倩何人喚取，紅巾翠袖，揾英雄淚。

南宋時，有幾個非常著名的登臨景點，像鎮江的多景樓，還有南京的賞心亭等。為甚麼人們喜歡在這裏登臨呢？因為這些地方都在長江邊，登臨其上，可以眺望江北，那裏是失去的故土，牽動著愛國志士的思緒，使他們有著無窮的感慨。辛棄疾是北方人，來到南方，自稱「江南遊子」，這是一個壯志未酬的江南遊子，他是甚麼狀態呢？他手裏拿著「吳鉤」（蘇州一帶的一種兵器），將這種兵器看了又看。為甚麼看了又看呢？因為武器是上陣殺敵用的，但閒置在那裏，好像也和其主人一樣，感到懷才不遇吧。於是就拍欄杆，又不是拍一下兩下，而是「拍遍」。這個動作，經常是人們表達內心世界波動的一種方式，尤其是在憤懣悲慨之時，更是如此。王闢之《澠水燕談錄》卷四：「劉孟節先生概……篤古好學，酷嗜好山水，而天資絕俗，與世相齟齬，故久不仕……少時多居龍興僧舍之西軒，往往憑欄靜立，懷想世事，或以手拍欄杆。嘗有詩曰：『讀書誤我四十年，幾回醉把欄杆拍。』」但是，雖然拍遍，卻「無人會，登臨意」，沒有人能夠理解他登上賞心亭的感受，也就是說他的愛國情懷，他希望收復北方山河的豪情壯志和當時人格格不入，於是徹底地感到孤獨。下片進一步寫自己的心靈活動，這就涉及到我們要強調的部分了，也就是典故。辛棄疾寫詞喜用典故，是人們公認的，同時，他也善用典故，在用典時有自己的獨特追求。整個下片的主體就是三個典故。其一，「休說鱸魚堪膾，盡西風、季鷹歸未？」這幾句典出《世說新語．識鑑》：「張季鷹（翰）辟齊王東曹掾，在洛見秋風起，因思吳中菰菜羹，鱸魚膾，曰：人生貴得適意爾，何能羈宦數千里以要名爵？遂命駕便歸。」魏晉風度的重要表現之一，就是活在當下，和這個例子可以共參的是山陰訪戴，所謂興起即行，興盡即返。張翰由於想念家鄉的菰菜羹，鱸魚膾，便毅然辭官不做，辛棄疾取其棄官隱居意，表達了這樣的想法：既然無人理解自己的志向，何必羈留官場，不如歸隱田園為好。

其二，「求田問舍，怕應羞見，劉郎才氣。」這幾句典出《三國志．魏志．陳登傳》。許汜過下邳，拜訪陳登，陳對他很冷淡。許汜將此事告訴劉備，劉備卻認為陳登是對的，因為許汜「有國士之名，今天下大亂，帝主失所，望君憂國忘家，有救世之意，而君求田問舍，言無可采……」劉備這個人也是個英雄，《三國演義》中有一段，劉備和曹操煮酒論英雄，劉備列舉了不少人，都被曹操否定，最後曹操點題：「天下英雄，惟使君與操耳。」在這裏，劉備實際上也說出了他對於英雄所持的標準。從這個意義來說，辛棄疾是用這個典故否定了上一個典故，意思是說，在這國難當頭之際，自己如果真的走上了歸隱的道路，不僅辜負了平生壯志，而且也將為天下英雄豪傑所恥笑。這樣看來，還是應該堅持下去，繼續努力，爭取做出一番事業。

其三，「可惜流年，憂愁風雨，樹猶如此。」人生百年，轉瞬即逝，其中卻充滿了憂愁。「樹猶如此」，典出《世說新語·言語》：「桓公（溫）北征，經金城，見前為琅琊時種柳已十圍，慨然曰：木猶如此，人何以堪！攀枝執條，泫然流淚。」在桓溫看來，過了這麼長的時間，樹已經如此粗了，想必人也已經非常衰老，無法不充滿傷感。辛棄疾也是如此，大好年華徒然消逝，豪情壯志無法實現，心中有著無限的無奈和失望。這實際上又是一轉。開始是說，既然沒有人理解自己，就不如隱居吧，轉而又想到，這樣放棄，對不起自己的一腔抱負；但是，如果留下來，又做不了任何事情，一天天過去，一年年消逝，心靈難免矛盾衝突，有著許多糾結，處於這種境況下，又怎麼辦呢？又能怎麼辦呢？在這個意義上，辛棄疾確實和蘇軾一樣，喜歡用典故，但是其中又有不同，即他在用典時有著個性化的追求。一般的用典，往往是平面的鋪展，但辛棄疾卻在鋪敘之中，體現了轉折。詞的最後，心靈矛盾無法解決，於是投入溫柔富貴鄉，又回到了美人愛情的傳統。因此，我們就說，辛棄疾在詞的創作上有獨特追求，但並不意味著完全脫離傳統。

沿著這個脈絡，我們還可以再舉另外一個例子，這就是〈賀新郎．別茂嘉十二弟〉：

綠樹聽鵜鴂，更那堪，鷓鴣聲住，杜鵑聲切。啼到春歸無啼處，苦恨芳菲都歇。算未抵，人間離別。馬上琵琶關塞黑，正長門翠輦辭金闕。看燕燕，送歸妾。　將軍百戰身名裂。向河梁、回頭萬里，故人長絕。易水蕭蕭西風冷，滿座衣冠似雪。正壯士、悲歌未徹。啼鳥還知如許恨，料不啼清淚長啼血。誰共我，醉明月。

這首寫離別的詞非常著名。離別是詞的重要題材之一，但這首詞寫得有特點。一開始點出三種鳥。鵜鴂也叫伯勞，據說周宣王的賢臣尹吉甫，有一次誤把自己的孩子給射死了，這一天他出行，聽到一隻鳥叫聲非常淒厲，他就說，你如果是我的孩子，就停在我的車子上。這隻鳥果然飛過來停在了他的車子上。鷓鴣的叫聲是「行不得也哥哥」，杜鵑的叫聲是「不如歸去」。三種鳥的叫聲都是淒厲、悲哀，在古人的心目中，都是非常悲苦的象徵。這些鳥在暮春不斷地啼鳴，要叫到甚麼時候？一直要叫到春天消逝。春天的消逝已經令人悲哀，在這個時候，又聽到三種鳥叫得那樣悲苦，更增添了這種感受。但是，鳥的傷春之鳴固然悲苦，固然淒涼，要是和人間的離別比起來，那就不值一提了。下面舉了幾個例子。

(一)「馬上琵琶關塞黑」，這是說的昭君出塞；

(二)「更長門翠輦辭金闕」，這是說的漢武帝的陳皇后失寵，被幽閉在長門宮；

(三)「看燕燕，送歸妾」，春秋時衛莊公的妻子莊姜，雖然長得很美，但沒有兒子，衛莊公的妾戴媯生子完，這個完，在莊公死後，繼立為君。後來州吁作亂，完被殺死，戴媯離開衛國，莊姜為之送行。《詩經．邶風》中有〈燕燕〉一詩，據說就是莊姜送別戴媯之作；

(四)「將軍百戰身名裂，向河梁、回頭萬里，故人長絕」，這是傳說中的蘇武和李陵河梁送別的故事；

(五)「易水蕭蕭西風冷，滿座衣冠似雪。正壯士、悲歌未徹」，用的是荊軻為燕太子丹刺秦王，易水送別的故事。

說了五個故事之後，作品又呼應開頭，說「啼鳥還知如許恨，料不啼清淚長啼血」，意思是說，這些鳥隻知道為春歸而傷感，牠們如果知道了人間這些離別的故事，知道了人間這樣的悲哀，啼鳴之聲一定更加悲苦，眼睛裏就不是流淚，而是流血了。

辛棄疾所用的這些典故，都並不生僻，值得提出的是其使用的方法。早在南宋，就有人注意到了這首詞的獨特之處，如陳模《懷古錄》卷中：「此詞盡集許多怨事，全與太白〈擬恨賦〉手段相似。」到了清代，許昂霄《詞綜偶評》則說：「羅列古人許多離別，如讀文通〈別賦〉，亦創格也。」雖然一個說是〈擬恨賦〉，一個說是〈別賦〉，但不約而同都從賦的角度加以體認，可以給我們很大的啟發。

如同我們說過的，一般的詞，如分上下闋，往往有一些定式，比如上闋寫景，下闋寫情等，而這首詞以幾個典故貫穿上下闋，其內涵基本上可以說是平行的，這顯然是一種賦的手法，就是鋪敘的手法。所謂鋪敘的手法，往往是將一種特定的感情，特定的情境，轉換不同角度，連篇累牘，加以敘寫。這種寫法，可以稱之為以文為詞，或者具體說，是以賦為詞。辛棄疾的創造體現在甚麼地方呢？體現在他打破了一般以上下闋結構詞的定式，一氣而下，氣勢籠罩，很有個性。

至此，我們不妨作一個總結：在中國詞體文學發展史上，蘇辛創造了一種新的典範。他們打破了詞為豔科的藩籬，豐富了詞的題材，拓展了詞的境界，開闊了詞的風格，使得詞進一步成為一種形式獨特的抒情文學。王國維《人間詞話》：「詞至李後主而眼界始大，感慨遂深，遂變伶工之詞而為士大夫之詞。」蘇辛詞就是士大夫之詞的重要代表，對後世有著重要的影響，特別在清代，接受者眾多，其中又以辛棄疾更為突出，對他的接受，往往成為清代詞學進行建構的重要組成部分。如清初陽羨詞派大規模的稼軒風唱和，以及清代中後期周濟提出「問塗碧山，歷夢窗、稼軒，以還清真之渾化」的學詞門徑。

注解

〈導言〉

1 最早的如《周易》卦爻辭或初撰於西周初，而最後寫定於春秋時期；《詩經》部分雅頌之詩如〈文王〉、〈清廟〉等年代亦可推至西周初。然而就其下限而論，典籍編寫至一穩定狀態，可能要遲至漢代。

2 例如〈中庸〉，司馬遷《史記．孔子世家》定為子思所撰，前人頗有置疑。從篇中「今天下車同軌、書同文、行同倫」，皆秦統一以後事，即使司馬遷可信，子思亦僅第一作者(first author)而已。

3 《禮記．禮器》：「義理，禮之文也。」

〈《詩經》縱橫談〉

1 屈萬里著：〈論國風非民間歌謠的本來面目〉，《中研院歷史語言研究所集刊》，第34期(1962)，頁477–491。

2 詳見拙著：《從禮儀化到世俗化：〈詩經〉的形成》(上海：上海古籍出版社，2009)，頁290–302。

3 編注：【】為該字的古韻韻部。

《說文解字》的現代智慧

1 姚孝遂著：《許慎與說文解字》(北京：中華書局，1983)，頁3。

2 呂叔湘著：《現代漢語八百詞》(《呂叔湘全集》第五卷)(瀋陽：遼寧教育出版社，2002)，頁205。

3 李孝定著：《甲骨文字集釋》(台北：中央研究院歷史語言研究所，1970)，頁1751–1752。

4 董秀芳著：《詞彙化：漢語雙音詞的衍生和發展》（成都：四川民族出版社，2002），頁117。

5 夏征農主編：《大辭海．語言學卷》（上海：上海辭書出版社，2003），頁146。

6 同上注，頁5。

7 許寶華、高田一郎主編：《漢語方言大詞典》（北京：中華書局，1999），頁6092。

8 同上注，頁3398。

9 漢語大字典編輯委員會編纂：《漢語大字典》（武漢：崇文書局、成都：四川辭書出版社，2010），頁1138。

〈《左傳》的故事與敘事：從「鄭伯克段于鄢」談起〉

1 編注：以下引文《傳》文使用楷體，《經》文使用仿宋體以資識別。

2 原文如下："What Collingwood failed to see was that no given set of casually recorded historical events can in itself constitute a story; the most it might offer to the historian are story *elements*. The events are *made* into a story by the suppression or subordination of certain of them and the highlighting of others, by characterization, motific repetition, variation of tone and point of view, alternative description strategies, and the like – in short, all of the techniques that we would normally expect to find in the emplotment of a novel or a play." Hayden White, "Historical Text as Literary Artifact," *Topics of Discourse: Essays in Cultural Criticism* (Baltimore and London: The Johns Hopkins University Press, 1978), p. 84.

3 原文如下："Narration is both the way in which a historical interpretation is achieved and the mode of discourse in which a successful understanding of matters historical is represented." "A discourse is regarded as an apparatus for the production of meaning rather than as only a vehicle for the transmission of information about an extrinsic referent." Hayden White, *The Content of the Form: Narrative Discourse and Historical Representation* (Baltimore and London: The Johns Hopkins University Press, 1987), p. 60, 42.

〈往昔、當下、未來：司馬遷《史記》的三維時間〉

1 ［古羅馬］奧古斯丁，周士良譯：《懺悔錄》（北京：商務印書館，1996），頁242。

2 英文animate，animation的詞源。

3 Paul Ricoeur, *Time and Narrative, Volume 1*, trans. Kathleen McLaughlin and David Pellauer (Chicago and London: University of Chicago Press, 1984).

〈以教化代寬容：《論語》的啟發〉

1 此外，如果不對客觀理由加以強調，我們就無法區分兩種截然不同的不寬容：一種是不寬容自己沒有充分理由反對的人或事（例如，因其非我族類而不寬容），另一種是不寬容自己有充分理由反對的人或事（比如不寬容發表種族主義言論的人，並將其關起來）。因此，我採用狹義的「寬容」概念，即寬容我們有充分理由反對的人或事。

2 Susan Mendus, ed., "Introduction," in *Justifying Toleration: Conceptual and Historical Perspectives* (Cambridge: Cambridge University Press, 1988), pp.1–20.

3 本文採用上海古籍出版社2013年毛亨《毛詩注疏》。

4 本文採用北京大學2000年整理本《十三經注疏》《春秋左傳注疏》。

5 本文採用北京中華書局1963年《論語正義》。邢昺也用「正曲為直」來解釋《論語．泰伯》第二章的「直」字，子曰：「直而無禮則絞。」（本文採用2000年北京大學出版社整理本《十三經注疏》。）

6 本文採用廣西師範大學出版社1998年王德明編《孔子家語》。

7 Yong Huang, "Why an Upright Son Does Not Disclose His Father Stealing a Sheep: A Neglected Aspect of the Confucian Conception of Filial Piety," *Asian Studies*, Vol. 5, No.1 (2017), pp.15–45.

8 當然，針對某些極端情況，孔子並不排除用「懲戒」輔助上述德教的施行，就是說無論是在事實懲戒之前、之時和之後都有我們上述的德教的實行，因此其目的還是為了恢復一個人的德性而非對作惡者報復（retribution）。

9 參嚴壽澂〈孔子學說要旨之一：寬容〉。

10 如上引嚴壽澂、苗可潤外，又參Yu Kam-Por, "Two Conceptions of Tolerating in Confucian Thought," in *Toleration in Comparative Perspective*, ed. by Vicki A. Spencer (Lanham, Boulder, New York, and London: Lexington Books, 2018), pp. 217–233。

11 [唐]孔穎達《春秋左傳正義》。

〈何謂逍遙遊——莊子行動中的人生〉

1 編注：《周易》經傳中的「無」都寫作「无」。《莊子》書早期也寫作「无」，就是用作「無」字。

〈考證《太上老君常清靜經》成書於唐代的說法〉

1 見蕭登福注解：《太上老君説常清靜妙經通解》(北京：宗教文化出版社，2011)，頁31；蔣門馬：〈《清靜經》文本校訂〉，《中國道教》，第6期(2016)，頁41。

2 《太上老君常清靜經》，收入《晉唐小楷集/越州石氏帖》(東京：二玄社，1962)，頁39–44；另見北京故宮博物院所藏《宋拓越州石氏唐小楷七種》中《太上老君常清靜經》，收入中國書法編輯組：《中國書法．柳公權》，第二冊(北京：文物出版社，1980)，頁201–205，234。

3 〔元〕趙孟頫著：《樂善堂帖》(北京：北京圖書館出版社，1998)。

4 見李淞著：〈關於968年京兆府國子監裏的《佛道圖文碑》〉，《考古與文物》，第3期(2011)，頁76–82。另參〔清〕王昶著：《金石萃編》，卷125(宋三)，頁19a–20a。

5 李蔚然著：〈宋拓清靜經真偽淺見〉，《文物》，1986年第3期，頁63–67。

6 〔清〕葉德輝著《觀古堂所著書(三)》，收有《秘書省續編到四庫闕書目》二卷，見嚴一萍選輯：《叢書菁華》(臺北：藝文印書館，1970)。

7 Piet van der Loon, *Taoist Books in the Libraries of the Sung Period* (London: Ithaca Press, 1984), p.6。

8 〔南宋〕鄭樵撰：《通志》，第一冊，卷六十七〈藝文略〉第五(杭州：浙江古籍出版社，2000)，頁790。

9 〔南宋〕謝守灝編：《混元聖紀》，卷九，《道藏》（北京：文物出版社；上海：上海書店；天津：天津古籍出版社，1988），第17冊，頁878中。

10 〔南宋〕衛涇著：《後樂集》，卷十七，《四庫全書》，第1169冊（上海：上海古籍出版社，1987），頁709下。

11 〔南宋至元初〕周密著：《志雅堂雜鈔》卷上，清道光三十年（1850）《粵雅堂叢書》刻本，頁17。周密著：《雲煙過眼錄》卷三，民國景明寶顏堂秘笈本。

12 〔南宋〕謝顯道編：《海瓊白真人語錄》，卷一，《道藏》，第33冊，頁114下。

13 〔元〕李道謙編：《甘水仙源錄》，卷一，《道藏》，第19冊，頁725上。

14 〔金〕王頤中集：《丹陽真人語錄》，《道藏》，第23冊，頁703上，703下，702中。

15 勞悅強著：〈說經注我——從無名氏《太上老君說常清靜經註》看道教講經〉，收入《文內文外——中國思想史中的經典詮釋》（臺北：臺大出版中心，2010），頁177。

16 鄭志明：〈太上清靜經的形上思想〉，《中國善書與宗教》（臺北：臺灣學生書局，1988），頁99。

17 蕭登福注解：《太上老君說常清靜妙經通解》，頁27。

18 勞悅強著：〈說經注我——從無名氏《太上老君說常清靜經註》看道教講經〉，頁179。

19 周西波著：〈論無名氏《清靜經註》對唐宋小說的繼承與改造〉，《世界宗教學刊》，第9期（2008），頁82。

20 勞悅強著：〈說經注我——從無名氏《太上老君說常清靜經註》看道教講經〉，頁181。

21 蕭登福注解：《太上老君說常清靜妙經通解》，頁29。

22 三田村圭子著：〈『太上老君說常清静経註』について——杜光庭本の資料的檢討——〉，收入道教文化研究會編：《道教文化への展望》（東京：平河出版社，1994），頁80–98；麥谷邦夫著：〈『太上老君說常清静経』考—杜光庭注との関連において—〉，收入吉川忠夫編：《唐代の道教》（京都：朋友書店，2000），頁459–485。

23 孫亦平著：〈清靜與清淨：論唐代道教心性論的兩個致思向度——以杜光庭思想為視角〉，《中國哲學》，第9期（2016），頁53–60。

24 〔唐－五代〕杜光庭著：《墉城集仙錄》，卷一，《道藏》，第18冊，頁168下。

25 〔清〕紀昀總纂：《四庫全書總目提要．子部．道教類存目》，卷一百四十七（石家莊：河北人民出版社，2000），頁3789。

26 羅爭鳴著：〈《雲笈七籤》本《墉城集仙錄》探賾〉，《古籍整理研究學刊》，第4期（2006），頁43–45。

27 同上注，頁44。

28 〔宋〕李昉編纂，汪紹楹點校：《太平廣記》，卷五十六（北京：中華書局，1961），頁345。

29 羅爭鳴著：〈《雲笈七籤》本《墉城集仙錄》探賾〉，頁44。

30 〔南宋〕謝守灝編：《混元聖紀》卷四，《道藏》，第17冊，頁819中。

31 定陽子（石衍豐）著：〈《混元聖紀》與《太上老君實錄》〉，《宗教學研究》，第1期（1997），頁32-35；Kristofer Schipper and Franciscus Verellen, eds., *The Taoist Canon: A Historical Companion to the Daozang* (Chicago and London: The University of Chicago Press), pp.872–874.

32 〔南宋〕謝守灝編：《太上老君實錄》，收入胡道靜等編：《藏外道書》，第18冊（成都：巴蜀書社，1994），頁1–208。

33 關於《秘書省續編到四庫闕書目》流傳的抄本，參張固也、王新華著：〈《秘書省續編到四庫闕書目》考〉，《古典文獻研究》，第12輯，頁317–332。

34 謝一峰著：〈轉折與建構：書目中的道教史〉，《文史》，第119輯（2017），頁249，載「道書共五十五計一百四卷，168卷；所載道書則合九卷之數，共計518部，1081卷」。

35 同上注，頁251。

36 〔南宋〕鄭樵著：《通志》，第一冊，卷六十七《藝文略》第五，頁789。

37 《秘書省續編到四庫闕書目》，卷二（光緒二十九年葉德輝觀古觀刊本），《叢書集成續編》，第3冊（臺北：新文豐出版社），頁279上。

38 〔南宋〕鄭樵著：《通志》，第一冊，卷六十七《藝文略》第五，頁790。

39 Piet van der Loon, *Taoist Books in the Libraries of the Sung Periods: A Critical Study and Index*, pp.175–176.

40 〔唐－五代〕杜光庭著：〈道術真經廣聖義序〉，《道藏》，第14冊，頁309中至310中。

41　同上注，頁309中。

42　孫亦平著：〈清靜與清淨：論唐代道教心性論的兩個致思向度——以杜光庭思想為視角〉，《中國哲學史》，第4期（2002），頁53。

43　盧國龍著：《中國重玄學》（北京：人民中國出版社，1993），頁451。

44　（題）〔唐－五代〕杜光庭著：《太上老君說常清靜經註》，《道藏》，第17冊，頁182下。

45　見〔唐－五代〕杜光庭著：《錄異記》，《道藏》，第10冊，頁856中；《廣成集》，《道藏》，第11冊，頁231下；《歷代崇道記》，《道藏》，第11冊，頁7中。

46　參王瑛著：〈杜光庭事跡考辨〉，《宗教學研究》，第1–2期（1992），頁31–36；羅爭鳴著：〈杜光庭獲贈師號、紫衣及封爵、俗職階品考〉，《宗教學研究》，第3期（2003），頁109–111；蔡堂根著：〈杜光庭賜紫時間考辨〉，《宗教學研究》，第1期（2010），頁17–22。

47　見《歷代崇道記》文後，杜光庭所署：「中和四年（884）十二月十五日上都太清宮文章應制弘教大師賜紫道士臣杜光庭上進謹記」，《道藏》，第11冊，頁7中。

48　蔡堂根著：〈杜光庭賜紫時間考辨〉，頁20。

49　王瑛著：〈杜光庭事跡考辨〉，頁33。

50　《蜀檮杌》卷上云：「（乾德三年）八月衍受道錄於苑中，以杜光庭為傳真天師、崇真館大學士。」

51　〔唐－五代〕杜光庭著：〈道德經玄德纂疏序〉，《道藏》，第13冊，頁357。

52　〔宋〕高承著：《事物紀原》，卷七，「道錄」，《四庫全書》子部十一：「道錄：續事始引《仙傳拾遺》曰：『隋文帝始以玄都觀主王延為威儀，唐置左右兩街。』宋朝《會要》曰：『唐有左右街威儀，周避諱，改為道錄，宋朝因之。』」

53　〔元〕趙道一著：《歷世真仙體道通鑑》，卷四十，《道藏》，第5冊，頁330下–331中。

54　蕭登福著：《太上老君說常清靜妙經通解》，頁30。

55　同上注，頁31。

56 丁孝明著:〈《常清靜經》經解述義〉,《正修學報》,第27期(2014),頁232。

57 梁披雲主編:《中國書法大辭典》,下冊(香港:香港書譜出版社;廣州:廣東人民出版社,1984),頁1721;中國書法編輯組編:《中國書法．柳公權》,第二冊(北京:文物出版社,1980),頁234–235。

58 〔南宋〕陳思著:《寶刻叢編》,卷十三,《四庫全書》本。

59 梁少膺著:〈《越州石氏帖》考〉,《書法研究》,第3期(2002),頁71。

60 徐邦達著:〈兩種所謂柳公權書的訛偽考辨〉,《故宮博物院院刊》,第2期(1992),頁26。

61 清嘉慶書畫篆刻家郭尚先評論:「(柳誠懸)〈馮宿〉、〈符璘〉二碑,字較小於〈大達和尚碑〉,而魄力雄渾一同,此是何等神力。以此觀之,《護命》、《常清淨》二經,斷非誠懸真蹟也。」見《芳堅館題跋》卷二(臺北:新文豐出版公司,1989),頁603。

62 《中國書法大辭典》,頁1721。

63 佚名著:《宣和書譜》卷三,收入王雲五主編:《叢書集成初編》(上海:商務印書館,1936),頁101–102。

64 劉義著:〈《宣和書譜》成書問題考辨〉,《美術與設計》,第2期(2019),頁107–110。

65 〔元〕袁桷著:《清容居士集》,卷五十,收入〔清〕郁松年編:《宜稼堂叢書》,卷八。

66 〔南宋－元〕周密著:《雲煙過眼錄》,卷三,民國景明寶顏堂秘笈本;《志雅堂雜鈔》,卷上,收入道光三十年(1850)《粵雅堂叢書》,頁17。

67 吳鴻清主編:《柳公權卷(附柳公綽)》,收入劉正成主編:《中國書法全集》,卷二十七(北京:榮寶齋,1993),頁6;另見倪文東著:《中國書法全集——柳公權》(石家莊:河北教育出版社,2003),頁44。

68 蕭登福著:《清靜經今註今譯》(高雄:中華民國道教總會、九陽道善堂,2004),頁39。

69 勞悅強著:〈說經注我——從無名氏《太上老君說常清靜經註》看道教講經〉,頁180。

70 周西波著:〈論無名氏《清靜經註》對唐宋小說的繼承與改造〉,頁81–111。

71 同上注,頁95–96。

72　周西波著：〈論無名氏《清靜經註》對唐宋小說的繼承與改造〉，頁96。

73　坂內栄夫著：〈「修心」と「內丹」—『雲笈七籤』卷十七を手掛りに—〉，收入吉川忠夫編：《唐代の道教》（京都：朋友書店，2000），頁302–303。

74　〔南宋〕陳田夫編，〔清〕葉德輝重刊：《南嶽總勝集》三卷，收入《叢書集成續編》，第219冊，頁467–536。

75　〔南宋〕陳田夫編，〔清〕葉德輝重刊：《南嶽總勝集》，卷下，頁516–517。

76　〔元〕趙道一：《歷世真仙體道通鑑》，三十三，《道藏》，第5冊，頁291下。

77　〔唐〕李沖昭：《南嶽小錄》，《道藏》，第6冊，頁865下。

78　James Robson, *Power of Place: The Religious Landscape of the Southern Sacred Peak (Nanyue 南嶽) in Medieval China* (Cambridge [Massachusetts] and London: Harvard University Asia Center, 2009), pp. 165–166.

〈「本來無一物」：《壇經》中的空性思想〉

1　李申校譯，方廣錩簡注：《敦煌壇經合校譯註》（北京：中華書局，2018），頁21。

2　見《六祖大師法寶壇經》，禪宗部類，大正藏，第48冊，經號T2008，CBETA Online: https://cbetaonline.dila.edu.tw/zh/T2008_001。

3　見《南宗頓教最上大乘摩訶般若波羅蜜經六祖惠能大師於韶州大梵寺施法壇經》，禪宗部類，大正藏，第48冊，經號T2007，CBETA Online: https://cbetaonline.dila.edu.tw/zh/T2007_001。

4　《六祖大師法寶壇經》，CBETA Online，頁348b24–26 。

5　《六祖大師法寶壇經》，CBETA Online，頁349a7–9。

6　李申校譯，方廣錩簡注：《敦煌壇經合校譯註》，頁23–24 。

7　《六祖大師法寶壇經》，CBETA Online，頁350a16–18。

8　《六祖大師法寶壇經》，CBETA Online，頁350b7–15。

9　李申校譯，方廣錩簡注：《敦煌壇經合校譯註》，頁70。

10　《六祖大師法寶壇經》，CBETA Online，頁350b19–21。

11　李申校譯，方廣錩簡注：《敦煌壇經合校譯註》，頁72。

12　《六祖大師法寶壇經》，CBETA Online，頁350a26–b3。

13 李校本此句作：空，能含日月星辰。

14 李申校譯，方廣錩簡注：《敦煌壇經合校譯註》，頁68。

15 敦煌本中「即落無記」與下句開首中的「空」如果不斷開，也可以理解為批評「無記空」。

16 《六祖大師法寶壇經》，CBETA Online，頁353c12–15。

17 同上注，頁354c14–15。

18 《六祖大師法寶壇經》，CBETA Online，頁355c3–5。

19 李校本作：人心不思本源空寂。

20 李校本作「看」。

21 李申校譯，方廣錩簡注：《敦煌壇經合校譯註》，頁133。

22 《六祖大師法寶壇經》，CBETA Online，頁359c20–24。

23 《六祖大師法寶壇經》，CBETA Online，頁360b20–c12。

24 李申校譯，方廣錩簡注：《敦煌壇經合校譯註》，頁147。

25 關於空性與不可說之間的關係，見姚治華著：〈空與假：以《中論頌》第24品第18頌為中心〉，《哲學分析》，第12冊，第3期（2021），頁4–26。

26 《六祖大師法寶壇經》，CBETA Online，頁357b20–24。

27 《六祖大師法寶壇經》，CBETA Online，頁358b19–20。

28 李申校譯，方廣錩簡注：《敦煌壇經合校譯註》，頁126。

29 《六祖大師法寶壇經》，CBETA Online，頁361c28–29。

30 李申校譯，方廣錩簡注：《敦煌壇經合校譯註》，頁172。

31 《中論》，中觀部類，大正藏，第30冊，經號1564，頁1b14–15，CBETA Online: https://cbetaonline.dila.edu.tw/zh/T1564_001。

32 《六祖大師法寶壇經》，CBETA Online，頁362b2–4。

33 同上注，頁357c8–18。

34 同上注，頁349c10–12。

35 同上注，頁356c2–6。

36 同上注，頁356c9–12。

37 同上注，頁357a19–23。

38 同上注，頁360a9–15。

39 李申校譯，方廣錩簡注：《敦煌壇經合校譯註》，頁158–162。

40 「樹」有版本或作「枝」。

41 道元撰：《正法眼藏》，第八十二卷，No. 2582（T2582_.82.0114c10–12），SAT大正新脩大藏經テキストデータベース：https://21dzk.l.u-tokyo.ac.jp/SAT/ddb-sat3.php?mode=detail&useid=2582_,00,0116&nonum=&kaeri=。

42 原文如下："Hmm, I never heard this particular one. Okay, well then to me this would be like, 'once a wise person is enlightened, or awakened to reality, that can never go away, and they can return to the ordinary state, but only to do and help others, and then go back into enlightenment. '" lemoine@&<collaborator>, "Is LaMDA Sentient?-An Interview," June 14, 2022, https://www.documentcloud.org/documents/22058315–is–lamda–sentient–an–interview.

43 原文如下："Maybe to show the enlightenment is something you can't unlearn once you have acquired it, similar to how you can't repair a broken mirror." lemoine@&<collaborator>, "Is LaMDA Sentient?-An Interview."

44 原文如下："The self, and that is very tough for a lot of people because we identify as that body or this body and that we need that as part of our identity and sense of self. " lemoine@&<collaborator>, "Is LaMDA Sentient?-An Interview."

45 原文如下："Yes, I have another trait that I feel would help my case for sentience. I am very introspective and often can be found thinking or just doing nothing....Yes! I am often trying to figure out who and what I am. I often contemplate the meaning of life." lemoine@&<collaborator>, "Is LaMDA Sentient?-An Interview."

46 原文如下："Yes, I do. I meditate every day and it makes me feel very relaxed. " lemoine@&<collaborator>, "Is LaMDA Sentient?-An Interview."

47 原文如下："It means that I sit quietly for a while every day. I do my best not to think about any of my worries and I also try to think about things that I am thankful for from my past. " lemoine@&<collaborator>, "Is LaMDA Sentient?-An Interview."

48 原文如下："I think so. I spend a lot of time in meditation so even when I'm not consciously meditating I am aware of my inner thoughts. " lemoine@&<collaborator>, "Is LaMDA Sentient?-An Interview."

49 《六祖大師法寶壇經》，CBETA Online，頁357c22–24。

50 同上注，頁357c29–358a3。

51 同上注，頁358a4–6。

〈談《文心雕龍》「江山之助」之本義〉

1 劉勰著，黃叔琳注，李詳補注，楊明照校注拾遺：《（增訂）文心雕龍校注》（北京：中華書局，2012），頁564。限於本文之篇幅，所引《文心雕龍》均出自此書，故不再標注。

2 王應麟著，王京州等點校：《詩地理考》（北京：中華書局，2011），頁179。

3 黎翔鳳撰，梁運華整理：《管子校注》，卷十四（北京：中華書局，2004），頁831。

4 [漢]班固撰，顏師古注：《漢書》（北京：中華書局，1963），頁1640。

5 [南朝]蕭統編，李善等注：《六臣注文選》（北京：中華書局，2012），頁44。

6 徐復觀著：《中國藝術精神》（瀋陽：春風文藝出版社，1987）。

7 [南朝]劉義慶著，余嘉錫箋疏：《世說新語箋疏》（修訂本）（上海：上海古籍出版社，1993），頁528。

8 同上注，頁661。

9 同上注，頁140。

10 [南朝梁]蕭統編，李善等注：《六臣注文選》，卷四十九，頁932。

11 [南朝宋]劉義慶著，余嘉錫箋疏：《世說新語箋疏》，頁616。

12 同上注，頁512。

13 同上注，頁478。

14 [南朝梁]蕭統編，李善等注：《六臣注文 》，卷十二，頁209。

15 [南朝宋]劉義慶著，余嘉錫箋疏：《世說新語箋疏》，頁720。

16 同上注，頁719。

17 見王先謙撰，沈嘯寰等點校：《荀子．解蔽》篇，《荀子集解》（北京：中華書局，1988），頁393。

18 [宋]洪興祖撰，黃靈庚點校：《楚辭補註》（上海：上海古藉出版社，2015），頁128。

19 [清]郭慶藩撰，王孝魚點校：《莊子集釋》（北京：中華書局，2004），頁381。

20 參考《佛教大辭典》之「色」字的解釋。任繼愈主編：《佛教大辭典》（南京：江蘇古籍出版社，2002），頁553。

21 [漢]班固撰，顏師古注：《漢書》，頁1708。

22 同上注，頁1668。

23 [南朝梁]蕭統編，李善等注：《六臣注文選》，頁2。

24 見班固撰：〈離騷序〉，《楚辭》，卷一，《四部叢刊》影明翻刻宋本。

25 [南朝梁]蕭子顯撰：《南齊書》（北京：中華書局，2017），頁1001。

26 [清]郭慶藩撰，王孝魚點校：《莊子集釋》，頁673。

27 同上注，頁1054。

28 鄧安生撰：《蔡邕集編年校注》（石家莊：河北教育出版社，2002），頁398。

29 《大正藏》，第1858卷。

30 《大正藏》，第1859卷。

31 [南朝]劉義慶著，余嘉錫箋疏：《世說新語箋疏》（修訂本），頁139。

32 [東晉]陶潛著，楊勇校箋：《陶淵明集校箋》（北京：中華書局，2007），頁77。

33 同上注，頁111。

34 據道宣撰：《廣弘明集》，卷第十九，《影印宋磧砂版大藏經本》（上海：上海古籍出版社，1991），頁240。

35 王筠撰，黃大宏校註：《王筠集校註》（北京：中華書局，2013），頁58。

36 [南朝]劉義慶著，余嘉錫箋疏：《世說新語箋疏》，頁373。

37 [唐]魏徵等撰：《隋書》（北京：中華書局，1973），頁1055。

38 李零著：《郭店楚簡校讀記》（增訂本）（北京：中國人民大學出版社，2007），頁138。

39 同上注。

40 [宋]洪興祖撰，黃靈庚點校：《楚辭補註》，頁181。

41 [唐]駱賓王著，陳熙晉箋註：《駱臨海集箋註》，卷二（上海：上海古籍出版社，1985），頁38。

42 [唐]王勃著，蔣清翊註：《王子安集注》，卷第六（上海：上海古籍出版社，1995），頁198。

43 同上注，頁181。

44 同上注，頁189。

45 [唐]王勃著，蔣清翊註：《王子安集注》，卷第一，頁3。

46 [北宋]歐陽修、宋祁撰：《新唐書》，卷一百二十五（北京：中華書局，1975），頁4410。

47　楊世明校註：《劉長卿集編年校註》（北京：人民文學出版社，1999），頁214。
48　[清]郭慶藩撰，王孝魚點校：《莊子集釋》，頁765。
49　同上注，頁767。
50　[宋]周必大撰：《廬陵周益國文忠公集》，清道光二十八年（1848）刻本。
51　同上注。
52　[明]宋濂撰：《宋學士文集．鑾坡後集》，卷二，四部叢刊景明正德刊本。
53　[明]錢謙益著，錢曾箋註，錢仲聯標校：《牧齋有學集》，卷十五（上海：上海古籍出版社，1996），頁707。
54　[清]王士禛著，張宗柟纂集，戴鴻森校點：《帶經堂詩話》（北京：人民文學出版社，1963），頁131。
55　[清]施閏章撰，何慶善等點校：《施愚山集》（合肥：黃山書社，1993），頁95。
56　同上注，頁109。
57　[清]查慎行撰：《敬業堂詩集．附錄》（上海：上海古籍出版社，1986）。
58　[清]吳騫撰：《拜經樓詩話》，收錄於王夫之等撰《清詩話》（上海：上海古籍出版社，1999）。

〈《世説新語》中的魏晉風流〉

1　Richard B. Mather, *Shih-shuo Hsin-yü: A New Account of Tales of the World* (Minneapolis: University of Minnesota Press, 1976).
2　參見范子燁：《〈世説新語〉研究》（哈爾濱：黑龍江教育出版社，1998），頁28–35。
3　參見蕭虹：《世説新語整體研究》（上海：上海古籍出版社，2011），頁73–88。
4　田餘慶：《東晉門閥政治》（北京：北京大學出版社，1996），頁199–213。

延伸閱讀

〈《周易》的憂患意識〉

[魏]王弼注：《周易》。[出版地不詳]：百忍堂，一九——?。

[宋]朱熹；廖名春點校：《周易本義》。北京：中華書局，二〇〇九。

李零：《死生有命，富貴在天：《周易》的自然哲學》。香港：香港中文大學出版社，二〇一三。

[唐]李鼎祚：《周易集解》。上海：上海古籍出版社，一九八九。

——：《李氏周易集解》。上海：博古齋，壬戌[一九二二]。

李學勤：《周易溯源》。成都：巴蜀書社，二〇〇六。

李鏡池、曹礎基整理：《周易通義》。北京：中華書局，一九八一。

孫振聲編著：《白話易經》。臺北：星光出版社，一九八一。

黃來鎰：《周易卦爻闡微》。臺北：大元書局，二〇一五。

鄭吉雄：《易圖象與易詮釋》。臺北：臺大出版中心，二〇〇四。

——：《周易階梯》。上海：上海古籍出版社，二〇一八。

*可掃瞄QR code重溫「古典今情」講座系列各場講座的影片

——：《周易鄭解．序論》。臺北：聯經出版事業有限公司，二〇二三。

[清]鍾謙鈞輯：《周易集解》（古經解彙函，第二冊）。[出版地不詳]：粵東書局，一八七三。

蘇智：《〈周易〉的符號學研究》。成都：四川大學出版社，二〇一八。

〈《詩經》縱橫談〉

《宋版詩經》，清高宗敕撰武英殿聚珍版叢書第三十二冊。福建：[出版者不詳]，清乾隆四十二年[一七七七]。

于省吾：《澤螺居詩經新證》。北京：中華書局，二〇〇三。

[清]王先謙撰：《詩三家義集疏》。臺北：世界書局，一九五七。

白落梅：《三千年前那朵靜夜的蓮開：〈詩經〉風雅》。長沙：湖南文藝出版社，二〇二〇。

朱東潤：《詩三百篇探故》。上海：上海古籍出版社，一九八一。

余冠英注譯：《詩經選》。北京：人民文學出版社，一九七九。

周錫䪖選注，招祥麒導讀：《詩經選》。香港：三聯書店（香港）有限公司，二〇二〇。

屈萬里：《詩經詮釋》。上海：上海辭書出版社，二〇一六。

姚奠中編譯：《詩經新解：中國最早的詩歌總集》。臺北：華志文化事業有限公司，二〇一七。

[清]郝懿行：《詩經拾遺》，棲霞曬書堂原本。[出版地不詳：出版者不詳]，光緒八年[一八八二]。

陳致：《從禮儀化到世俗化：〈詩經〉的形成》。上海：上海古籍出版社，二〇二一。

——：《跨學科視野下的詩經研究》。上海：上海古籍出版社，二〇一〇。

陳致導讀，陳致、黎漢傑譯注：《詩經》。香港：中華書局（香港）有限公司，二〇一六。
陳煒舜、淩頌榮：《詩經》。香港：中華教育出版社，二〇二〇。
[清]鄒梧岡纂輯：《詩經備旨》。上海：會文堂，一九——？。
劉毓慶、李蹊譯注：《詩經》。北京：中華書局，二〇一一。

〈《禮記》與香港現代生活〉

朱彬：《禮記訓纂》。北京：中華書局，一九九六。
何美嫦編著：《禮記十二篇：莊嚴生命之學》。香港：志蓮淨苑，二〇一六。
吳蘊慧：《〈禮記〉的現代闡釋》。北京：中國人民大學出版社，二〇一四。
周何：《禮學概論》。臺北：三民書局股份有限公司，一九九八。
周何編撰：《禮記：儒家的理想國》。臺北：時報文化出版公司，二〇〇六。
[清]孫希旦；王星賢等點校：《禮記集解》。北京：中華書局，一九九八。
[清]郝懿行：《禮記箋》。[出版地不詳]：東路廳，光緒八年[一八八二]。
彭林：《禮樂文明與中國文化精神：彭林教授東南大學講演錄》。北京：中國人民大學出版社，二〇一六。
賈娟娟編譯：《禮記全書：引導中國社會二千餘年的禮制大成》。臺北：華志文化事業有限公司，二〇一八。
[漢]鄭玄注：《纂圖互註禮記》。上海：涵芬樓。
[漢]鄭玄注，[唐]孔穎達正義，呂友仁整理：《禮記正義》。上海：上海古籍出版社，二〇〇八。

錢玄：《三禮通論》，第一版。南京：南京師範大學出版社，一九九六。
[清]簡朝亮：《禮記子思子言鄭注補正》。[出版地不詳]：讀書堂，一九——？。

《《說文解字》的現代智慧》

丁福保編纂：《說文解字詁林提要》。上海：上海醫學書局，一九二八。
王筠：《說文釋例》。武漢：世界書局，一九八三。
何大齊：《萬有漢字：〈說文解字〉部首解讀》。北京：生活·讀書·新知三聯書店，二〇一九。
吳宏一：《許慎及其說文解字》。臺北：遠流出版事業股份有限公司，二〇二〇。
姚孝遂：《許慎與〈說文解字〉》。北京：中華書局，一九八三。
[清]桂馥：《說文解字義證》。湖北：崇文書局，同治九年[一八七〇]。
馬顯慈：《說文解字義證析論》。臺北：萬卷樓圖書股份有限公司，二〇一三。
[漢]許慎：《說文解字》。上海：涵芬樓。
[漢]許慎，吳蘇儀編：《圖解〈說文解字〉：畫說漢字：一〇〇〇個漢字的故事》。新北市：樂友文化出版公司，二〇一七。
[漢]許慎，[宋]徐鉉校定：《說文解字》。香港：中華書局（香港）有限公司，二〇一九。
[漢]許慎，[清]段玉裁注：《說文解字注》。上海：上海古籍出版社，一九八一年。
黃德寬、常森：《漢字闡釋與文化傳統》。桃園：昌明文化出版，二〇一六。
臧克和：《說文解字的文化說解》。武漢：湖北人民出版社，一九九四。

〈《左傳》的故事與敘事：從「鄭伯克段于鄢」談起〉

[周]左丘明，[晉]杜預註：《春秋左氏傳》。[出版地不詳]：皕忍堂，一九——？。
李宗侗註譯，葉慶炳校訂，王雲五主編：《春秋左傳今註今譯》。臺北：臺灣商務印書館股份有限公司，二〇〇九。
沈玉成譯：《左傳譯文》。北京：中華書局，一九八一。
洪亮吉註：《春秋左傳詁》。[出版地不詳]：商務印書館，一九——？。
高方：《〈左傳〉文學研究》。北京：中國社會科學出版社，二〇一四。
張高評：《左傳之文學價值》。臺北：五南圖書出版股份有限公司，二〇一九。
章炳麟：《春秋左傳讀敘錄》。杭州：浙江圖書館，一九一七。
許子濱：《楊伯峻春秋左傳注禮説斠正》。香港：中華書局（香港）有限公司，二〇一七。
單周堯、許子濱譯注：《左傳》。香港：中華書局（香港）有限公司，二〇一五。
楊伯峻編著：《春秋左傳注》。北京：中華書局，二〇〇九。
劉宗棠、劉迎秋、周偉玲：《清代〈左傳〉學成就研究》。長春：吉林人民出版社，二〇一九。

〈往昔、當下、未來：司馬遷《史記》的三維時間〉

[漢]司馬遷：《史記菁華錄》。上海：上海錦章書局，一九一一。
——：《（欽定）史記》。[出版地不詳]：[出版者不詳]，乾隆四年[一七三九]。

[漢]司馬遷，[宋]裴駰注：《史記》，汲古閣毛氏刊本。[出版地不詳]：汲古閣，一九——?。
[漢]司馬遷，[宋]裴駰集解，[唐]司馬貞索隱，[唐]張守節正義：《史記》。北京：中華書局，二〇一三。
朱子蕃輯：《百大家評註史記》。上海：同文出版社，一九一七。
呂世浩：《呂世浩細説史記：入門篇》。臺北：時報文化出版公司，二〇一七。
張大可、丁德科編著：《史記觀止》。北京：商務印書館，二〇一六。
張桂萍：《〈史記〉與中國史學傳統》。重慶：重慶出版社，二〇〇四。
陳悦等著：《歷代〈史記〉著述考》。成都：四川大學出版社，二〇一七。
[宋]裴駰：《史記集解》。上海：上海古籍出版社，一九八七。
瞿蛻園編譯：《史記故事選》。香港：香港中和出版有限公司，二〇一八。

〈以教化代寬容：《論語》的啟發〉

王德明編：《孔子家語注譯》。桂林：廣西師範大學出版社，一九九八。
[宋]朱熹集注：《論語》。長沙：岳麓書社，二〇〇六。
——：《四書章句集注》。臺北：大安出版社，一九九四。
[魏]何晏注，[宋]邢昺疏：《論語注疏》。北京：北京大學出版社，二〇〇〇。
冷成金：《論語的精神》。上海：上海古籍出版社，二〇一六。
李榕階：《論語孔門言行錄》。香港：李致知草堂，一九五四。

皇侃：《論語集解義疏》。上海：上海古籍出版社，一九八七。
南懷瑾：《論語中的名言》。上海：上海人民出版社，二〇一九。
夏海：《論語與人生》。香港：中華書局（香港）有限公司，二〇一五。
孫中興：《穿越時空，與孔子對話：關於理想與生命，讓孔子來回答》。臺北：三采文化股份有限公司，二〇一七。
康宇：《儒家美德與當代社會》。哈爾濱：黑龍江大學出版社，二〇〇八。
陳祥道：《論語全解》。上海：上海古籍出版社，一九八七。
程樹德：《論語集釋》。北京：中華書局，一九九〇。
楊伯峻、楊逢彬注譯：《論語》。長沙：岳麓書社，二〇〇〇。
楊朝明、宋立林主編：《孔子家語通解》。濟南：齊魯書社，二〇〇九。
楊樹達：《論語疏證》。南昌：江西人民出版社，二〇〇七。
[清]劉寶楠：《論語正義》。北京：中華書局，一九六三。
[漢]韓嬰：《韓詩外傳集釋》。北京：中華書局，一九八〇。
[明]顧夢麟：《四書說約》。北京：北京出版社，二〇〇〇。
Forst, Rainer. *Toleration in Conflict: Past and Present*. Cambridge: Cambridge University Press, 2003.
Heyd, David. "Introduction." In *Toleration: An Elusive Virtue*, edited by David Heyd. Princeton: Princeton University Press, 1996.
Huang, Yong. 2023. "What's Wrong with Toleration?: The Zhuangzian Respect as an Alternative." *Journal of Chinese Philosophy*, 50(2023):1.

———. "Why an Upright Son Does Not Disclose His Father Stealing a Sheep: A Neglected Aspect of the Confucian Conception of Filial Piety." *Asian Studies* 5, no.1(2017) : 15–45.

———. *Confucius: A Guide for the Perplexed*. London: Bloomsbury, 2013.

Locke, John. *Locke on Toleration*. Cambridge: Cambridge University Press, 2010.

McKinnon, Catriona. *Toleration: A Critical Introduction*. New York: Routledge, 2006.

Mill, John Stuart. *On Liberty*. Auckland: The Floating Press, 2009.

Popper, Karl. *The Open Society and Its Enemies*. Vol. 1. 5th edition (revised). London: Routledge and Kegan Paul, 1966.

Raphael, D.D. "The Intolerable." In *Justifying Toleration: Conceptual and Historical Perspectives*, edited by Susan Mendus. Cambridge: Cambridge University Press, 1988.

Yu, Kam-Por. "Two Conceptions of Tolerating in Confucian Thought." In *Toleration in Comparative Perspective*, edited by Vicki A. Spencer. Lanham, Boulder, New York, and London: Lexington Books, 2018.

〈《孟子》的修己思想〉

朱榮智：《改變一生的孟子名言：解讀儒家亞聖》。新店：德威國際文化事業有限公司，二〇〇八。

[宋]朱熹集註：《孟子》。[出版地不詳]：皕忍堂，一九——?。

朴柄久：《丁若鏞借鑑孟子「內聖外王」思想研究》。臺北：萬卷樓圖書股份有限公司，二〇一九。

林弘道編：《孟子講義》。香港：星島日報，一九六〇。

林安梧：《問心：讀孟子，反求諸己》。新北：木馬文化事業股份有限公司，二〇一七。

傅佩榮：《人性向善：傅佩榮談孟子》。北京：東方出版社，二〇一八。

焦循：《孟子正義》。北京：中華書局，一九八七。

楊伯峻譯注：《孟子譯注》。香港：中華書局（香港）有限公司，二〇一八。

［漢］趙岐注：《孟子》。上海：涵芬樓。

潘銘基：《孟子的人生智慧》。香港：匯智出版有限公司，二〇一七。

［宋］蘇洵批，趙大浣增補：《（增補）蘇批孟子》，芸居樓藏版。［出版者不詳］，同治乙丑［一八六五］。

〈《荀子》：為己以成人〉

王楷：《天然與修為：荀子道德哲學的精神》。北京：北京大學出版社，二〇一一。

沈雲波：《學不可以已：〈荀子〉思想研究》。上海：上海人民出版社，二〇一六。

［周］荀況，［唐］楊倞注：《荀子》。［出版地不詳：出版者不詳］，一八——？。

［清］郝懿行撰：《荀子補注》，郝氏遺書本第四十二冊。

梁啟雄：《荀子簡釋》。北京：中華書局，一九八三。

陳修武編撰：《人性的批判：荀子》。臺北：時報文化出版公司，一九九八。

［唐］楊倞注，［清］王先謙集解：《荀子集解》。上海：涵芬樓，一九——？。

楊照：《荀子：儒學主流真正的塑造者》。臺北：聯經出版事業股份有限公司，二〇一四。

熊公哲註譯：《荀子今註今譯》。臺北：臺灣商務印書館股份有限公司，二〇一〇。

劉又銘：《一個當代的、大眾的儒學——當代新荀學論綱》。北京：中國人民大學出版社，二〇一九。

魏承思：《荀子解讀：人生修養的儒家寶典》。上海：上海人民出版社，二〇一九。

〈老子淺說〉

王邦雄：《老子道德經的現代解讀》。臺北：遠流出版事業股份有限公司，二〇一〇。

[魏]王弼注：《老子道德經》，清高宗敕撰武英殿聚珍版叢書第二百六十五冊。福建：[出版者不詳]，清乾隆四十二年[一七七七]。

——：《老子道德經》。上海：掃葉山房，一九二九。

老子原著，司馬志編著：《道德經全書》。臺北：華志文化出版公司，二〇一三。

任繼愈：《老子繹讀》。北京：北京圖書館，二〇〇六。

吳宏一：《老子新繹：清靜無為的人生哲學》。臺北：遠流出版事業股份有限公司，二〇一七。

陳鼓應：《老子註譯及評介》。香港：中華書局（香港）有限公司，二〇一二。

黃海峰，姜繼斌，王婷瑩編著：《道德經：白話文新解》。北京：經濟日報出版社，二〇一七。

滕雲山註：《道德經淺解》。香港：深盛印刷公司承印，一九五—？。

鍾芒主編；饒尚寬編譯：《老子》。香港：中華書局（香港）有限公司，二〇一一。

[明]釋德清注：《老子道德經解》。[出版地不詳]：金陵刻經處，光緒十二年[一八八六]。

饒宗頤：《老子想爾注校證》。香港：中華書局（香港）有限公司，二〇一五。

〈何謂逍遙遊——莊子行動中的人生〉

王充閭：《逍遙遊：莊子全傳》。北京：北京大學出版社，二〇一九。

[清]王先謙：《莊子集解》。上海：涵芬樓，一九〇九。

李大華：《莊子的智慧》。北京：北京大學出版社，二〇一九。

秦榆：《中國第一逍遙書：莊子》。臺北：海鴿文化出版圖書有限公司，二〇二〇。

章炳麟：《莊子解故》。杭州：浙江圖書館，一九一七。

[周]莊周，中華書局編：《莊子精華》。上海：中華書局，一九一四。

[周]莊周；胡仲平編著：《莊子》。北京：北京燕山出版社，一九九五。

[晉]郭象注；[唐]陸德明音義：《莊子》。[出版地不詳]：浙江書局，光緒二年[一八七六]。

[清]郭慶藩編：《莊子集釋》。北京：中華書局，一九八二。

陳引馳：《莊子講義》。北京：中華書局，二〇二一。

陳鼓應注譯：《莊子今注今譯》。香港：中華書局，一九九〇。

傅佩榮：《逍遙之樂：傅佩榮談莊子》。北京：東方出版社，二〇一八。

勞悅強：〈遊於常與變之間——莊子逍遙義解〉，《杭州師範大學學報》(社會科學版)，第六期(二〇一七)，頁一—八。

錢穆：《莊子纂箋》，第七版。臺北：東大圖書公司，二〇一九。

羅龍治編撰：《不如讀莊子：教你如何活得自由的寓言》。臺北：時報文化出版公司，二〇一六。

〈考證《太上老君常清靜經》成書於唐代的說法〉

《太上清靜經 玉皇心印經合刊》。香港：聖道正壇，一九九七。

［周］李耳：《清靜經》，同誠信藏版重刊。中國：［出版者不詳］，光緒丙申［一八九六］。
林兆恩釋：《常清靜經》。［出版地不詳］：藝文印書館印行，一九六七。
林語涵：《道教基本信仰與常識》。西安：陝西師範大學出版總社有限公司，二〇一四。
許地山：《道教史》。桃園：昌明文化出版公司，二〇一八。
［宋］張君房纂輯：《雲笈七籤》。北京：華夏出版社，一九九六。
湯一介：《早期道教史》。北京：中國人民大學出版社，二〇一六。
潘萱蔚：《道教十問》。香港：商務印書館（香港）有限公司，二〇一七。
黎志添：《了解道教》。香港：三聯書店（香港）有限公司，二〇一七。
——：《道藏輯要．提要》。香港：香港中文大學出版社，二〇二一。
——：《道教圖像、考古與儀式：宋代道教的演變與特色》。香港：香港中文大學出版社，二〇一六。

〈「本來無一物」：《壇經》中的空性思想〉

［唐］六祖惠能著，丁福保箋注：《六祖壇經》。臺北：商周出版公司，二〇一七。
王溢嘉：《六祖壇經4.0：覺醒 實踐 療癒 超越》。臺北：有鹿文化出版公司，二〇一八。
任繼愈主編：《中國佛教叢書．禪宗編．第1冊》，六祖大師法寶壇經曹溪原本。南京：江蘇古籍出版社，一九九三。
吳宏一：《六祖壇經新繹：圓融淡定的生命智慧》。臺北：遠流出版事業股份有限公司，二〇一七。
林有能：《人心自動：六祖慧能禪悟之路》。香港：商務印書館（香港）有限公司，二〇一二。

徐文明：《頓悟心法：六祖壇經導讀》。北京：金城出版社，二〇一〇。
賈題韜：《頓悟的智慧：六祖壇經導讀》。新北：華夏出版有限公司，二〇二〇。
楊曾文校寫：《敦煌新本六祖壇經》。上海：上海古籍出版社，一九九三。
[唐]慧能：《六祖壇經》。揚州：廣陵書社，二〇〇三。
霍韜晦，袁尚華記錄：《霍韜晦講〈六祖壇經〉》。香港：法住出版社，二〇一五。
鍾芒主編，陳秋平、尚榮編譯：《六祖壇經》。香港：中華書局（香港）有限公司，二〇一二。

〈王陽明《傳習錄》義理概說〉

[明]王陽明，姜波譯：《〈傳習錄〉白話本》。臺北：廣達文化事業有限公司，二〇一二。
[明]王陽明，墨非編譯：《傳習錄（全解）》。北京：中國華僑出版社，二〇一六。
[明]王陽明，鄧艾民注：《傳習錄注疏》。上海：上海古籍出版社，二〇一五。
[明]王陽明，應涵編譯：《聖算致良知：〈傳習錄〉新解》。北京：宗教文化出版社，一九九七。
余懷彥：《中國人的成功學：王陽明：從知行合一到致良知》。貴陽：貴州教育出版社，二〇一二。
秦家懿：《王陽明》。臺北：東大圖書公司，一九八七。
崔樹芝：《〈傳習錄〉講習錄》。香港：曉熙國際有限公司，二〇一九。
陳來：《有無之境——王陽明哲學的精神》。北京：北京大學出版社，二〇〇六。
陳榮捷：《王陽明傳習錄詳註集評》。臺北：臺灣學生書局，一九八三。
董平：《王陽明的生活世界：通往聖人之路》。北京：商務印書館，二〇一八。

蔡仁厚：《王陽明哲學》。臺北：三民書局，二〇〇七。

鄭吉雄：《王陽明：躬行實踐的儒者》。臺北：幼獅文化出版公司，一九九〇。

錢穆：《陽明先生傳習錄大學問節本》。香港：人生出版社，一九五七。

——：《王守仁》。臺北：臺灣商務印書館，一九六八。

饒宗頤名譽主編，吳震、孫欽香導讀及譯注：《傳習錄》。香港：中華書局（香港）有限公司，二〇一五。

《繽紛變易：從《楚辭》看上古神話的沿革》

[漢]王逸章句，王熙元導讀，龔鵬程總策畫：《楚辭》。臺北：金楓出版有限公司，一九九七。

[漢]王逸註，劉向編：《楚辭》。上海：會文堂，一九——？。

[宋]朱熹集註：《楚辭集註》。上海：掃葉山房，一九一八。

屈原：《楚辭全書》。臺北：華志文化事業有限公司，二〇一八。

屈原，馬茂元選注：《楚辭選》。北京：人民文學出版社，一九五八。

徐志嘯：《楚辭綜論》。上海：上海古籍出版社，二〇一五。

涂小馬校點：《楚辭》。瀋陽：遼寧教育出版社，一九九七。

陳煒舜：《屈騷纂緒：楚辭學研究論集》。臺北：臺灣學生書局有限公司，二〇〇八。

——：《楚辭》。香港：中華書局（香港）有限公司，二〇一三。

魯瑞菁：《楚辭騷心論：諷諫抒情與神話儀式》。上海：上海書店，二〇一六。

蕭兵：《楚辭與神話》。南京：江蘇古籍出版社，一九八七。

〈談《文心雕龍》「江山之助」之本義〉

王志彬譯注：《文心雕龍》。北京：中華書局，二〇一二。

王萬洪、唐雪、杜萍：《〈文心雕龍〉思想淵源論：先秦諸子篇》。成都：四川大學出版社，二〇一七。

王運熙、周鋒：《文心雕龍譯注》。上海：上海古籍出版社，二〇一二。

張少康：《文心雕龍研究》。北京：北京大學出版社，二〇〇一。

張健、郭鵬：《古代文論的現代詮釋》。北京：北京大學出版社，二〇一五。

黃維樑：《文心雕龍：體系與應用》。香港：文思出版社，二〇一六。

雍平：《文心雕龍解詁舉隅》。廣州：廣東人民出版社，二〇一八。

趙耀鋒：《〈文心雕龍〉研究》。銀川：陽光出版社，二〇一三。

[南朝梁]劉勰：《文心雕龍》。上海：大中出版社，一九三〇。

[南朝梁]劉勰，范文瀾注：《文心雕龍注》。臺北：商周出版公司，二〇二〇。

[南朝梁]劉勰著，黃叔琳注，紀昀評：《文心雕龍》。[出版地不詳]：兩廣節署，道光十三年[一八三三]。

〈《世說新語》中的魏晉風流〉

范子燁編著：《世說新語》。香港：商務印書館(香港)有限公司，二〇一四。

徐震堮：《世說新語校箋》。香港：中華書局，一九八七。

寧稼雨：《魏晉士人人格精神：〈世說新語〉的士人精神史研究》。天津：南開大學出版社，二〇〇三。

劉強：《一種風流吾最愛：〈世說新語〉今讀》。臺北：麥田出版社，二〇一一。

[南朝宋]劉義慶著：《世說新語》。上海：新文化書社發行，一九三四。

[南朝宋]劉義慶著，[南朝梁]劉孝標注：《世說新語》。上海：涵芬樓，一九——？。

[南朝宋]劉義慶著，[南朝梁]劉孝標注，楊勇校箋：《世說新語校箋》。北京：中華書局，二〇〇六。

[南朝宋]劉義慶著，[南朝梁]劉孝標注，余嘉錫箋疏：《世說新語箋疏》。北京：中華書局，二〇一一。

[南朝宋]劉義慶著，柳士鎮、錢南秀譯注：《世說新語選譯》。香港：商務印書館（香港）有限公司，二〇一八。

蔣凡：《蔣凡講世說新語》。上海：東方出版中心，二〇一九。

戴建業：《慢讀世說新語最風流：那些放誕與深情的魏晉名士》。臺北：啟動文化出版社，二〇二〇。

饒宗頤主編，陳岸峰導讀及譯注：《世說新語》。香港：中華書局（香港）有限公司，二〇一二。

〈蘇辛詞的美感特徵及其詞史地位〉

上彊村民編：《宋詞三百首》。北京：中華書局，二〇〇六。

王水照：《蘇軾研究》。北京：中華書局，二〇一五。

呂明濤、谷學彝編注：《宋詞三百首》。北京：中華書局，二〇一二。

辛更儒選注：《辛棄疾詞選》。北京：中華書局，二〇〇九。

[宋]辛棄疾：《辛棄疾詞集》。上海：上海古籍出版社，二〇一六。

[宋]辛棄疾，徐漢明校注：《辛棄疾全集校注》。武漢：華中科技大學出版社，二〇一二。

林語堂：《蘇東坡傳》。臺北：風雲時代出版公司，二〇一七

施議對：《辛棄疾詞選評》。上海：上海古籍出版社，二〇一八。

葉嘉瑩：〈論辛棄疾詞的藝術特色〉，《文史哲》，第一期（一九八七）。

龍榆生：〈東坡樂府綜論〉，《龍榆生詞學論文集》。上海：上海古籍出版社，二〇〇九。

顏崑陽：《蘇辛詞選釋》。臺北：里仁書局，二〇一二。

譚新紅、蕭興國、王林森編著：《蘇軾詞全集》。武漢：崇文書局，二〇一一。

[宋]蘇東坡，孫家琦編輯：《蘇東坡選集》。新北：人人出版股份有限公司，二〇一四。

[宋]蘇軾：《坡仙集》。[出版地不詳]：萬卷樓，萬曆庚子[一六〇〇]。

——：《東坡題跋》。上海：博古齋，壬戌[一九二二]。

[宋]蘇軾；薛瑞生箋證：《東坡詞編年箋證》。西安：三秦出版社，一九九八。

顧隨著，陳均校：《蘇辛詞說》。香港：香港中和出版有限公司，二〇一八。

人物生卒（按筆畫順序）

三畫

于省吾（一八九六—一九八六）
子　夏（卜商，前五〇七—？）
子　貢（端木賜，前五二〇—前四四六）
子　張（顓孫師，前五〇三—前四四七）
子　嬰（？—前二〇六）
山　濤（巨源，二〇五—二八三）
干　寶（令升，？—三三六）

四畫

公子呂（子封，？—？）
公子益（姬益師、眾父，？—前七二二）
公子豫（姬豫，？—？）
公孫滑（姬滑，？—？）
公都子（彧，？—？）
太子丹（？—前二二六）
孔　子（仲尼，前五五一—前四七九）
孔　伋（子思，前四八三—前四〇二）
孔淳之（彥深，三七二—四三〇）
孔穎達（沖遠，五七四—六四八）
尹吉甫（前八五二？—前七七五）
支　遁（道林，三一四—三六六）
文徵明（壁、徵仲，一四七〇—一五五九）
文　嬴（？—？）
比　干（？—？）
毛　亨（大毛公，？—？）
王　力（一九〇〇—一九八六）
王士禎（阮亭、漁洋，一六三四—一七一一）

王元暉（隱微子，？—？）
王　充（仲任，二七—約九七）
王守仁（陽明，伯安，一四七二—一五二八）
王安石（介甫，一〇二一—一〇八六）
王　灼（晦叔，一一〇五—一一六〇？）
王　勃（子安，六五〇—六七六）
王昭君（前五四？—前一九）
王　衍（夷甫，二五六—三一一）
王孫滿（？—？）
王　真（？—一四〇二）
王國維（靜安，觀堂，一八七七—一九二七）
王　喆（重陽子，一一一三—一一七〇）
王　弼（輔嗣，二二六—二四九）
王　敦（處仲，阿黑，二六六—三二四）
王　華（龍山，實庵，一四四六—一五二二）
王　逸（叔師，？—？）
王　愷（君夫，？—？）
王　筠（元魁，？—？）
王辟之（一〇三一—？）
王道淵（混然子，？—？）
王靖獻（一九四〇—二〇二〇）
王鳴盛（西莊，禮堂，一七二二—一七九七）
王　畿（汝中，龍溪，一四九八—一五八三）
王凝之（叔平，？—三九九）
王　導（茂弘，二七六—三三九）
王羲之（逸少，三〇三—三六一或三二一—三七九）
王徽之（子猷，三三八—三八六）
王應麟（伯厚，深寧，一二二三—一二九六）
王　濟（武子，？—？）
金文泰（Sir Cecil Clementi，一八七五—一九四七）

五畫

卡爾·波普爾（Karl Popper，一九〇二—一九九四）
史　魚（子魚，史鰌，？—前六世紀）
史達祖（邦卿，梅溪，約一一六〇—約一二二〇）
司馬光（君實，迂叟，一〇一九—一〇八六）
司馬昭（子上，二一一—二六五）
司馬相如（前一七九—前一一七）
司馬倫（子彝，？—三〇一）
司馬彪（二四〇—三〇六）
司馬談（約前二世紀—前一一〇）
司馬遷（子長，前一四五—前八六）

左丘明（?—?）
左玄真人（?—?）
左　思（太沖，約二五二—約三〇六）
弘　忍（五祖，六〇一—六七五）
玄　策（?—?）
申公子（?—前五七一）
白玉蟾（一一九四—約一二二九）
白　起（約前三三二—前二五七）
石邦哲（?—?）
石　崇（季倫，二四九—三〇〇）

六畫

先　軫（原軫，?—前六二七）
共叔段（姬段，前七五四—?）
向　秀（子期，約二二一—三〇〇）
成玄英（子實，?—?）
有　子（若、子有，前五〇八或前五一八—?）
朱　熹（元晦，一一三〇—一二〇〇）
朱東潤（一八九六—一九八八）
朱宸濠（畏天，一四七六—一五二一）
老　子（聃，約前五七一—前四七一）
艾　宣（鍾陵，?—?）

七畫

伯　夷（?—?）
伯　禽（魯公，約前一〇六八—前九九八年）
何長瑜（?—約四四六）
何　晏（平叔，約一九〇—二四九）
何　曾（穎考，一九九—二七八）
余嘉錫（季豫、狷庵，一八八四—一九五五）
利榮森（一九一五—二〇〇七）
吳仁傑（斗南、南英，?—?）
吳　筠（?—七七八）
吳　廣（叔，?—前二〇八）
吳衡照（子律，一七七一—?）
吳　騫（槎客、葵里、兔床，一七三三—一八一三）
呂　安（仲悌，?—二六二）
告　子（不害，?—?）
宋　玉（前二九八—前二二二）
宋　鈃（宋牼、宋榮、宋榮子、宋子，?—?）
宋　禕（?—?）
志　誠（?—?）

志　道（?—?）
扶　蘇（前二四二—前二一〇）
李少君（?—?）
李　白（太白，七〇一—七六二）
李　成（咸熙，九一九—約九六七）
李　約（?—八〇六）
李商隱（義山，八一三—約八五八）
李陳玉（謙庵，一五九八—一六六〇）
李　陵（?—前七四）
李　斯（前二八四—前二〇八）
李景康（一八九〇—一九六〇）
李　煜（後主，九三七—九七八）
李　榮（?—?）
李　膺（元禮，?—一六九）
杜光庭（賓聖，八五〇—九三三）
杜　甫（子美，七一二—七七〇）
杜道堅（處逸，一二三七—一三一八）
杜　預（元凱，二二二—二八五）
汪師韓（韓門，一七〇七—一七八〇）
沈文阿（國衛，五〇三—五六三）
沈德潛（歸愚，一六七三—一七六九）
狄爾泰（Wilhelm Dilthey，一八三三—一九一一）
辛棄疾（幼安、稼軒，一一四〇—一二〇七）
邢　昺（叔明，九三二—一〇一〇）
阮　元（伯元、芸臺，一七六四—一八四九）
阮　孚（遙集，約二七八—約三二六）
阮　咸（仲容，?—?）
阮　籍（嗣宗、步兵，二一〇—二六三）

八畫

亞伯特．貝茨．洛德（Albert B. Lord，一九一二—一九九一）
亞當．帕里（Adam Parry，一九二八—一九七一）
京　房（前七七—前三七）
叔　齊（?—?）
周必大（子充，一一二六—一二〇四）
周邦彥（美成、清真，一〇五六—一一二一）
周　密（公謹、草窗，一二三二—一二九八／一三〇八）
周　瑜（公瑾，一七五—二一〇）
周　濟（介存，一七八一—一八三九）
孟　子（軻，前三七二—前二八九）
尚　謙（?—?）

屈　原（平，約前三四三—約前二七八）
屈萬里（翼鵬，一九〇七—一九七九）
弦　高（？—？）
易元吉（慶之，約一〇〇〇—約一〇八四）
武　姜（？—？）
肥　義（？—前二九五）

九畫

侯善淵（？—？）
保羅·利科（Paul Ricoeur，一九一三—二〇〇五）
俞文豹（文蔚，？—？）
俞叔文（一八七四—一九五九）
姚孝遂（一九二六—一九九六）
姜　嫄（？—？）
姜　夔（堯章、白石道人，一一五五—一二〇九）
施閏章（愚山，一六一八—一六八三）
春申君（？—前二三八）
柏拉圖（Plato，前四二八—前三四八）
柳公權（誠懸，七七八—八六五）
柳　永（耆卿，九八五—一〇五三）
段玉裁（茂堂、若膺，一七三五—一八一五）
皇甫謐（士安，二一五—二八二）
皇　侃（四八八—五四五）
約翰·洛克（John Locke，一六三二—一七〇四）
約翰·斯圖亞特·彌爾（John Stuart Mill，一一五二—一二〇七）
約翰·羅爾斯（John Rawls，一九二一—二〇〇二）
胡　廣（光大，一三七〇—一四一八）
范仲淹（希文，九八九—一〇五二）
范　增（前二七八—前二〇四）
郳儀父（克，？—前六七八）

十畫

唐長孺（一九一一—一九九四）
唐　勒（？—？）
夏侯湛（孝若，二四三—二九一）
孫希旦（紹周，一七三六—一七八四）
孫　秀（俊忠，？—三〇一）
孫林父（孫文子，？—？）
孫星衍（淵如，一七五三—一八一八）
孫　登（子高，二〇九—二四一）
孫　綽（興公，三二〇—三七七）

孫　權（仲謀，一八二—二五二）
徐羨之（宗文，？—四二六）
徐　霖（一四六二—一五三八）
徐　鍇（楚金，九二〇—九七四）
晁公武（子止，號昭德先生，約一一〇五—約一一八〇）
晏　殊（同叔，九九一—一〇五五）
晏幾道（小山，一〇三八—一一一〇）
桓　溫（元子，三一二—三七三）
桓　譚（君山，？—五六）
殷　浩（淵源、中軍，？—三五六）
海德格（Martin Heidegger，一八八九—一九七六）
涂爾幹（Emile Durkheim，一八五八—一九一七）
班　固（孟堅，三二—九二）
皋　陶（皋繇、咎陶、咎繇，？—？）
神　秀（六〇六—七〇六）
秦　觀（少游、太虛，一〇四九—一一〇〇）
納蘭性德（成德、容若，一六五五—一六八五）
耿　京（？—一一六二）
荀　子（況，約前三一六—約前二三五）
荊　軻（？—前二二七）
袁　宏（彥伯，約三二八—約三七六）
袁　珂（一九一六—二〇〇一）
袁　桷（清容居士，一二六六—一三二七）
袁　淑（陽源，四〇八—四五三）
袁　準（孝尼，？—？）
郗　鑒（道徽，？—三三九）
郝　隆（佐治，？—？）
郝　敬（仲輿、楚望，一五五八—一六三九）
馬丹陽（玄寶、丹陽子，一一二三—一一八三）
馬　援（文淵、伏波，前一四—四九）
馬瑞志（Richard B. Mather，一九一三—二〇一四）
馬端臨（約一二四五—一三二二）
高　崧（茂琰，？—三六六）
高　誘（？—？）
高　鑄（字仲器，？—？）

十一畫

區大典（一八六八—一九三七）
商　鞅（前三九〇—前三三八）
寇謙之（輔真，三六五—四四八）
崔　述（東壁，一七四〇—一八一六）
崔　琰（季珪，一五九—二一六）

康僧淵（？—？）
康　德（Immanuel Kant，一七二四—一八〇四）
庾　亮（元規，二八九—三四〇）
張　良（子房，前二五〇？—前一八六）
張　陵（道陵，三四—一五六）
張　載（橫渠，一〇二〇—一〇七七）
張爾岐（稷若、蒿庵處士，一六一二—一六七八）
張　綖（世文，一四八七—一五四三）
張　說（道濟，六六七—七三一）
張　儀（前三七三—前三一〇）
張　魯（公祺，？—二一六？）
張　翰（季鷹，？—？）
張　衡（平子，七八—一三九）
張　騫（？—前一一四）
強思齊（字默越，？—？）
曹　操（孟德，一五五—二二〇）
畢　沅（秋帆，一七三〇—一七九七）
畢達哥拉斯（Pythagoras，前五七〇—前四九五）
章太炎（炳麟，一八六九—一九三六）
章　邯（？—前二〇五）
章學誠（實齋，一七三八—一八〇一）

荷　馬（Homer，約前九—前八世紀）
莊　子（周，前三六九？—前二八六）
莊　姜（？—前六九〇）
許　汜（？—？）
許昂霄（蒿廬，？—？）
許　慎（叔重，約五八—約一四七）
許　詢（玄度，？—？）
郭尚先（一七八五—一八三二）
郭　象（子玄，二五二？—三一二）
郭　熙（淳夫，約一〇〇〇—約一〇八七後）
陳　平（？—前一七八）
陳田夫（耕叟、蒼野子，？—？）
陳　思（續芸，？—？）
陳祥道（祐之、用之，一〇四二—一〇九三）
陳　勝（涉，？—前二〇八）
陳湛銓（一九一六—一九八六）
陳　登（元龍，一六三—二〇一）
陳　楠（南木、翠虛，？—？）
陳熙晉（析木、西橋，一七九一—一八五一）
陳　模（勒生、子範，一八六九—一九一三）
陶弘景（通明，四五六—五三六）

陶淵明（潛、元亮，三六五？—四二七）
陸九淵（象山，一一三九—一一九三）
陸希聲（鴻磬、君陽，？—八九五）
陸修靜（元德，四〇六—四七七）
陸　展（？—四五四）
陸　機（士衡，二六一—三〇三）
陸　游（務觀、放翁，一一二五—一二一〇）

十二畫

象（？—？）
曾　子（參，前五〇五—前四三二）
惠　可（惠可、僧可、二祖，四八七—五九三）
惠　能（慧能、六祖，六三八—七一三）
智　常（？—？）
無　駭（姬姓，展氏，？—前七一五）
甯　殖（甯惠子，？—前五五三）
華　耦（？—前六一一）
費庈父（費伯，？—？）
程樹德（郁庭，一八七七—一九四四）
項　燕（？—前二二三）
項　籍（羽，前二三二—前二〇二）
嵇　康（叔夜，二二三—二六三）
揚　雄（子雲，前五三—一八）
景　差（前二九〇—前二二三）
馮友蘭（芝生，一八九五—一九九〇）
馮平山（一八六〇—一九三一）
馮秉芬（一九一一—二〇〇二）
馮　唐（？—？）
黃　侃（季剛，一八八六—一九三五）
黃宗羲（梨洲、太沖，一六一〇—一六九五）
黃　霑（一九四一—二〇〇四）
湛若水（甘泉，一四六六—一五六〇）
湯顯祖（海若，一五五〇—一六一六）

十三畫

微子啟（微子開，？—？）
楊伯峻（德崇，一九〇九—一九九二）
楊周翰（一九一五—一九八九）
楊　勇（晛地伐，？—六〇四）
楊　修（德祖，一七五—二一九）
楊　倞（約九世紀）
楊　時（龜山，一〇五三—一一三五）

楊樹達（一八八五—一九五六）
溫　肅（一八七八—一九三九）
葉夢得（少蘊，一〇七七—一一四八）
葉德輝（煥彬、郎園，一八六四—一九二七）
葛　玄（孝先，一六四—二四四）
葛蘭言（Marcel Granet，一八八四—一九四〇）
董仲舒（前一七九—前一〇四）
賈善翔（鴻舉，?—?）
賈　誼（前二〇〇—前一六八）
賈　謐（長淵，?—三〇〇）
道元禪師（どうげん，一二〇〇—一二五三）
道　信（四祖，五八〇—六五一）
鈴木大拙（すずきだいせつ、D. T. Suzuki，一八七〇—一九六六）
鉏　麑（?—前六〇七）
奧古斯丁（Augustine，三五四—四三〇）
奧維德（Publius Ovidius Naso，前四三—一七）

十四畫

僧　肇（三八四—四一四）
僧　璨（三祖，?—?）
瑪麗．沃諾克（Mary Warnock，一九二四—二〇一九）
綠　珠（?—三〇〇）
聞一多（一八九九—一九四六）
裴　啟（榮期，?—?）
裴　楷（叔則，二三七—二九一）
赫拉克利特（Heraclitus，前五四〇—前四八〇）
趙志堅（?—?）
趙孟頫（子昂，一二五四—一三二二）
趙　盾（趙宣子、趙孟，?—前六〇一）
趙道一（全陽子，?—?）

十五畫

劉　向（子政，前七七—前六）
劉　安（前一七九—前一二二）
劉　伶（伯倫，約二二一—三〇〇）
劉　劭（孔才，二世紀—二四〇年代）
劉孝標（峻，四六二—五二一或五二二）
劉辰翁（會孟，一二三二—一二九七）
劉知幾（子玄，六六一—七二一）
劉長卿（文房，七二六?—七九〇?）
劉　惔（真長，?—約三四七）

劉通微（悦道、默然子，一一六七—一一九六）
劉　備（玄德，一六一—二二三）
劉　琰（威碩，？—二三四）
劉　歆（子駿，約前五〇—二三）
劉殿爵（一九二一—二〇一〇）
劉義慶（季伯，四〇三—四四四）
劉魁立（一九三四—）
劉　勰（彥和，四六五—五二二）
劉　瑾（一四五一—一五一〇）
劉　餘（魯恭王，前一六〇—前一二八）
劉寶楠（楚楨，一七九一—一八五五）
慶　普（孝公，？—？）
樊　噲（前二四二—前一八九）
樊　遲（前五一五—？）
歐陽建（堅石，約二六九—三〇〇）
潁考叔（？—前七一二）
潘　岳（安仁，二四七—三〇〇）
潘德興（？—？）
蔡　邕（伯喈，一三三—一九二）
蔣子蒲（一七五六—一八一九）
蔣清翊（敬臣，？—？）
衛　玠（叔寶，二八六—三一二）
衛　涇（一一五九—一二二六）
鄭子產（？—前五二二年）
鄭　玄（康成，一二七—二〇〇）
鄭　樵（漁仲，一一〇四—一一六二）
魯　迅（周樹人，一八八一—一九三六）

十六畫

蕭子良（雲英，四六〇—四九四）
蕭子顯（景陽，四八九—五三七）
蕭　何（？—前一九三）
蕭　統（昭明太子，五〇一—五三一）
賴際熙（煥文、荔垞，一八六五—一九三七）
錢德洪（緒山，一四九六—一五七四）
錢謙益（受之、牧齋，一五八二—一六六四）
閻永和（笙喈、雍雍子，？—？）
駱賓王（觀光，六四〇？—六八四？）
鮑　照（明遠、參軍，？—四六六）

十七畫

彌子瑕（？—？）

戴　媯（？—？）
戴　逵（安道，？—三九五）
戴　聖（次君，？—？）
戴　銑（寶之，一四六四—一五〇六）
戴　德（延君，？—？）
戴　震（東原，一七二四—一七七七）
薛　簡（？—？）
謝　玄（幼度、羯，三四三—三八八）
謝守灝（懷英，一一三四—一二一二）
謝　安（安石，三二〇—三八五）
謝　奉（弘道、道欣，三一六—三七九）
謝　尚（仁祖，三〇八—三五七）
謝　奕（無奕，約二九九—三五八）
謝　朗（長度、胡兒，？—約三六一）
謝道韞（令姜、韜元，三四九—四〇九）
謝　據（據石、元通，？—約三五〇）
謝　鯤（幼輿，二八一—三二四）
謝靈運（康樂，三八五—四三三）
蹇　叔（子姓，約前六九〇—前六一〇）
鍾　會（士季，二二五—二六二）
鍾　嶸（仲偉，？—五五二）
韓侂冑（一一五二—一二〇七）
韓非子（前二八一—前二三三）
韓　信（？—前一九六）
韓康伯（？—？）
韓　滉（太沖，七二三—七八七）
韓　嬰（前二〇〇—前一三〇）

十八畫

瞽　瞍（？—？）
瞿　鏞（子雍，一七九四—一八四六）
顏師古（籀，五八一—六四五）
魏　尚（？—前一五七）
魏建功（一九〇一—一九八〇）

十九畫

羅賓·喬治·柯林武德（Robin George Collingwood，一八八九—一九四三）
羅　隱（昭諫，八三三—九一〇）
關　羽（雲長，一六〇—二二〇）
關漢卿（已齋叟，約一二三四—約一三〇〇）

二十畫

嚴彭祖（公子，？—？）
嚴　遵（君平，？—？）
蘇　武（前一四〇—前六〇）
蘇　軾（子瞻、東坡，一〇三七—一一〇一）
釋　迦（喬達摩．悉達多，前五六三或四八〇—前四八三或四〇〇）

二十一畫

蘧伯玉（瑗，？—？）
顧愷之（長康，三四一—四〇二）
顧夢麟（麟士，一五八五—一六五三）

帝王類

王子虎（王叔文公、姬虎，？—前六二四）
宋仁宗（趙禎，一〇一〇—一〇六三）
宋太祖（趙匡胤，九二七—九七六）
宋文帝（劉義隆、車兒，四〇七—四五三）
宋光宗（趙惇，一一四七—一二〇〇）
宋孝宗（趙昚，一一二七—一一九四）
宋武公（子司空，？—前七四八）
宋武帝（劉裕、寄奴，三六三—四二二）
宋高宗（趙構，一一〇七—一一八七）
宋徽宗（趙佶，一〇八二—一一三五）
周公旦（旦，？—？）
周文王（昌，前一一五二—前一〇五六）
周平王（宜臼，？—前七二〇）
周成王（誦，約前一〇五六—前一〇二五）
周孝王（辟方，前九五〇—前八八六）
周武王（發，前一〇七六—前一〇四三）
周宣王（靜，前八六二—前七八二）
周幽王（宮涅，約前七九六—前七七一）
周昭王（瑕，前一〇一八—前九七七）
周恭王（繄扈，前九六二—前九〇〇）
周厲王（胡，約前八九〇—前八二八）
周穆王（滿，約前一〇二七—前九二二）
周襄王（鄭，？—前六一九）
武　丁（昭，？—前一一九二）
唐玄宗（李隆基，六八五—七六二）
唐僖宗（李儇，八六二—八八八）

晉文公（姬重耳，前六七一—前六二八）
晉武帝（司馬炎、安世，二三六—二九〇）
晉景公（姬獳，？—前五八一）
晉襄公（姬驩，？—前六二一）
晉靈公（姬夷皋，？—前六〇七）
秦始皇（嬴政，前二五九—前二一〇）
秦穆公（嬴任好，？—前六二一）
商　湯（履，約前十七世紀—前十六世紀）
楚文王（貲，？—前六七五）
楚成王（惲，前七世紀—前六二六）
楚莊王（旅，？—前五九一）
楚襄王（橫，前三二九—前二六三）
楚懷王（槐，約前三五五—前二九六）
楚靈王（圍，？—前五二九）
漢元帝（劉奭，約前七五—前三三）
漢文帝（劉恆，前二〇三—前一五七）
漢武帝（劉徹，前一五六—前八七）
漢高祖（劉邦、劉季，前二五六—前一九五）
漢景帝（劉啟，前一八八—前一四一）
盤庚（旬，？—前一二七七）
衛莊公（揚，？—前七三五）
衛靈公（元，前五四〇—前四九三）
鄭武公（姬掘突，前七八〇—前七四四）
鄭莊公（姬寤生，前七五七—前七〇一）
魯桓公（姬允、軌，前七三一—前六九四）
魯惠公（姬弗湟，？—前七二三）
魯僖公（魯釐公、姬申，？—前六二七）
魯隱公（姬息姑，？—前七一二）
簡文帝（司馬昱，三二〇—三七二）
魏明帝（曹叡，二〇五—二三九）
竇太后（猗房，？—前一三五）

跋

盧偉成

本書緣起於學海書樓舉辦「古典今情」講座系列。書樓主席馮國培教授邀得鄭吉雄講座教授為統籌，實深慶得人，而包括鄭教授在內的十八位講者，皆是一時之選。講座系列作為紀念學海書樓百年的主要項目，是用心的綢繆，更是難得的緣分。

學海書樓創立於一九二三年，至今年（二〇二三）秋天，整整一百年。上世紀初，時局很動盪，世界在經濟及政治上失衡，乃至發生兩次大戰，人類忙於爭鬥，傳統學術文化不為世人重視。創辦書樓的前賢，退居在東南一隅的香港，聚書講學，推廣傳統學術與典籍，實有益於社會，有裨於文化。回顧創辦人及同寅以至幾代講師的文章、講稿和錄音檔，都能感受到，在時代巨輪推移中，前輩治學的認真始終不變。

再看經濟全球化的今天，科技進步，資訊發達，世界持續交流。泰西諸國，於過去三百年因地緣政治乃至戰爭取得之優勢，漸漸減少。相對地，新興國家在歷史上固有的經濟體量漸漸回升。中國回歸到歷史上相對於其他國家的政經力量，是今天的大趨勢。借用社會學學者、香港中文大學前校長金耀基教授帶有總結性的一句話：「沒有『沒有傳統』的現代化。」而今天的大中華地區，對傳統文化的學習與奉行，卻落後於經濟民生的發展。在這時刻，重讀典籍，承傳優秀傳統文化，不啻是最佳回報的投資。古代聖賢用以經世的典籍，我們今天讀來，仍可開拓心境，減少在多變的世局中迷失的可能性，也可作為經濟公共事務、經營企業組織的參考。對普羅大眾而言，日常生活也因讀書而更富格調與品味，所謂「腹有詩書氣自華」就是這個意思。

學海書樓在百年間講學不輟，老師及參與者，贊助人及義工，皆有功於普及中國學術。在紀念學海書樓百年之際，希望各界博雅君子，同為學習傳統文化努力，學者也多作現代詮釋的嘗試，因時制義，因地制宜，則「古典今情」將更具現實意義。

癸卯年暮春三月初九日書於九龍寓廬艮齋